DANI SCARPA

# MORD IN PARMA

PAOLO RITTER ERMITTELT

Rowohlt Polaris

Originalausgabe
Veröffentlicht im Rowohlt Taschenbuch Verlag, Hamburg, Juni 2020
Copyright © 2020 by Rowohlt Verlag GmbH, Hamburg
Copyright © 2020 by Dani Scarpa
Redaktion Heiko Arntz
Covergestaltung und Coverabbildung
Hauptmann & Kompanie Werbeagentur, Zürich
Satz aus der Apolline Std
Gesamtherstellung CPI books GmbH, Leck, Germany
ISBN 978-3-499-00242-7

Die Rowohlt Verlage haben sich zu einer nachhaltigen Buchproduktion verpflichtet. Gemeinsam mit unseren Partnern und Lieferanten setzen wir uns für eine klimaneutrale Buchproduktion ein, die den Erwerb von Klimazertifikaten zur Kompensation des $CO_2$-Ausstoßes einschließt.
www.klimaneutralerverlag.de

# PROLOG

*Parma*

*8. September 1943*

Wäre das laute Ticken nicht gewesen, mit dem die alte Standuhr das Verstreichen jeder einzelnen Sekunde kommentierte – Enzo Molinari hätte schwören können, dass die Zeit stehengeblieben war.

Es war Mittwoch.

Kurz nach zehn Uhr vormittags. Seit einer guten Stunde war kein Schuss mehr gefallen.

Die Verteidiger der Stadt – ohnehin nur ein paar versprengte Einheiten, die in aller Hast zusammengezogen worden waren – hatten den Widerstand aufgegeben. An der Via Caprera, wo sich eine ihrer Stellungen befunden hatte, kündete eine dunkle Rauchsäule vom Ende des Panzerfahrzeugs, das dort postiert worden war. Der Vormarsch der *tedeschi* war nicht mehr aufzuhalten. Sie waren bereits dabei, die umliegenden Gassen nach Widerstandskämpfern abzusuchen, die sich dort versteckt halten mochten. Der Jähzorn und die Grausamkeit der Deutschen waren berüchtigt.

Enzo murmelte leise Worte. Ob es ein Gebet war oder eine Verwünschung, wusste er selbst nicht. Annas Blick traf ihn. Furcht lag in ihren dunklen Augen, aber auch die Milde, derentwegen er sie liebte, seit so vielen Jahren. Mit beiden Händen hielt sie seine bebende Rechte.

Auch er hatte Angst, nicht weniger als sie, und sie kannten einander zu lange und zu gut, um sich gegenseitig etwas vorzumachen. «*Funzionerà*», raunte er ihr dennoch zu.

Es würde schon klappen.

Sie durften die Hoffnung nicht aufgeben.

Von den Nachbarn hatten die meisten die Stadt verlassen, nachdem klar gewesen war, dass die Deutschen einrücken würden und die eigenen Truppen keinen Schutz darstellten. Aber Enzo konnte nicht fliehen. Er hatte ein Bein verloren, in dem anderen großen Krieg, den sein Land geführt hatte, damals gegen die *austriaci*. Alt, schwach und verkrüppelt, wie er war, wäre er nicht weit gekommen. Er hatte Anna deshalb angefleht, sich den Venturis anzuschließen, die noch in der Nacht in Richtung Berge aufgebrochen waren, aber sie hatte sich geweigert, den Karren zu besteigen.

Sie wollte bei ihm bleiben, hatte sie gesagt. Das hatten sie sich schließlich einst geschworen, vor Gott und den Menschen. Sie würden beisammenbleiben, bis der Tod sie schied.

Die milde Güte in ihren Augen beruhigte ihn. Ihr Haar mochte grau geworden sein, ihr Gesicht von Falten gezeichnet wie das seine, doch die Zuneigung in ihren Blicken war stets dieselbe geblieben in all den Jahren.

«*Andrà tutto bene*», flüsterte er ihr zu.

Alles würde gut werden.

Laut zu sprechen wagte er nicht mehr. Die Deutschen waren bereits zu nahe.

In diesem Moment, wie um seine Befürchtungen zu bestätigen, tauchte eine dunkle Gestalt vor dem Fenster auf. Die Vorhänge waren zugezogen, nur ein bedrohlicher Schatten war zu erkennen. Enzo spürte Annas Hände, die sich verkrampften. Sein Herzschlag beschleunigte sich.

Sie waren hier.

Der Mann vor dem Fenster rief etwas in der Sprache, die sich für italienische Ohren so kalt und roh anhörte. Im nächsten Moment flog die Tür der kleinen Parterrewohnung auf, und der deutsche Soldat stand auf der Schwelle. Er sah furchterregend aus in seiner schwarzen Uniform mit den weiten Überfallhosen. Auf den Kragenspiegeln seiner Jacke prangten Totenkopfsymbole. Noch bedrohlicher jedoch war die Maschinenpistole, die er in den Händen hielt und deren hässliche Mündung auf Anna und Enzo zielte.

Hätten sie die Möglichkeit gehabt, wären sie beide entsetzt zurückgewichen, doch sie saßen bereits mit dem Rücken zur Wand der kleinen Wohnkammer, auf der einfachen Holzbank, die Enzo einst selbst gezimmert hatte. Warum musste er gerade jetzt daran denken?

Die grauen Augen des Deutschen taxierten sie. Sein Gesicht war kantig und hart und verriet keine Regung, weshalb es unmöglich war zu sagen, was er dachte. Schließlich rief er etwas, brüllte einen Befehl, den sie nicht verstanden.

Langsam, um ihn nicht noch mehr aufzubringen und womöglich dazu zu veranlassen, den Abzug der Waffe zu drücken, schüttelte Enzo den Kopf und hob die schmalen Schultern.

Der Soldat wiederholte seine Worte. Dazu fuchtelte er mit der Waffe, als wäre er so besser zu verstehen. Sie wussten nicht, was er von ihnen wollte, klammerten sich nur noch fester aneinander.

Dann bemerkte der Deutsche, wie es um Enzos Beine bestellt war. Ein spöttisches Lächeln umspielte seine Lippen, und er sagte etwas, das nach einer Frage klang.

Da Enzo sie nicht verstand, wusste er auch nicht, was er erwidern sollte. Doch er hielt den Zeitpunkt für gekommen.

Sanft, aber bestimmt löste er seine Hand aus Annas Griff.
Dann wies er auf die Rolle, die auf dem kleinen Esstisch vor
ihm lag. Sie war etwa armlang und mit einer Schnur zusam-
mengebunden.

«*È tutto ciò che abbiamo*», sagte er, während er nach der Rolle
aus Leinwand griff und sie dem Deutschen reichte. «*Per favore,
risparmiaci.*»

Der Soldat behielt den Finger am Abzug. Einen endlos scheinenden, quälenden Augenblick lang stand er unbewegt da, die
Waffe weiter auf das alte Paar gerichtet. Dann trat er vor und
riss Enzo die Rolle aus der Hand. Wieder schnauzte er eine
Frage, aber Enzo konnte nichts anderes tun, als den Blick zu
senken. Er nahm Annas Hände. Sie zitterten.

Der Deutsche warf ihnen einen Blick zu, der halb verblüfft,
halb argwöhnisch war. Trotzdem sicherte der Eindringling seine
Waffe und ließ sie lose am Riemen über der Schulter hängen.
Dann zog er die Schnur auf und entrollte die Leinwand.

Nach einigen Sekunden huschte ein Grinsen über seine harten Gesichtszüge.

Rasch rollte er die Leinwand wieder zusammen, verschnürte
sie und klemmte sie sich unter den Arm. Ohne ein weiteres
Wort machte er auf dem Stiefelabsatz kehrt und wollte wieder
hinaus.

«*Grazie, signore*», rief Anna ihm mit vor Furcht und Aufregung bebender Stimme hinterher.

Jäh blieb er auf der Schwelle stehen, so als wäre ihm etwas
eingefallen, das er vergessen hatte.

Langsam wandte er sich um und stellte wiederum eine Frage, ruhiger diesmal und leiser als zuvor.

Enzo und Anna sahen sich fragend an.

Keiner von ihnen wusste, was der Deutsche meinte.

«*Regalo, regalo*», sagte Enzo nur, um klarzumachen, dass die Rolle ein Geschenk sei und von nun an ihm gehöre.

Der Mann nickte und schien einen Moment zu überlegen.

Dann griff er nach der Waffe an seiner Schulter, zog den Entsicherungshebel, zielte und feuerte.

# KAPITEL 1

Hallo?»
Seine Stimme hallte von der Decke des Lagerhauses wider. Sie klang unsicher, beinahe ängstlich.

Am anderen Ende des Raums brannte Licht. Eine nackte Glühbirne hing an einem Kabel herab und verbreitete einen so grellen Schein, dass die Gestalt davor nur als schwarzer Umriss zu erkennen war. Der lange Mantel, den sie trug, verlieh ihr etwas Respektgebietendes.

Er blieb in respektvollem Abstand stehen. Er wusste nicht genug über jenen Mann dort hinten, um ihm zu vertrauen. Eigentlich, sagte er sich, wusste er überhaupt nichts über ihn. Noch über seine Hintermänner.

«Buonasera», kam es zurück. Der Mann war offenbar Italiener. Das verhieß nichts Gutes. Italien und dunkle Machenschaften, das konnte im Grunde nur eines bedeuten. Sein Unbehagen wuchs, aber er verdrängte es geflissentlich. Er war nicht den weiten Weg gegangen, um nun vor dem letzten Schritt zurückzuschrecken.

«Sie wirken überrascht», stellte der andere fest.

«Nein», beeilte er sich zu versichern. «Ich wusste nur nicht, dass …»

«Dass wir Landsmänner sind?» Der Mann lachte. Ein freundliches, onkelhaftes Lachen, das nicht recht zum Anlass dieses Treffens passen wollte. «Sie wissen vieles nicht, und dabei sollten Sie es bewenden lassen, *signore* …»

«Antonio», entgegnete er unwillkürlich und bereute es sogleich. Wieso tat er das? Es gab keinen Grund, sich der anderen Seite anzubiedern. Es war ein Geschäft, das sie hier zum Abschluss bringen würden, nicht mehr und nicht weniger. Andererseits brauchte er sich nur den Ort und die Uhrzeit dieses Zusammentreffens zu vergegenwärtigen, um daran erinnert zu werden, dass dies alles andere als ein gewöhnliches Geschäft war. Ein Grund mehr, die Transaktion schnell über die Bühne zu bringen.

«Antonio also», sagte der andere und lachte mit leisem Spott. «Genau wie der Meister. Wenn das kein bedeutsamer Zufall ist.»

«Haben Sie … es dabei?», erkundigte sich Antonio, und es ärgerte ihn, wie kraftlos und brüchig seine Stimme dabei klang.

«Natürlich.» Der Mann im Mantel griff hinter sich und hob etwas hoch, das wie ein Aktenkoffer aussah.

Antonio zögerte unschlüssig.

Sollte er den Mantelmann auffordern, den Koffer zu öffnen? Aber was wäre damit gewonnen? Wollte er die Geldscheine hier an Ort und Stelle zählen? Wohl kaum.

Der andere schien seine Gedanken zu erraten, ein weiteres Onkellachen war die Folge. «Seien Sie unbesorgt, Antonio. Sie haben Ihren Teil der Abmachung eingehalten, nun halte ich auch meinen ein.»

Antonio nickte nur, zu mehr war er nicht fähig. Das Herz schlug ihm bis zum Hals. Wenn alles lief wie besprochen, enthielt dieser kleine Koffer mehr Geld, als er je in seinem ganzen Leben zusammengenommen besessen hatte. Schon die Anzahlung war großzügig bemessen gewesen. Es war ein gutes Geschäft, redete er sich ein. Beide Seiten hatten etwas davon. Und niemand, wirklich niemand, kam dabei zu Schaden.

Der Mantelträger bückte sich und legte den Koffer flach auf

den Boden. Dann erhob er sich wieder und machte Anstalten zu gehen, als er noch einmal innehielt.

«Eines noch», sagte er. «Ich denke nicht, dass das nötig ist, dennoch möchte ich Sie daran erinnern, dass Sie mit der Entgegennahme dieses Koffers und seines Inhalts eine lebenslange Schweigeverpflichtung eingehen.»

«Selbstverständlich», versicherte Antonio.

«Solange Sie sich daran halten, haben Sie nichts zu befürchten. Sollten Sie jedoch eines Tages aus irgendwelchen Gründen den inneren Drang verspüren, Ihr Schweigen zu brechen, so könnten wir dies nicht widerspruchslos hinnehmen und wären gezwungen, gewisse Maßnahmen zu ergreifen.»

«Maßnahmen», wiederholte Antonio mit belegter Stimme. Seine Handflächen waren schweißnass.

«Sie verstehen?»

«Natürlich», bestätigte Antonio, und weil er kaum einen Ton hervorbrachte, fügte er ein heftiges Nicken hinzu. Ihm war bewusst, dass er keine allzu gute Figur machte. Aber das war ihm jetzt auch schon egal. Es war ohnehin das erste und einzige Mal, dass er mit diesen Leuten Geschäfte machte.

«Denken Sie an meine Worte», sagte der andere abschließend. Er machte auf dem Absatz kehrt und entfernte sich.

Antonio starrte zu Boden, mit heftig pochendem Herzen und nur mühsam unterdrücktem Zittern. Auf seiner hohen Stirn hatte sich Schweiß gebildet, den er flüchtig wegwischte. Erst als er hörte, wie die rostige Brandschutztür auf der anderen Seite der Halle schwer ins Schloss fiel, und er sicher sein konnte, allein zu sein, setzte er sich in Bewegung.

Das Herz schlug ihm bis zum Hals, als er zu dem Koffer trat. Verstohlen blickte er sich um, dann bückte er sich, öffnete ihn und warf einen Blick hinein.

Die angespannte Furcht, die er eben noch verspürt hatte, schlug in Erleichterung um.

Es war alles in Ordnung.

Da lag es, in schmalen Bündeln, fein säuberlich gestapelt.

Er verschloss den Koffer wieder, schlang seine Arme darum, als wollte er ihn niemals wieder loslassen, und verließ das Lagerhaus mit hastigen Schritten.

Das Geschäft war getätigt, der Handel abgeschlossen. Jeder hatte vom anderen bekommen, was er gewollt hatte, und ganz sicher würde Antonio nie mehr ein Sterbenswort darüber verlieren.

So dachte er.

Er sollte sich irren.

## KAPITEL 2

O nein.»
Paolo Ritter war stehen geblieben. Unglücklich blickte er auf seine verdreckten wildledernen Slipper. Obwohl erst früher Vormittag war, schwitzte er bereits, er hatte Durst, und Sand scheuerte zwischen seinen Zehen. Dabei hatte er doch nur eine Abkürzung nehmen wollen.

Wie in jedem Frühjahr hatte akute Renovitis die Stadt befallen. Während andernorts die Bäume ausschlugen, schossen hier in München Dixi-Toiletten wie Pilze aus dem Boden, und man konnte sich kaum noch retten vor all den Löchern, die in den Gehsteigen klafften und so überraschend ausgehoben wurden, als bestünde ihr Daseinszweck allein darin, arglose Fußgänger zu verschlingen.

Paolo ging grundsätzlich zu Fuß zur Arbeit. Weil er keinen Führerschein hatte. Und weil öffentliche Verkehrsmittel nicht nur Tausende von Menschen, sondern auch Milliarden von Bakterien transportierten. Allerdings barg auch der Gang zu Fuß seine Risiken. Abgesehen von besagten Baustellen waren da auch noch die wilden Fahrradfahrer, die einen jederzeit über den Haufen fahren konnten. Beides war nicht ungefährlich, wenn man wie Paolo keine Umwege mochte und lieber auf direktem Weg von A nach B ging. Da konnte es schon mal vorkommen, dass man nur knapp einem Zweirad entkam oder jenseits der Absperrungen in etwas trat, das Treibsand gefährlich nahekam. Und wenn man auch nicht gleich bis zum Hals

darin versank – die neuen Lederslipper waren in jedem Fall
ruiniert.

«Da san S' ja sauber neidred'n», kommentierte ein Bau-
arbeiter in schönstem Oberbayerisch, seinem orientalischen
Äußeren zum Trotz. «Dia Schua san hie.»

«Danke für die Auskunft», erwiderte Paolo säuerlich, während er sich bückte und mit einem Papiertaschentuch zu retten
versuchte, was noch zu retten war. «Von allein wär' ich nicht
darauf gekommen.»

Der Sand an den Schuhen war eine Sache – der *in* den
Schuhen noch mal was anderes. Vor allem der zwischen den
Zehen weckte lebhafte Erinnerungen. Und diese Erinnerungen
waren verantwortlich dafür, dass plötzlich ein kleiner Junge
neben ihm zu stehen schien, strohblond, sonnengebräunt und
in einer knallroten Badehose, was angesichts der Jahreszeit und
des kühlen Windes an diesem Morgen besonders unpassend
erschien. Doch um Dinge wie Logik oder Vernunft hatten sich
seine Erinnerungen und speziell dieser Junge noch nie gekümmert.

Paolo kannte ihn sehr gut, hatte sich an sein plötzliches Auftauchen gewöhnt, so wie andere sich an ihren Heuschnupfen
gewöhnten oder an die Warteschlange morgens beim Bäcker. Es
war Teil von Paolos ganz besonderer Eigenschaft, die man mit
einiger Berechtigung auch seine Gabe nennen konnte. Oder,
wie er selbst es gerne ausdrückte, seine ganz persönliche Superkraft.

Die «Spinne» aus den Comics seiner Kindheit mochte in
der Lage gewesen sein, Netze zu schleudern und an senkrech-
ten Wänden emporzukraxeln. Er hingegen hatte die Kraft der
Erinnerung. Oder die Last, je nachdem, wie man es betrachtete.
Aber das war bei Superkräften ja häufig so.

Der Junge in der roten Badehose legte den Kopf schief und schaute ihm bei seiner fruchtlosen Schuhputzaktion zu. «Du magst den Sand noch immer nicht», stellte er fest.

«Natürlich nicht», murrte Paolo. Er erhob sich missmutig und beeilte sich dann, die Baustelle zu verlassen und zurück auf den Bürgersteig zu kommen. Der Junge folgte ihm unbeirrt.

«Weißt du noch?», fragte er. «Du hast immer im Liegestuhl gesessen und gelesen, während ich mich von Kopf bis Fuß im Sand eingebuddelt habe!»

«Natürlich weiß ich das noch.» Paolo schnaubte, während er das verdreckte Taschentuch in einem städtischen Müllbehälter entsorgte. «So lange ist es nun auch wieder nicht her.»

«Achtunddreißig Jahre», rechnete der Knabe ihm vor. «Und du hast dich kaum verändert.»

«Und ob ich das habe.»

«Du hasst die Sonne immer noch.»

«Ich hasse die Sonne nicht», beeilte sich Paolo zu versichern. «Ich kann es nur nicht leiden zu schwitzen. Und ich mag keinen Sonnenbrand.»

«Meinetwegen?», fragte der Junge ihn mit großen Augen.

Paolo blieb eine Antwort schuldig. Er wechselte die Straßenseite und bog in die Maillingerstraße ein. Kurz darauf stand er vor dem nüchternen Bau des Landeskriminalamts.

«Du wolltest immer Polizist sein und die Welt retten», sagte der Junge in der Badehose. «Genau wie dein großer Held, der Fliegenmann.»

«Spinnenmann, wenn schon», verbesserte ihn Paolo, während er sich dem Eingang näherte. «Aber die Spinne war kein Polizist. Und ich bin auch keiner.»

«Was bist du dann?»

«Ein informeller Mitarbeiter, Sachgebiete Fallanalyse und

Tathergangsrekonstruktion», erwiderte er in Gedanken, während er seinen Ausweis zückte, um ihn am Eingang vorzuzeigen. Der diensthabende Beamte prüfte ihn mit routiniertem Blick und händigte ihm seinen Besucherpass aus.

«Sie kennen den Weg», sagte er dazu.

Es war nicht klar, ob es eine Frage oder eine Feststellung war, aber Paolo kannte den Weg tatsächlich. Er stieg in den Fahrstuhl und drückte den Knopf zur zweiten Etage, und er war froh, dass der Junge in der Badehose ihm nicht bis hierher gefolgt war. Er hätte ihn nur abgelenkt. Das Gespräch, das vor ihm lag, erforderte seine ganze Aufmerksamkeit.

Noch im Fahrstuhl zog er das Fläschchen mit dem Desinfektionsmittel aus der Tasche seines Cordsakkos und besprühte seine Hände damit. Allein der Gedanke, wie viele Menschen täglich diesen Aufzug benutzten und die Knöpfe betätigten, ließ ihn erschauern.

Er schüttelte die Hände, um sie zu trocknen. Julia mochte es nicht, wenn er das Desinfektionsmittel benutzte. Sie nannte es, aller Vernunft zum Trotz, sogar einen Spleen. Rasch steckte er das Fläschchen wieder weg, denn heute Morgen war ihm besonders wichtig, dass sie ihn für so normal wie möglich hielt.

Paolo trat aus dem Lift, ging den Flur hinab und blieb kurz vor der nüchternen Amtstür stehen, hinter der sich laut dem Schild an der Wand das Büro von «Wagner, Julia – Kriminaloberkommissarin» befand. Dann klopfte er an, öffnete die Tür und trat ein.

Vertrauter Geruch schlug ihm entgegen, eine Mischung aus Kaffee, warmer Festplatte und einem Hauch Annick Goutal. Julia saß hinter ihrem Schreibtisch und sah umwerfend aus in ihrer schneeweißen Bluse und mit dem streng zurückgekämmten, zum Pferdeschwanz gebundenen Haar. Hätte man Paolo aufgefordert, das Wort zu nennen, das Julia am treffendsten beschrieb, so wäre es «Klasse» gewesen. Sie hatte Klasse. Und diese, zusammen mit einigen anderen Dingen, war es wohl auch gewesen, die ihn dazu bewogen hatte, seinen ganzen Mut zusammenzunehmen und das zu tun, was er vor zwei Tagen getan hatte, als er ihr die entscheidende Frage gestellt hatte ...

«Guten Morgen», grüßte er.

«Guten Morgen.» Sie nickte ihm zu und lächelte. Ein zuvorkommendes Lächeln, aber unverbindlich.

«Du sagtest, es wäre dringend?»

«Allerdings», sagte sie und wies auf den Besucherstuhl auf der anderen Seite des Schreibtischs. Paolo folgte der Aufforderung, wenn auch verhalten. Ihm war inzwischen klargeworden, dass es in diesem Gespräch nicht darum gehen würde, ob sie den Rest ihrer Tage gemeinsam verbringen wollten. Und das wiederum machte ihn unruhig.

Julia zog eine Schublade auf und entnahm ihr eine Aktenmappe, die sie vor ihm auf den Schreibtisch legte.

«Ist dir der Name Correggio ein Begriff?», fragte sie.

«Der neue Italiener in Schwabing?»

Sie reagierte mit einem genervten Augenaufschlag.

«Correggio», schob er deshalb nach, «bürgerlicher Name Antonio Allegri. Berühmter Maler der italienischen Renaissance aus der Gegend um Parma, nach seinem Geburtsort Correggio benannt. Bekannte Werke sind ‹Madonna mit Kind› und ‹Noli me tangere› sowie ...»

«Schon gut, das genügt.» Julia winkte ab. «Ich hatte also recht.»

«In welcher Hinsicht?»

«Dass du der geeignete Mann für diesen Auftrag bist.»

Paolo seufzte. Julia verstand es wirklich großartig, Berufliches und Privates zu trennen.

«Da du dich offenbar so gut auskennst, wirst du auch wissen, dass die Zuordnung eines Gemäldes zu Correggios Werk nicht ganz einfach ist», fuhr Julia fort. «In der Vergangenheit sind immer wieder Werke von Schülern aufgetaucht, die ihm fälschlicherweise zugerechnet wurden, was später wieder revidiert werden musste. Beispielsweise die ‹Madonna von Albinea›, von der man heute weiß, dass das tatsächliche Original verschwunden ist und nur noch Kopien davon existieren.»

Paolo kniff die Lippen zusammen. Er wollte nicht ungeduldig erscheinen. Aber er fragte sich, was diese Sache mit ihm zu tun haben sollte.

«Umso verwunderlicher ist es, dass hier in München vor acht Tagen ein Gemälde aufgetaucht ist, von dem Geschichts- und Kunstsachverständige übereinstimmend der Ansicht sind, dass es sich um einen originalen Correggio handelt», kam Julia endlich auf den eigentlichen Punkt zu sprechen.

«Hier in München? Wo?»

«Im Keller eines Hauses in Maxvorstadt. Das Gebäude wurde unlängst an einen italienischen Restaurantbesitzer verkauft, der im Zuge von Umbauarbeiten auf das Bild stieß.»

Paolo hob die Brauen. «Und der wusste sofort, worum es sich handelt?»

«Ein glücklicher Zufall. Der Käufer des Hauses stammt aus Parma, wo Correggio lange gewirkt hat. Offensichtlich rennen in Parma jede Menge verhinderte Correggio-Experten herum. Einem anderen wäre das Gemälde womöglich nicht weiter aufgefallen, aber ihm stach es sofort ins Auge. Also hat er das Bild zu einem Antiquar gebracht, der seine Vermutung bestätigt hat.

Der Finder informierte daraufhin die Polizei über seinen Fund, und so kam die ganze Sache ins Rollen.»

«Welche Sache denn?» Paolo ruckte auf dem Besucherstuhl hin und her. Er ahnte schon jetzt, dass ihm nicht gefallen würde, worauf dieses Gespräch hinauslief. Julia hatte eine bestimmte Art, die Dinge zu betonen und ihn anzusehen, wenn sie etwas von ihm wollte, das nicht nur angenehme Seiten hatte. Und beides, Miene und Tonfall, legte sie soeben an den Tag.

«Wundert es dich nicht, dass du über diesen Fund nichts in der Zeitung gelesen hast?», fragte sie.

«Durchaus.»

«Weil wir eine vorläufige Nachrichtensperre verhängt haben.» Paolo wollte etwas einwenden, doch Julia fuhr bereits fort. «Es gibt Grund zur der Annahme, dass es sich bei dem besagten Bild um Raubkunst handelt. Eine detaillierte Beschreibung des Gemäldes findet sich auf einer Liste, die die Italiener der amerikanischen Militärregierung Ende 1947 übergeben haben und die seit den frühen sechziger Jahren in der Oberfinanzdirektion München lagert. Darauf sind über eintausend gestohlene Werke verzeichnet, von denen tatsächlich viele aufgefunden und rücküberstellt wurden. Doch von dem Correggio fehlte bislang jede Spur. Obwohl die Nazis in dieser Hinsicht überaus akribisch waren, liegen keine Aufzeichnungen aus Kriegszeiten über dieses Gemälde vor. Was bedeutet, dass es entweder in den Wirren der Nachkriegsjahre verlorengegangen ist …»

«Oder dass es kein offiziell befohlener Diebstahl war», beendete Paolo ihren Satz. «Vielleicht hat ja auch irgendein Wehrmachtssoldat das Bild einfach mitgehen lassen, um es sich zu Hause an die Wand zu hängen.»

«Auch das wäre möglich», bestätigte Julia. «Die Frage, ob es sich um Raub- oder Beutekunst gehandelt hat, kann tatsächlich nicht mehr beantwortet werden.»

Paolo sah sie verwundert an. «Ich wusste gar nicht, dass es da einen Unterschied gibt.»

Julia nickte. «Ich habe mich auch erst schlaumachen müssen. Als Beutekunst werden ganz allgemein im Krieg entwendete Kulturgüter bezeichnet, während Raubkunst die gezielte Entwendung zur Zeit des NS-Regimes meint, einschließlich der Gewaltanwendung gegen deren Besitzer. Die Unterscheidung ist hier allerdings nicht relevant, denn die Staatsregierung besteht darauf, dass das Washingtoner Abkommen über die Restitution von Kunst in jedem Fall Anwendung finden soll. Kurzum – das Innenministerium hat uns wissenlassen, dass die Angelegenheit möglichst zügig abgewickelt werden soll.»

«Das Bild soll also zurückgegeben werden?», fragte Paolo.

«Und zwar rasch und geräuschlos.» Julia nickte. «Angesichts der politischen Stimmungslage in Italien möchte man es vermeiden, Öl ins Feuer zu gießen, indem man den Nationalisten eine Story auf dem Silbertablett serviert, in der es um von Deutschen geraubte Kunst geht.»

«Verstehe», sagte Paolo.

«Das freut mich. Denn da die Rückgabe rasch vonstattengehen soll, kann sie nicht auf offiziellem Weg durch einen Staatsbeamten erfolgen. Allein der Papierkram würde mit allen dafür notwendigen Anfragen und Bewilligungen mindestens zwei Wochen in Anspruch nehmen. Stattdessen hat mich der Leiter unseres Referats gebeten, einen unserer zivilen Mitarbeiter mit dieser delikaten Mission zu betrauen – und ich habe dabei an dich gedacht.»

«An mich?», stieß Paolo aus. Er sah Julia entsetzt an. «Warum gerade ich?»

«Weil du die beste Wahl bist», erklärte sie rundheraus. «Du kennst du dich mit Kunst aus, du sprichst Italienisch, kennst Land und Leute …»

«Ich kenne was?» Paolo reckte den Kopf vor, als hätte er sie nicht verstanden. «Ich bin zum letzten Mal als Jugendlicher in Italien gewesen, wie du weißt. Und das bisschen Italienisch, das ich mal konnte, ist mehr als eingerostet.»

«Dein Name ist italienisch», konterte sie.

«Na und? Mein Nachbar fährt einen Volvo. Würdest du ihn deshalb nach Schweden schicken?»

«Bitte, Paolo.» Ihre grünen Augen sahen ihn treuherzig an. Diesem Blick hatte er noch nie widerstehen können. Und natürlich wusste sie das ganz genau.

«Du hast mir erzählt, dass du früher viel in Italien gewesen bist», fuhr sie sanfter fort. «Und dass du eine gewisse Verbindung zu dem Land hast.»

Paolo nickte. Er nahm die Brille ab, schloss die Augen und massierte die Nasenwurzel. Tatsächlich erinnerte er sich dunkel, irgendwann einmal so etwas gesagt zu haben, als sie bei Wein und Gnocchi bei Mario gesessen hatten.

«Du hättest ihr die Wahrheit sagen sollen», raunte ihm jemand ins Ohr. «Jetzt ist es zu spät dafür. Zumal, wenn du das Mädchen wirklich heiraten willst.»

Paolo brauchte nicht hinzusehen, um zu wissen, dass der Junge in der roten Badehose wieder da war.

«Der wichtigste Grund jedoch» – Julia beugte sich vor, und an dem sanften Vibrato ihrer Stimme konnte er erkennen, dass sie zum Todesstoß ausholte – «ist der, dass ich dir uneingeschränkt vertraue. Mehr als jedem anderen, der hier arbeitet, ob verbeamtet oder nicht.»

Da war es, das schlagende Argument. Niemand sonst verstand es, seinen Widerstand auf solch effiziente Weise zu brechen. Sie brachte ihn dazu, etwas zu tun, das er eigentlich nicht tun wollte – doch vielleicht lag darin ja auch eine Chance.

Wie oft hatte Julia ihm gesagt, dass sie es schön fände, wenn er manchmal ein wenig unkomplizierter, zupackender, einfach ein bisschen männlicher wäre? Dieser Auftrag war eine Möglichkeit, ihr zu beweisen, dass er all das sein konnte!

Paolo holte tief Luft. Dann nickte er. «Einverstanden.»

«Danke, Paolo.» Julia wirkte tatsächlich erleichtert.

«Du weißt aber, dass ich nicht fliege?»

«Musst du auch nicht. Die Überstellung wird per Lieferwagen erfolgen, durch eine private Firma für Sicherheitstransporte. Du brauchst die Fahrer nur zu begleiten und sicherzustellen, dass das Bild an seinen Adressaten übergeben wird – die Galleria Nazionale in Parma.»

«*Nur*», echote er. Sie hatte wirklich keine Ahnung, was sie mit diesem Italienbesuch von ihm verlangte. Denn er hatte ihr nie erzählt, wie es um sein Verhältnis zum Land der Zitronen tatsächlich bestellt war. Jetzt war es eindeutig zu spät dafür.

«Schon übermorgen bist du wieder zurück», versicherte sie.

«Und dann?», fragte er.

«Was meinst du?»

«Du weißt, was ich meine.»

Sie strich sich eine Strähne aus dem Gesicht, die sich widerspenstig aus dem Haarband gelöst hatte. «Ich hatte noch keine Zeit, um über alles nachzudenken. Entschuldige bitte», sagte sie. «Die Arbeit lässt mir im Augenblick kaum Luft zum Atmen.»

«Dann lass uns reden, wenn ich zurück bin», schlug er vor.

Julia nickte nur, schweigend wie ein Schulmädchen. Es passte nicht zu ihr, und es war auch kein gutes Zeichen, fand er.

«Nur eines noch», fügte er deshalb hinzu. «Falls es darum geht, was ich früher gesagt habe – dass ich mir nicht vorstellen könnte, Kinder zu haben …»

«Bitte, Paolo», fiel sie ihm ins Wort. «Nicht jetzt. Nicht hier.» Sie beugte sich erneut vor. Ihre Hände griffen über den Tisch und umfassten die seinen.

Sie waren eiskalt.

«Du solltest mitkommen nach Italien», sagte er und sah sie auffordernd an. «Dort ist es bereits warm um diese Jahreszeit.»

«Setz du dich in die Sonne und trink einen Espresso für mich mit», erwiderte sie und lächelte, was ihn gleich etwas optimistischer stimmte.

«Klar», erwiderte er und versuchte, das Lächeln zu erwidern, während er sich innerlich schüttelte.

«Entschuldige, du trinkst ja keinen Kaffee. Wo habe ich nur meinen Kopf?»

«Schon gut.» Er erhob sich.

«Thomas wird dir alles erklären, was du wissen musst», sagte Julia, als er schon bei der Tür stand. Ihr Ton war wieder ganz sachlich.

«Verstanden.» Thomas, das war Kriminalkommissar Thomas Greiner, Julias Partner im Dienst und ihre rechte Hand.

«Und … Paolo?»

Er drehte er sich noch einmal um. Für einen Augenblick, der sich nach Ewigkeit anfühlte, sah sie ihn an, und er hatte den Eindruck, als wollte sie ihm etwas sagen.

«Ja?», fragte er, hoffnungsvoll wie ein verliebter Pennäler.

«Danke», sagte sie nur.

## KAPITEL 3

Es war heiß am Strand.

Noch heißer als im vergangenen Jahr, und ganz sicher auch heißer, als es gut für ihn war. Das Denken fiel ihm dann schwer, die Zeit verging langsam und klebte wie Honig. Vor allem aber konnte er es nicht leiden, wenn er Sand zwischen den Zehen hatte. Schon acht Jahre war er jetzt auf der Welt, aber daran hatte er sich noch immer nicht gewöhnt.

Entsprechend zog er es vor, im Schatten zu bleiben. In seinen Bademantel gehüllt und mit hochgeschlagener Kapuze kauerte er im Liegestuhl. Die Sonnenbrille seiner Mutter hatte er auf der Nase und das Gesicht mit derart viel Sonnencreme eingeschmiert, dass es weißlich leuchtete. Er versuchte sich auf das Comicheft zu konzentrieren, das er in den Händen hielt. Wie immer klebte das Papier an den Fingern, trotzdem war er gefesselt von der Geschichte. Er genoss den Geruch der Druckerschwärze, die von den bunten Bildern aufstieg. Er lenkte ihn ab vom süßlichen Duft der Sonnencreme und vom Salzgeruch, der vom Meer herüberdrang.

«Wird das jetzt noch was, du Langweiler?»

Der Mund, der die Beleidigung sprach, gehörte Felix, seinem zwei Jahre älteren Bruder, der in so ziemlich jeder Hinsicht das genaue Gegenteil von ihm war: die Haare nicht dunkel, sondern hell, der Körper nicht untersetzt, sondern schlank, die Haut nicht bleich und empfindlich, sondern sonnengebräunt.

Es war wirklich kurios. Dem älteren Sohn, der keinerlei Probleme mit der Hitze hatte, der die Leidenschaft der Italiener für Fußball teilte und es liebte, sich am Strand einbuddeln zu lassen, hatten die Eltern den unverfänglichen, zumindest deutsch klingenden Namen Felix gegeben. Bei der Namenswahl ihres zweiten Sohnes hingegen hatten sie ihrer Italienliebe Ausdruck verliehen und ihn lupenrein *italiano* «Paolo» genannt.

«Nun komm endlich spielen!», rief sein Bruder, dessen knallrote Badehose Paolo an Mogli aus Disneys *Dschungelbuch* erinnerte. «Zuerst panieren wir uns ordentlich, und dann bauen wir eine Sandburg. Die größte am ganzen Strand!»

«Muss das sein?» Schon der Gedanke, sich halbnackt in klebrigem, rauem Sand zu wälzen, bereitete Paolo Unbehagen – ganz zu schweigen davon, abends auf dem Hotelzimmer unter der Dusche feste abgeschrubbt zu werden.

«Zuerst muss ich das hier noch zu Ende lesen», sagte er und deutete auf das Heft auf seinen Knien. «Ich will wissen, wie die Geschichte ausgeht.»

«Wie soll sie schon ausgehen? Die Fliege rettet am Ende die Welt, wie immer. Ist doch Quatsch.»

«Er heißt nicht Fliege, sondern ‹Die Spinne›», verteidigte Paolo empört seinen Helden. «Und das ist auch kein Quatsch.»

«Da sagt Mama aber was ganz anderes.»

Paolo schnaufte – das stimmte leider. Seine Eltern waren gar nicht begeistert, wenn er sein Taschengeld für etwas ausgab, das sie «Schundliteratur» nannten. Dabei hätte er ihnen und Felix viel Spannendes erzählen können über seinen maskierten Lieblingshelden, der Superkräfte hatte und in der Lage war, an Hauswänden emporzuklettern. Aber außer ihm interessierte sich niemand in der Familie für die aufregenden Abenteuer und den Mut der Spinne.

Paolo kaufte seine Comics trotzdem. Im *tabacchi*-Laden um

die Ecke gab es eine große Auswahl, auch auf Deutsch. Und sogar billiger als zu Hause, wenn man die Lire in D-Mark umrechnete. Und rechnen konnte Paolo ziemlich gut.

«Nun komm endlich!»

Ohne sich von der Stelle zu rühren, beobachtete Paolo seinen Bruder dabei, wie er sich tropfnass im Sand wälzte und dabei wie irre lachte. Von seiner roten Badehose abgesehen, die beharrlich weiter leuchtete, erinnerte Felix jetzt an die *calamari fritti*, die es oben an der Strandpromenade in der Rosticceria gab.

«Wozu in aller Welt soll das gut sein?», fragte Paolo verständnislos.

«Na ja … weil's Spaß macht», erklärte Felix schulterzuckend.

Paolo schüttelte den Kopf und schloss resignierend die Augen. Als er sie wieder aufschlug, fand er sich nicht am Strand von Cervia wieder, sondern auf der Rückbank eines Kleintransporters auf dem Weg nach Parma.

Ganz offenbar war er eingeschlafen und hatte geträumt – ausgerechnet von jenem 11. August 1982, der sein Leben für immer verändert hatte. Und es war kein Sand, den er an seinen Füßen spürte, sondern die Folgen unzureichender Durchblutung.

Dass es keine Vergnügungsreise werden würde, war Paolo von vornherein klar gewesen. Seit gut zwei Stunden saß er auf der schmalen Rückbank eines zum Werttransporter umgerüsteten Sprinters. Seine Knie stießen an den Fahrersitz. Der Platz rechts neben ihm wurde von seinem Reisekoffer eingenommen.

«Wo sind wir?», fragte er die beiden blau uniformierten Fahrer, die kein Hehl daraus machten, dass sie über ihren Fahrgast nicht begeistert waren.

«Brenner durch», sagte der Beifahrer lakonisch.

Paolo versuchte seine Beine zu bewegen, er spürte sie kaum noch. «Wie wär's mit einer Pause?»

Eine Antwort bekam er nicht. Dass die beiden an der übernächsten Raststätte tatsächlich einen kurzen Halt einlegten, lag wohl eher daran, dass ein beinahe leerer Benzintank und der Drang nach Nikotin sie dazu nötigten.

Auch Paolo stieg aus und stellte mit Erleichterung fest, dass doch noch Leben in seinen Gliedmaßen war. Und noch etwas fiel ihm auf, als er sich auf dem Rastplatz südlich von Brixen aus dem Wagen quälte und sich staksenden Schrittes die Beine vertrat: die Luft.

Sie war anders als in München.

Wärmer, milder, von einer Leichtigkeit durchdrungen, die es in Deutschland nicht gab. Und sie weckte Erinnerungen.

«Weißt du noch?» Der Junge in der roten Badehose war plötzlich wieder da, so als wäre er direkt aus seinem Traum gesprungen. «Wir haben es immer die ‹Italienluft› genannt. Und Papa hat dann immer angefangen, ‹Azurro› zu singen.»

Paolo schüttelte den Kopf. Natürlich erinnerte er sich, wie an so vieles andere. Aber er wollte sich nicht erinnern, nicht daran. Er vertrieb den Gedanken wie ein lästiges Insekt, und mit ihm auch die Erinnerung an Felix.

Die Fahrer wechselten, und sie setzten ihre Fahrt fort.

Paolo sah aus dem Fenster, betrachtete die Landschaft. Halbhohe Berge säumten die Autobahn zu beiden Seiten. Ein netter Anblick, aber nicht sehr abwechslungsreich. Paolo schlief wieder ein.

Als er das nächste Mal erwachte, hatten sie Mantua erreicht und nur noch gut eine Stunde zu fahren, was die beiden Fahrer nicht davon abhielt, ihr kulinarisches Heil noch bei McDonald's zu suchen.

Das Essen wurde ihnen durchs offene Fenster hereingereicht, und mit ihm auch der Geruch von Zwiebeln, Salzgurken und Frittierfett. Paolo hätte am liebsten die Flucht ergriffen, doch er hatte ja einen Auftrag zu erfüllen. Außerdem spürte er schon wieder seine Beine nicht, und es war fraglich, ob sie ihm überhaupt gehorcht hätten.

Mit dem Schicksal hadernd saß er auf seiner Rückbank. Warum in aller Welt hatte er diesen Auftrag angenommen? Wieso hatte er sich von Julia überreden lassen?

Die Antwort war so offenkundig wie deprimierend: weil er ihr gefallen wollte, ihr imponieren – wie ein Halbwüchsiger, der sich auf dem Schulhof in eine Zehntklässlerin verguckt hatte. Er war ja kein Trottel.

Paolo wusste nur zu gut, dass viele Menschen ihn für seltsam hielten, mit seiner Eigenbrötelei und seinen Spleens. Auch mit seiner «Gabe» stieß er immer wieder auf Befremden. Für gewöhnlich machte ihm das nichts aus. Im Gegenteil. Seine Gabe war unter anderem der Grund dafür, dass er beim LKA als Spezialist für besonders knifflige Fälle galt und man häufig und gerne auf seine Dienste zurückgriff.

Aber dieses eine Mal wollte und durfte er nicht so sein. Er wollte beweisen, dass er auch anders sein konnte, dass er zupackend und effektiv agieren konnte – und jeder Herausforderung gewachsen war, die sich ihm auf dieser Reise in den Weg stellen mochte …

Ein dumpfes Geräusch knatterte aus dem Sitz seines Vordermanns. Für einen Moment hoffte Paolo, es möge das Fahrgestell des Wagens sein, doch der dem Geräusch folgende Geruch belehrte ihn eines Besseren.

«Hallo?», fragte er nach vorn.

«Muss am Burger liegen», erwiderte der Fahrer achselzuckend und ungeniert. Es war das erste Mal, dass Paolo ihn mehr als drei Wörter am Stück sagen hörte. Und eigentlich auch die erste Unterhaltung, die sie seit ihrer Abfahrt führten. «Da waren wohl Zwiebeln drin. Die vertrag ich nicht.»

«Natürlich sind da Zwiebeln drin!» Paolo schüttelte verständnislos den Kopf. «Was glauben Sie denn, woraus ein Cheeseburger gemacht wird?»

«Aus Käse?» Der Fahrer lachte über seinen eigenen Witz, und sein Kumpan fiel in das Gelächter ein.

Paolo sackte in sich zusammen. *Zupackend und effektiv*, hallten seine eigenen Worte in ihm nach. *Und jeder Herausforderung gewachsen.*

Manchmal war es ein Fluch, sich an alles erinnern zu können. An jeden Menschen, an jedes Ereignis.

Und leider auch an jede Dummheit.

## KAPITEL 4

Hinter Mantua verließen sie die Autobahn und fuhren auf der *strada provinciale* nach Südwesten.

Die Landschaft war hier so flach wie ein Topfboden. Rübenfelder wechselten sich ab mit Äckern, auf denen Mais oder Weizen angebaut wurde, und immer wieder durchquerte die Straße Ortschaften mit Wohnhäusern, Werkstätten und kleinen Fabriken. Der Anblick dieser Häuser, deren Fenster schmaler und deren Dächer ganz anders waren als zu Hause in Deutschland – viel flacher und mit Ziegeln in verschiedenen Rot- und Brauntönen gedeckt –, hatte früher schon genügt, um seinen Bruder zu Begeisterungsstürmen über Italien hinzureißen, wo alles viel schöner, besser und abenteuerlicher sei. Und ihre Mutter hatte dann angefangen, vom warmen Licht zu schwärmen und vom Sinn der Italiener für alles Farbenfrohe und Freundliche.

Als Junge hatte Paolo nie verstanden, was sie damit gemeint hatte. Aber jetzt, wo die Sonne langsam zu sinken begann, konnte er tatsächlich beobachten, wie sich das Licht veränderte. Die Sonne brannte nicht mehr grell vom Himmel, sondern tauchte alles in einen weichen, bernsteinfarbenen Schein. Es brachte das Grün der Felder und der vorbeiziehenden Bäume zum Leuchten und hob aus alten Hauswänden Strukturen und Farben hervor, die vorhin noch nicht zu sehen gewesen waren.

Und auch damals nicht, sagte er sich in einem Anflug von beinahe kindlichem Trotz.

Gegen sechzehn Uhr trafen sie in Parma ein. Es war Freitag, Hauptstoßzeit, entsprechend dicht war der Verkehr auf der Viale Paolo Toschi. Entlang des Flusses, dem die Stadt ihren Namen verdankte, arbeitete sich die Blechlawine ins Zentrum vor.

Anders als im klimatisierten Laderaum mit einer Temperatur von 19,4 Grad und 57 Prozent relativer Luftfeuchtigkeit war die Luft im Transporter schwül und zum Schneiden dick. Den beiden Fahrern schien das wenig auszumachen, Paolo hingegen musste an die Zeiten denken, als er als kleiner Junge bei solchen Fahrten auf der Rückbank der Familienkutsche gesessen und es vor Hitze kaum ausgehalten hatte, während sein Bruder lauthals «Made in Italy» von Ricchi e Poveri gesungen hatte, stimmlich von ihrem Vater unterstützt.

Eines hatte sich im Vergleich zu damals allerdings verändert: Wo waren all die dreirädrigen Ape-Lieferwagen und dunkelblauen Fiats geblieben, die sich hektisch auf der Straße drängten und einander wilde Hupduelle lieferten? In den vergangenen Jahrzehnten hatte eindeutig auch hier der motorisierte Wohlstand Einzug gehalten.

Wohin Paolo auch blickte, sah er dicke SUVs und stolze Mittelklasse aus vorwiegend deutscher Fertigung. Und mit der deutschen Wertarbeit hatte man offenbar auch die ebenso deutsche Eigenheit übernommen, das eigene Gefährt wie ein rohes Ei zu behandeln. So zivilisiert, wie er sich gegenwärtig präsentierte, hatte Paolo den italienischen Straßenverkehr jedenfalls nicht in Erinnerung. Eifrig wurden Blinker gesetzt, und rote Ampeln schienen inzwischen nicht mehr nur als gutgemeinte Empfehlungen verstanden zu werden. Sollte sich dieses Land derart verändert haben? Paolo war beinahe erleichtert, als ein Bus ohne Vorwarnung von rechts einscherte und den Fahrer des Transporters zu einem abrupten Ausweichmanöver zwang.

«Mist, verdammter!», fluchte der Fahrer.

Die Galleria Nazionale, in der Paolo das Gemälde übergeben sollte, befand sich im Palazzo della Pilotta, einem burgartig aufragenden, aus sandfarbenen Ziegeln errichteten Gebäudekomplex im Herzen der Stadt. Andere im sechzehnten Jahrhundert errichtete Paläste hatten in erster Linie dazu gedient, Königen und Herzogen eine Unterkunft zu bieten. Der Palazzo della Pilotta hingegen war nicht für gekrönte Häupter, sondern nur für die zahlreichen Hof- und Staatsbediensteten errichtet worden, und zwar jene der mächtigen Familie Farnese, die zur Zeit der Renaissance die Stadt beherrscht hatte. Der Fahrer lenkte den Transporter auf dem Vorplatz und an der alten Visconti-Zitadelle vorbei durch das linke der drei Tore, die den Palast nach Westen öffneten.

Unter dem gewaltigen Gewölbe des Innenhofs brachte er den Sprinter zum Stehen. So dankbar Paolo dafür war, der drückenden Enge des Lieferwagens endlich zu entkommen – die feuchte Schwüle, die ihn jenseits der Schiebetür empfing, besserte sein Wohlbefinden nicht wesentlich. Seine Brille beschlug, sodass er sie abnehmen und reinigen musste, und sein Hemd hatte unter der langen Reise sichtbar gelitten. Ganz abgesehen davon, dass seine Beine ihm auch diesmal nicht recht gehorchen wollten. Sich mit den Handflächen gegen den Kastenwagen stemmend, ging er in den Ausfallschritt und machte Stretching-Übungen, was die Fahrer mit breitem Grinsen quittierten. Sollten sie doch.

«Sie beide bleiben hier und warten», wies er sie an, nachdem er ein letztes Mal das Kreuz durchgestreckt hatte. «Ich werde den Kurator informieren, dass der Transport eingetroffen ist. Dann wird er seine Leute schicken, und wir können die Ladung an die Italiener übergeben.»

Noch immer ein wenig humpelnd ging Paolo zu einer kolos-

33

salen Treppe, die durch ein gläsernes Portal ins Innere des Palazzo führte. Außer der Nationalgalerie beherbergte der Komplex auch noch die archäologische Sammlung, die Nationalbibliothek sowie ein restauriertes Theater der Renaissancezeit. In den Sommermonaten würde hier gewiss alles voller Touristen sein, doch jetzt, Anfang Mai, war weit und breit kein Mensch zu sehen. Auf dem breiten Aufgang zu den oberen Etagen kam sich Paolo entsprechend verloren vor. Zudem stieg ihm ein seltsamer Geruch in die Nase, eine eigenartige Mischung, die verriet, dass sich hier jemand viel Mühe gab, den stechenden Odem überdauerter Jahrhunderte mit frischem Zitronenduft zu übertünchen.

Auf dem Treppenabsatz, von dem aus man in die archäologische Sammlung gelangte, befand sich ein Kassenhäuschen. Eine Dame mittleren Alters saß dort, mit blondem Haar und einer Lesebrille, die ganz vorn auf ihrer Nase saß, von einer goldenen Halskette gesichert. Ein Smartphone, das sie mit dunkelrot lackierten Fingernägeln bediente, schien ihre ganze Aufmerksamkeit einzufordern.

«*Buongiorno. Parla tedesco?*», fragte Paolo.

Keine Reaktion.

«*Inglese?*»

Keine Reaktion.

Paolo seufzte. Dann also anders.

«*Mi scusi.*» Paolo musste sich konzentrieren. Es war wirklich lange her. «*Cerco per … per …*»

Nun gab es einen strafenden Blick über den Brillenrand. Ob für die Störung oder das unbeholfene Italienisch, war nicht festzustellen.

«*What-e do you want-e?*», fragte ein sonorer Alt nun doch auf Englisch, das allerdings recht italienisch klang.

Paolo wechselte ebenfalls ins Englische. «Ich suche einen Signor Tantaro. Umberto Tantaro von der Galleria Nazionale.»

«Sie haben einen Termin?»

«Er erwartet mich», entgegnete Paolo. «Könnten Sie ihn bitte informieren, dass ich hier bin?»

Die Frau musterte ihn, als hätte er ein unsittliches Ansinnen vorgetragen. Dennoch griff sie nach dem Diensttelefon, das auf ihrem schmalen Tischchen stand, hob den Hörer ab, betätigte eine Taste und sprach einige leise Worte hinein.

«Die Treppe ganz nach oben, *a sinistra*», verkündete sie dann polyglott, um sich sofort wieder ihrem Smartphone zuzuwenden.

Paolo bedankte sich und folgte der Beschreibung. Am Eingang zur Nationalgalerie traf er auf einen grau uniformierten Wächter, der ihn ebenso misstrauisch beäugte wie die Kassiererin, ihn jedoch passieren ließ, als Paolo den Namen des Kurators nannte.

Durch eine schmale Glastür gelangte er in die eigentliche Galerie und fand sich in einem hallenartigen Gang wieder, inmitten der Porträts zahlloser, einst sicher wichtiger, inzwischen jedoch längst verblichener Herrschaften. Unter ihren gravitätischen, beinahe vorwurfsvollen Blicken ging er den Gang entlang, unschlüssig, wohin er sich wenden sollte.

«Signor Ritter?»

Paolo wandte sich um. Eine junge Italienerin im dunkelblauen Faltenrock stand vor ihm. Dem Emblem auf ihrer Strickjacke nach war sie eine Studentin der örtlichen Universität, die sich vermutlich im Museum etwas dazuverdiente. Ihr glattes schwarzes Haar umrahmte ein auffallend blasses Gesicht, das wohl mehr Zeit in Bibliotheken und Hörsälen verbrachte als unter freiem Himmel. Durch die Gläser ihrer Hornbrille taxierte sie den Besucher und wirkte dabei ein wenig amüsiert. Paolo musste wirklich einen befremdlichen Anblick bieten in seinem zerknitterten Hemd und dem zerknautschten grauen Anzug.

«Der bin ich», bestätigte er.

«Signor Tantaro ist gleich bei Ihnen», erklärte die Studentin in beinahe perfektem Deutsch. «Wenn Sie möchten, können Sie sich solange gerne die Galerie ansehen.»

«Danke.» Paolo nickte und schritt tapfer die Galerie der Verblichenen ab. Am Ende erweiterte sich der Gang zu einem kreisrunden, von einer Kuppel gekrönten Raum, den eine überlebensgroße Statue beherrschte: der antike Held Herakles, nackt, wie seine Mutter Alkmene ihn einst geboren hatte. So kunstvoll die Figur aus dem Stein gearbeitet worden war und so formvollendet sie einst gewesen sein mochte – die Arme waren im Lauf der Jahrhunderte verlorengegangen, und auch das beste Stück des Halbgottes hatte die Wirren der Zeit nicht überstanden. Oder vielleicht, mutmaßte Paolo, hatte jemand irgendwann aus reinem Penisneid zum Meißel gegriffen …

«Signor Ritter! Wie es mich freut, Sie kennenzulernen!»

Ein untersetzter Mann kam auf ihn zu, die Hände bereits ausgestreckt, um Paolos Rechte zu ergreifen und sie beherzt zu schütteln. Er trug einen dunkelblauen Anzug und ein rosafarbenes Hemd. Ein grauer Kranz um seinen Hinterkopf war alles, was von seiner Haarpracht geblieben war. Die Augen strahlten in einer Leutseligkeit, der Paolo sich nur schwer entziehen konnte.

«Signor Tantaro?»

«So ist es, mein Lieber! So ist es!» Der andere schüttelte seine Hand noch immer. Auch er sprach fließend Deutsch, nur sein Akzent war stärker als der der Studentin. «Aber nennen Sie mich doch Umberto, *sì*?»

Paolo rang sich ein Lächeln ab. Eigentlich sprach er wild-fremde Menschen nicht gern mit dem Vornamen an und wurde auch selbst nicht gern so angesprochen. Aber er dachte an Julia und daran, dass er diesen Auftrag souverän über die Bühne bringen wollte. «Paolo», fügte er ein bisschen säuerlich hinzu.

«*Un nome italiano!* Wie schön», sagte der Kurator und lächel-te mit dem Stolz eines Lehrers, der einen strebsamen Schüler lobte. «Noch mehr freue ich mich jedoch über das, was Sie uns mitgebracht haben. Als ich von der Neuigkeit hörte, war ich – *come si dice?* – ganz außer Haus?»

«Aus dem Häuschen», verbesserte Paolo. «Das kann ich gut verstehen. Schließlich kommt es nicht alle Tage vor, dass ein alter Meister in seine Heimat zurückkehrt.»

Tantaros Augen blitzten listig. Wie ein Junge, der im Rücken des Besuchers ein Geschenk vermutete, versuchte er, an Paolo vorbeizuspähen. «Und? Wo ist es?»

«Um zu gewährleisten, dass das Gemälde keinen Schaden nimmt, haben wir uns für einen klimatisierten Sicherheits-transport im Auto und nicht im Flugzeug entschieden», erklär-te Paolo. «Das Fahrzeug steht unten im Innenhof. Die Über-gabe kann ohne weitere Formalitäten stattfinden, Sie brauchen nur den Empfang zu quittieren.»

«Das ist großartig, großartig!» Tantaros Begeisterung schien keine Grenzen zu kennen. «Wissen Sie, Correggio ist für Parma, was Leonardo für Firenze ist oder Michelangelo für Roma. Er war kein Sohn dieser Stadt, aber er wirkte hier viele Jahre und schuf hier einige seiner größten Werke. Haben Sie sein Fresko in der Kuppel des Duomo gesehen? Oder in San Giovanni Evangelista?»

«Nein, ich hatte noch nicht das Vergnügen», musste Paolo zugeben.

«Kommen Sie», sagte Tantaro und zog ihn kurzerhand mit sich – von einem Ausstellungsraum in den nächsten, vorbei an ikonographischen Heiligenbildern und riesigen Schlachtengemälden in jenen Bereich der Galerie, der dem Lokalmatador und seinen Schülern vorbehalten war.

«Dies», erklärte Tantaro, «sind keine Kirchenfresken, aber es ist die bedeutendste Sammlung an Correggio-Originalen weltweit. Sehen Sie sich diese Farben an, diese Dramatik und die *passione*, wie sagt man …»

«Leidenschaft», übersetzte Paolo.

«… mit der Correggio gearbeitet hat», fuhr der Kurator mit dankbarem Nicken fort. «Und dabei spreche ich nicht von der Führung der Linien, der ungewöhnlichen Perspektive oder dem Faltenwurf der Gewänder. Ich spreche von dem, was man nicht sieht, Paolo, sondern nur mit dem Herzen fühlt.» Er trat vor ein Gemälde, das die Kreuzabnahme Jesu Christi zeigte. «Sehen Sie sich die Gesichter an», forderte er Paolo auf. «Die Gefühle, die sich dahinter verbergen, den Schmerz, der sich in ihnen spiegelt … Man kann sich dem nicht entziehen. Correggio war *un vero artista.*»

«Ein wahrer Künstler», übersetzte Paolo. Und wenn er Tantaros Euphorie für die mitunter blutrünstige, an Sensationslust grenzende Darstellungsweise Correggios und seiner Zeitgenossen auch nicht ganz nachvollziehen konnte, so musste er doch zugeben, dass die in Düsternis schwelgenden Gemälde eine geradezu soghafte Wirkung auf ihren Betrachter hatten. Er konnte daher gut nachvollziehen, warum der kleine Kurator derart ins Schwärmen geriet, wenn er von diesen Dingen sprach.

Doch er war nicht hier, um Kunstbetrachtungen anzustellen.

«Würden Sie das Bild nun gerne sehen?», fragte Paolo.

Der Kurator drehte sich zu ihm um, und wieder blitzten seine Augen wie die eines kleinen Jungen. «Sì, sehr gerne», sagte er. «Lassen Sie uns den Meister nach Hause holen, und dann wird gefeiert.»

«Gefeiert?» Paolo zuckte unwillkürlich zusammen.

«Natürlich, ein feierlicher Empfang zu Ehren des zurückgekehrten Meisters», sagte Tantaro, «und natürlich sind Sie als unser *ospite d'onore* herzlich eingeladen! Hat man Ihnen das nicht gesagt?»

«Nein», gab Paolo zu und rang sich einmal mehr ein Lächeln ab, «das muss man wohl vergessen haben.»

Natürlich war das Unfug. Von wegen vergessen!

Julia war die Verlässlichkeit in Person, zumal, wenn es um dienstliche Angelegenheiten ging. Sie hatte nicht vergessen, ihm von der Feier zu erzählen, sondern ihm ganz bewusst nichts davon gesagt, weil sie wusste, wie sehr er solche Veranstaltungen verabscheute. Schon der alljährliche Polizeiempfang war ihm ein Gräuel. All das Händeschütteln und offizielle Getue. Vom krampfhaften Smalltalk ganz zu schweigen.

«Tut mir wirklich sehr leid», versicherte er deshalb und hob entschuldigend die Hände, «aber ich fürchte, ich werde nicht lange genug bleiben können, um …»

«Sie werden doch heute nicht mehr zurückfahren?»

«Das nicht, aber schon morgen früh.»

«Aber der Empfang findet ja heute Abend statt», sagte der Kurator fröhlich, «gleich hier im Haus, im restaurierten *Teatro Farnese*. Bitte, Paolo, Sie müssen dabei sein! Die Presse und viele *notabili* werden kommen. Da darf unser Gast aus *Germania* nicht fehlen – ihm verdanken wir schließlich den Anlass unserer Freude.»

«Ich bitte Sie», sagte Paolo schnell und merkte direkt, wie er errötete, «mit der Rücküberstellung selbst – also dass überhaupt rücküberstellt wird –, damit hatte ich ja gar nichts zu tun. Ich meine, ich habe doch nur jemandem einen Gefallen erwiesen, der mich gebeten hat, in dieser Sache …»

Plötzlich stand Julia neben ihm. «Ist das die Art und Weise, wie du mir beweisen willst, dass du entschlussfreudig und zupackend sein kannst? Dass du Herausforderungen annehmen kannst?», fragte sie. Sie trug eine weiße Bluse, das Haar streng zurückgekämmt, eine Zigarette zwischen den Fingern. Sie nahm einen Zug und stieß Rauch in die Luft. Sie wirkte so energisch, dass Paolo klar war, was die Stunde geschlagen hatte.

«Einverstanden», hörte er sich sagen. Obwohl er seine Schuldigkeit getan hatte.

Er hatte den Transport begleitet und das Bild an seinen Bestimmungsort gebracht. Jetzt war er müde und abgekämpft. Eigentlich wollte er nur noch in sein Hotel und die Beine hochlegen.

«Wie wunderbar», entgegnete Tantaro und rieb sich die Hände. «Ich versichere Ihnen, Sie werden es nicht bereuen.»

Paolo hatte da so seine Zweifel.

## KAPITEL 5

Die Zeit bis zum Beginn des Empfangs hatte Paolo genutzt, um sein Zimmer im Hotel Verdi zu beziehen, das auf der anderen Flussseite lag, nur etwa fünfzehn Gehminuten entfernt. Er hatte eine Dusche genommen und sich ein kurzes Nickerchen gegönnt. Dann hatte er sich umgekleidet. In Ermangelung eines zweiten Anzugs hatte er den grauen Zweireiher, den er auch während der Fahrt getragen hatte, aufbügeln lassen, sodass er wieder ein halbwegs brauchbares Erscheinungsbild bot.

Auf dem Weg zurück zum Palast durchquerte Paolo den Parco Ducale, der sich von der Viale Alberto Pasini am Herzogspalast vorbei bis zum Fluss erstreckte. Während in den umliegenden Straßen der Verkehr lärmte, herrschte im Park bereits feierabendliche Ruhe: Jogger waren unterwegs, junge Eltern fuhren Kinderwagen spazieren, und das letzte Licht des Tages ließ die Platanen und Rosskastanien in satten Farben leuchten. Paolo ertappte sich dabei, wie er sehnsüchtig nach den im Halbschatten liegenden Parkbänken spähte.

Wie gerne hätte er sich auf eine von ihnen gesetzt und den anstrengenden Tag müßig ausklingen lassen, statt einen Saal voller wildfremder Menschen aufzusuchen. Auch in München gab es bisweilen solche Spektakel, deren Besuch sich nicht vermeiden ließ, aber dann war Julia an seiner Seite und regelte alles Kommunikative, während er sich darauf beschränkte, verbindlich zu lächeln und in ein mit Prosecco gefülltes Glas zu starren. Man brauchte kein Hellseher zu sein, um sich auszumalen, dass das heute nicht genügen würde.

«Angst?», fragte Julia, die plötzlich neben ihm ging. Sie hatte jetzt das enge schwarze Cocktailkleid an, das sie beim Polizeiempfang im vergangenen Herbst getragen hatte – eine ziemlich intensive Erinnerung. Kein Wunder, dass sie gerade jetzt wiederkam.

«Natürlich nicht», beeilte er sich zu versichern. Aber sie kannte ihn gut genug, um zu wissen, dass das eine glatte Lüge war.

Julia verschwand, als er sich dem Eingang des Palazzo näherte. Mehrere Uniformierte und eine freundliche junge Dame standen dort und überprüften die Namen auf der Gästeliste. Paolo nannte seinen Namen und bekam ein rosafarbenes Armband sowie ein Namensschild verpasst, das ihn als «Sig. Paolo, Germania» auswies. Er machte die Italienerin auf den Irrtum aufmerksam und versuchte zu erklären, dass Paolo sein Vorname sei und sein tatsächlicher Nachname «Ritter» laute – *cavaliere*, wie er mehrfach betonte. Aber da die junge Frau kein Deutsch verstand und sein Italienisch bei weitem nicht ausreichend war, stieß der Wortwechsel rasch an seine Grenzen, und Paolo behielt sein Schild so, wie es war.

Das Treppenhaus des Palazzo war kaum wiederzuerkennen. Ein roter Teppich lag jetzt auf den steinernen Stufen, und Lichterketten aus unzähligen winzig kleinen Leuchtdioden wiesen dem Besucher den Weg. Von dem eigentümlichen Geruchsgemisch, das noch am Nachmittag in der feuchtschwülen Luft gelegen hatte, war nur der Zitronenduft geblieben.

Paolo folgte dem Strom der anderen geladenen Gäste – wichtig aussehenden Herren im perfekt sitzenden Smoking und Damen in Abendgarderobe, die die Treppe mehr hinaufzuschweben denn wirklich zu steigen schienen. Am Eingang des *teatro*, das sich am oberen Ende der Treppe zu einem weiten Rund öffnete, staute sich der Pulk der Gäste, und Paolo entgingen nicht die despektierlichen Blicke, mit denen einige seine aufgebügelte Erscheinung bedachten. Nicht, dass er keinen Smoking gehabt hätte – dafür hatte Julia schon gesorgt –, aber der war zu Hause in Schwabing, wo Paolo jetzt auch am liebsten gewesen wäre.

«Angst?», fragte Julia, die plötzlich wieder neben ihm stand.

«Nicht jetzt», erwiderte er barsch und scheuchte sie fort, denn in diesem Moment kam Umberto Tantaro auf ihn zu. Der leutselige Kurator hatte seinen blauen Anzug gegen einen schwarzen getauscht, das rosafarbene Hemd jedoch anbehalten – oder vielleicht hatte er auch nur einen ganzen Schrank voller rosa Hemden. In der Hand hielt er ein gut gefülltes Weißweinglas. Mit dem breiten Lächeln, das er zur Schau trug, hätte er für Zahnpasta werben können.

«Paolo!», rief er. «Wie schön, Sie zu sehen!»

Mit einem Fingerschnalzen beorderte er einen der Kellner herbei, die in weißen Spenzerjacken Getränke servierten, und ehe Paolo sich's versah, hielt er bereits das vertraute Glas Prosecco in der Hand.

«Auf die Freundschaft unserer Länder», sagte Tantaro und stieß mit ihm an.

Paolo hatte sein Glas noch an den Lippen, als der Kurator ihn am Ärmel zupfte.

«Tartine?», fragte er und winkte einen weiteren Kellner heran. Das Tablett, das er vor sich hertrug, enthielt allerhand Häppchen und Leckereien.

«Versuchen Sie die *focaccine al tartufo*», sagte Tantaro und angelte sich selbst eines der kleinen, mit Trüffeln und Parmesan überbackenen Gebäckstücke.

«Nein danke», lehnte Paolo ab.

«Oder vielleicht eine in Balsamico eingelegte *cipollina*? Eine Spezialität unserer Region.»

«Auch nicht.» Paolo schüttelte den Kopf. Mit Zwiebeln hatte er an diesem Tag bereits unschöne Erfahrungen gemacht.

«Aber an unserem *parmigiano reggiano* führt kein Weg vorbei», beharrte der Kurator mit vollem Backen.

«Ich habe bereits im Hotel gegessen», flunkerte Paolo mit leicht verkrampftem Lächeln.

«*Di già?*» Tantaro warf einen überraschten Blick auf seine Armbanduhr. «In Deutschland isst man wirklich früh, nicht wahr?»

«Manchmal», entgegnete Paolo ausweichend. Er vermied es zu erwähnen, dass er meist gar nicht zu Abend aß. Unter Julias Anleitung hatte es ihn viel Mühe gekostet, die Pfunde loszuwerden, die er im Lauf der Jahre angesammelt hatte. Ganz sicher würde er seine Prinzipien nicht hier und jetzt für ein paar Häppchen über den Haufen werfen. Auch wenn sie zugegebenermaßen verflixt lecker aussahen …

Er war froh, als Tantaro seine Bemühungen aufgab und endlich das Thema wechselte. «Haben Sie schon gesehen? Dort auf der Bühne?»

Paolo blickte in die Richtung, in die der Kurator ihm mit einem Canapé deutete, das dieser noch rasch vom Tablett gefischt hatte, ehe der Kellner weitergezogen war. Auf der breiten, leicht ansteigenden Bühne des Theaters stand ein formloses Etwas, das von einem weißen Tuch verhüllt wurde. Aus den vier bewaffneten Uniformierten, die die Installation bewachten, folgerte Paolo, dass es sich um den Correggio handeln musste, den er am Nachmittag korrekt an die Sicherheitsleute der Galerie übergeben hatte, einschließlich sämtli-

44

cher erforderlicher Papiere. Und sich von Tantaro den Empfang bestätigen lassen …

«Der Direttore legt Wert darauf, das Gemälde selbst zu enthüllen», raunte der kleine Kurator ihm zu und biss herzhaft in sein Canapé. «Die Arbeit hatte ich, die Ehre bekommt ein anderer.»

«Tut mir leid», sagte Paolo. Zumindest in dieser Hinsicht schienen Deutschland und Italien sich nicht allzu sehr zu unterscheiden.

«*Nessun problema.*» Tantaro stürzte den Rest seines Weißweins hinunter und rang sich ein resigniertes Lächeln ab. «Hauptsache, das Bild ist hier. Wie gefällt Ihnen übrigens unser *teatro?*»

Genau genommen kam Paolo erst jetzt dazu, sich genauer umzusehen – und er war beeindruckt. Das Teatro Farnese war ganz aus Holz erbaut, nicht nur die Bühne, sondern auch die Ränge für die Zuschauer, die wie bei einem griechischen Theater im Halbrund steil anstiegen, gekrönt von einer zweistöckigen, umlaufenden Arkade, die ebenfalls aus Holz war. Der Empfang selbst fand auf dem blankpolierten, eigens verlegten Parkett des Theaters statt. Da es keine Sitze gab, fasste die imposante Halle gut fünfhundert Gäste. Dezent eingesetztes Licht sorgte für stimmungsvolle Beleuchtung.

Paolo suchte nach passenden Worten, die dieser Kulisse gerecht werden konnten. «Schön», sagte er dann ein wenig hilflos.

«Nicht wahr?» Tantaros ehrliche Begeisterung schien ihn von seinem persönlichen Ärger abzulenken. «Sie müssen wissen, das Teatro Farnese wurde in den Jahren 1618, 1619 errichtet und war lange Zeit nicht das größte und modernste Theater seiner Art. Eigentlich ließ es sein Erbauer Herzog Ranuccio I.

Farnese für den feierlichen Empfang des toskanischen Großherzogs Cosimo II. de' Medici errichten. Aber weil sich der Großherzog mit dem Besuch in Parma Zeit ließ und wenige Jahre später verstarb, wurde es nicht vor 1628 in Betrieb genommen.»

Paolo nahm einen Schluck Prosecco und verkniff sich den Kommentar, dass er das für recht typisch italienisch hielt.

«Seine Einweihung erfuhr es schließlich anlässlich der Hochzeit von Herzog Odoardo Farnese und Margherita de' Medici», fuhr Tantaro unterdessen fort. «Durch die Jahrhunderte wurde es immer wieder für Hochzeiten und offizielle Anlässe genutzt und schließlich auch als öffentliches Theater. Bis der Zweite Weltkrieg dem ein Ende setzte. Im Mai 1944 wurde es von Bomben zerstört, jedoch ab 1956 wieder aufgebaut. Und heute erstrahlt es wieder in altem Glanz.»

«*Vieni*, nun schauen Sie nicht so entsetzt», sagte eine Stimme hinter Paolo in sehr flüssigem, aber akzentbeladenem Deutsch. «Es waren alliierte Bomben, die das Theater zerstörten. Ihr Deutschen konntet ausnahmsweise einmal nichts dafür.»

Paolo wandte sich um.

Vor ihm stand ein Mann, der ihn an Sean Connery in *Der Name der Rose* erinnerte: ein silberner Haarkranz und Vollbart, dazu durchringende blaue Augen. Sein Tuxedo saß perfekt. Das Alter des Mannes war schwer zu schätzen, irgendwo jenseits der fünfundfünfzig und diesseits der fünfundsiebzig. Wobei die beiden blonden jungen Damen, die ihn begleiteten und deren Dekolletés tiefe Einblicke gewährten, wohl einige Jahre wettmachen sollten.

«Paolo, darf ich vorstellen?» Tantaro hatte sich ebenfalls umgewandt. «Dies ist Vincente Rocco, ein herausragender Kunstkenner und Förderer unserer Galerie.»

«Freut mich, Signor Rocco», sagte Paolo und überwand sich,

die goldberingte Rechte zu ergreifen, die der andere ihm entgegenstreckte.

«Vincente», verbesserte der.

«Paolo», sagte Paolo, was ihm einen etwas verunsicherten Blick des Italieners eintrug, der wohl das Namensschild an Paolos Revers gelesen hatte. «Das ist ein Missverständnis», beeilte er sich zu erklären. «Paolo ist mein Vorname, mein Nachname lautet in Wirklichkeit …»

Der Rest von dem, was er sagte, versank in blechernem Schall. Weitgehend unbemerkt hatte eine Schar von Musikern die Bühne erklommen, die in mittelalterlich anmutende, blau und gelb gestreifte Gewänder gehüllt waren – die Farben der Stadt Parma. Mit geblähten Wangen stießen sie in ihre Instrumente – lange, mit dem Stadtwappen beflaggte Fanfaren – und entfesselten damit infernalischen Lärm. Paolo widerstand tapfer der Versuchung, sich die Ohren zuzuhalten. Dafür nutzte er die Gelegenheit, um das kleine Fläschchen Desinfektionsmittel aus der Innentasche seines Jacketts zu ziehen und sich rasch die Hände zu reinigen, während alle Augen auf die Bühne gerichtet waren.

Die Fanfare verklang, und zu aufbrandendem Applaus bestieg ein schlanker Mann im dunklen Anzug und mit ergrautem Haar die Bühne. Mund und Augen waren klein und ungewöhnlich schmal, so als hätte die Natur entschieden, an ihnen zu sparen, um ihn dafür mit einer gewaltigen Habichtsnase auszustatten, die ihm ein markantes, Autorität ausstrahlendes Aussehen verlieh.

«Albano Farnese, der *direttore del museo*», flüsterte Tantaro Paolo zu.

Paolo hob die Brauen. «Farnese?» Den Namen hatte er doch gerade eben schon einmal gehört.

Der Kurator zuckte mit den Schultern. «Es heißt, er sei ein später Nachkomme des Erbauers des Theaters. Vielleicht ist aber auch alles nur *una pura coincidenza.*»

Paolo unterdrückte ein Grinsen. Das war wohl die italienisch charmante Art, ihn wissen zu lassen, dass Tantaro seinen Chef für einen ziemlichen Aufschneider hielt.

Farnese hob die dünnen Arme, um dem Applaus Einhalt zu gebieten, während ein Blitzlichtgewitter auf ihn niederging. Wiederholte Male musste er um Ruhe bitten, ehe er endlich mit seiner Ansprache beginnen konnte, die Tantaro leise für Paolo übersetzte.

«Meine Damen und Herren, es ist mir eine Freude und Ehre, sie zu diesem festlichen Anlass in jenem Theater begrüßen zu dürfen, das mein verehrter Urahn für Sie errichten ließ», übersetzte Taranto, wobei er spöttisch die Augen verdrehte. «Das Haus meiner geschätzten Vorfahren ist stets ein Gönner und Förderer von Antonio Allegri gewesen, den wir alle unter seinem berühmten Künstlernamen kennen und verehren: Correggio.»

Farnese legte eine Kunstpause ein, die das Publikum wohlwollend mit Applaus füllte. Der Direktor genoss es sichtlich. Der Hang zur *bella figura* schien bei ihm in besonderem Umfang ausgeprägt zu sein.

«Ich könnte daher», fuhr er schließlich fort, «nicht glücklicher sein, dass eines seiner Werke, das beinahe acht Jahrzehnte lang schmerzlich in dieser Stadt vermisst wurde, endlich wieder hierher zurückgekehrt ist. Dass es dazu kommen konnte, haben wir der europäischen Zusammenarbeit und vor allem unseren Freunden in Deutschland zu verdanken, und es ist mir eine besondere Freude, dass ich hier und heute Gelegenheit habe, mich bei dem Mann persönlich zu bedanken, der den

Meister in seine Heimat zurückgebracht hat: Signor Paolo von der deutschen Polizei.»

Paolo stand wie vom Donner gerührt.

An die Gleise gekettet, hatte er den Zug herandonnern sehen, ohne etwas dagegen unternehmen zu können. Jetzt wurde er davon überrollt. Ein Scheinwerfer richtete sich auf ihn und riss ihn aus der Anonymität der Menge, und sämtliche Anwesenden wandten sich ihm zu und applaudierten. Vermutlich auch jene, die ihn seines Anzugs wegen vorhin noch despektierlich gemustert hatten.

«Das … das ist ein Missverständnis», beeilte er sich in seiner Not zu versichern, auf sein falsches Namensschild deutend. «Mein Name ist Ritter. Paolo Ritter! Und ich bin eigentlich nicht von der Polizei, sondern nur ein externer Mitarbeiter, der …»

Es interessierte niemanden. Fotoapparate blitzten und Handys filmten. Auf sämtlichen Zeitungsseiten und auf ungezählten Instagram-Accounts würde er als «Signor Paolo» auftauchen. Hätte sich in diesem Moment ein Loch im Boden aufgetan, Paolo wäre dankbar hineingesprungen. Doch die Planken des Parketts blieben unbarmherzig verschlossen. Also machte Paolo gute Miene zum bösen Spiel. Er winkte und lächelte hierhin und dorthin, obwohl er bei dem blendendem Scheinwerferlicht nicht das Geringste erkennen konnte, während Farnese bereits weitersprach und Tantaro weiter übersetzte. Paolo hörte nur mit halbem Ohr zu.

«Nach langen Jahren … zuletzt im Krieg … konnten nicht hoffen … doch das Leben … seltsame Geschichten … und nach langer Odyssee … nach Parma. *Signore e signori – La morte di Cassandra!*»

Für den letzten Satz immerhin brauchte Paolo keine Übersetzung. Der Direktor hatte die Stimme dramatisch erhoben, der große Augenblick war gekommen. Mit großer Geste trat Farnese vor das Bild und zog an der Strippe. Das Tuch, das über die Staffelei mit dem Gemälde gebreitet worden war, fiel rauschend herab und enthüllte feierlich den eigentlichen Star des Abends.

Es entbehrte nicht einer gewissen Ironie, fand Paolo, dass auch er das Bild jetzt zum ersten Mal im Original zu sehen bekam. Als die LKA-Beamten es ihm übergeben hatten, war es bereits luftdicht in eine Metallröhre verpackt gewesen, und alles, was man ihm gezeigt hatte, war ein schlecht belichtetes Handyfoto gewesen. Tantaro und seine Mitarbeiter hingegen hatten keine Zeit verloren und das etwa achtzig mal einhundert Zentimeter große Bild aufgespannt und mit einem prunkvollen, goldfarbenen Rahmen versehen.

Dass ein Restaurator darüber womöglich die Hände über dem Kopf zusammengeschlagen hätte, dass die hohe Luftfeuchte und vermutlich auch das grelle Blitzlicht der Fotografen Gift für das alte Meisterwerk waren, schien im Augenblick niemanden zu kümmern. Der Auflauf all der Damen und Herren in Abendgarderobe ließ vermuten, dass momentan andere Dinge wichtig waren, wie etwa, Aufmerksamkeit zu generieren und Spenden für das Museum einzusammeln.

Die Gäste waren unterdessen alle möglichst nah an die Bühne gerückt. Paolo betrachtete das Bild genauer. Dargestellt war Kassandra, die tragische Heldin der griechischen Sage, deren Fluch es war, das grässliche Ende ihrer Heimatstadt Troja zu kennen und doch niemanden davor warnen zu können. Der Überlieferung nach wurde Kassandra nach dem Krieg von König Agamemnon gefangen und von diesem als Sklavin nach Mykene verschleppt, wo sie schließlich von dessen eifersüchtiger Ehefrau Klytämnestra erstochen wurde.

Mit dem der Renaissance eigenen Hang zur drastischen Darstellung zeigte das Bild genau jenen grausigen Moment: Kassandra im Vordergrund, halb nackt und von einem weißen Tuch umflossen, das Gesicht vor Schmerz verzerrt und doch in der Hoffnung auf eine andere, höhere Gerechtigkeit emporgerichtet. Hinter ihr die Mörderin mit hassverzerrter Fratze, in Schatten halb verborgen, die Augen leuchtend in der Dunkelheit. Es war der Kontrast der Farben und der Widerstreit von Hell und Dunkel, die so typisch für Correggios Arbeiten waren. Doch dieses Gemälde hatte etwas Besonderes an sich, das Paolo auf fast verstörende Art berührte. Es war der Blick, den Correggio der Meuchlerin verliehen hatte.

Paolo hatte im Zuge seiner Arbeit für die Polizei bereits in Mörderaugen geblickt, und was er gesehen hatte, war genau diese existenzielle Leere, die auch aus Klytämnestras in Öl gebannten Blicken sprach. Die furchtbare Erkenntnis, etwas getan zu haben, das unumkehrbar war. Endgültig im wahrsten Sinn des Wortes.

Die Menge klatschte, begeisterte «*Bravi*»-Rufe erklangen, wobei nicht recht klar war, wem sie galten – dem längst verstorbenen Künstler oder dem Direttore, der es meisterlich verstand, sich in Szene zu setzen. Die allgemeine Begeisterung wollte nicht zum tragischen Motiv des Bildes passen, und ganz gewiss passte sie nicht zu Paolos Stimmung. Sein Gefühl, fehl am Platz zu sein, wurde nur noch stärker und drängte ihn, die Feier zu verlassen, nun, da der offizielle Teil beendet zu sein schien. Während der Jubel sich wieder legte und aus einem verborgenen Lautsprecher Musik erklang – Paolo erkannte den Gefangenenchor aus Verdis *Nabucco* –, leerte er sein Glas und stellte es entschieden auf ein leeres Tablett. Er wollte jetzt wirklich nach Hause … oder jedenfalls in sein Hotel.

«Sie werden uns doch nicht schon verlassen wollen?»

Rocco und Tantaro waren irgendwo in der Menge verschwunden, dafür stand Farnese plötzlich vor ihm. Unwillkürlich fragte er sich, wie der Direttore es geschafft hatte, so rasch von der Bühne herunterzusteigen. Oder vielleicht hatte Paolo in seiner Grübelei auch ein wenig die Zeit aus dem Blick verloren, das kam hin und wieder vor. Die Frage allerdings war nicht von Farnese selbst gekommen, sondern von der Kunststudentin mit dem fast akzentfreien Deutsch, die Paolo bereits am Nachmittag kennengelernt hatte. Paolo musste allerdings zweimal hinsehen, um sie wiederzuerkennen. Die Brille war verschwunden. Statt des Strickjäckchens und des Faltenrocks vom Nachmittag trug sie jetzt ein Abendkleid aus dunkelgrüner Seide, und ihr schwarzes Haar war kunstvoll hochgesteckt und von einem ebenso grünen Band durchdrungen.

«Leider doch», erwiderte er und griff sich demonstrativ an die Schläfe. Vielleicht ein wenig zu hastig, um überzeugend zu wirken. Ausgerechnet in diesem Moment kam ein Fotograf zu ihnen, der Apparat in seinen Händen blitzte. Paolo verkniff sich eine Verwünschung. Er musste wirklich dingend hier raus …

«Mein Kopf … Migräne», erklärte er kurz angebunden. «Außerdem muss ich morgen früh raus.»

Die Studentin übersetzte. Farnese riss bestürzt die kleinen Augen auf. «Sie fahren schon wieder zurück?»

«Bedauerlicherweise», sagte Paolo. Das Bedauern war eine glatte Lüge.

Die Studentin übertrug Farneses Proteste und schließlich, als Paolo sich partout nicht erweichen ließ, auch sein Verständnis. Der Direktor ergriff Paolos Rechte und bedankte sich noch einmal überschwänglich. Dann schien sein Blick plötzlich durch Paolo hindurchzugehen, und wie ein Raubtier, das neue Beute

52

gewittert hatte, stürzte er sich wieder ins wogende Getümmel, um einem rundlichen Mann mit Vollglatze die Hand zu schütteln.

«Bitte entschuldigen Sie», sagte die freundliche Studentin, der das Verhalten ihres Chefs unangenehm zu sein schien. «Signor Brunetti vom Kulturausschuss ist sehr wichtig für das Museum.»

«Kein Problem», sagte Paolo, während er abermals nach dem Fläschchen mit dem Desinfektionsmittel griff.

«Was soll das?», fragte der bärtige Mann, der plötzlich neben ihm stand und als Einziger im Saal weder Smoking noch Anzug trug, sondern lediglich eine rote, bedenklich enge Badehose. Niemand störte sich daran. Warum auch? Denn schließlich sah ihn nur Paolo.

«Was meinst du mit ‹Was soll das?›?», fragte Paolo zurück. «Ich befreie meine Hände von Bakterien.»

«Das meine ich nicht», beharrte der andere. «Ich will wissen, warum du es plötzlich so eilig hast.»

«Weil ich müde bin von der langen Fahrt. Weil ich genug habe vom Händeschütteln. Und weil sich diese Leute bei mir für etwas bedanken, das nicht mein Verdienst ist.»

«Warum bist du dann überhaupt gekommen?»

«Weil ich eingeladen wurde.»

«Das meine ich nicht. Warum bist du hier in Italien?»

«Warum wohl? Weil Julia mich darum gebeten hat.»

Der Kerl in der Badehose lachte. «Unsinn.»

«Welchen Grund sollte ich sonst haben, hier zu sein?»

«Du kannst nicht davon lassen», stellte der andere fest. «Ich weiß es, und du weißt es auch. Das alles hier» – der Halbnackte machte eine ausladende Geste, die nicht nur den Saal und die Stadt, sondern ganz Italien einzuschließen schien –, «es macht dir zu schaffen. Aber sosehr du es einerseits verachtest, so sehr liebst du es auch.»

Paolo lachte innerlich auf. «Träum weiter.»

«Für mich ist es dafür zu spät», sagte der Bärtige eindringlich, «aber für dich noch nicht. Warum möchtest du es dir nicht wenigstens einmal ansehen? Ich weiß, dass du es eigentlich willst …»

Paolo starrte ihn an und zögerte mit der Antwort.

«Signor Ritter?», brachte sich die Studentin wieder in Erinnerung, die noch immer vor ihm stand. Paolo hatte gelernt, seine kleinen Unterhaltungen stumm in seinem Inneren zu führen. Aber er hatte wohl etwas abwesend gewirkt, denn sie sah ihn verunsichert an. «Ist alles in Ordnung?», erkundigte sie sich.

«Natürlich.» Er nickte.

«Auf der Bühne werden jetzt gleich die offiziellen Pressefotos gemacht», kündigte sie an, «und ein Reporter von der *Gazzetta* würde Ihnen gerne noch einige Fragen …»

«Nein danke», lehnte Paolo freundlich, aber bestimmt ab. «Ich danke sehr für die erwiesene Gastfreundschaft. Bitte bestellen Sie dem Direktor und Herrn Tantaro beste Grüße von mir», sagte er, während er sich in einer ihm weltläufig erscheinenden Geste verbeugte. «*Buonanotte.*»

«*Buona serata*», entgegnete die Italienerin und nickte freundlich, wenn auch ein wenig verdutzt.

Damit wandte sich Paolo ab und verließ das Teatro Farnese. Er blickte nicht ein einziges Mal zurück.

Warum sollte er? Er hatte seine Schuldigkeit getan und den Auftrag ausgeführt. Julia konnte zufrieden sein. Jetzt wollte er nur noch in sein Hotelzimmer. Und morgen früh würde es wieder zurück nach Hause gehen.

Warum hatte er sich auf all das eingelassen? Warum hatte wieder einmal versucht, jemand zu sein, der er gar nicht war? Genau wie früher.

Paolo schüttelte den Kopf.

Er hatte genug von Italien.

Ein für alle Mal.

# KAPITEL 6

Sie hatten gewartet. Lange genug, um sicherzugehen, dass niemand sah, wie zwei schwarz vermummte Gestalten lautlos durch die dunklen Gänge schlichen.

Das Timing war perfekt geplant. Genau sieben Minuten blieben ihnen, um zu tun, womit sie beauftragt worden waren – sieben Minuten, bis der Sicherheitsmann auf seinen Posten zurückkehren würde.

Lautlos huschten die Gestalten durch die Gänge, sich dabei eng an den Wänden haltend. Zwar hatte man ihnen versichert, dass die Videoüberwachung abgeschaltet sein und ihnen keine Schwierigkeiten bereiten würde, doch alte Gewohnheiten wurde man nicht ohne weiteres los.

In den Gängen des ehrwürdige Palazzo herrschte noch immer Ausnahmezustand: Kabelstränge verliefen über den Boden, die in aller Hast verlegt worden waren, um das Ereignis mit Licht und Strom zu versorgen; Garderobenständer verstellten die Wege, jetzt leer und mit verwaisten Kleiderbügeln; Wagen mit benutztem Geschirr standen umher, dazu Dutzende Kisten mit leeren Flaschen. Es musste ein rauschendes Fest gewesen sein.

Für einen Moment hielten die Gestalten inne. Die kleinere, drahtigere von ihnen huschte voraus, um die Lage zu erkunden, während die andere mit der Beute zurückblieb.

Jener Beute, die eigentlich keine war.

Es war der eigenartigste Auftrag, den sie je erhalten hatten, seltsam in jeder Hinsicht. Aber wenn man gut bezahlt wurde, stellte man keine Fragen. Und wenn man *derart* gut bezahlt wurde, erst recht nicht.

Die kleinere Gestalt kehrte zurück und bedeutete der anderen, ihr zu folgen. Die Informationen, die man ihnen gegeben hatte, waren zutreffend, der Weg war frei.

Kein Sicherheitsmann, keine Videoüberwachung. Und aufgrund der aktuellen Umbauten auch keine Alarmanlage.

Es war einfach, fast zu einfach.

Auf leisen Sohlen, ohne auch nur das geringste Geräusch zu verursachen, schlichen die beiden Schemen zwischen den metallenen Verstrebungen der Baugerüste hindurch. Ohne die Nachtsichtgeräte wären sie in dem Gewirr aus Stützen und Streben rettungslos verloren gewesen. Aber ihr anonymer Auftraggeber hatte auch daran gedacht, so wie er überhaupt an alles zu denken schien.

Sie erreichten die andere Seite der Baustelle, schlugen die Plastikfolie beiseite und warfen einen Blick in die dahinterliegende Kammer. Dort war es – vom sanften Schein der Nachtbeleuchtung schweigend und hübsch in Szene gesetzt.

Die schwarz Vermummten wechselten einen Blick.

Dann taten sie, wofür sie bezahlt worden waren.

## KAPITEL 7

Der nächste Morgen begann mit einer bösen Überraschung.

Ein Summen drang in Paolos Bewusstsein, zunächst wie aus weiter Ferne, dann immer aufdringlicher. Es klang, als hätte sich ein Schwarm Hornissen in seinem Hotelzimmer eingenistet, und noch im Halbschlaf sagte er sich, dass er die Finger vom Prosecco hätte lassen sollen, auch wenn es nur wenige Schlucke gewesen waren.

Dann endlich begriff er, was da so beharrlich summte. Es waren keine Hornissen und auch keine Begleiterscheinung eines Katers.

Es war das Handy auf dem Nachtschränkchen.

Ohne die Augen zu öffnen, tastete er danach und nahm das Gespräch entgegen.

«Ja?»

«Herr Ritter? Sind Sie das?»

«Ja», krächzte Paolo.

«Hier ist Weber.»

«Wer?», fragte Paolo, während ihm gleichzeitig dämmerte, wer das in der Leitung war. Der Kerl, der gerne Cheeseburger aß, aber keine Ahnung hatte, was drin war.

«Weber von Omnibus Securitas», bestätigte der Anrufer prompt. Die Sicherheitsfirma hatte Weber und seinen Kollegen in einem Kongresshotel vor den Toren der Stadt untergebracht. Dorthin waren sie gefahren, nachdem sie Paolo an seiner Unterkunft abgesetzt hatten. «Ich wollte Ihnen nur sagen, dass sich unsere Rückfahrt nach München verzögert.»

«O-okay», stammelte Paolo schlaftrunken. «Wann werden Sie hier sein, um mich abzuholen?»

«In zwei Tagen.»

«Was?» Paolo schoss in die Höhe, jetzt glockenwach. Schwaches Licht drang durch die geschlossenen Fensterläden des Hotelzimmers. Es war noch früh am Morgen.

«Die Lieferung der Retoure, die wir nach Deutschland zurückbringen sollen, verzögert sich», erklärte Weber mit dem ihm eigenen Gleichmut.

Paolos Herz schlug heftig in seiner Brust. «Wie lange?», stieß er hervor.

«Na ja, morgen ist Sonntag, da wird auch in Italien nicht gearbeitet. Montag früh soll die Ware eintreffen, dann geht es wieder zurück.»

«Kann man das nicht beschleunigen?» Stellvertretend für den Anrufer starrte Paolo das Handy an, als hätte es den Verstand verloren. «Ich habe ein Leben in Deutschland!», erklärte er in einem Anflug echter Panik. «Ich habe Termine!»

«Am Wochenende?» Weber schmatzte. Er schien zu frühstücken. Cheeseburger, vermutlich. «Dann nehmen Sie doch einen Flieger.»

«Ich fliege nicht.»

«Dann den Zug. Oder vielleicht fährt einer von diesen grünen Bussen, Sie wissen schon …»

«Danke», sagte Paolo nur und beendete das Gespräch.

Mit dem Handy rief er die Zugverbindungen nach München ab. Die Informationen, die er bekam, beruhigten ihn allerdings ganz und gar nicht. Die Fahrzeit von Parma nach München würde knapp zehn Stunden betragen – und das auch nur, wenn die Verbindungen klappten und alle fünf Züge pünktlich waren. Und dann war da noch das Kleingedruckte: Wegen Bauarbeiten im Streckenabschnitt Bozen–Chiusa/Klausen am gesamten Wochenende Sperrungen, Einsatz von Schienenersatzverkehr wahrscheinlich; sehr hohe Auslastung erwartet, Platzreservierung empfohlen.

Mit einem Stöhnen aus tiefstem Herzen sank Paolo auf das Kissen zurück. So wie die Dinge lagen, konnte er also wählen, ob er dieses Wochenende in einem völlig überfüllten und mit Bakterien verseuchten Zugwaggon verbringen oder hier in Parma bleiben wollte. Das war, als hätte man ihn aufgefordert, sich zwischen Pest und Cholera zu entscheiden. Obwohl er wusste, dass es lächerlich war, fühlte er Panik in sich aufsteigen. Die irrationale Angst, dieses Land womöglich niemals wieder zu verlassen …

«Es gibt noch eine Alternative.»

Der Kerl in der roten Badehose hatte das gesagt. Ungebeten war er am Bettrand aufgetaucht, jetzt wieder in Gestalt des kleinen Jungen. Paolo hatte weder Einfluss darauf, wann sein Bruder ihn besuchte, noch in welcher Gestalt.

«Der Wetterbericht ist gut fürs Wochenende», sagte Felix und schaute ihn herausfordernd an. «Sonnig bei bis zu sechsundzwanzig Grad.»

«Das weißt du nur, weil ich es gestern in den Nachrichten gehört habe», knurrte Paolo.

«Du könntest einen Ausflug machen», beharrte sein Bruder, den Einwand überhörend.

Paolo stöhnte abermals. Er zog sich das Kissen über den Kopf und warf sich auf die andere Seite. Wenn er gehofft hatte, den Besucher dadurch loszuwerden, hatte er sich jedoch geirrt. Der Quälgeist saß jetzt in dem Sessel, der dort stand. Die knallrote

Badehose trug er noch immer, aber nun war er rund dreißig Jahre älter, und ein blonder Bart wucherte in seinem Gesicht. Überhaupt schien der ganze durchtrainierte, sonnengebräunte Körper ein einziger Bart zu sein. Die Augen allerdings funkelten nicht weniger listig als bei der zehnjährigen Version.

«Jetzt hättest du die Zeit dafür», fuhr er fort. «Warum siehst du es dir nicht wenigstens einmal an? Mit dem Zug sind es keine drei Stunden, und du brauchst nur ein einziges Mal umzusteigen.»

«Ich will aber nicht.»

«Und wieso kenne ich dann die Zugverbindungen?», fragte Felix mit überlegenem Grinsen.

Paolo stieß eine Verwünschung aus.

Es stimmte, er hatte die Verbindungen mal herausgesucht – zum Zeitvertreib während der langen Autofahrt. Aber da hatte er auch Tetris und Mah-Jongg gespielt, nur so zum Spaß, also hatte es nichts zu sagen. Was konnte er dafür, dass er sich an jede Kleinigkeit erinnerte?

«Das ist eine einmalige Gelegenheit», beharrte sein Bruder.

«Eine Gelegenheit wofür?» Paolo warf ihm einen verbitterten Blick zu. «Um alte Wunden aufzureißen?»

«Um Dinge abzuschließen. Das sollte man tun, ehe man etwas Neues beginnt, oder nicht? Das bist du Julia schuldig.»

«Lass Julia aus dem Spiel», knurrte Paolo. «Du kennst sie nicht einmal.»

«Aber dich kenne ich.»

«Von wegen. Du hast mich nie gekannt, genau wie Mama und Papa.» Paolo schüttelte den Kopf. «Ihr habt das alles hier geliebt. Ich habe es gehasst.»

Felix widersprach nicht. Er lächelte nur, so als könnte er noch manches erwidern, behielte es aber geflissentlich für sich.

Früher hatte er das oft so gemacht, und es hatte Paolo schon damals geärgert.

«Du musst wissen, was du tust, kleiner Bruder», sagte er schließlich und erhob sich aus dem Sessel, so als wollte er sich zum Gehen wenden. «Es ist deine Entscheidung.»

«Felix?»

An der Tür wandte sich der Bärtige noch einmal um. «Ja?»

«Wie hast du das gemacht?»

«Was meinst du?»

«Dieser Anruf, die Verzögerung …»

In einer vertrauten Geste zwinkerte Paolos Bruder ihm zu. «*È destino*, wie man hier sagt. Es ist Schicksal. Oder vielleicht weiß ich ja auch nur, was gut für dich ist, weil du es dir insgeheim selber wünschst.»

Paolo stöhnte und warf sich abermals herum, suchte erneut unter dem Kissen Zuflucht, auch wenn ihm klar war, dass es vergeblich war.

Die Vergangenheit hatte ihn eingeholt.

## KAPITEL 8

Paolo wusste selbst nicht, wie ihm geschah, aber als er schließlich aufstand, entschloss er sich, nicht länger mit der Situation zu hadern, sondern das Beste daraus zu machen. Er würde versuchen, sich Italien zumindest ein wenig zu öffnen und nicht länger vor diesem Teil seiner Vergangenheit wegzulaufen.

Er würde heute Parma erkunden.

Noch vom Hotelzimmer aus rief er Luisa an. Sie ging nicht ran, und eigentlich war er ganz froh darüber. Er sprach auf ihre Mailbox, dass sich die Rückfahrt verzögern und er das Wochenende über in Italien bleiben würde. Nach einem kurzen Frühstück im Hotel, das aus einem Glas Orangensaft und einem mit Marmelade gefüllten Cornetto bestand, brach er zu einem Spaziergang auf.

Sein Weg führte ihn zunächst zum *Palazzo della Pilotta* zurück. Von den illustren Herrschaften, die sich am Vorabend und vermutlich bis spät in die Nacht dort getummelt hatten, war natürlich niemand mehr zu sehen, und so gelangte er durch die hohen Portale glücklicherweise ungehindert in die Innenstadt.

Hier pulsierte an diesem Samstagmorgen das Leben. Für einen Moment war Paolo versucht, sofort den Rückzug anzutreten. Doch er nahm sich zusammen, holte tief Luft, und trat die Flucht nach vorn an. Entgegen seiner sonstigen Gewohnheit, Menschenmengen zu meiden, schloss er sich einer Touristen-

gruppe an, die gerade den Weg zum Dom und dem dazugehörigen Baptisterium einschlug.

Gegen dessen kolossalen achteckigen Turm aus rosafarbenem Marmor wirkte der eigentliche Kirchenbau beinahe
schlicht. Beeindruckt blickte Paolo daran hoch. Er war lange in
keiner Kirche gewesen; es war die nächste Gewohnheit, mit der
er an diesem Morgen brach. Und auch wenn er es wohl nur deshalb tat, weil er nichts anderes zu tun hatte, fühlte er sich überraschend wohl dabei. Vorbei an zwei steinernen, den Eingang
bewachenden Löwen gelangte er in die Vorhalle und von dort in
den Innenraum. Dort sah er nun auch endlich das von Correggio gemalte Kuppelfresko, das Kurator Tantaro voller Stolz an-
gepriesen hatte. Tatsächlich war es ein ganz erstaunliches Kunstwerk. Wählte man den richtigen Standpunkt, dann schienen
die dargestellten Heiligen tatsächlich höher und immer höher
zu streben, und man bekam den Eindruck, als sei die Kuppel
des Domes geradewegs zum Himmel hin geöffnet. Wie es dem
Maler mit den Mitteln der damaligen Zeit gelungen war, eine
solche Illusion zu erzeugen, war Paolo ein Rätsel. Doch bei aller
Kunstfertigkeit ging ihm das Fresko nicht so unter die Haut
wie das Bild vom Vorabend, berührte ihn nicht auf dieselbe
verstörende Weise – und eigentlich war er ganz froh darüber.

Er schlenderte noch ein wenige durch das Kirchenschiff.
Schließlich zündete er eine Kerze an, wie er es aus Kindheits-
tagen kannte. Dann verließ er den Dom.

Sein nächstes Ziel war die Piazza Garibaldi, der alte, von
Straßencafés und prächtigen Palazzi umgebene Mittelpunkt
der Stadt, den zwei große Statuen bewachten: Auf der einen
Seite ließ der Namenspatron des Platzes sein wachsames bron-
zenes Auge über das lebhafte Treiben schweifen. Ihm schräg
gegenüber, in einer Nische vor dem Kommunalpalast, stand

derjenige, der in gewisser Weise die Schuld trug an Paolos unfreiwilliger Reise in den Süden. Entsprechend zwiespältig war der Blick, mit dem Paolo die in Denkerpose verewigte Marmorgestalt Correggios bedachte. Bewunderung mischte sich mit leisem Groll.

Die Sonne schien von einem azurblauen, beinahe wolkenlosen Himmel, und obwohl es erst Vormittag war, zeichnete sich ab, dass es – zumindest für Paolos Begriffe – ein heißer Tag werden würde. Trotzdem widerstand er tapfer der Versuchung, sich in einer der zahllosen Gelaterias und Bars zur Erfrischung ein Eis zu holen. Stattdessen erstand er in einer Cappelleria an der Piazza della Steccata einen Sonnenhut. Der Borsalino aus weißem Stroh, für den er sich entschied, verschlang eine hübsche Summe, sah dafür aber sehr viel besser aus als die Zumutungen, mit denen Touristen üblicherweise ihre Häupter bedeckten.

Und er hatte Klasse.

Zusammen mit der Sonnenbrille war Paolo damit wohl einigermaßen gerüstet, um das Wochenende überstehen zu können.

Nach dem Hutkauf ließ er sich einfach treiben. Er kam durch enge Gassen und passierte weite Plätze. Kirchen und Palazzi wechselten mit teuren Boutiquen, Kaffeebars mit Restaurants, in denen neben traditioneller italienischer Kost auch japanische Fusionsküche geboten wurde. Einmal mehr musste Paolo sich eingestehen, dass dies nicht mehr das Italien seiner Kindheit war. Damals hatte es nur Restaurants mit Pizza und Pasta gegeben, allenfalls hatte man mal ein Wiener Schnitzel für die deutschen Urlaubsgäste auf der Speisekarte gefunden. Das wirkliche Italien, gestand er sich ein bisschen widerwillig ein, hatte wohl schon damals anders ausgesehen.

In der Via Carlo Pisacane stieß er auf eine Konditorei, deren Auslagen so verführerisch aussahen, dass er nicht länger widerstehen konnte. Da waren natürlich die unvermeidlichen Cornetti – wobei diese besonders köstlich aussahen: mit Puderzucker bestäubt. Außerdem gab es Hefegebäck und Blätterteigkreationen, die kunstvoll gefaltet, gedreht oder sonstwie in Form gebracht worden waren, orangegelbe Aprikosenschnitten, die mit kleinen Erdbeerküchlein wetteiferten, dazu Marzipantorten im Miniaturformat. Und als bunter Augenschmaus Makronen in den verschiedensten Farben und Geschmacksrichtungen von Schokolade und Kokos über Pistazie und Kaffee bis hin zu Erdbeere und Zitrone. Die ganzen letzten Monate hatte Paolo süßen Versuchungen tapfer widerstanden – hier fand er seinen Meister.

Paolo sah sich um. Er überlegte, ob er unter einem der großen Schirme Platz nehmen sollte, die vor der Pasticceria aufgestellt waren, entschied sich dann aber für das klimatisierte Innere. Verführerischer Geruch empfing ihn, kaum dass er die Eingangstür passiert hatte – ein Reigen aus Schokolade, Vanille und Mandel, von einer herben Kaffeenote durchsetzt, die ihm nicht einmal unangenehm war.

Hinter der blankpolierten Theke verrichtete ein Barista seine Arbeit. Er bediente seine Kaffeemaschine mit derselben Virtuosität wie ein Konzertpianist sein Instrument. Aber Paolo bestellte keinen Kaffee. Er hatte nie verstanden, warum die Italiener solch Aufhebens um das bittere Getränk machten; dass ihre Leidenschaft längst auch nördlich der Alpen Fuß gefasst hatte – auch Julia gehörte zu denen, die sich auf dem Weg zum Büro gerne ihren Latte macchiato holten –, konnte er erst recht nicht nachvollziehen. Schon als Junge war er zu der Einsicht gekommen, dass das Zeug ihm nicht schmeckte, und daran hatte sich nichts geändert. *Basta.*

«*Tè*», sagte er deshalb, als er an einem der kleinen Tische Platz genommen hatte und ein Kellner ihn nach seinen Wünschen fragte. «*Menta*», fügte er hinzu.

Der Kellner, ein fescher junger Mann mit markanten Zügen und kahlem Haupt, verzog kaum merklich die Miene, als der Gast nicht nach der – laut Tafelaufschrift – aus sieben verschiedenen Arabica-Sorten kombinierten Hausmischung verlangte, aber er widersprach auch nicht.

«*Tutto?*», fragte er stattdessen.

«Brioche», erwiderte Paolo, auf das unverschämt gut duftende Hefegebäck in der Auslage deutend.

Der Kellner nickte und verschwand, um kurz darauf mit dem Gewünschten zurückzukehren. Der Tee war nicht ganz so virtuos zubereitet wie der Cappuccino am Nachbartisch, was aber auch daran liegen mochte, dass dessen Empfänger, anders als Paolo, blond und weiblich war. Die Brioche hingegen war Teig gewordene Versuchung und löste ein, was der Duft versprochen hatte. Mehr noch, sie schmeckte genau wie früher, wenn sie in den Ferien im Hotel gefrühstückt hatten. Und mit dem Geschmack von damals kamen die Erinnerungen … nicht konkreter, sondern eher unbestimmter Natur, was bei Paolo selten war, Empfindungen, die er lange nicht mehr verspürt hatte.

Die Zufriedenheit, sich etwas gegönnt zu haben.

Die beinahe kindliche Freude über den süßen Geschmack.

Aber auch Wehmut.

Paolo wollte diesem Erinnerungspfad nicht folgen. Die Frage, wohin er führen mochte, berührte ihn unangenehm, und wenn er ehrlich war, fürchtete er sich sogar davor. Um sich abzulenken, griff er nach der Zeitung, die jemand auf dem Nachbartisch hatte liegenlassen.

Es war die Wochenendausgabe der *Gazzetta di Parma*. Zu Paolos großer Überraschung fiel es ihm nicht schwer, die Schlagzeilen zu lesen und zumindest sinngemäß zu erfassen, was in den Artikeln stand. Jedenfalls, solange es sich nicht um Raketenwissenschaft oder andere hochkomplizierte Themen handelte. Seine Mutter war Lehrerin gewesen und hatte unter anderem Italienisch unterrichtet. Und da sie schon dabei gewesen war, hatte sie auch ihren Söhnen einige Sprachkenntnisse angedeihen lassen. Anders als Felix war Paolo das Lernen immer leichtgefallen. Er hatte ein natürliches Talent für Sprachen und den Umgang damit, vermutlich war deshalb nach all den Jahren noch etwas übrig.

Paolo ging die Berichte aus aller Welt durch. Eine neue Krise in Nahost, die Folgen des Klimawandels, afrikanische Flüchtlinge auf dem Mittelmeer – die Nachrichten unterschieden sich nicht grundlegend von denen, die in deutschen Zeitungen standen. Es folgten Mitteilungen aus der Region, aus Parma und Umgebung – ein neues Bauvorhaben, ein Bestechungsskandal, ein schwerer Autounfall auf der *strada statale*.

Dann folgte der Kulturteil. Paolo fuhr gehörig zusammen. Unter der Schlagzeile «*Il maestro è tornato*» fand sich ein Artikel über den zurückgekehrten Correggio und den Gala-Empfang vom Vorabend. Und darunter prangte, zu seinem hellen Entsetzen, eine Fotografie von Direktor Farnese und ihm!

«Auch das noch», stöhnte er.

Es war die Aufnahme, die entstanden war, kurz bevor er die Veranstaltung verlassen hatte. Er mit der rechten Hand an der Schläfe, eher schlecht als recht einen Migräneanfall mimend. Auf dem Bild wirkte es eher so, als hätte er mindestens ein Glas Prosecco zu viel gehabt. Farnese neben ihm grinste wie ein Honigkuchenpferd, darunter prangte die Bildunterschrift:

«Gelebte Freundschaft: Direttore Farnese und Herr Paolo aus Deutschland».

Die Sache war einfach nur todpeinlich. Reflexhaft hielt Paolo die Zeitung höher – halb aus Sorge, erkannt zu werden, halb, weil er verbergen wollte, wie er errötete. Dabei fiel ein Flugblatt zu Boden, das zwischen den Seiten eingelegt gewesen war. Paolo ließ die Zeitung sinken und bückte sich, um es aufzuheben – und stutzte. Er musste zweimal hinsehen, um sicherzugehen, dass er sich nicht verlesen hatte.

«Cervia», stand in großen bunten Lettern darauf zu lesen, «L'idea migliore che avrete oggi».

Cervia, echote es in seinem Kopf.

Die beste Idee, die Sie heute haben werden.

Paolo war wie vom Donner gerührt. Konnte das wahr sein?

Er war ein Mensch, der nie etwas aus dem Bauch heraus entschied. Er hatte gelernt, dass solche Entscheidungen ins Chaos führten, also überlegte er sich immer alles ganz genau. Der Verstand kam für ihn an erster Stelle, und er war eigentlich überzeugt davon, dass sich so ziemlich alles unter dem Himmel auf rationale Weise erklären ließ. Weder glaubte er an geheimnisvolle Vorzeichen noch an schicksalhafte Vorbestimmung – und trotzdem fragte er sich jetzt, wie so etwas möglich war.

Warum war es ausgerechnet ein Flugblatt aus Cervia, das ihm vor die Füße gefallen war? Und warum ausgerechnet dieser Werbeslogan, der sich anhörte, als wäre er einzig und allein für ihn geschrieben worden?

Natürlich war das Blödsinn, aber Paolo tat sich schwer, die Sache als bloßen Zufall abzutun. Daran gab er Italien die Schuld und dieser verdammten Stadt. Vor allem aber der Brioche, die so verflixt gut schmeckte!

Er betrachtete das Flugblatt, das mit mehreren Fotos versehen war. Auf einem war ein breiter Sandstrand zu erkennen, auf einem anderen ein kitschig roter Sonnenaufgang. Das dritte Foto zeigte einen Turm, der mittelalterlich, beinahe antik anmutete und den Paolo wiedererkannte. Paolo kannte ihn. Es war das Wahrzeichen der Stadt – der Torre San Michele. Als Jungen waren Felix und er Arm in Arm die Treppe zum Eingangstor hinaufgestiegen – ein sehr seltener Fall brüderlicher Harmonie, den ihr Vater sogar auf Super-8-Film verewigt hatte … Wo waren diese alten Filme eigentlich geblieben? Lagen sie noch irgendwo auf dem Speicher? Hatte Felix sie mitgenommen, als er das letzte Mal in Deutschland gewesen war? Oder hatte Paolo sie beim letzten Umzug weggeworfen?

Er konnte sich nicht erinnern.

Und auch das war seltsam.

Mit bebender Hand nahm er das Teeglas und stürzte den Inhalt hinunter, obwohl der Beutel noch drin war. Ihm war klar, dass er etwas unternehmen musste. Aber wollte er sich dazu von einem Flugblatt nötigen lassen, das zufällig aus einer Zeitung gefallen war? Gewiss nicht!

Wenn, dann wollte er es aus freiem Entschluss tun. Nicht weil jemand oder etwas ihn dazu zwang. Sondern weil er selbst es wollte. Weil er bereit dazu war. Aber war das wirklich der Fall? So lange hatte er sich mit aller Macht dagegen gewehrt. War der Zeitpunkt gekommen, den Widerstand aufzugeben?

Er stellte das leere Teeglas so energisch auf den Unterteller zurück, dass es klirrte. Argwöhnisch schaute er sich um, halb erwartend, am Nachbartisch jemanden in roter Badehose zu erblicken. Aber sein Bruder war nicht da, weder in der zehnjährigen noch in der erwachsenen Version. Nur die blonde Dame bedachte ihn mit einem kurzen Blick, widmete sich dann aber wieder ihrem Smartphone.

Paolo stand auf und ging zur Theke, um zu bezahlen. Dann verließ er die Konditorei. Die Brioche ließ er halb verzehrt zurück. Seine Hoffnung, damit auch die Wehmut hinter sich zu lassen, erfüllte sich allerdings nicht. Sie blieb bei ihm wie ein Schatten und verstärkte sich nur, je länger er herumlief. Schließlich blieb Paolo stehen. Es hatte keinen Zweck. Er konnte seinen Geistern nicht entkommen. Also musste er sich ihnen stellen.

Und zwar hier und jetzt.

Bevor er es sich anders überlegen konnte, schlug Paolo den Weg zum Bahnhof ein. Da sie ihn am Vortag bei ihrem Eintreffen passiert hatten, wusste er, in welche Richtung er zu gehen hatte.

Es war nicht weit. Schon kurz darauf stand er vor einem der Automaten und löste ein Ticket. Er musste nicht einmal warten – Zug 11 535 der Trenitalia verließ bereits zehn Minuten später den Bahnhof Richtung Ancona. Nach einstündiger Fahrt stieg Paolo in Bologna aus und hatte gut dreißig Minuten Aufenthalt, ehe er den Regionalzug nach Rimini nehmen würde.

Am internationalen Zeitungsstand im Bahnhof von Bologna kaufte er die Wochenendausgabe der *Süddeutschen*. Auf der Weiterfahrt nach Cervia las er eine Weile in der Zeitung – oder versuchte es wenigstens. Er konnte sich einfach nicht konzentrieren. Alle paar Absätze fragte er sich, was er da eigentlich gelesen hatte, und musste wieder von vorn beginnen. Das war mühselig, und eigentlich interessierte ihn momentan auch gar nicht, was nördlich der Alpen vor sich ging. Er legte das Blatt beiseite und begnügte sich damit, die Landschaft zu betrachten, die draußen vorbeizog. Felder reihten sich endlos aneinander, Häuser leuchteten in bunten Farben von Gelb bis Rosarot, Asphalt gleißte im Sonnenlicht.

Je näher Paolo seinem Ziel kam, desto nervöser wurde er. Seine Handflächen waren feucht, und obwohl er sein Jackett ausgezogen hatte, war ihm unerträglich heiß.

Mit etwas Verspätung – es war bereits gegen fünfzehn Uhr – erreichte der Zug nach insgesamt über drei Stunden Fahrt sein Ziel. CERVIA stand auf dem Bahnsteigschildern zu lesen. Der Zug hielt an, und Paolo stieg aus.

Fast erwartete er, dass sein Bruder draußen stehen würde, um ihn abzuholen, aber das war nicht der Fall. Sich an seine deutsche Zeitung klammernd, durchquerte Paolo die Bahnhofshalle und trat auf den Vorplatz. Im Schatten des zweistöckigen, gelb gestrichenen Gebäudes befand sich der Taxistand.

Paolo wusste, was er zu tun hatte, aber er wollte es nicht. Entsprechend weich waren seine Knie, als er sich einem der strahlend weiß lackierten Fahrzeuge näherte. Der Fahrer, ein untersetzter Mann mittleren Alters, dessen Haar schwarz gelockt und bereits ein wenig schütter war, stieg aus und fragte freundlich, wohin die Fahrt gehen solle.

In diesem Moment bereute Paolo seinen Entschluss, nach Cervia zu fahren, bereits. Aber es gab kein Zurück mehr.

«Al cimitero, per favore», hörte er sich mit belegter Stimme sagen.

Zum Friedhof, bitte.

## KAPITEL 9

Das Taxi brachte Paolo bis vor das Haupttor.

Er bezahlte und stieg aus. Die Sonne schien ihm ins Gesicht, die Luft war mild, und es roch nach den Pinien, die die Friedhofsmauer säumten. Paolo setzte seine Sonnenbrille auf, dann gab er sich einen Ruck, schlüpfte trotz der Hitze in sein Jackett und trat auf das schlichte Eingangsportal zu. Aus den Unterlagen, die man ihm damals zugeschickt hatte, wusste er ungefähr, wo sich das Grab befinden musste. Vorbei an steinernen Familiengräbern und prunkvollen Mausoleen gelangte er an ein langgestrecktes *colombario*, wie diese spezielle Grabform hier genannt wurde: In einer mannshohen Mauer reihten sich zahlreiche Schiebegräber über- und nebeneinander, deren Verschlussplatten mit den Namen der Verstorbenen beschriftet waren. Hier musste es sein.

In einer respektvollen Geste nahm Paolo den Sonnenhut ab, die Brille behielt er auf. Dann schritt er langsam die Gräber ab und überflog die in Stein gemeißelten Namen, bis er auf den einen stieß, nach dem er gesucht hatte.

FELIX RITTER<br>1974–2018

Zwei Wörter, zwei Zahlen. Daneben war eine kleine Vase aus Metall an der Steinplatte angebracht, in der eine rote Rose steckte. Immerhin, dachte er, war Felix nicht allein gewesen.

Dann stand Paolo einfach nur da, unfähig, einen klaren Gedanken zu fassen.

Immerhin – er hatte es getan. Er hatte sich überwunden und hatte das Grab seines Bruders aufgesucht.

«Nun sag's schon», verlangte der Mann, der plötzlich neben ihm stand. Es war Felix. Nicht in roter Badehose, was angesichts des Ortes auch ziemlich pietätlos gewesen wäre, sondern in schlichter Jeans und weißem Hemd, das er lose über dem Bund trug. Sein Gesicht war bärtig und sonnengebräunt wie immer, die Sonnenbrille trug er auf der Stirn. In der letzten Mail, die Felix ihm aus Italien geschickt hatte, hatte er ein Foto angefügt. Darauf hatte er genauso ausgesehen wie jetzt in diesem Augenblick. Das war vor acht Jahren gewesen. Felix' letzter Versuch, mit ihm in Kontakt zu treten …

«Was soll ich sagen?» Paolo bedachte seinen Bruder mit einem Seitenblick.

«Dass du es immer gewusst hast, schon damals als Kind. Regelmäßig eincremen. Extra hoher Lichtschutzfaktor. Hautkrebsgefahr und so. Und du hast recht behalten.»

«Tut mir leid», sagte Paolo.

«Was meinst du?» Sein Bruder sah ihn offen an. «Dass ich hier in dieser Nische liege?»

«Nein», widersprach Paolo, und es kostete ihn Überwindung, die folgenden Worte zu denken: «Dass ich dich niemals besucht habe. Noch nicht einmal, als du …» Er unterbrach seinen Gedankengang. «Ich habe es ja nicht einmal gewusst.»

«Natürlich nicht. Du hattest ja schon lange vorher jeden Kontakt zu mir abgebrochen», bestätigte Felix. «Wie lange ist das jetzt her? Sechs Jahre?»

«Acht», sagte Paolo. Felix war nie gut mit Zahlen gewesen.

«Weshalb bist du dann jetzt hier?»

«Das fragst du mich?» Paolo zuckte mit den Schultern. «Du bist es doch gewesen, der mich unbedingt hier haben wollte. Immer wieder bist du aufgetaucht und hast mich mit der Nase darauf gestoßen, bis ich an nichts anderes mehr denken konnte. Und zuletzt der Trick mit dem Flugblatt …»

Felix lachte in Paolos lebendiger Erinnerung, was angesichts des Ortes reichlich unpassend wirkte. «Gewöhnlich sieht man das, was man sehen will, nicht wahr?»

«Du hast doch gar keine Ahnung, was ich will», brummte Paolo. «Hast du schon früher nicht gehabt.»

«Ganz so einfach ist es nicht. Ich bin du, wie du weißt.»

Paolo seufzte, das stimmte natürlich. Da sein Bruder so, wie er bei ihm stand, nur eine verselbständigte Erinnerung war, war er ein Teil seiner Vergangenheit. Jetzt hatte er plötzlich das Gefühl, sich vor dieser Vergangenheit rechtfertigen zu müssen.

Und das ärgerte ihn.

«Du bist nicht einmal mehr am Leben, und trotzdem streiten wir uns», beklagte er sich. «Kannst du nicht wenigstens in meiner Einbildung Ruhe geben?»

«Das könnte ich – wenn du mit deiner Vergangenheit im Reinen wärst.»

«Ich *bin* mit meiner Vergangenheit im Reinen!», behauptete Paolo mit dem Trotz des Achtjährigen, der keinen Sand und keine Hitze mochte.

«Ist das so?» Geradezu mitleidig sah Felix ihn an. «Wenn Menschen auf den Friedhof gehen, tun sie das im Grunde nicht um der Verstorbenen, sondern um ihrer selbst willen, richtig?»

Paolo schnitt eine Grimasse. Er hatte das vor fünf Jahren in einem Essay über angewandte Psychologie gelesen, und es ärgerte ihn, dass Felix es jetzt gegen ihn verwendete. Mit den eigenen Erinnerungen in Zwiesprache zu treten war wirklich nicht einfach.

«Es geht mir gut», fuhr Paolo fort, sich zu rechtfertigen. «Ich habe eine große Wohnung in Schwabing, einen guten Job und eine attraktive Freundin, der ich erst unlängst einen Heiratsantrag gemacht habe.»

«Und? Hat sie ja gesagt?»

«Das nicht», musste Paolo zähneknirschend zugeben. Er kam sich ertappt vor und durchschaut. «Aber sie hat auch nicht nein gesagt.»

Sein Bruder lachte wieder. Es war jenes überlegene, leicht unverschämte Lachen, das Paolo schon als Kind nicht hatte ausstehen können. «Ich bin du», erinnert ihn Felix. «Du solltest gar nicht erst versuchen, mir etwas zu verheimlichen.»

«Was sollte ich dir denn verheimlichen wollen?»

«Deine Zweifel zum Beispiel. Was glaubst du, wie Julia sich entscheiden wird? Glaubst du wirklich, dass sie ja sagt? Ja dazu, den Rest ihres Lebens mit einem komischen Kauz zu verbringen, der Menschenmengen meidet, Selbstgespräche führt, grundsätzlich in kein Flugzeug steigt und sich ständig die Hände wäscht?»

«Das geht dich nichts an. Ich bin hier, um mit der Vergangenheit abzuschließen. Und damit auch mit dir.»

«Du weißt, dass du das nicht hier tun kannst. Willst du es dir nicht wenigstens einmal ansehen, da du nun schon hier bist? Mit dem Taxi sind es nur ein paar Minuten von hier.»

«Ich muss es mir nicht ansehen, um zu wissen, dass du das Geld unserer Eltern zum Fenster rausgeworfen hast», sagte Paolo.

Felix sah ihn durchdringend an. «Hast du deshalb den Kontakt zu mir abgebrochen? Wäre es dir lieber gewesen, ich hätte mir ebenfalls eine Spießerwohnung in Schwabing gekauft?»

«Unsinn, ich …» Paolo brach ab. Wieder fühlte er sich durchschaut, sein Bruder kannte ihn offensichtlich besser als er sich selbst. «Vernünftig wäre es schon gewesen», gestand er.

Felix lachte auf. «Ich fürchte, unter Vernunft habe ich immer etwas anderes verstanden als du, kleiner Bruder», sagte er – und als habe er ganz plötzlich das Interesse an ihrer Unterhaltung verloren, löste er sich in Luft auf, als ob er nie da gewesen wäre. Und im Grunde war das ja auch so.

Paolo bedachte die Steinplatte mit dem Namen seines Bruders darauf mit einem letzten Blick. Es wirkte seltsam surreal, es so in Stein gemeißelt zu sehen, unabänderlich … dabei war Felix in seiner Erinnerung noch immer höchst lebendig, in seiner knallroten Badehose auf einem leuchtend gelben Banana-Boot sitzend, den Widrigkeiten des Lebens entgegenlachend. Und obwohl da ein Schmerz in ihm nagte, weigerte Paolo sich seit eineinhalb Jahren beharrlich, um seinen Bruder zu trauern. Noch nicht einmal hier am Grab war er dazu in der Lage, und vielleicht, sagte er sich, würde er das auch niemals sein. Allerdings merkte er, dass er etwas wie Reue darüber empfand, dass er den Kontakt abgebrochen hatte, und das war neu.

Entschlossen wandte sich Paolo ab. Er setzte den Hut wieder auf und ging zurück zum Ausgang, wo noch immer das Taxi stand. Vielleicht hatte der Fahrer nur eine Pause gemacht, vielleicht hatte er aber auch auf ihn gewartet. Paolo wusste es nicht, aber es kam ihm gelegen.

Er stieg ein und nickte dem Mann zu.

«*Al mare*», sagte er.

# KAPITEL 10

Paolo war lange nicht mehr an einem Meer gewesen und ganz gewiss nicht an diesem.

Als er aus dem Taxi stieg, sog er die laue Luft tief in seine Lungen – es lag eine Leichtigkeit darin, wie er sie lange nicht verspürt hatte. Die hellen Sonnenstrahlen, der nahe Strand, die bunten Hütten der *bagnos* – all das wirkte sehr viel vertrauter, als er erwartet hatte. Natürlich war vor drei Jahrzehnten alles noch ein wenig kleiner und schlichter gewesen, hatten die Strandbäder aus wenig mehr als Bretterbuden bestanden. Doch die bunten Fassaden mit ihren Palmen, ihren Bocciabahnen, ihren Liegestühlen und ihren Klettergerüsten für Kinder hatte es auch damals schon gegeben.

Die Sommersaison hatte noch längst nicht begonnen, und so waren viele der Bars und Läden, die sich entlang der Uferpromenade aneinanderreihten, noch verwaist, und auch von den Bädern und Hotels hatten noch längst nicht alle geöffnet. Paolo wusste selbst nicht, warum er dieses Bedürfnis verspürte, aber er schlug den Weg zum Strand ein, auf den Spuren seiner Kindheit.

An einer Bar vorbei, deren Rollläden noch herabgelassen und fest verschlossen waren, folgte er einem gepflasterten Weg, der hinaus in den feinen Sand führte, dabei einen Wald von in den Boden geschlagenen Metallhülsen durchquerend, in denen schon in einigen Wochen Hunderte bunter Sonnenschirme stecken würden, in Reih und Glied wie Soldaten beim Appell. Die dazugehörigen Liegestühle ruhten noch in Verschlägen und unter Planen. Am Strand selbst waren die Fahnenstangen verwaist. Nur ein paar Tretboote lagen hier und dort wie gestrandete Fische auf dem Trockenen. Das grüne Meer lag still und glitzerte in der Sonne.

Noch keine Touristen, die den Strand bevölkerten; keine Kinder, die um ein Eis bettelten, kein Kokosnussverkäufer, der mit lauten *Coco bello*-Rufen um Aufmerksamkeit buhlte. Alles lag im tiefen Dornröschenschlaf und schien nur darauf zu warten, vom ersten Gast wachgeküsst zu werden.

Paolo allerdings war kein solcher Gast. Keiner, der zur Erholung und zum Vergnügen hierhergekommen war. Andere hätten sich wohl sofort ihres Schuhwerks entledigt und hätten barfuß einen Spaziergang am Strand unternommen – ihn brachte schon die Vorstellung von scheuerndem Sand zwischen den Zehen an den Rand der Übelkeit. Also machte er auf dem Absatz kehrt und schlug die entgegengesetzte Richtung ein.

Das Taxi hatte ihn an einem belebten Kreisverkehr abgesetzt, der sich wie gewünscht direkt am Meer befand, jedoch ein Stück vom Zentrum entfernt. Hier war er früher oft gewesen, und obwohl es lange her war, fand sich Paolo gut zurecht. Natürlich hatte sich auch hier vieles verändert – das Clubhotel Dante zum Beispiel, das sich stolz an der Kreuzung erhob und mit den Ecktürmen an eine mittelalterliche Burg erinnerte, hatte es damals noch nicht gegeben. Hingegen die rot-weiß gestrichene Bude «Piadina del Mare», an der man die in der Region so verbreiteten, mit Käse oder Schinken gefüllten Fladenbrote kaufen konnte, die kannte er sehr gut. Ungezählte Male hatten sein Bruder und er hier ihren Hunger und ihren Durst gestillt, hatten auf grob gezimmerten Barhockern gesessen und waren sich dabei schon sehr erwachsen vorgekommen.

Und auch an die Eisdiele gegenüber erinnerte er sich, deren riesige Auswahl Felix stets zu Begeisterungsstürmen hingerissen hatte. Mit der ihm eigenen Unerschrockenheit hatte sein Bruder alle Geschmacksrichtungen ausprobiert. Braunes Eis mit Lakritz- und himmelblaues mit Anis-Geschmack waren noch die harmloseren Kreationen gewesen. Paolo hingegen hatte sich auf Zitroneneis beschränkt, weil es weiß war, und Weiß stand schließlich für Sauberkeit. Und mit einem Schmunzeln wurde ihm bewusst, dass Zitroneneis auch heute noch seine Lieblingssorte war.

Schräg gegenüber gab es eine Bar, die ebenfalls neueren Ursprungs sein musste und den schönen Namen «Angolo del Mare» trug. Nach den vielen Begegnungen mit der Vergangenheit hatte Paolo das dringende Bedürfnis nach einem Getränk, also trat er durch die halbrunde gläserne Front in das geschmackvoll mit niedrigen Sitzgruppen eingerichtete Innere. In einem Fernseher an der Wand lief die Übertragung eines Autorennens. Der Ton war stummgeschaltet. Dafür säuselte leise Musik aus einem Radio, die Paolo gleich erkannte.

«Ramazzotti», sagte er gedankenverloren vor sich hin – was der Mann hinter dem Tresen zum Anlass nahm, nach einer Flasche mit dunklem Kräuterlikör zu greifen. Er füllte ein Glas mit Eiswürfeln und war drauf und dran einzuschenken, als Paolo den Irrtum bemerkte.

«*La musica*», sagte er schnell, auf die Deckenlautsprecher deutend. «Eros Ramazzotti, *sì?*»

«*Sì, sì!*» Der Italiener, ein kräftiger Mittdreißiger mit freundlichen Augen, nickte und musste lachen. Dann zählte er eine ganze Reihe von Getränken auf, die er Paolo stattdessen servieren konnte. Seitlich über der Bar hing sogar ein Plakat mit den Drinks dieser Welt. Paolo studierte das Plakat ausgiebig – und bestellte dann Pfefferminztee.

Der Spaziergang, den er anschließend antrat, führte ihn über die Straße Grazia Deledda – das Meer und die Strandbäder stets zur Rechten, zur Linken die Fassaden der Hotels, von denen er einige wiedererkannte und andere nicht. Es war ein seltsames Gefühl, nach all den Jahren wieder hier zu sein. Es fühlte sich unwirklich an, so als ob es nicht wirklich passierte, aber weniger schmerzvoll, als er angenommen hatte.

Das alte Grand Hotel, einst der glamouröse Mittelpunkt des Strandlebens, hatte seine besten Zeiten eindeutig hinter sich. Offenkundig war es schon eine Weile nicht mehr in Betrieb. Auch von den mit Flippern und elektronischen Spielautomaten vollgestopften Arkaden, in die die Kinder früher ihr Geld getragen hatten, gab es kaum noch welche. Paolo wunderte sich nicht darüber – in einer Zeit, in der die *bambini* jederzeit ihr Handy zum Spielkameraden hatten, brauchte niemand mehr einen *sala giochi*. Seltsamerweise empfand er trotzdem etwas Wehmut.

Von der zentralen Viale Roma, die im weiteren Verlauf in den Ortskern führte, bog er in die Viale Christoforo Colombo ab. Die Adresse hatte er nie vergessen. Prompt begann sein Herz, schneller zu schlagen.

Hier ganz in der Nähe musste es sich befinden – und noch immer war Paolo sich nicht sicher, ob er es wirklich sehen wollte.

Im Vorbeigehen ließ er seinen Blick über die Fronten und Vorgärten der Hotels und Restaurants schweifen, die sich entlang der Allee präsentierten, die meisten noch geschlossen, aber frisch renoviert und gut in Schuss.

Abrupt blieb er stehen.

Ein wenig zurückgesetzt und durch einen kleinen Vorgarten von der Straße getrennt, in dem weiße und rote Rosenstöcke um die Wette wucherten, stand ein dreistöckiges Gebäude, schmal und mit kleinen Balkonen vor den mit Brettern verschlossenen Fenstern. Die gelbe Farbe war verblichen, der Putz hatte Risse. Über der Terrasse immerhin wölbte sich noch ein grün-weiß gestreiftes Zeltdach, darunter standen kleine Tische und rote Plastikstühle sowie eine marode Hollywoodschaukel, bei deren bloßem Anblick Paolos Bandscheiben um Gnade winselten.

Über dem Eingang stand in kaum noch lesbaren Buchstaben der Name des Hotels: *Il Cavaliere*.

Der Ritter.

Das Hotel hatte offenkundig geschlossen, dennoch stand die gläserne Eingangstür weit offen, und im Inneren brannte Licht, der Tageszeit zum Trotz. Verblüfft trat Paolo auf das Gartentor zu und wollte es öffnen, als auf der Terrasse eine Frau erschien.

Sie mochte Mitte dreißig sein, war nicht besonders groß und von leicht stämmiger Statur. Über ihrem geblümten Kleid trug sie eine Schürze. Ihr glattes schwarzes Haar hatte sie zu einem Dutt hochgesteckt. Ein paar Strähnen hatten sich widerspenstig gelöst und umrahmten ihr Gesicht. Es war fein geschnitten, hatte eine kleine, kecke Nase und einen herzförmigen Mund. Ein dunkles, energisch wirkendes Augenpaar blickte Paolo fragend entgegen.

«Che cosa vuole?», rief sie ihm zu.

«Ich … möchte nicht stören», versicherte Paolo in vorsichtigem Italienisch und nahm die Sonnenbrille ab. «Nur ein kurzer Besuch, bitte.»

«*Tedesco?*», fragte die Frau.

Paolo nickte.

Die Italienerin wischte sich die Hände an ihrer Schürze ab und winkte ihm zu. «Kommen Sie herein», forderte sie ihn in überraschend flüssigem Deutsch auf, das sie charmant südländisch betonte.

Paolo bedankte sich und betrat den Garten.

«Wer sind Sie?», wollte die Frau wissen.

«Äh … Paolo», erwiderte Paolo unwillkürlich. Er musste an den Zeitungsartikel denken und das falsch beschriftete Namensschild vom Vorabend. «Thomas Paolo ist mein Name. Ich war zufällig in der Nähe, und weil ich früher öfter hier gewesen bin und gehört habe, dass das Hotel geschlossen hat, wollte ich …»

«Seit mehr als einem Jahr», bestätigte sie. «Der Besitzer war auch ein *tedesco*. Er ist verstorben.»

«Ich weiß.» Paolo nickte. «Aber Sie sind noch hier.»

«Ich war seine Geschäftspartnerin und die Betreiberin des *ristorante*», bestätigte sie und streckte ihm hemdsärmelig die Hand entgegen. «Lucia Camaro.»

«Wie der Sportwagen?», fragte Paolo und bereute im selben Moment die Frage. «Ich meine, ich wollte damit nicht andeuten, dass Sie …»

Ihre Augen hatte sich zu Schlitzen verengt. «*Sì*, wie der Sportwagen», bestätigte sie, und einen Augenblick lang war er nicht sicher, ob sie die Absicht hegte, seine Hand zu brechen, so fest drückte sie sie.

Paolo war verwirrt.

Felix hatte nie erwähnt, dass er in Cervia eine Geschäftspartnerin hatte. Andererseits hatten sie nach dem Tod ihrer Eltern ja auch nicht mehr viel miteinander gesprochen. Und in den letzten acht Jahren hatten sie gar keinen Kontakt mehr gehabt.

Viel Zeit, um neue Kontakte zu knüpfen, sei es geschäftlich oder privat. Ob die beiden wohl mehr verbunden hatte als das Geschäftliche?

«Was starren Sie mich an?», fragte Lucia unverblümt.

«Ich … äh …» Paolo schürzte die Lippen. Er kam sich ertappt vor und konnte direkt spüren, wie er errötete. «Tut mir leid, es ist nur …» Er brach erneut ab.

«Ja?»

Paolo holte tief Luft. «Ich habe mich gefragt, ob es wohl möglich wäre, einen Blick ins Innere des Hotels zu werfen.»

«Wozu?» Die resolute Frau gab sich keine Mühe, ihren Argwohn zu verbergen. «Wollen Sie es etwa kaufen?»

«Nein, ich …»

«Geben Sie sich keine Mühe. Irgendein Idiot in Germania hat das Haus geerbt, und er hat offenbar keine Ahnung, wie schön es hier ist. Jedenfalls hat er sich noch nie hier blickenlassen. Seitdem zerfällt alles.»

Paolo nickte im Bemühen, sich seine Verlegenheit nicht anmerken zu lassen. Er konnte ja schlecht eingestehen, dass kein anderer als er dieser Idiot war.

«Wie gesagt, ich bin rein zufällig hier», versuchte Paolo es erneut und bemühte sich um ein Lächeln. «Ich möchte nur alte Erinnerungen auffrischen.»

Sie hielt seinem Blick stand und überlegte einen Moment. «Ich mache Ihnen einen Vorschlag», sagte sie dann. «Sie essen in meinem *ristorante*, und dafür dürfen Sie sich alles ansehen. *Va bene?*»

Paolo musste unwillkürlich lachen. «Sie verlangen Eintritt?»

Geschäftstüchtig war sie, das musste man ihr lassen.

«Nur ein kleiner Tausch», erklärte sie mit unschuldigem Lächeln. «Ich habe hier nicht so oft Gäste.»

Paolo zögerte. Er hatte seit dem Morgen nichts mehr gegessen. Früher oder später musste er ohnehin ein Restaurant aufsuchen. «Was gibt es denn?», fragte er vorsichtig.

«*Tagliatelle al ragù.*»

Paolo spürte, wie ihm das Wasser im Mund zusammenlief. Die Erwähnung des Bologneser Paradegerichts weckte Kindheitserinnerungen, die zur Abwechslung einmal sehr angenehmer Natur waren. Allerdings aß er gewöhnlich nur Trennkost zu Mittag. Julia hatte ihn darauf gebracht, damit er sein Gewicht besser unter Kontrolle hatte, und es funktionierte sehr gut. Und was Kalorien betraf, hatte er an diesem Tag schon gesündigt. Andererseits …

«Aufgewärmt oder frisch zubereitet?», fragte er trotzdem mit einem Blick auf die Uhr. «Mittag ist längst vorbei.»

Ihre großen Augen wurden erneut schmal und prüfend. «Für einen *tedesco* sind Sie lustig, wissen Sie das?»

Ohne noch ein weiteres Wort zu verlieren, wandte sie sich ab und ging in die kleine Lobby des Hotels zurück und von dort in die Küche. Im Vorbeigehen wies sie ihm ein schattiges Plätzchen an einem kleinen Tisch an, über den eine rot-weiß karierte Papierdecke gebreitet war.

Paolo seufzte und gab sich geschlagen. Er hängte sein Jackett über die Stuhllehne und nahm Platz. Er nahm den Hut ab und legte ihn auf den Nachbartisch, dann ließ er seinen Blick durch den verwilderten Garten schweifen und versuchte sich vorzustellen, wie es hier ausgesehen haben mochte, als das Hotel noch in Betrieb gewesen war.

«Beeindruckt?»

Felix saß ihm plötzlich gegenüber, noch immer in Jeans und weißem Hemd, die Sonnenbrille auf der Stirn.

«Ein wenig», gab Paolo zu. «Möglicherweise hast du das eine

Mal in deinem Leben tatsächlich etwas begonnen, das funktioniert hat.»

«Hast du etwa an mir gezweifelt?»

«Und dann diese Lucia …», fuhr Paolo fort.

«Was ist mit ihr?»

Felix' Gestalt verblasste, als die Italienerin wieder aus dem Gebäude trat, ein Tablett in den Händen. Ein Glas und eine grüne Glasflasche mit eisgekühltem Wasser standen darauf, außerdem ein großer Teller mit einer üppigen Portion breiter, in würzig duftender Fleischsoße geschwenkter Bandnudeln. Sie stellte alles vor Paolo auf den Tisch, dazu eine Serviette und Besteck sowie eine Dose mit geriebenem Parmesan.

«*Buon appetito*», sagte sie dazu.

«So schnell?»

«Ich musste nur die Pasta kochen, das *ragù* hatte ich auf dem Herd», erklärte sie und nahm ungefragt ihm gegenüber Platz. «Ordentliches *ragù* muss viele Stunden kochen.»

Es sah fabelhaft aus, wie Paolo sich eingestehen musste, und roch ganz verführerisch. Er griff zum Besteck, das aus einer einzelnen Gabel bestand.

«Kein Löffel?», fragte er.

«*Che cosa?* Sind Sie ein Kind?»

Ihr Blick machte deutlich, dass von Ihrer Seite keine Hilfe zu erwarten war, also griff er nach der Serviette und stopfte sie sich in den Kragen seines Hemdes, um Kollateralschäden zu vermeiden. Dann ging er daran, die Nudeln nur mit der Gabel zu essen.

Die ersten beiden Versuche scheiterten kläglich, was Lucia ein leises Kichern entlockte. Dann jedoch gelang es ihm, mit der Gabel die richtige Menge Nudeln aufzuwickeln und sie sich in den Mund zu schieben. So mühsam es sein mochte, es schmeckte wirklich ausgezeichnet. Paolo ertappte sich sogar dabei, dass er seinen Kaurhythmus eigens verlangsamte, nur um das Gericht noch mehr zu genießen. Nur die Tischgesellschaft war ein wenig … aufdringlich.

«Haben Sie keine anderen Gäste, um die sie sich kümmern müssen?», fragte er diplomatisch.

«Sehen Sie hier welche?»

Paolo schnaubte. Sie war wohl fest entschlossen, an seinem Tisch zu bleiben.

«Wann sind Sie zuletzt hier gewesen?», wollte sie wissen.

«Einundneunzig», erwiderte er zwischen zwei Gabeln.

«Das ist lange her.»

«Meine Familie ist früher jeden Sommer nach Italien gefahren, solange ich zurückdenken kann.»

«Und immer nach Cervia?»

Er nickte. «Meine Eltern waren verliebt in diesen Ort. Etwas anderes kam für sie nicht in Frage.»

«Das kann ich gut verstehen.» Sie lächelte, worauf er eine säuerliche Grimasse schnitt.

«Sie etwa nicht?», fragte sie.

«Es ist nett hier», gab er zu, «aber jedes Jahr? Als ich volljährig wurde, habe ich mir andere Reiseziele ausgesucht. Ich wollte nach Amerika und etwas von der Welt sehen.» Er kämpfte mit einer Nudel, die ihm seitlich aus dem Mundwinkel hing.

«Und? Haben Sie etwas davon gesehen?»

«Durchaus.»

«Und Ihre Eltern? Sind die weiter nach Cervia gefahren?»

«Ja», bestätigte er und merkte, wie sich die Schatten der Erinnerung auf ihn legten, der Nachmittagssonne zum Trotz.

Lucia schien es ebenfalls zu merken, denn sie wechselte das Thema. «Und nun sind Sie wieder hier?», wollte sie wissen.

«Wie gesagt, ich bin nur auf der Durchreise», stellte er klar.

Lucia seufzte. «Sie kommen fünf Jahre zu spät», sagte sie. «Sie hätten das Hotel sehen sollen, als es in voller Blüte stand.»

«Ja», stimmte Paolo leise zu und fühlte einen kleinen Stich im Herzen. «Vielleicht hätte ich das.»

«Das Hotel war den Sommer über immer ausgebucht. Die Gäste sind gerne zu uns gekommen. Felix hatte eine gute Hand dafür. Aber als er …» Sie unterbrach sich und schüttelte den Kopf. «Er konnte sich nicht mehr um die Dinge kümmern, und so kam das Hotel langsam herunter. Die Gäste wurden von Jahr zu Jahr weniger, und am Ende …»

Sie schwieg wieder und überließ es ihm, sich den Rest dazuzudenken.

«Ich habe ihn gebeten, mir das Hotel zu verkaufen», fuhr sie fort. «Dann hätte ich bei der Bank einen Kredit aufgenommen und mich um alles gekümmert. Aber dann ging alles ganz schnell, und er ist gegangen, ehe es dazu kommen konnte. Nun gehört das Hotel seinem Bruder, der in München lebt und sich hier noch nie hat blickenlassen. Ich habe ihm mehrmals geschrieben, aber er hat keinen meiner Briefe beantwortet. Wahrscheinlich ist ihm das alles hier völlig gleichgültig.»

Paolo hatte die Portion aufgegessen und legte die Gabel zurück auf den Teller. Tatsächlich erinnerte er sich, dass er einige Briefe aus Italien erhalten hatte, aber er hatte keinen von ihnen geöffnet, weil sie ihn nur an früher erinnert hätten. Und der Vergangenheit war er bislang stets recht erfolgreich aus dem Weg gegangen.

Aus Angst vor Schmerz, wie er sich jetzt eingestand. Dabei war doch alles halb so schlimm …

«Espresso?», fragte sie unvermittelt.

«Nein danke. Ich trinke keinen Kaffee.»

«Ihr Ernst?»

«Allerdings. Aber wenn Sie vielleicht Pfefferminztee hätten?»

«Wirklich nicht.» Sie schüttelte den Kopf, ehrliche Ablehnung sprach aus ihren Augen.

Paolo zuckte mit den Schultern. «Dann würde ich jetzt gerne das Hotel besichtigen», sagte Paolo und wollte aufstehen. «Ich sollte ...»

In diesem Moment klingelte sein Handy.

Er fischte es aus der Innentasche seines über der Stuhllehne hängenden Jacketts und warf einen Blick darauf.

Ein unbekannter Anrufer.

Er nahm das Gespräch entgegen. «Ja?»

«Paolo», sagte eine Stimme mit italienischem Akzent, die er sofort wiedererkannte. Sie gehörte Umberto Tantaro, dem Kurator der Nationalgalerie.

«Was gibt es?»

«Ich habe erfahren, dass Sie noch in der Stadt sind», fuhr Tantaro fort. Von der jovialen Art des Vortags war nichts mehr zu spüren. Er klang ernst, beinahe ängstlich. «Ich muss dringend mit Ihnen sprechen. Am besten jetzt gleich.»

«Das geht leider nicht», wandte Paolo ein, wobei er Lucia einen entschuldigenden Blick zuwarf. «Ich bin ans Meer gefahren.»

«Ans Meer?», ächzte der Kurator so entsetzt, als hätte man ihm mitgeteilt, dass er nur noch Stunden zu leben habe. «Bis wann können Sie wieder zurück sein?»

«Ich weiß nicht.» Paolo warf einen Blick auf die Uhr. «In etwa drei Stunden, schätze ich. Aber ...»

«Bitte, mein Freund, Sie müssen kommen!», flehte Tantaro. Paolo hatte den Eindruck, dass er seine Stimme dämpfte, als fürchte er, belauscht zu werden. «Es geht um das Bild. Den Correggio!»

Paolo merkte, wie sich etwas in ihm verkrampfte. «Was ist damit?», wollte er wissen.

«Nicht jetzt», gab Tantaro zurück. Er flüsterte fast. «Kommen Sie um neunzehn Uhr in meine Privatwohnung. Ich schicke Ihnen die Adresse. Dann können wir über alles sprechen, sì?»

Paolo seufzte. Er verspürte keinerlei Verlangen danach, sich schon wieder in den Zug zu setzen, zumal er Felix' Hotel noch nicht einmal von innen gesehen hatte. Aber etwas an Tantaros Worten – nicht so sehr das, was er sagte, sondern *wie* er es sagte – ließ ihn einwilligen. «Also gut», sagte er. «Ich werde da sein, Umberto.»

«*Grazie mille*», flüsterte der Kurator. «*A dopo.*»

«Bis später», bestätigte Paolo und beendete das Gespräch. Einen Augenblick hielt er inne, um das Gehörte einzuordnen. Tantaro hatte besorgt geklungen, gegen Ende sogar ein wenig panisch. Was in aller Welt war dort los?

Schließlich gab er sich einen Ruck. «Leider kann ich nicht bleiben», sagte er und griff nach seiner Brieftasche. «*Il conto, per favore.*»

«Vergessen Sie's.» Lucia schüttelte den Kopf. «Das *ragù* habe ich eigentlich für eine Geburtstagsfeier gemacht. Catering, Sie wissen schon. Auf eine Portion mehr oder weniger kommt es nicht an. Aber es war schön, mal wieder einen Gast hier zu haben.»

«Dann bedanke ich mich.» Paolo griff nach Hut und Jackett. «Es hat wirklich hervorragend geschmeckt.»

«Obwohl es nur aufgewärmt war?»

Paolo kam sich ertappt vor. «Das war doch nur ein Scherz»,

behauptete er in seiner Not. «Für eine Italienerin sind Sie erstaunlich humorlos.»

«Das macht nichts», konterte sie lächelnd, wobei es in ihren großen dunklen Augen herausfordernd blitzte. «Dafür sind Sie ja um so lustiger.»

## KAPITEL 11

Die Rückfahrt war anstrengend.

Der Anschlusszug in Bologna hatte Verspätung und war, als er endlich kam, rappelvoll. Paolo musste lange stehen, bis er schließlich einen Platz neben einer beleibten Italienerin fand, die während der gesamten Fahrt lauthals telefonierte.

Es war bereits kurz vor sieben, als der Zug in Parma ankam. Paolo hatte gehofft, sich im Hotel noch etwas frisch machen zu können, doch dazu war es jetzt zu spät. Vom Bahnhof ging er auf direktem Weg zu Tantaros Wohnung. Die Adresse hatte ihm der Kurator inzwischen aufs Handy geschickt – er wohnte in der *Strada Felice Cavalotti* und damit etwa auf halber Strecke zwischen Bahnhof und Galerie.

Paolo fragte sich einmal mehr, was Tantaro wohl von ihm wollte. Es gehe um den Correggio, hatte er gesagt. Aber was war damit gemeint? War etwas mit dem Bild nicht in Ordnung?

Der ganze Tag war für Paolo ein Wechselbad der Gefühle gewesen. Reue, Wehmut und unterdrückte Trauer, von allem war etwas dabei gewesen, und auch die Begegnung mit Felix' resoluter Geschäftspartnerin hatte einen tiefen Eindruck bei ihm hinterlassen. Sie war so anders … nicht so beherrscht und fokussiert, wie er es von Julia kannte, sondern spontan und voller Lebendigkeit. Vielleicht sogar ein bisschen chaotisch. Vor allem aber hatte sie Felix sehr viel besser gekannt als er.

Über all das hätte Paolo gern länger nachgedacht, in Ruhe, in seinen eigenen vier Wänden. Stattdessen folgte er nun dem Ruf des Kurators, der offensichtlich keine erfreulichen Nachrichten für ihn hatte.

Je näher er der genannten Adresse kam, desto größer wurde sein Unbehagen. Er kannte dieses miese Ziehen in der Magengegend. Er spürte es jedes Mal, wenn Julia ihn zum Schauplatz eines Verbrechens rief. Hier und jetzt hatte dieses Gefühl eigentlich nichts zu suchen, aber es war da, und es sorgte dafür, dass er seine Schritte beschleunigte.

Er erreichte die Strada Felice Cavalotti acht Minuten nach sieben. Für italienische Verhältnisse würde das wohl als pünktlich durchgehen. Die Nummer, die Tantaro ihm gegeben hatte, gehörte zu einem dreistöckigen, terracottafarbenen Haus mit hohen Fenstern. Durch das offene Tor betrat Paolo einen Hinterhof, wo sich der Hauseingang befand. Auf einer Klingelplatte aus Messing las er Tantaros Namen. Demnach wohnte der Kurator im zweiten Stock.

Paolo läutete und wartete darauf, dass der Türsummer erklingen und ihm öffnen würde, aber nichts geschah. Er läutete erneut und nach einer kurzen Pause noch einmal.

Nichts.

Das Ziehen in seinem Magen verstärkte sich. Kurzerhand drückte er einen der oberen Klingelknöpfe, worauf es summte und eine heisere, über die Störung offenbar nicht sehr erfreute Frauenstimme aus dem Gitter des kleinen Lautsprechers drang.

«*Scusi*», murmelte Paolo und schlüpfte hinein.

Der Geruch von feuchtem Kalk stieg ihm in die Nase. Mit ausgreifenden Schritten nahm er die hölzernen Stufen, die leise unter ihm knarrten.

«*Chi c'è?*», drang es zu ihm wie eine Warnung von oben. «*Ho gia' la camicia da notte …*»

93

Paolo kümmerte sich nicht darum. Seine ganze Aufmerksamkeit gehörte der Tür aus dunklem Mahagoni, die einen Knauf aus Messing hatte. «Tantaro», stand auf einem kleinen Schild.

«Signor Tantaro?»

Es gab hier oben keine Klingel, also klopfte Paolo gegen das dunkle Holz – worauf die Tür mit leisem Klicken aufsprang. Offenbar war sie nur halbherzig geschlossen worden, das Schloss nicht richtig eingerastet. Paolo gab der Tür einen sanften Stoß. Jenseits davon lag ein dunkler Flur.

«Signor Tantaro?», fragte Paolo in die Schwärze.

Keine Antwort.

«Umberto? Ich bin es, Paolo.»

Es blieb still.

Paolo fasste sich ein Herz und trat über die Schwelle. Dabei hielt er den Atem an wie jemand, der im Begriff war, unter Wasser zu tauchen. Seine Hand fand den Lichtschalter und betätigte ihn. Eine ovale, in Messing gefasste Deckenleuchte ging daraufhin an, deren heller Schein eine Garderobe beleuchtete. Den dort hängenden Kleidungsstücken nach lebte Tantaro allein – Paolo sah nur Jacken seiner Größe dort hängen, einschließlich des blauen Sakkos, das er bei ihrer ersten Begegnung getragen hatte.

Die Sache gefiel ihm immer weniger.

«Umberto?», fragte er noch einmal.

Im Vorbeigehen warf er einen Blick in die kleine, jedoch gut ausgestattete Küche, dann in das Esszimmer, in dem ein großer Tisch verriet, dass Tantaro zwar wohl alleine lebte, jedoch offensichtlich gerne Gäste hatte.

Am Ende des Flurs lag das Wohnzimmer. Der Schein der Gangbeleuchtung reichte nicht aus, um es zu erhellen, deshalb schaltete Paolo auch hier das Licht an.

Paolo erstarrte und holte scharf Luft.

Er hatte Tantaro gefunden.

Der Kurator lag reglos auf dem grauen Berberteppich, der einen Teil des Bodens bedeckte, zwischen dem niedrigen Wohnzimmertisch und einem umgestürzten Ledersessel; ein dunkler Fleck färbte den Teppich unter ihm, sein untersetzter Körper war merkwürdig in Richtung Tür verdreht, sodass seine weit aufgerissenen, blicklosen Augen Paolo anstarrten.

«Verdammt», sagte Paolo leise.

Paolo löste sich aus seiner Erstarrung und ging ins Wohnzimmer. Er bückte sich, legte Zeige- und Mittelfinger an Tantaros Hals, um seinen Pulsschlag zu prüfen. Doch es bestätigte sich nur, was der Anschein bereits hatte vermuten lassen. Tantaro war tot.

Paolo erhob sich wieder. Seine Knie zitterten. Es war nicht so sehr der Fund selbst, der ihn erschütterte – im Laufe seiner Tätigkeit für das LKA hatte er gelernt, mit derlei Situationen umzugehen. Aber das hier war anders. Erstens hatte er den Toten persönlich gekannt. Und zweitens hatte er noch vor wenigen Stunden mit ihm telefoniert und geglaubt, nackte Furcht aus seinen Worten herauszuhören.

Paolos Blick fiel auf den dunkelroten Fleck, der bereits eingetrocknet war. Er hatte es für Blut gehalten, aber jetzt fielen ihm die Scherben eines zerbrochenen Glases auf, die ebenfalls am Boden lagen, zusammen mit einer Weinflasche. Beides hatte Tantaro offenbar fallen lassen, als er gestürzt war, worauf das Glas zerbrochen und die Flasche ausgelaufen und unter den Tisch gerollt war. Dort lag sie jetzt, leer und sinnlos, das kunstvoll verzierte Etikett obenauf. *Al forno* stand in großen Lettern darauf zu lesen … War Tantaro einfach unglücklich gestürzt?

Paolo atmete tief durch. Tantaros lebloser Blick verfolgte ihn, anklagend, wie es Paolo erschien. Zu gern hätte er dem Toten die Augen geschlossen, aber er tat es wohlweislich nicht. Durch seine Arbeit wusste er, wie wichtig es war, einen Ort wie diesen unangetastet zu lassen, damit die Polizei ihre Arbeit machen konnte. Selbst dann, wenn es sich hier um einen Unfall handelte, was Paolo stark bezweifelte. Er hatte die furchtsame Stimme des Kurators noch deutlich im Ohr, und er hatte die Tür der Wohnung unverschlossen vorgefunden. Womöglich lagen die Dinge nicht so, wie sie auf den ersten Blick erscheinen mochten.

Er zückte sein Handy und wollte gerade die 112 wählen, als hinter ihm ein schriller, durchdringender Schrei erklang. Erschrocken fuhr er hoch, nur um eine spindeldürre, ältliche Frau zu erblicken, die einen gesteppten Morgenmantel trug und Lockenwickler in den grauen Haaren hatte.

«*Santo cielo!*», schrie sie und schlug die knochigen Finger vors Gesicht. «*L'hanno ucciso! Ladri! Cattivi! Criminali!*»

## KAPITEL 12

Der Name war Borghesi. Commissario Aldo Borghesi von der Polizia Criminale in Parma. Und so, wie der Mann gekleidet war, wie er sprach und sich benahm, war mit ihm nicht gut Kirschen essen.

Wie der Kommissar sich nach außen präsentierte, hätte er auch gut einer Krimiserie aus dem Fernsehen entstammen können – und vielleicht, dachte Paolo, war das ja auch der Ort, von dem er seine modische Inspiration bezog.

Ein beigefarbener Trenchcoat, den er als sein Markenzeichen zu betrachten schien, weil er ihn trotz des milden Wetters trug, schlotterte um seine sportliche Gestalt, die nur um die Bauchgegend nicht ganz so sportlich wirkte; schwarzes Kraushaar, dem Spray einen unirdischen Glanz verliehen hatte, zierte das Haupt des Polizisten. Borghesis Alter schätzte Paolo auf Anfang vierzig. Die Rasur war tadellos, den aufmerksamen Augen unter den buschigen Brauen schien so leicht nichts zu entgehen; Paolo fühlte sich unwohl unter ihrem Blick, beinahe schuldig.

«*E tutto qui?*» Seine fast schwarzen Augen sahen Paolo durchdringend an.

«Das ist alles», bestätigte Paolo auf Italienisch. Borghesi umkreiste ihn wie ein Raubvogel, während er, Paolo, auf einem Stuhl in der Mitte des kleinen Vernehmungsraumes saß. Anfangs hatte er noch versucht, dem Commissario mit Blicken zu folgen, sich dabei aber um ein Haar den Hals ausgerenkt, darum hatte er es schließlich bleibenlassen.

Die Polizei hatte rasch auf Paolos Anruf reagiert. Innerhalb weniger Minuten war ein Streifenwagen der Polizia di Stato eingetroffen – vermutlich auch deshalb, weil im Hintergrund seines Anrufs weiterhin die lauthals schreiende Hausbewohnerin zu hören gewesen war. Wie Paolo inzwischen wusste, hieß die alte Dame Violetta Campanini und wohnte im Dachgeschoss. Bei ihr hatte Paolo geläutet, um ins Haus zu kommen, nachdem Tantaro nicht geöffnet hatte. Und da er sich an der Sprechanlage nicht gemeldet hatte, war sie die Treppe heruntergekommen, um nach dem Rechten zu sehen. Paolo hatte alles versucht, um sie zu beruhigen, aber da sie der festen Überzeugung gewesen war, einen ruchlosen Mörder vor sich zu haben, war dies nicht so einfach gewesen.

Der Kommissar nickte und sah auf den Schreibblock, den er in der Hand hielt und auf den er alles in althergebrachter Weise notiert hatte. Da in Tantaros Wohnung inzwischen bereits die Forensik arbeitete, hatte er Paolo kurzerhand aufs Präsidium mitgenommen, um ihn zu befragen – wobei die Grenze zwischen Befragung und Verhör für Paolos Begriffe recht fließend war.

Borghesi sagte etwas, das Paolo nicht verstand. Deswegen wandte er sich der Übersetzerin zu, die auf einem Schemel in der Ecke saß und seine Aussage zugleich protokollierte. «Der Commissario möchte wissen, ob Sie Ihrer Aussage noch etwas hinzufügen wollen», sagte sie auf Deutsch.

«Nicht dass ich wüsste.» Paolo schüttelte den Kopf. «Was ich wusste, habe ich Ihnen gesagt. Darf ich dann jetzt in mein Hotel zurück?»

Sie übersetzte die Frage, worauf Borghesi ans Fenster trat und in den Innenhof des schmucklosen Baus im Borgo della Posta blickte, in dem die Dienstfahrzeuge parkten – zivile wie auch solche mit der blau-weißen Markierung der Staatspolizei.

«Nicht so eilig», ließ er sich übersetzen. «Immerhin hat Signora Campanini Sie gesehen, als Sie sich über den Leichnam beugten.»

Paolo seufzte. «Wie ich schon sagte, tat ich das, um den Toten zu untersuchen. Ich meine, da wusste ich noch nicht, ob es sich um einen Toten handelt, deshalb habe ich …»

Er brach ab, massierte seine Nasenwurzel. Nicht zum ersten Mal an diesem Abend fragte er sich, wie er in diese Geschichte nur hineingeraten war.

Nur ein kleiner Gefallen, hatte Julia gesagt.

Jetzt saß er hier. Und offenbar nicht nur als Zeuge, sondern unter Mordverdacht …

«Hören Sie», begann Paolo noch einmal, um Ruhe bemüht, «welcher Mörder würde denn bitte vom Tatort aus die Polizei anrufen?»

«Sie könnten von Signora Campanini auf frischer Tat ertappt worden sein und auf diese Weise nun versuchen, den Verdacht von sich abzulenken.»

«Und das Motiv?» Paolo schüttelte den Kopf. «Ich habe Tantaro doch gestern erst kennengelernt. Und hätte er mich nicht angerufen, hätte ich auch nicht seine Wohnung aufgesucht, das können Sie mir glauben.»

«Wir haben Ihr Smartphone bereits überprüft. Das Datenprotokoll stützt Ihre Aussage.»

Paolo schüttelte den Kopf. «Ich habe es Ihnen doch schon gesagt. Ich habe mit dem Tod von Umberto Tantaro nichts zu tun.»

«Das sagen Sie», brummte Borghesi. «Würde ich alle Verdächtigen laufen lassen, die ihre Unschuld beteuern …»

«Ich bitte Sie», fiel Paolo der Übersetzerin ins Wort, «wenn Sie Ihre Forensiker fragen, dann werden die Ihnen sagen, dass Tantaro zum Zeitpunkt meines Eintreffens bereits mindestens eine halbe Stunde tot gewesen ist – zu dieser Zeit saß ich noch im Zug nach Parma, dafür gibt es Zeugen. Unter anderem eine füllige Dame, die fast während der gesamten Fahrt telefoniert, sich über ihren betrügerischen Ehemann beschwert und mich an seiner Stelle mit dem Ellbogen traktiert hat!»

Er hatte so schnell gesprochen, dass die Übersetzerin kaum noch nachkam.

Borghesi hörte sich alles in Ruhe an, dann wandte er sich vom Fenster ab und sah Paolo direkt an. «Ich will ehrlich mit Ihnen sein, Signor Ritter», sagte er, «ich kann Leute wie Sie nicht leiden.»

«*Come me?*», fragte Paolo nach, der auch ohne Übersetzung verstanden hatte.

«Deutsche, die denken, dass sie schlauer wären als wir. Die nach Italien kommen und uns am liebsten vorschreiben würden, wie wir die Dinge hier zu regeln haben.»

«Das tue ich nicht.» Paolo war ehrlich entrüstet.

«So? Dann sind Sie bereit, der hiesigen Polizei zu vertrauen? Wir mögen die Dinge anders angehen, als Sie es gewohnt sind, aber das bedeutet nicht, dass wir Idioten sind.»

Borghesis Blick schien Paolo durchbohren zu wollen. Er hatte ganz offensichtlich Übung darin, Leute einzuschüchtern. Paolo rutschte nervös aus seinem Stuhl hin und her. Und sosehr es ihm widerstrebte, es sich einzugestehen – ganz unrecht hatte der Commissario nicht. Paolo war jedenfalls kritisch, was die italienischen Behörden betraf. Was allerdings weniger an den Behörden selbst lag als vielmehr an seinem gestörten Verhältnis zu diesem Land. Aber das konnte er Borghesi ja schlecht sagen.

«Es tut mir leid», beteuerte er deshalb. «Ich wollte niemanden beleidigen.»

Borghesi sah ihn noch eine Weile an und nickte schließlich. «Der Commissario sagt, dass die Befragung beendet ist», übersetzte die Dolmetscherin seine Worte, die sich plötzlich matt anhörten und müde. «Sie müssen nur noch Ihre Aussage unterschreiben.»

«Dann kann ich gehen?»

«Zwei unserer Beamten werden Sie zurück in Ihr Hotel bringen, wo Sie unter Beobachtung bleiben, bis die forensische Untersuchung abgeschlossen ist. Sollten sich keine weiteren Verdachtsmomente ergeben, steht es Ihnen frei zu gehen, wohin Sie möchten.»

«Und wie lange wird das dauern?»

«Zwei Tage, vielleicht drei. Dann bekommen Sie auch Ihr Handy zurück.»

Paolo schluckte. Seine Rückkehr nach Deutschland würde sich also noch mehr verzögern. Was würde Julia zu alldem sagen? Gleich mehrmals hatte sie ihm eingeschärft, dass die Rückgabe des Gemäldes möglichst rasch und geräuschlos über die Bühne gehen sollte. Gerade sechzig Stunden war das her – und jetzt war der Mann tot, dem er das Gemälde übergeben hatte, und er selbst als Verdächtiger von der Kriminalpolizei vernommen worden.

Geräuschlos hörte sich anders an.

## KAPITEL 13

Es war noch früher Sonntagmorgen, als jemand hektisch an die Tür von Paolos Hotelzimmer klopfte.

Nach den Ereignissen des Vorabends hatte er lange gebraucht, um Ruhe zu finden – erst gegen Morgen, als draußen schon das Vogelgezwitscher vom nahen Park zu hören gewesen war, war er endlich eingeschlafen. Entsprechend benebelt fühlte er sich, als er sich aus den Federn schwang, sich den hoteleigenen Bademantel überwarf und zur Tür wankte, um zu öffnen. Die Lichtstreifen, die zwischen den Lamellen der geschlossenen Fensterläden hindurchfielen, waren fahl und rötlich. Vermutlich noch nicht einmal sieben Uhr …

«Signor Ritter!», tönte es von draußen.

«Wer ist da?»

«Borghesi», lautete die Antwort.

Paolo unterdrückte eine Verwünschung. Aus grundsätzlicher Vorsicht öffnete er die Tür zunächst nur einen Spaltbreit. Als tatsächlich kein anderer als der Commissario draußen stand, öffnete er ganz und trat zurück. Ungeniert trat Borghesi ein. Wieder trug er seinen Trenchcoat, Paolo bezweifelte, dass er ihn seit ihrer letzten Begegnung überhaupt irgendwann abgelegt hatte. Nikotingeruch und der bittere Odem eines wohl erst unlängst hastig hinuntergestürzten Espresso begleiteten ihn.

«Es gibt Neuigkeiten», sagte er.

Zu seiner Verblüffung verstand Paolo ihn auch ohne Übersetzerin. «Sie sprechen Deutsch?»

102

Borghesi nickte. «Meine Ex-Frau war *tedesca*.»

«Verstehe.» Paolo nickte. Er fragte sich, ob das, was Borghesi von Deutschen und ihrer Besserwisserei gesagt hatte, vielleicht damit zu tun haben mochte, dass er mit einer verheiratet gewesen war. «Warum haben Sie das nicht gleich gesagt?»

«Weil es eine offizielle Befragung war. Außerdem …»

«… wollten Sie es mir nicht zu leicht machen.» Paolo nickte wieder. «Schon klar.»

«Wie auch immer, das ist Vergangenheit», sagte der Kommissar. Sein Deutsch hatte eine eigentümliche Färbung, was vermuten ließ, dass die von ihm geschiedene Dame, von der er sich offenbar nicht besonders einvernehmlich getrennt hatte, aus dem Raum Schwaben gekommen war.

«Inwiefern?»

«Sie sind frei und können gehen, wohin Sie wollen», erklärte Borghesi mit einer Miene, als hätte Parma die Serie A im Fußball gewonnen. «Die forensische Voruntersuchung ist abgeschlossen. Ihr Alibi in Bezug auf den Zeitpunkt des Todes wurde mehrfach bestätigt.»

«Und die Todesursache?», fragte Paolo gespannt.

«*Suicidio*», lautete die verblüffende Antwort.

«Selbstmord?» Paolo holte tief Luft. Er brauchte einen Moment, um das zu verdauen.

«Das ist die einzig vernünftige Erklärung. Wie wir herausgefunden haben, war Tantaro herzkrank und litt unter einer … *insufficienza cardiaca*», sagte er in Ermangelung des deutschen Wortes.

«Einer Herzinsuffizienz?», fragte Paolo.

Borghesi nickte. «Er musste regelmäßig Tabletten nehmen. An diesem Abend hat er sich allerdings eine ganze Packung genommen und sie zusammen mit Rotwein hinuntergeschluckt.

In seinem Blut waren 1,8 Promille. Im Abfall haben wir die leeren Tablettenbriefchen gefunden. Die Überdosis in Verbindung mit dem Alkohol hat nach Einschätzung unseres Mediziners zum Kollaps und schließlich zum Tod geführt.»

«Wow», sagte Paolo. Mehr fiel ihm dazu nicht ein. Er ließ sich in den mit gestreifter Seide bezogenen Sessel sinken. Dann allerdings begann sich in seinem Kopf auch schon Widerspruch zu regen.

«Und der Anruf, den ich bekommen habe?», fragte er. «Ich sagte Ihnen doch, dass Tantaro besorgt klang, beinahe panisch, und dass er mir wegen des Gemäldes etwas mitteilen wollte. Nach einem angekündigten Selbstmord hörte sich das für mich nicht an.»

Borghesi war vor ihm stehen geblieben und bedachte ihn mit einem seiner durchdringenden Blicke. «Das ist typisch», sagte er dazu.

«Wovon sprechen Sie?»

«*Allora*, statt froh zu sein, dass Sie entlastet sind, suchen Sie nach dem Haar in der Suppe.»

«Und das finden Sie typisch deutsch?»

«Man muss wissen, wann man aufhören muss», sagte Borghesi, und die Art, wie er es sagte und Paolo dabei ansah, legte die Vermutung nahe, dass seine Ex-Frau es seiner Ansicht nach wohl nicht gewusst hatte. «Mir ist klar, dass nördlich der Alpen immer alles verworren und kompliziert ist. Hier im Süden aber liegen die Dinge manchmal ganz einfach.»

«Darum geht es nicht», beharrte Paolo. «Ich will nur, dass die Wahrheit ans Licht kommt.»

«*Molto bene*, dann hören Sie mir gut zu. Die Wahrheit ist, dass es an Tantaros Leichnam keine Spuren von Gewalteinwirkung gibt. Noch nicht einmal einen Hinweis darauf, dass er zum Zeitpunkt seines Todes in seiner Wohnung nicht allein gewesen ist. Die einzigen Spuren, die unsere Leute gefunden haben, sind die von Tantaro selbst – und natürlich Ihre, Signor Ritter. Und natürlich haben wir sowohl Signora Campanini als auch die anderen Bewohner des Hauses befragt. Keiner von ihnen hat gestern Abend beobachtet, dass Umberto Tantaro Besuch bekommen hätte.»

«Was nicht heißt, dass niemand da gewesen ist», insistierte Paolo. «Spuren lassen sich verwischen.»

«*Sì*. Oder es ist einfach folgendes passiert. Tantaro war schwer herzkrank und todunglücklich. Irgendwann eines Abends wird die Traurigkeit zu groß, und er beschließt, seinem Leben ein Ende zu machen. Er macht eine Flasche Rotwein auf und nimmt eine Überdosis Tabletten. Anfangs spürt er noch nichts, und der Alkohol sorgt dafür, dass er sich gut fühlt, beinahe euphorisch. Doch dann spürt er plötzlich einen stechenden Schmerz in der Brust. Er lässt die Flasche und das Weinglas fallen, was die Scherben und den Fleck auf dem Boden erklärt. Er greift sich an die Brust. Vielleicht bereut er in diesem Moment, was er getan hat, aber es ist zu spät. Kurz darauf bricht er zusammen und stirbt an akutem Herzversagen. Haben Sie eine Ahnung, wie oft ich es im Lauf meiner Karriere schon mit derartigen Vorfällen zu tun hatte?»

Paolo nickte.

Borghesi hatte recht.

So mochte es gewesen sein.

Während des Empfangs am Freitagabend hatte er ja mitbekommen, dass Tantaro und sein Vorgesetzter Farnese sich nicht unbedingt grün gewesen waren und der Direktor der Galerie den ganzen Ruhm allein geerntet hatte. Beruflicher Misserfolg, gepaart mit Krankheit und Einsamkeit, konnte durchaus dazu führen, dass jemand jede Freude am Leben verlor und jenen letzten schrecklichen Weg wählte.

Aber Paolo wehrte sich noch immer dagegen – und nicht nur seines Bauchgefühls wegen. Es war eine Tatsache, dass Menschen, die mit dem Gedanken an Selbsttötung spielten, oft versuchten, mit anderen Menschen in Kontakt zu treten, um sie über das Bevorstehende zu unterrichten – ein letzter, verzweifelter und häufig auch unbewusster Versuch, das eigene Leben zu retten. Wenn Tantaro sich tatsächlich umgebracht hatte, dann bedeutete das, dass Paolo derjenige gewesen war, an den er sich in seiner Not gewandt hatte.

Und er war nicht zur Stelle gewesen.

Paolo wusste selbst nicht zu sagen, warum ihn dieser Gedanke so bedrückte – weder hatten sie einander besonders gut gekannt, noch konnte er etwas dafür, dass er zu spät gekommen war. Vermutlich, gestand er sich ein, hatte es mehr mit Felix zu tun. Mit Dingen, die er, Paolo, hatte vergessen wollen und die nun plötzlich wieder zum Vorschein kamen.

Verdammtes Italien.

Paolo sah auf. Der Commissario hatte die Hände in die Hüften gestemmt. Offenbar betrachtete er die Unterredung für beendet. «Wenn Sie sonst keine Fragen mehr haben …?», sagte er und machte Anstalten, zur Tür zu gehen.

«Sie sprachen vorhin von einer Voruntersuchung», sagte Paolo. «Wird es noch eine genaue Obduktion der Leiche geben?»

«*Naturalmente.* Der Termin ist Dienstagmorgen.» Borghesi rang sich ein säuerliches Lächeln ab. «Die italienische Polizei kennt ihre Pflichten. War's das?»

Paolo nickte – zum Missfallen des Mannes, der plötzlich neben ihm stand und ihn mit gerunzelter Stirn ansah. Umberto

Tantaro trug den dunkelblauen Anzug und das rosafarbene Hemd wie bei ihrer ersten Begegnung.

«Warum fragen Sie ihn nicht?», wollte er wissen. «*Per esempio*, warum Sie die Tür meiner Wohnung unverschlossen vorgefunden haben? Und Sie wissen doch noch genau, wie ich am Telefon geklungen habe! Ich hatte Angst, Paolo!»

Paolo nickte. An all diese Dinge erinnerte er sich so lebhaft, dass seine Zweifel nun förmlich zu ihm sprachen, in Gestalt des kleinen Kurators, der nicht mehr unter den Lebenden weilte …

Borghesi schien von Paolos kurzer Absenz nichts bemerkt zu haben. «Damit sollte die Angelegenheit erledigt sein», sagte er, griff in die Innentasche seines Trenchcoats und zog Paolos Handy hervor. «*Prego*», sagte er und hielt es ihm hin.

«*Grazie.*» Paolo nahm es entgegen. «Was werden Sie jetzt tun? Den Fall abschließen?»

«Es ist kein Fall», belehrte Borghesi ihn. «Das Ergebnis der Obduktion werde ich noch abwarten. Außerdem habe ich heute Vormittag ein Treffen mit Direttore Farnese, der Tantaros Vorgesetzter gewesen ist.»

«Darf ich Sie begleiten?» Paolo spürte, wie er errötete. Die Frage war so aus ihm herausgeplatzt.

Borghesi hatte bereits den Türgriff in der Hand. Jetzt drehte er sich noch einmal um. «Auf keinen Fall!», sagte er und schüttelte den Kopf.

«Aber ich kann so nicht nach Hause fahren», fuhr Paolo fort. «Meine Vorgesetzten beim LKA haben mich persönlich mit dieser Sache betraut. Und nun hat der dafür zuständige Kurator Selbstmord begangen. Man wird mir Fragen stellen …»

«Tut mir leid. Dies ist eine Angelegenheit der italienischen Behörden. Ihre Leute haben nichts damit zu tun.»

«Das bestreite ich ja nicht, aber …» Paolo verstummte. Ihm

wurde jäh bewusst, dass er seine Taktik ändern musste, wenn er bei Borghesi etwas erreichen wollte. «Meine Vorgesetzte ist eine Frau», gestand er unvermittelt.

Borghesi grinste freudlos. «Armes Schwein.»

«Und sie ist gleichzeitig die Frau, der ich vor wenigen Tagen einen Heiratsantrag gemacht habe.»

Der Commissario starrte ihn perplex an. «*Ma stai scherzando?*»

«Durchaus nicht», versicherte Paolo. «Und wenn ich mit leeren Händen nach Hause komme, ohne wenigstens den Anschein zu erwecken, mich in der Sache umgehört zu haben …»

«*Va bene*, ersparen Sie mir den Rest.» Borghesi hob die Hände, resignierend und abwehrend zugleich. «Sie sind dabei. Aber nur als Zuhörer, haben Sie verstanden? Und ich werde auch nicht den Übersetzer für Sie spielen.»

«Das verstehe ich», versicherte Paolo. «Danke, Signor Commissario.»

«Und wenn Sie sich in das Gespräch einmischen, Ritter, dann werfe ich Sie raus, das schwöre ich *sulla Santa Vergine*!»

«Verstehe.» Sagte Paolo noch einmal.

«Ich hole Sie um elf Uhr ab. Warten Sie vor dem Hotel.»

Damit verließ Borghesi das Zimmer und schloss die Tür hinter sich. Kaum war er gegangen, schaltete Paolo sein Handy an und überprüfte die darauf gespeicherten Dateien – es schien noch alles da zu sein. Auch jener passwortgeschützte Bereich, den ihm ein IT-Spezialist des LKA für sensible Informationen eingerichtet hatte.

«Sie ahnen es, oder?», fragte Tantaro, der jetzt in der Ecke des Zimmers lehnte.

«Wovon sprechen Sie, Umberto?»

Der kleine Kurator sah ihn an, und Paolo erschauderte unter

dem Blick seiner eng stehenden Augen, der nicht länger jovial und freundlich war, sondern traurig, beinahe vorwurfsvoll.

«Dass ich ermordet wurde», sagte er leise.

## KAPITEL 14

Exakt um elf Uhr holte Borghesi Paolo vor dem von zwei schlanken Säulen getragenen Hoteleingang ab – so als wollte er beweisen, dass Pünktlichkeit nicht allein eine deutsche Tugend sei.

Mit einem Zivilwagen der Polizia di Stato fuhren sie das kurze Stück zum Palazzo della Pilotta, den sie diesmal durch einen weniger spektakulären Nebeneingang betraten. Einem uniformierten Wachmann zeigte Borghesi seinen Ausweis, und sie durften passieren. Über ein Treppenhaus, in dem es nach Bohnerwachs, altem Papier und auch ein wenig nach Moder roch, erreichten sie einen stuckverzierten Korridor, auf den breite Doppeltüren mündeten. Vor einer davon blieb Borghesi stehen, klopfte an und ging hinein.

Das Vorzimmer, in das sie auf diese Weise gelangten, war nicht besetzt. Der Schreibtisch, hinter dem an Wochentagen eine Sekretärin ihren Dienst verrichtete, war verwaist, der Bildschirm darauf dunkel.

«Entrate», drang aus dem angrenzenden Raum eine Stimme, die Paolo sofort erkannte. Sie gehörte Albano Farnese, dem Direktor der Galleria Nazionale. Paolo merkte, wie sich an Borghesis Haltung etwas veränderte. Sein Schritt wurde langsam und weniger forsch, sein Kopf sank ein wenig zwischen die Schultern, als er über die Schwelle trat. Paolo folgte ihm mit etwas Abstand, respektvoll, aber nicht ganz so unterwürfig.

Zu sagen, dass das Büro des Direktors großzügig war, wäre

eine Untertreibung gewesen. Julias Amtsstube hätte mindestens viermal hineingepasst, und Tantaros Büro, das Paolo am Freitag kurz gesehen hatte, als der Kurator die Übergabequittung unterschrieb, wirkte im Vergleich hierzu wie eine Abstellkammer. Ein großer Mahagonischreibtisch mit Messingbeschlägen, auf dem eine Tiffany-Lampe stand, nahm die Mitte des Raumes ein. Hohe Fenster blickten auf einen der Innenhöfe des Palazzo. Dazwischen standen Regale aus dunklem Holz mit ledergebundenen Büchern – ihr Zweck bestand wohl weniger darin, gelesen zu werden, als beim Besucher Eindruck zu schinden. So wie überhaupt alles in diesem Raum darauf ausgerichtet zu sein schien, den Mann, der hinter dem Schreibtisch saß, in möglichst glanzvollem Licht erscheinen zu lassen. Und zumindest was Borghesi betraf, schien das auch gut zu funktionieren …

«*Buongiorno, signor direttore*», grüßte der Kommissar mit einem Tonfall, der so freundlich war und sanft, dass Paolo ihn aus seinem Mund nicht für möglich gehalten hätte.

«*Buongiorno, signor commissario*», erwiderte Farnese, machte jedoch keine Anstalten, sich aus seinem Ledersessel zu erheben. Er trug einen dunklen Anzug, das graue Haar war streng zurückgekämmt. Der Gleichmut, mit dem seine schmalen Augen den Besuchern entgegenblickten, verriet, dass er nicht überrascht war, sie zu sehen. Borghesi hatte den Direktor wohl vorgewarnt und ihm auch gesagt, dass Paolo dabei sein würde.

«Wie ich sehe, weilt unser Gast aus Germania noch immer in unserer schönen Stadt», sagte Farnese. Er sprach langsam, sodass Paolo ihn gut verstehen konnte.

«Signor Direttore.» Paolo nickte ihm zur Begrüßung zu.

«Ist es nicht schrecklich, was geschehen ist?», fragte Farnese und sah ihn dabei durchdringend an.

«*Sì, è vero*», bestätigte Paolo.

«Signor Ritter muss der Behörde, für die er arbeitet, Bericht erstatten», merkte Borghesi entschuldigend an, «deshalb habe ich ihm erlaubt, mich zu begleiten. *Solo come ospite*», fügte er hinzu, jede Silbe betonend.

Nur als Gast.

Farnese sandte Paolo noch einen prüfenden Blick und nickte dann. Er wies auf die beiden samtbeschlagenen Stühle, die vor seinem Schreibtisch standen, und Paolo und Borghesi setzten sich. Dann begannen der Direttore und der Commissario mit ihrer Unterredung. Sie achteten nicht länger darauf, langsam oder besonders deutlich zu reden, entsprechend schwer fiel es Paolo, ihrem Gespräch zu folgen.

Eines allerdings wurde ihm gleich zu Beginn der Unterhaltung klar – dass es nicht Borghesi gewesen war, der um das Treffen ersucht hatte, sondern Farnese, der sich ungeniert dafür bedankte. Und entsprechend ging es auch nicht in erster Linie darum, den Direttore zu befragen und die Umstände, die zu Umberto Tantaros angeblichem Selbstmord geführt hatten, zu klären. Zwar versicherte Farnese immer wieder, wie *orribile* Tantaros plötzliches Ableben sei, doch seine einzige wirkliche Sorge schien darin zu bestehen, dass der so unerwartete Tod seines Kurators für negative Schlagzeilen sorgen könnte. Und Borghesi wiederum tat alles, um den Direttore zu beruhigen. Die Untersuchung sei so gut wie abgeschlossen, versicherte er, und es gebe nichts, worüber Farnese sich sorgen müsse. Worauf dieser mehrmals versicherte, was für ein überaus guter und fähiger Polizist Borghesi doch sei.

Auch wenn Paolo nicht alles verstand – die zur Schau gestellte Harmonie der beiden stieß ihm unangenehm auf. Die Tatsache, dass ein Mensch gestorben war, schien die beiden Herren nur sehr am Rande zu interessieren.

«Hatte Tantaro eigentlich Verwandte?», fragte Paolo deshalb unvermittelt, als das Gespräch der beiden offensichtlich auf sein Ende zuging.

Der Blick, den Borghesi ihm schickte, war genervt und warnend zugleich. Was Farnese von Paolos Frage hielt, war schwer zu sagen. Seine Miene blieb ungerührt.

«Nicht, dass ich wüsste, Signor Ritter», erwiderte er. «Allerdings habe ich ihn nicht sehr gut gekannt.»

«Obwohl Sie sein direkter Vorgesetzter waren?» Paolo hob die Brauen. Neben sich hörte er Borghesi schnauben.

«Ich kenne die Sitten in Germania nicht», sagte der Kommissar auf Italienisch und der Tatsache zum Trotz, dass er mit einer Deutschen verheiratet gewesen war, «aber hier ist es nicht üblich, dass sich ein Gast» – er betonte das Wort eigens – «an einer polizeilichen Vernehmung beteiligt.»

«*Mi scuso*», erwiderte Paolo. «Ich wusste nicht, dass es sich um eine Vernehmung handelt. Ich will auch nicht stören», wandte er sich wieder an Farnese, «es ist nur so, dass Signor Tantaro mich angerufen hat, nur wenige Stunden bevor er gestorben ist. Er klang aufgeregt am Telefon, hatte Angst. Ich möchte den Grund dafür wissen.»

Sein Italienisch war nicht besonders elegant, aber man hatte ihn wohl verstanden. Trotz der hellen Vormittagssonne, die zum Fenster hereinschien, schien ein Schatten über das Gesicht von Direktor Farnese zu huschen. Seine Kiefermuskeln spannten sich, sein Blick wurde stechend.

«Ich kenne den Grund nicht, Signor Ritter», erwiderte Farnese schließlich, «aber ich denke, dass Sie das nicht mir, sondern der Polizei erzählen sollten.»

«Das habe ich bereits», sagte Paolo. «Aber die Polizei denkt, es ist nicht wichtig.»

«Nun, vielleicht deshalb, weil es nicht wichtig ist», konterte der andere. «Sehen Sie, ich kenne Commissario Borghesi schon sehr lange und weiß, dass er über große Erfahrung verfügt.»

«*Sì*», pflichtete Borghesi zähneknirschend bei, «und meine Erfahrung sagt mir, dass es genug ist. Ich habe Sie gewarnt, Ritter», fügte er hinzu und zückte sein Handy, um die Kollegen vom Streifendienst zu rufen.

«Ich denke nicht, dass das nötig sein wird.» Farnese hob beschwichtigend die Hand. Dann griff er seinerseits nach dem Telefon, das auf dem blankpolierten Mahagonitisch stand.

Er tippte eine Kurzwahltaste und sprach ein paar knappe Worte in den Hörer. Im nächsten Moment waren draußen auf dem Gang Schritte zu hören und die Tür zum Vorzimmer wurde geöffnet. Paolo erwartete, einen vierschrötigen Sicherheitsmann auf der Schwelle zu erblicken, der ihn kurzerhand packen und nach draußen befördern würde – doch zu seiner Überraschung erschien niemand anderes als die Studentin, die im Museum arbeitete und am Abend des Empfangs Farneses Dolmetscherin gewesen war. Sie trug jetzt wieder den Faltenrock und die Strickjacke mit dem Emblem der Universität. Ihr Haar hing wieder glatt herunter, und auf ihrer Nase saß die Hornbrille, durch deren Gläser sie Farnese erwartungsvoll ansah.

«*Come posso aiutarla, signor direttore?*»

«Signor Ritter möchte uns gerne verlassen», erklärte Farnese diplomatisch. «Bitte begleiten Sie ihn hinaus.»

Paolos Blick wanderte vom Direktor zu Borghesi und wieder zurück. Die Blicke der beiden Männer ließen keine Zweifel daran aufkommen, dass es besser war zu gehen.

«Danke für Ihre Zeit, Signor Direttore», sagte er und erhob sich von dem Stuhl, auf dem er ohnehin nicht sehr bequem gesessen hatte. Aus mehreren Gründen.

«Keine Ursache», beteuerte Farnese mit dem aalglatten Lächeln, das Paolo bereits von dem Gala-Empfang kannte. «Tut mir leid, dass Ihre Reise nach Italien eine so unglückliche Wendung genommen hat. Aber ich hoffe, dass Sie mein Heimatland dennoch in guter Erinnerung behalten, wenn Sie zurück nach Hause fahren. Ich wünsche Ihnen eine gute Heimfahrt, Signor Ritter.»

«Commissario.» Paolo nickte Borghesi zum Abschied zu – wäre der Blick des Kommissars in der Lage gewesen zu töten, wäre er mit durchbohrter Brust niedergesunken. Freunde würden sie in diesem Leben wohl nicht mehr werden.

Die Studentin, die die Anspannung im Raum zu fühlen schien, machte ein bekümmertes Gesicht und begleitete Paolo hinaus.

# KAPITEL 15

Ist er immer so?», fragte Paolo auf dem Weg zurück zum Treppenhaus. Er war erleichtert, wieder in seiner Muttersprache reden zu können.

«Wen meinen Sie?», fragte die Studentin in ihrem ausgezeichneten Deutsch.

«Farnese. Er mag es wohl nicht, wenn man ihm Fragen stellt?»

«Das weiß ich nicht», erwiderte sie ausweichend. «Aber der Tod von Signor Tantaro hat den Direttore sehr getroffen. Mich ebenfalls», fügte sie hinzu. Ihre Stimme bebte dabei, und als Paolo sie anblickte, sah er eine Träne auf ihrer Wange.

«Wie heißen Sie?», wollte er wissen.

«Paulina. Paulina Graziello.»

«Und Sie studieren an der Universität Kunstgeschichte?»

«Woher wissen Sie das?»

«Nur eine Vermutung.» Paolo lächelte dünn.

«Die Jobs in der Galerie sind gut bezahlt und deshalb sehr begehrt», erklärte sie. «Ich war sehr dankbar, dass Umberto mich unter all den Bewerbern ausgewählt hat. Er war immer sehr nett zu mir.»

Paolo konnte die Trauer hören, die in ihren Worten mitschwang. Gleichzeitig fragte er sich unwillkürlich, wie eng ihr Verhältnis zu Tantaro gewesen sein mochte. Immerhin nannte sie ihn beim Vornamen.

«Ich weiß, was Sie denken», versicherte sie. «Aber so war er nicht. Umberto war immer sehr freundlich zu mir, und ich habe viel von ihm gelernt. Und er war ein Gentleman», fügte sie hinzu, «im Gegensatz zu …» Sie brach ab, biss sich auf die Lippen, als wollte sie sich selbst am Sprechen hindern. Inzwischen hatten sie das Treppenhaus erreicht, und Paulina ging die Stufen hinab. Paolo jedoch blieb oben stehen.

«Im Gegensatz zu wem?», hakte er nach und senkte seine Stimme dabei. «Farnese?»

Sie war ebenfalls stehen geblieben, Unentschlossenheit sprach aus ihren Augen. Einerseits schien sie sich selbst für ihr vorlautes Mundwerk zu verwünschen, andererseits schien ihr etwas auf der Zunge zu brennen, das herauswollte. «Nicht bei mir», gestand sie dann, «ich bin wohl nicht sein Typ. Aber bei anderen hat er es versucht.»

Paolo seufzte. Das war das Problem, wenn man Fragen stellte. Man erfuhr oft mehr, als man eigentlich wissen wollte. «Paulina», sagte er deshalb, «seien Sie unbesorgt, ich will Ihnen keine Schwierigkeiten machen. Die Sache ist nur, dass ich den Eindruck habe, dass etwas an dieser Geschichte nicht stimmt.»

«An welcher Geschichte?»

Paolo zögerte einen Moment. Dann trat er dicht zu ihr. «An der Geschichte von Umbertos Selbstmord.»

Paulina holte scharf Luft, und ihr Gesicht wurde noch blasser, als es ohnehin schon war. «Sie glauben …?»

«Ich glaube gar nichts», beteuerte er. «Ich weiß nur, dass er mich wenige Stunden vor seinem Tod angerufen hat, weil er mich treffen und mir unter vier Augen etwas über den Correggio mitteilen wollte. Leider ist es nicht mehr dazu gekommen, denn am Abend war er bereits tot.»

Paulina sah ihn an. Sie war geschockt, noch mehr Tränen standen ihr in den Augen. Paolo fühlte sich elend deswegen. Der plötzliche Tod ihres Mentors hatte sie schon genug mitgenommen, auch ohne dass er ihr von diesen Dingen erzählte. Andererseits …

«Wo ist das Bild jetzt?», wollte er wissen.

«Der Correggio?»

Paolo nickte.

«In der Galerie. Sie ist seit gestern Morgen geschlossen, weil wir wegen des Neuzugangs ein paar Veränderungen vornehmen. Signor Tantaro … Umberto wollte, dass der Correggio eine würdige Umgebung bekommt. Und jetzt wird er es nicht einmal mehr ..»

Paulina blinzelte. Sie nahm die Brille ab und wischte sich die Tränen aus den Augen.

«Könnte ich das Bild vielleicht sehen?», fragte Paolo leise.

Paulina zögerte. Ihm war klar, dass er sie damit in Schwierigkeiten brachte, und es gefiel ihm nicht, sie in diese Situation zu bringen «Bitte, es ist sehr wichtig», sagte er dennoch. «Was auch immer Umberto widerfahren ist, es hatte irgendetwas mit diesem Bild zu tun. Ich weiß, dass Sie vorsichtig sein müssen und diesen Job nicht verlieren wollen, aber …»

«Schon gut.» Sie nickte und setzte entschlossen ihre Brille wieder auf. Tapfer brachte sie sogar ein Lächeln zustande. «Ich führe Sie hin.»

«*Grazie.*»

«Ich tu's nicht für Sie», stellte sie klar. «Sondern für Umberto.»

Sie passierten einen Durchgang, der in einen weiteren Korridor führte und von dort in ein Treppenhaus. Paolo hatte schon nach kurzer Zeit die Orientierung verloren. Mit einem der Schlüssel, die sie an einem dicken Bund bei sich trug, öffnete Paulina schließlich eine schwere Brandschutztür mit der Aufschrift uscita di ermergenza. Über eine stählerne Treppenkonstruktion gelangten sie in jenen Teil der Galerie, der Correggio und seinen Epigonen gewidmet war.

Seit seinem letzten Besuch am Freitag hatte sich einiges verändert, wie Paolo sofort erkannte. Von den Baugerüsten, die als Raumteiler fungierten, waren einige umgestellt worden. Die Gemälde waren zum Schutz mit Leintüchern abgedeckt, aber Paulina brauchte nicht lange zu suchen. Zielstrebig ging sie auf das Gemälde zu, das am Ende einer schmalen, neu geschaffenen Flucht an der Wand hing, und zog das Tuch herab.

Es war der Correggio.

*La morte di Cassandra.*

Paulo sah die unglückliche Kassandra und ihre Mörderin, die eine im Licht, die andere aus der Schwärze des Hintergrunds starrend. Das Bild war so unheimlich wie zuvor, und doch stellte sich bei Paolo heute nicht derselbe Effekt ein wie am Vorabend, als der Blick der Meuchlerin ihm einen wahren Schauer über den Rücken gejagt hatte. Vielleicht, weil der Moment der Überraschung fehlte. Oder vielleicht, sagte er sich, hatte es auch nur an der effektvollen Inszenierung beim Gala-Empfang gelegen, dass ihn das Bild so berührt hatte.

Paolo machte mit dem Handy ein Foto, dann standen sie eine Weile schweigend vor dem Gemälde.

«Es hat Streit gegeben», sagte Paulina plötzlich in die Stille.

«Was?» Paolo sah sie fragend an.

«Umberto und der Direttore. Sie hatten gestern einen Streit.»

Paolo hielt den Atem an. «Worüber?»

«Das weiß ich nicht.» Sie schüttelte traurig den Kopf. «Aber als er aus Farneses Büro kam, war er sehr aufgewühlt. Er ist früher nach Hause gegangen, was er sonst nie getan hat. Seine Galerie bedeutete ihm alles.»

«Wann ist das gewesen?»

119

«Gegen fünfzehn Uhr.»

Paolo überlegte. Etwa eine Stunde später hatte Tantaro ihn angerufen.

«Hatten Sie das Gefühl, dass ihm etwas Angst gemacht hat?»

«Nein.» Sie schüttelte den Kopf. «Er schien eher wütend zu sein, aber das kam öfter vor.»

Paolo schürzte die Lippen. Es musste die Studentin große Überwindung kosten, das alles einem völlig Fremden zu erzählen, und er bewunderte sie für ihren Mut. «Die beiden hatten öfter Streit?», hakte er vorsichtig nach.

Wieder nickte sie. «Farnese wird bei der nächsten Wahl für das Amt des Bürgermeisters kandidieren.»

«Tatsächlich?» Paolo horchte auf.

«Sollte er gewählt werden, wird er sein Amt als *direttore del museo* natürlich niederlegen. Doch statt Umberto als seinen Nachfolger vorzuschlagen, hat er jemanden aus seiner Partei vorgeschlagen.»

«Verstehe.» Paolo nickte ernst.

Er erinnerte sich an die spitzen Bemerkungen, die Tantaro während des Empfangs über seinen Chef gemacht hatte. Dass zwischen den beiden eine gewisse Rivalität bestanden hatte, war nicht zu übersehen gewesen, nun kannte er den Grund dafür. Und es erklärte auch, warum Farnese so überaus begierig gewesen war, den Ruhm für den zurückgewonnenen Correggio selbst einzustreichen, und warum er auf keinen Fall wollte, dass der unerwartete Tod seines Kurators an die große Glocke gehängt wurde. Und natürlich war Paolo jetzt auch klar, warum Borghesi vor dem Direttore derart katzbuckelte. Es konnte schließlich nicht schaden, sich mit dem künftigen Bürgermeister gutzustellen.

«Und jetzt?», fragte Paulina.

«Was meinen Sie?»

«Werden Sie es dem Commissario sagen?»

Paolo lächelte schwach. «Ich glaube nicht, dass Borghesi mir noch zuhört.»

«Aber …»

«Es gibt keine wirklichen Indizien, Paulina», erklärte er ihr seufzend. «Noch nicht einmal ein Verdachtsmoment, das sich vernünftig begründen ließe.»

«Aber Sie sagen doch auch, dass etwas an dieser Sache nicht stimmt.»

«Ein Gefühl sagt mir das. Nicht mehr.»

«Dann sollten Sie alles tun, um diesem Gefühl auf den Grund zu gehen», beschied sie ihm und sah ihn dabei so traurig an, dass ihr Blick ihm nicht mehr aus dem Kopf ging – auch dann nicht, als er den Palazzo längst wieder verlassen hatte und sich auf dem Weg zurück zum Hotel befand. Hoffnung hatte darin gelegen, aber auch eine stumme Anklage, die dafür sorgte, dass ihm unwohl war in seiner Haut.

Es war kurz nach Mittag, als er den *Parco Ducale* durchquerte, die Hände in den Hosentaschen vergraben und in Gedanken versunken. Noch immer war es warm, aber Wolken waren aufgezogen und hatten sich vor die Sonne geschoben. Vielleicht würde es später ein Gewitter geben.

«*E ora que facciamo?*»

Paolo brauchte nicht aufzublicken, um zu wissen, dass Umberto Tantaro neben ihm herging, die Hände wie er in den Hosentaschen.

«Was sollen wir schon tun?», fragte er. «Ich glaube nicht, dass ich noch viele Möglichkeiten habe.»

«Vielleicht nicht – aber dass ich hier bin, bedeutet auch, dass Sie über die Erinnerung an mich nicht hinwegkommen.»

«Das kommt bei mir des Öfteren vor.»

«Und damit wollen Sie sich zufriedengeben?»

«Was erwarten Sie denn?»

«*Allora*, dass Sie nicht lockerlassen! Dass Sie an der Sache dranbleiben! Wissen Sie nicht mehr? Ich hatte Panik in der Stimme, als ich Sie anrief! Todesangst hatte ich!»

«Aber warum?», stellte Paolo die alles entscheidende Frage. «Was war es, das Sie mir unbedingt mitteilen wollten? Und warum nicht am Telefon, sondern nur unter vier Augen?»

«*Sì*, das ist das Rätsel, nicht wahr?» Umberto lachte, wie er es bei ihrer ersten Begegnung getan hatte. «Aber eins, das Sie lösen können, mein Freund. Sie müssen nur die richtigen Fragen stellen.» Er hob die Rechte und zählte mit den kurzen Fingern vor: «*Primo*, warum bin ich am Telefon so aufgeregt gewesen? *Secondo*, warum habe ich gesagt, dass es um das Bild geht? *E terzio*, warum habe ich ausgerechnet den Mann angerufen, der das Bild erst am Vortag aus Germania gebracht hatte?»

Paolo nickte – das waren in der Tat die Fragen, die er sich schon die ganze Zeit stellte.

«Und noch etwas ist seltsam gewesen, oder?», fragte Umberto und sah Paolo dabei listig an. «Vorhin, als Sie das Bild gesehen haben …»

Paolo blieb abrupt stehen.

«… haben Sie da dasselbe gefühlt wie beim ersten Mal?»

«Nein», musste Paolo zugeben. «Das erste Mal bin ich erschaudert. Der Blick der Mörderin … ich hatte das Gefühl, in einen Abgrund zu blicken. Diese Leere! Das war wirklich der Blick eines Menschen, der einem anderen Menschen das Leben genommen hat …»

«Aber jetzt nicht mehr, oder?» Umberto sah ihn erwartungsvoll an.

«Nein», gestand Paolo wiederum, der noch immer nicht begriff, worauf seine Erinnerung hinauswollte. Da war etwas in seinem Kopf, ein wichtiger Hinweis, das fühlte er, aber die losen Enden wollten einfach nicht zusammenfinden. Einen endlos scheinenden Augenblick stand er inmitten des Parks und starrte einem Mann in die Augen, den nur er sah und der seit vergangener Nacht nicht mehr unter den Lebenden weilte.

Und im nächsten Moment traf ihn die Erkenntnis wie ein Hammerschlag.

## KAPITEL 16

Eine Fälschung?»
Paolo hatte eine Weile gezögert, Julia anzurufen, und als er sich endlich dazu entschlossen hatte, hatte er lange nach Worten gesucht, um es ihr auf schonende Weise beizubringen.

Offenbar war es ihm nicht gelungen …

«Sag das noch mal», verlangte Julia, deren Stimme sich am anderen Ende der Leitung fast überschlug, obwohl sie wirklich nicht zur Hysterie neigte. In den zwei Jahren, die sie zusammen waren, hatte Paolo nur ein einziges Mal erlebt, wie Julia die Fassung verloren hatte. Das war, als ihr bei der Begehung eines Tatorts im Keller eines Hauses eine Ratte direkt über die Füße gelaufen war. Sie hatte damals laut gekreischt. Paolo musste sich allerdings eingestehen, dass er damals lauthals mitgeschrien hatte.

«Es ist die einzige logische Schlussfolgerung», behauptete er, um einen ruhigen Tonfall bemüht, obwohl ihm das Herz bis zum Hals schlug. Er stand vom Bettrand auf, auf dem er gesessen hatte, und ging im Hotelzimmer auf und ab, das Handy in der Hand und das Hemd aus der Hose, unaufgeräumt und innerlich aufgewühlt.

«Das soll logisch sein? Auf welchem Planeten?»

«Zumindest liefert es eine plausible Erklärung dafür, dass Tantaro mich angerufen hat und mit mir über das Bild sprechen wollte.»

«Und du hast die Unterschiede erkannt?»

«Nicht bewusst. Es war mehr ein Gefühl – ich habe nicht das Gleiche empfunden wie am Tag zuvor. Aber du weißt, wie mein Gedächtnis arbeitet. Es speichert Details, die ich nicht wirklich filtern kann. Das ist ja mein Problem …»

Julia schnaubte am anderen Ende. Sie kannte seine Fähigkeit, seine Superkraft. Aber in diesem Augenblick wäre es ihr wohl lieber gewesen, er hätte nicht darüber verfügt. In aller Kürze hatte Paolo ihr berichtet, was sich in den letzten beiden Tagen zugetragen hatte. Anfangs hatte sie noch Zwischenfragen gestellt. Dann war sie immer stiller geworden. Und jetzt sagte sie überhaupt nichts mehr.

Paolo blieb vor dem Fenster stehen. Inzwischen hatte es zu regnen begonnen, die Straßen und die Dächer der umliegenden Häuser glänzten.

«Julia?», fragte Paolo leise.

«Ich denke nach.» Sie klang gereizt, und er konnte es ihr nicht verdenken. Es war Sonntag, und vermutlich hatte sie etwas Besseres zu tun, als am Telefon zu hängen und über Dienstliches zu sprechen. Andererseits hätte er nicht gewusst, wen er sonst anrufen sollte.

«Das Gemälde, das du nach Italien gebracht hast, war echt», überlegte sie laut. «Mehrere unabhängige Fachleute haben es überprüft und als Original eingestuft. Deshalb war die Sache ja so brisant. Es sollte nicht der Eindruck entstehen, dass wir etwas so Wertvolles für uns behalten wollen.»

«Aber danach muss es ausgetauscht worden sein», sagte Paolo, «und zwar irgendwann zwischen dem Empfang und Tantaros Tod. Müsste ich raten, würde ich sagen, dass es noch Freitagnacht geschehen ist.»

«Und du denkst, das war es, was Tantaro dir sagen wollte?»

«Vielleicht hat er den Schwindel bemerkt. Allerdings erklärt das noch nicht hinreichend, warum er so ängstlich gewesen ist.»

«Und warum hat er dich angerufen und nicht die Polizei?», fragte Julia weiter. «Oder zumindest seinen Vorgesetzten verständigt?»

«Ich sagte es dir doch schon, das Verhältnis zwischen den beiden war angespannt. Folglich wäre er wohl so ziemlich der Letzte gewesen, den Tantaro verständigt hätte. Schließlich hatte er selbst die Quittung für das Bild unterschrieben und musste damit rechnen, dass dies das Ende seiner Karriere bedeuten könnte.»

«Gut, nehmen wir an, er wollte die Sache zunächst für sich behalten und hat deshalb nicht die Polizei informiert. Warum hat er sich dann an dich gewandt?»

Paolo nickte – über diese Frage hatte er lange nachgedacht. «Was, wenn Tantaro gar nicht auf die Idee gekommen ist, dass das Bild in der Zwischenzeit ausgetauscht worden sein könnte?», fragte er. «Vielleicht hat er nur die Fälschung als solche erkannt und sich deshalb direkt an denjenigen gewandt, der ihm den Schlamassel eingebrockt hat.»

«Hätte er am Telefon dann nicht eher wütend klingen müssen?», wandte Julia ein – und hatte natürlich recht damit. Umberto Tantaro hatte sich nicht wütend angehört, sondern verängstigt. Und wenige Stunden später war er tot gewesen. Selbstmord, wie Borghesi behauptete.

Paolo gönnte sich einen tiefen Seufzer, während er weiter aus dem Fenster starrte, wo Parma hinter grauen Regenschleiern versank. Unten in der Viale Alberto Pasini versuchte ein Reisebus vor dem Hotel vorzufahren, doch ein ziemlich ungünstig geparkter Fiat Cinquecento hinderte ihn daran. Ein Stau war die Folge, aufgeregtes Hupen und laute Rufe. Paolo wandte sich vom Fenster ab, während er die losen Enden in seinem Kopf miteinander zu verknüpfen suchte.

«Mal angenommen, du hast recht und der Correggio im Museum ist eine Fälschung», meldete Julia sich wieder zu Wort. Sie schien sich einigermaßen beruhigt zu haben, ihre Stimme klang wieder besonnen wie immer. «Wer könnte das Original entwendet haben? Doch nicht etwa Farnese?»

«Nein.» Paolo schüttelte den Kopf. «Im Hinblick auf seine politischen Ambitionen kann er sich so etwas nicht leisten. Ganz abgesehen davon, dass er als Direktor der Galerie wahrscheinlich bessere Möglichkeiten hätte, sich das Bild unter den Nagel zu reißen.»

«Es könnte auch ein Auftragsdiebstahl gewesen sein», gab Julia zu bedenken.

«Möglich», räumte Paolo ein.

«Du solltest der örtlichen Kriminalpolizei von deinem Verdacht erzählen. Sie wird überprüfen, ob an der Sache mit der Fälschung etwas dran ist, und es gegebenenfalls weiterverfolgen.»

«Es ist etwas dran», sagte Paolo so überzeugt, als handle es sich um eine erwiesene Tatsache. Was derlei Dinge betraf, hatte er gelernt, sich voll und ganz auf seine Gabe zu verlassen. «Aber zur Polizei kann ich damit nicht gehen. Ich habe dir doch gesagt, wie dieser Borghesi ist. Er ist ebenso stur wie uneinsichtig. Außerdem mag er keine Deutschen, seit er mit einer verheiratet war. Der Mann ist ein Trottel, wenn du mich fragst. Und ein Macho obendrein.»

«Aber ein zuständiger Trottel», gab Julia zu bedenken, «und du bist es nicht.»

«Zuständig oder ein Trottel?»

Sie schnaubte am anderen Ende, nach Scherzen schien ihr nicht zumute zu sein.

«Glaub mir, Julia, Borghesi hat keinerlei Interesse daran, die Wahrheit über Tantaros Tod herauszufinden. Ihm geht es nur darum, sich mit Farnese gutzustellen. Und Farnese wiederum ist nur daran interessiert, *bella figura* zu machen. Das ist auf dem Empfang überdeutlich geworden.»

«Auf welchem Empfang?»

Paolo seuzte. «Tu nicht so, als hättest du nichts davon gewusst.»

«Vielleicht, ein bisschen», gab Julia zu, und er stellte sich vor, dass sie dabei lächelte.

«Der Wiener Opernball war nichts dagegen», fuhr Paolo fort. «Farnese hat sich und sein Museum groß inszeniert und war auf maximale Außenwirkung bedacht. Die hiesige Presse hat groß darüber berichtet. Jetzt zugeben zu müssen, dass das Bild, dessen Rückkehr mit Pauken und Trompeten gefeiert wurde, nur wenige Stunden später gestohlen und durch eine Fälschung ersetzt wurde, würde einen schlimmen Gesichtsverlust bedeuten. Und ich kann mir nicht vorstellen, dass …»

Er verstummte. Ein böser Verdacht stieg in ihm auf wie eine schlecht verdaute Speise.

«Was hast du?», wollte Julia wissen.

«Ein mögliches Mordmotiv», sagte Paolo leise. «Was, wenn Tantaro gedroht hat, die Sache auffliegen zu lassen? Eine Studentin, die im Museum arbeitet, hat mir von einem Streit erzählt, den die beiden hatten, just an dem Nachmittag, bevor Tantaro starb.»

«Paolo.» Julia sprach jetzt ebenso so leise wie er. «Was willst du damit sagen?»

«Farnese hegt Ambitionen auf das Bürgermeisteramt», fass-

128

te Paolo seine Überlegungen zusammen. «Als Gegenleistung für seine Unterstützung hat er einem Parteifreund wohl zugesagt, ihn zu seinem Nachfolger als Direttore del Museo zu machen. Tantaro, der den Posten ebenfalls gerne gehabt hätte, fühlte sich dadurch übergangen. Was, wenn er sein Wissen über das Bild genutzt hat, um Farnese unter Druck zu setzen?»

«Und dieser wusste sich nicht anders zu helfen, als ihn zum Schweigen zu bringen und es wie Selbstmord aussehen zu lassen?», spann Julia den Gedanken weiter. «Paolo – dafür gibt es nicht einen einzigen Anhaltspunkt. Hast du nicht gesagt, dass die forensische Untersuchung des Tatorts nichts ergeben hat?»

«Richtig. Aber was, wenn meine Vermutung stimmt, dass die Polizei mit Farnese unter einer Decke steckt?» Paolo schluckte. Sein Mund war plötzlich staubtrocken. «Ich denke, ich sollte noch einmal mit ihm reden», verkündete er kurz entschlossen.

«Du?» Julia schnappte hörbar nach Luft. «Du wirst nichts dergleichen tun! Du hältst dich aus der Sache heraus und kommst unverzüglich nach Hause!»

«Soll das ein Witz sein?» Paolo fühlte kindlichen Trotz in sich aufsteigen. «Wenn die Obduktion der Leiche am Dienstag nicht noch auffällige Widersprüche ergibt, wird Borghesi Tantaros Tod als Selbstmord einstufen und den Fall endgültig zu den Akten zu legen.»

«Vermutlich, aber daran kannst du nichts ändern.»

«Dann soll der Mörder ungestraft davonkommen?»

«Paolo», sagte Julia, und ihr Tonfall verriet, dass Sie jetzt eindeutig als seine Vorgesetzte sprach, «du bist ein hervorragender Analytiker und aufgrund deiner besonderen Gabe unübertroffen, wenn es darum geht, Tathergänge zu rekonstruieren. Das LKA kann sich wirklich glücklich schätzen, dich zu haben. Aber Parma ist nicht dein Revier. Du hältst dich aus der Sache raus, verstanden?» Als Paolo nicht widersprach, fuhr sie fort. «Du setzt dich morgen früh in diesen Lieferwagen und kommst hierher zurück! Muss ich dich daran erinnern, dass die Sache geräuschlos abgewickelt werden sollte? Wenn sich ein deutscher Ermittler ohne Mandat mit der italienischen Polizei anlegt und dann auch noch den falschen Leuten auf die Füße tritt, wird das jede Menge Aufmerksamkeit erregen. Und damit ist niemandem gedient. Vielleicht mal abgesehen von den Populisten, die die Sache genüsslich ausschlachten werden. Europa hat es in diesen Tagen schon schwer genug.»

«Verstehe», sagte Paolo, und das war auch nicht geheuchelt. Er verstand Julias Standpunkt durchaus. Aber das bedeutete nicht, dass er nicht seine eigene Sicht der Dinge hatte.

«Und außerdem», fügte Julia leiser hinzu, «will ich nicht, dass du so endest wie Tantaro. Ich habe Angst um dich, Paolo.»

«Tatsächlich?» Trotz seiner Anspannung huschte ein Lächeln über seine Züge. «Dann glaubst du also auch nicht, dass es Selbstmord gewesen ist? Und dass mehr dahintersteckt?»

«Was ich glaube, steht hier nicht zur Debatte», wich sie ihm aus. «Die ganze Angelegenheit fällt nicht in deine Zuständigkeit, Ende der Diskussion.»

Paolo hatte sich wieder dem Fenster zugewandt. Gedankenverloren blickte er auf die Straße. Der Stau hatte sich inzwischen aufgelöst. Einige Fahrgäste waren aus dem Bus gestiegen und hatten den Kleinwagen kurzerhand mit Muskelkraft von der Fahrbahn gehievt, sodass der Weg wieder frei war.

Eine einfache Lösung.

Sehr italienisch.

«Hör zu», sagte Paolo in einem jähen Entschluss, «ich habe mir überlegt, noch ein paar Tage in Italien zu bleiben.»

«Wie bitte?»

«Ich weiß inzwischen, warum du mich hergeschickt hast», fügte er hinzu.

«Was meinst du?» Der dienstliche Tonfall war aus ihrer Stimme gewichen, dafür klang sie plötzlich seltsam angespannt.

«Bis Cervia sind es nur drei Stunden mit dem Zug. Ich will da noch mal hinfahren und mit der ganzen Sache endlich abschließen. Das wolltest du doch, oder nicht? Dass ich mich meiner Vergangenheit stelle. Habe ich recht?»

Einen Moment herrschte Schweigen am anderen Ende der Verbindung. Dann hörte Paolo ein Räuspern. «Du hast mich durchschaut», sagte Julia schließlich, und irgendwie klang sie erleichtert. «Wie lange wirst du dafür brauchen?»

«Nur ein paar Tage. Ich melde mich.»

«Und von dem Fall lässt du die Finger?»

Paolo zögerte, dann gab er sich einen Ruck. «Versprochen», sagte er. Er widerstand der Versuchung, sie noch nach der anderen Sache zu fragen, die zwischen ihnen im Raum stand. Selbst ihm war klar, dass dies weder der richtige Zeitpunkt noch der rechte Rahmen dafür war. Also verabschiedeten sie sich und beendeten das Gespräch.

«Sie haben sie belogen, Paolo.»

Umberto Tantaro saß einmal mehr im Sessel in der Ecke, die Beine bequem übereinandergeschlagen, und erweckte den Eindruck, als hätte er das ganze Gespräch verfolgt. «Die Frau, der Sie einen Heiratsantrag gemacht haben.»

«Ich weiß.» Paolo nickte. Er fühlte sich überhaupt nicht wohl dabei, aber Julia seine wahren Pläne zu verheimlichen war der einzige Weg, sie aus der Sache herauszuhalten. Wenn er Mist baute und es tatsächlich zu einem handfesten Eklat kam oder womöglich noch zu Schlimmerem, dann wollte er ganz allein dafür verantwortlich sein.

«Haben Sie sich das auch gut überlegt?», fragte der Kurator. «Sie könnten Ärger bekommen. Mit Direttore Farnese ist nicht zu spaßen. Er hat einflussreiche Freunde.»

Paolo nickte stoisch.

Tantaro legte den Kopf schief. «Geht es Ihnen wirklich nur um den Sieg der Gerechtigkeit? Für einen solchen Romantiker hätte ich Sie nicht gehalten.»

Paolo zuckte mit den Schultern. «Vielleicht habe ich ja Ihnen gegenüber ein schlechtes Gewissen, Umberto, weil ich zu unserer Verabredung zu spät gekommen bin.»

«Das müssen Sie nicht haben. Sie hätten mich nicht retten können. Ich war schon tot, lange bevor Ihr Zug in Parma eintraf.»

«Aber ich war es, den Sie angerufen haben. In Ihrer Not haben Sie sich an mich gewandt, und nun habe ich wohl das Gefühl, Ihnen etwas schuldig zu sein.»

*Und Felix*, fügte er für sich selbst hinzu.

KAPITEL 17

Paolo konnte es selbst kaum glauben.

Das Wochenende war vorbei, der Montag endlich angebrochen – doch der Lieferwagen, auf dessen Abfahrt er zunächst so sehnsüchtig gewartet hatte, verließ Parma ohne ihn.

Statt Italien mit seinen vielen Unwägbarkeiten und den mitunter quälenden Erinnerungen den Rücken zu kehren, verlängerte er seine Buchung im Hotel Verdi um eine Woche und bestieg erneut den Zug nach Cervia. Zusammen mit Scharen von Berufstätigen, die Richtung Bologna fuhren und wie von Sinnen auf ihre Notebooks einhackten, sobald sie saßen.

Immerhin ergatterte er diesmal einen Fensterplatz. Auf das flache, dünnbesiedelte Land starrend, das nach dem Regenguss vom Vortag in frischem Grün leuchtete, hing er seinen Gedanken nach. Immer wieder musste er an das Treffen mit Farnese denken – und kam sich wie ein Trottel vor.

Warum hatte er darauf bestanden, bei dieser Zusammenkunft dabei zu sein? Was hatte er sich davon versprochen? Dass er den Direktor der Nationalgalerie aus der Reserve locken würde? Dass er von ihm Antworten auf seinen Fragen erhalten würde? Und das auch noch gegen Borghesis Willen?

Im Nachhinein war Paolo klar, dass das ziemlich blauäugig gewesen war. Seine lebhaften Erinnerungen drängten ihn manchmal dazu, Dinge zu tun, die er eigentlich nicht wollte. Dann trat er selbstsicherer auf, als er es eigentlich war, und all

133

die Unzulänglichkeiten, die ihm den Umgang mit anderen Menschen oft erschwerten, spielten dann eine weniger große Rolle. Das war auch der Grund, warum er seine Gabe insgeheim auch seine Superkraft nannte: Sie konnte eine echte Bürde sein, aber mitunter trieb sie ihn auch zu Höchstleistungen.

Zugegeben, gestern war das nicht der Fall gewesen, weshalb Paolo beschlossen hatte, seine Taktik zu ändern. Wenn er in Erfahrung bringen wollte, was es mit Tantaros Tod auf sich hatte, konnte er nicht mit dem Kopf durch die Wand.

Noch einmal mit dem Direttore zu sprechen und ihm gar von der Sache mit dem ausgetauschten Bild zu erzählen, wäre eine schlechte Idee gewesen, denn dadurch hätte Paolo einen Trumpf aus der Hand gegeben und nichts dafür bekommen. Und falls Farnese tatsächlich in den Fall verstrickt war, würde er ihn dadurch nur warnen und sich womöglich selbst in Gefahr bringen.

Ähnlich verhielt es sich mit Borghesi. Wenn Paolo ihm jetzt mit einer neuen Vermutung kam, würde ihn der Commissario vermutlich hochkant aus dem Land werfen lassen. Ganz abgesehen davon, dass er nicht genau wusste, wo Borghesi eigentlich stand. War er einfach nur ein Staatsdiener, der Dienst nach Vorschrift machte? Oder ging es ihm in erster Linie darum, dem zukünftigen Bürgermeister der Stadt gefällig zu sein?

Paolo wusste zu wenig über die politischen Kräfteverhältnisse vor Ort, um dies beurteilen zu können. Eines war ihm jedoch klar: Wenn er eindeutige Beweise vorlegte, dass Umberto Tantaro sich nicht selbst das Leben genommen hatte, sondern ermordet worden war, würde auch Borghesi davor nicht die Augen verschließen können, und noch nicht einmal sein Groll über seine deutsche Ex-Frau würde daran etwas ändern.

In Bologna stieg er wieder um. Die Weiterfahrt nach Cervia

nutzte er, um in Gedanken noch einmal alles durchzugehen. Seine innere Fokussierung sorgte dafür, dass sich ausnahmsweise keine Erinnerungen zu ihm gesellten; weder ließ sich sein Bruder blicken, noch stellte sich Umberto Tantaro ein, um ihn mit Fragen und vorwurfsvollen Blicken zu traktieren. Auch Julia blieb ihm fern, was allerdings auch am intensiven Knoblauchgeruch liegen mochte, den einige Fahrgäste mitgebracht hatten und der sich unter der gewölbten Waggondecke ballte; Julia mochte keinen Knoblauch.

Bei seinem letzten Besuch hatte Paolo der Ankunft mit großer Unruhe entgegengeblickt. Nicht so heute. Als der Zug gegen Mittag vor dem gelben Bahnhofsgebäude anhielt, verspürte er geradezu Euphorie. Von einem der weißen Taxis ließ er sich in die Via Cristoforo Colombo bringen in der Hoffnung, dass auch sie da wäre – und er hatte Glück.

Lucia Camaro war gerade dabei, die Terrasse zu schrubben, als er aus dem Taxi stieg.

«Buongiorno», rief er über den Zaun.

Sie hielt in ihrer Arbeit inne und richtete sich auf. Über ihrem geblümten Kleid trug sie wieder die Arbeitsschürze. Ihr Haar hatte sie zu einem Dutt hochgesteckt. Ihre kecken Gesichtszüge waren gerötet von der Arbeit. In ihren dunklen Augen stand einen Moment lang Verblüffung, wohl weil sie ihn nicht gleich wiedererkannte; dann allerdings schien es ihr zu dämmern – und sie blickte erst recht verwundert drein.

«Das ristorante ist heute geschlossen», rief sie und hielt demonstrativ den Schrubber hoch.

Paolo war an das Gartentor getreten. «Deswegen bin ich nicht hier», versicherte er, verspürte aber doch einen Anflug von Enttäuschung. Die Tagliatelle waren wirklich ausgezeichnet gewesen.

«Was wollen Sie dann?»

«Ich muss mit Ihnen sprechen.»

«Worüber?» Sie stemmte den freien Arm in die Hüfte und sah ihn herausfordernd an.

Paolo schürzte nervös die Lippen. Er hatte vergessen, wie direkt sie war. Er zögerte und beschloss dann, ihr reinen Wein einzuschenken. «Ich brauche Ihre Hilfe.»

«Wobei?» Ihr Blick war skeptisch.

«Wollen Sie mich nicht hereinbitten? Dann können wir in Ruhe über alles reden.»

«Bei einem Espresso?», fragte sie. Ihr Tonfall machte klar, dass das keine Einladung, sondern die Bedingung war.

Paolo grinste freudlos. «Meinetwegen.»

Ein Lächeln huschte über ihre geröteten Züge. «*Entra!*»

Kurz darauf saßen sie an einem der kleinen Tische mit den Plastikstühlen: Lucia in ihrer Arbeitskluft, Paolo in seinem hellen Anzug und mit dem Hut, an den er sich so gewöhnt hatte, dass er ihn gar nicht mehr ablegen wollte.

«Versuchen Sie», forderte sie ihn auf, auf das Tässchen Espresso deutend, das vor ihm stand.

«Wenn es Ihnen Freude macht.» Misstrauisch blickte Paolo auf die dunkelbraune Pfütze, die in dem dickrandigen kleinen Behältnis dampfte. Er hob die Tasse an, wollte sie schon an die Lippen setzen, als Lucia einen Schrei ausstieß.

«Nicht! Wollen Sie Ihren Magen umbringen?» Sie schob ihm die Zuckerdose hin. «Nehmen Sie! Ist besser.»

Folgsam lud Paolo etwas Zucker auf das Löffelchen, versenkte ihn in der Flüssigkeit und rührte um.

«*Adesso*», sagte Lucia. Jetzt! Und nickte ihm auffordernd zu. Und Paolo trank.

Es war nur ein einziger Schluck. Aber es war bei weitem nicht so fürchterlich, wie er erwartet hatte. Der Espresso schmeckte bitter und süß zugleich, war aromatisch und von einer feinen, zimtigen Würze, die er so nicht erwartet hatte. Mit anderen Worten: Es schmeckte. Ziemlich sogar.

«*Bueno?*», wollte sie wissen.

«Nicht schlecht.» Er nickte. Zu mehr konnte er sich nicht überwinden.

«Also? Was wollen Sie?»

«Wie ich schon sagte, ich brauche Ihre Hilfe», sagte Paolo. «Ich habe geschäftlich in Parma zu tun, und wie Sie sicher schon bemerkt haben, ist es mit meinen Italienischkenntnissen nicht sehr weit her. Ich benötige die Dienste einer Übersetzerin.»

«Und da kommen Sie ausgerechnet zu mir?» Ihre dunkelbraunen Augen musterten ihn verständnislos. «Parma ist eine große Stadt. Dort gibt es doch sicher Büros, die …»

«So jemanden will ich nicht», fiel Paolo ihr ins Wort.

Sie sah ihn verständnislos an. «Wieso nicht?»

Wieder schürzte er die Lippen. Warum musste sie nur immer so direkt fragen? So genau wusste er schließlich selbst nicht, weshalb er wieder hier war. Irgendwie war es ihm einfach richtig erschienen und passend …

«Es ist … eine persönliche Angelegenheit», rückte er heraus. «Ich brauche jemanden, dem ich vertrauen kann.»

«Und Sie denken, so jemand bin ich?» Sie deutete mit der Hand auf sich. «Sie kennen mich doch gar nicht.»

«Sie hätten mich vorgestern mit Ihren Tagliatelle vergiften können und haben's nicht getan», erwiderte er.

«Schon wieder witzig», konterte sie.

«Außerdem», fügte er hinzu, «bräuchte ich Ihre Dienste nicht nur als Übersetzerin, sondern auch als Fahrerin und Assistentin. Es geht gewissermaßen um private Ermittlungen.»

Lucia sah ihn neugierig an. «*È così?* Was sind Sie denn für einer? Ein Spion oder so was?»

«Nein.»

«Ein Polizist? Ein Detektiv?»

«Nichts dergleichen. Nur jemand, der gerne die Wahrheit herausfinden möchte, weil er das jemandem schuldig ist.»

«Und um was geht es dabei? Betrug? Diebstahl?»

«Mord», gestand Paolo offen. Früher oder später würde sie es ohnehin erfahren.

«*Va bene*, das war's», erklärte sie. Die Wissbegier war plötzlich aus ihrem Gesicht verschwunden, das förmlich zuzuschnappen schien. «Kein Interesse», erklärte sie kategorisch, stand auf und begann die leeren Tassen abzuräumen.

«Warten Sie!», bat Paolo.

«Worauf? Dass Sie mir noch mehr wirres Zeug erzählen? Nicht böse sein, aber ich denke, dass Sie im Kopf ein bisschen *pazzo* sind. Verrückt!»

Die letzten Worte hatte sie beinahe geschrien, ihrem Temperament entsprechend. Schnaubend wandte sie sich ab und trug das Tablett mit schnellen Schritten ins Haus zurück.

Paolo war klar, dass er handeln musste, sonst wäre alles umsonst gewesen.

«Hören Sie!», rief er und sprang auf. «Sie haben mir erzählt, dass irgendein Idiot in Germania dieses Hotel geerbt hat. Dieser Idiot … bin ich!»

Sie blieb so abrupt stehen, dass eine der Tassen vom Tablett purzelte, zu Boden fiel und in tausend Scherben zersprang. Doch Lucia schenkte dem keine Beachtung. Langsam drehte sie sich zu Paolo um.

Er räusperte sich verlegen. «Mein Name ist Paolo Ritter», sagte er schließlich. «Ich bin … Felix' jüngerer Bruder.»

Sie starrte ihn an. Wie in Trance stellte sie das Tablett und das, was darauf verblieben war, auf einem der Tische ab und kam langsam zu ihm zurück. Dabei sah sie Paolo so ungläubig an, als fürchtete sie, er wäre eine Sinnestäuschung und könnte sich jeden Augenblick in Luft auflösen. «Sie? Felix' Bruder?»

Er nickte.

Sie blieb vor ihm stehen. «Zu dem er die letzten Jahre keinen Kontakt mehr hatte?», fragte sie leise.

Wieder ein Nicken, etwas zaghafter diesmal.

«Warum sind Sie nicht hier gewesen?» «Haben Sie eine Ahnung, was er durchgemacht hat? Wie sehr er …» Sie verstummte und wischte sich die Tränen ab, die plötzlich über ihre Wangen rannen.

Paolo fühlte den Kloß in seinem Hals und wusste nicht, wohin damit. So wie er nicht wusste, was er sagen sollte. «Es tut mir leid», wiederholte er schließlich, was er auch an Felix' Grab schon gesagt hatte.

«Das sollte es», erwiderte sie.

Paolo wich ihrem Blick aus. «Ich bin nicht stolz darauf», sagte er. «Bei unserem letzten Treffen haben Felix und ich uns furchtbar gestritten. Es ging um dieses Hotel und das Erbe unserer Eltern, das er dafür aus dem Fenster …» Er verstummte und besann sich. «Ich meine, das er dafür ausgegeben hat. Wir haben beide Dinge gesagt, die wir nicht hätten sagen sollen. Ein Wort ergab das andere, und am Ende …» Er brach erneut ab.

Er war niemandem Rechenschaft schuldig. Selbst der ehemaligen Geschäftspartnerin seines Bruders nicht. Auch wenn sie Felix wahrscheinlich besser gekannt hatte als jeder andere und für ihn da gewesen war, als er selbst von alldem noch nicht einmal etwas geahnt hatte.

139

Er räusperte sich in einem fruchtlosen Versuch, den Kloß in seinem Hals loszuwerden. «Wie Sie schon richtig sagten, habe ich das Hotel meines Bruders geerbt», sagte er, jedes Wort einzeln betonend. «Nach allem, was ich hier gesehen habe, kann ich mir allerdings keinen würdigeren Besitzer als Sie vorstellen, Lucia.»

Sie sah ihn unverwandt an. Noch immer glänzten Tränen auf ihren Wangen. Ihre Miene war undurchdringlich.

«Wenn Sie mir bei dieser Sache helfen», sagte er schließlich, «dann werde ich Ihnen das Hotel verkaufen.»

Sie stand nur da.

Mit Tränen in den Augen.

Ohne erkennbare Reaktion.

«Lucia?», fragte er deshalb vorsichtig. «Haben Sie verstanden, was ich gerade gesagt habe?»

Ein Nicken jetzt, wenn auch nur zaghaft.

«Und? Was sagen Sie dazu?»

Lucia holte bebend Luft. Dann wischte sie mit einer energischen Geste ihre Tränen weg und nickte erneut. «Einverstanden.»

Spontan hielt sie ihm die Rechte hin, und er schlug ein.

Ihr Händedruck war fester als erwartet.

«Danke», sagte er, aufrichtig erleichtert. «Das bringt uns gleich zur ersten Frage – haben Sie ein Auto?»

«*No*», erklärte sie kopfschüttelnd. «Nur einen Roller», fügte sie hinzu, auf die mintgrüne Vespa deutend, die neben der Terrasse abgestellt war. «Aber Sie können gerne darauf mitfahren.»

«Auf gar keinen Fall», wehrte Paolo ab, der für einen kurzen Moment eine Vision von sich selbst hatte, hinten auf einer Vespa sitzend, mit einer ledernen Haube auf dem Kopf, an Abgasen würgend und den Mund voller Insekten. «Wir brauchen ein Auto.»

«Ein guter Freund von mir hat eins, das er uns leihen könnte», schlug sie vor.

«Wunderbar, das nehmen wir.» Er lächelte.

«*Sì*, ganz wunderbar», bestätigte sie und lächelte ebenfalls. Und obwohl sie einander noch nicht lange kannten, hätte er schwören können, dass sie ihm in diesem Moment etwas verheimlichte, was dieses Fahrzeug betraf.

## KAPITEL 18

Schon die Fahrt im Sicherheitstransporter war für Paolo eine Qual gewesen – jetzt wurde er darüber aufgeklärt, dass es noch weit unbequemere Arten des Reisens gab. Denn die Fahrt auf dem Rücksitz des Sprinters war eine wahre Luxuspassage gewesen im Vergleich zu der Tortur, die er jetzt durchmachte, auf dem Beifahrersitz eines Fiat Panda Bianca, Baujahr 1985.

Schon dass das Fahrzeug, das sein Designer mal als «Haushaltsgerät auf Rädern» bezeichnet hatte, bis zum heutigen Tag überlebt hatte, grenzte an ein Wunder: Von der einstmals weißen Lackierung waren nur noch Reste übrig, über weite Stellen hatte sich gediegenes Rostbraun gebreitet; der 34-PS-Motor machte Geräusche, die eher an einen defekten Rasenmäher denken ließen; das Dach hatte Löcher, sodass sie von Glück sagen konnten, dass es nicht mehr regnete; die Sitze schließlich hatten auffallende Ähnlichkeit mit den Plastikstühlen auf der Terrasse des *Cavaliere*. Und genauso saß man auch darauf. Paolo konnte den Hexenschuss praktisch schon spüren. Er würde ihn vermutlich spätestens beim Aussteigen ereilen.

Lucia dagegen schien die Fahrt geradezu zu genießen. Seelenruhig saß sie hinter dem Steuer und lenkte das alte Vehikel über die E35 nach Parma. Und immer wieder mal huschte ein heimliches Grinsen über ihr Gesicht.

«Sie haben das gewusst, nicht wahr?», rief Paolo über das Röhren des Motors hinweg.

«Wovon sprechen Sie?»

«Das hier», sagte er nur.

«Ich weiß nicht, was Sie meinen», behauptete sie. «Ich fand es sehr nett von Tino, dass er uns seinen Transporter geliehen hat. Sie etwa nicht?»

«Gewiss», sagte Paolo und schnitt eine Grimasse, die als Lächeln durchgehen sollte. In Gedanken sah er schon die nächsten Schlagzeilen in der *Gazzetta di Parma*:

**Wirbelsäule bei Autofahrt gebrochen.**
**Die deutsche Polizei trauert um Signor Paolo.**

Jener Tino, von dem Lucia sprach, war Tino Rossi, ein guter Bekannter von ihr. Seine Mutter Gianna und er betrieben ein kleines *bagno* am Strand von Cervia, nicht weit vom Hotel *Cavaliere* entfernt. Natürlich hatte auch er Felix gut gekannt, und Paolo war froh gewesen, dass er Lucia nicht hatte begleiten müssen, als sie den Wagen abgeholt hatte. Tino und seine Mutter hätten sicher nur Fragen gestellt – Fragen, auf die er selbst keine Antwort wusste. Rücksitze hatte der Panda schon längst nicht mehr – da Tino den Wagen als Transporter fürs Geschäft benutzte, hatte er die Rückbank irgendwann aus- und nicht wieder eingebaut. Und die starre Hinterachse sorgte dafür, dass jedes Schlagloch und jede Bodenwelle sich unauslöschlich ins Gedächtnis brannte. Besonders dann, wenn man über ein ungefiltertes episodisches Gedächtnis verfügte.

Der einzige Vorteil war, dass die Fahrt mit dem Auto sehr viel schneller ging als mit dem Zug. Gegen achtzehn Uhr, nach gut zwei Stunden, erreichten sie Parma. Lucia schlug vor, als Erstes eine Kaffeebar aufzusuchen und sich mit einem Espresso zu

stärken, aber Paolo bestand darauf, dass sie sofort in die Strada
Felice Cavalotti fuhren.

Er bat Lucia, den Wagen am Ende der Straße abzustellen. Vorsichtig schälte er sich aus dem Sitz und trat auf den Bürgersteig.
Wider Erwarten schienen weder Hüfte noch Wirbelsäule in Mitleidenschaft gezogen zu sein. Dennoch machte Paolo prophylaktisch einige Dehnübungen, was Lucia amüsiert verfolgte. Dann
gingen sie zu dem terracottafarbenen Haus, in dem Umberto
Tantaro gewohnt hatte. Wenn jemand sie sah, würde er sie vermutlich für ein Pärchen halten, das abends spazieren ging – er
in seinem Anzug, Lucia in ihrem hübschen geblümten Kleid.

Das Licht der untergehenden Sonne tauchte den oberen
Rand der Fassade noch in goldenen Schein, während die Straße
darunter bereits in Schatten versank. Sie passierten das Tor zum
Hinterhof, und mit Erleichterung nahm Paolo zur Kenntnis,
dass die Haustür diesmal unverschlossen war – hätte er noch
ein weiteres Mal bei Signora Campanini geklingelt, hätte die
arme alte Dame wohl der Schlag getroffen. Sie gingen hinauf in
den zweiten Stock. Ein Absperrband der Forensik war vor der
Wohnungstür angebracht, jedoch kein polizeiliches Siegel. Warum auch? Borghesi und seine Leute gingen ja nicht davon aus,
dass ein Verbrechen geschehen war.

Lucia warf ihm einen Blick von der Seite zu. «Und Sie sind
sicher, dass wir das dürfen?», fragte sie. Ihre Stimme hatte sie
zu einem Flüstern gesenkt.

«Halbwegs.» Er zog aus seinem Jackett ein Taschentuch
hervor und fasste damit den Knauf der Tür. Doch diesmal war
sie eingerastet und ließ sich nicht einfach aufdrücken. «Mist»,
knurrte er.

«Was denn?» Ihre ohnehin schon großen Augen wurden
noch größer. «Kein Schlüssel?»

144

Er schüttelte den Kopf. «Ich hatte gedacht ...» Er sprach nicht weiter. Er wusste selbst nicht, was er gedacht hatte. Vermutlich, dass sich die Situation vor Ort schon irgendwie regeln würde.

«Und jetzt?»

Paolo zuckte mit den Schultern. «Vielleicht gibt es ja einen Hausmeister, der ...»

Lucia verdrehte die Augen. «*Santo cielo!*», rief sie aus und schob ihn kurzerhand zur Seite. Und ehe er sich's versah, zog sie zwei Nadeln aus ihrem Dutt, worauf ihre glatten schwarzen Haare sich lösten und bis auf ihre Schultern ergossen. Lucia strich sie patent hinters Ohr, dann ging sie daran, die beiden klammerförmigen Gebilde zu verändern: Die eine Haarnadel bog sie auf, sodass ein Stemmhebel daraus wurde, die andere faltete sie auf die Hälfte und formte damit einen Haken.

Dann ließ sie sich auf die Knie nieder, schob die Drähte in das Türschloss und begann, darin herumzuhantieren. Sie schloss die Augen dabei und hatte die Zunge zwischen den Lippen – und zu Paolos maßloser Verblüffung klickte es im nächsten Moment, und das Schloss war offen.

«Was ...? Wie ...?»

«Ich habe zwei große Brüder», sagte sie, als würde das alles erklären. Und Paolo beschloss, auch nicht weiter nachzufragen.

Während Lucia die zweckentfremdeten Haarnadeln zurückformte, um ihre Frisur wieder zu ordnen, bückte sich Paolo und huschte unter der Banderole hindurch in die Wohnung.

«Sie brauchen nicht mitzukommen», sagte er flüsternd. «Ich komme jetzt allein zurecht.»

Sie nickte. «Ich halte hier Wache. Falls jemand kommt.»

Ihre Blicke trafen sich. Obwohl Paolo die Frau im Grunde kaum kannte, hatte er das Gefühl, ihr zu hundert Prozent ver-

145

trauen zu können. Warum das so war, wusste er selbst nicht – normalerweise pflegte er Fremden stets zu misstrauen. Vielleicht hatte es damit zu tun, dass sie Felix' Geschäftspartnerin gewesen war und damit irgendwie zur Familie gehörte – auch wenn diese Familie schon lange nicht mehr existierte. Oder vielleicht auch nur, weil er wusste, wie sehr sie das Hotel in Cervia wollte.

Die Dielen knarrten leise, als Paolo durch den Flur ging. Mit dem Taschentuch in der Hand betätigte er den Lichtschalter.

Als Erstes betrat er das Badezimmer, das nicht besonders groß war, jedoch über das in Italien übliche Bidet verfügte. Er öffnete den Spiegelschrank und fand das Herzmedikament, das Umberto vor seinem Tod eingenommen hatte – ein Präparat zur Steigerung der Herzmuskeltätigkeit, das in so hoher Konzentration in seinem Blut gefunden worden war, dass er die Tabletten gleich dutzendfach geschluckt haben musste. Borghesi hatte berichtet, dass die dazugehörigen Briefchen im Abfalleimer gefunden worden waren, aber entsorgte jemand, der sich umbringen wollte, hinterher noch die leeren Verpackungen? Oder war es die Macht der Gewohnheit gewesen? Wer vermochte schon zu sagen, was im Kopf von jemandem vorging, der einen so verzweifelten Entschluss gefasst hatte?

In der Küche warf Paolo einen Blick in den Kühlschrank. Allem Anschein nach hatte Umberto unlängst noch eingekauft – die Tomaten und die *melanzane* wirkten noch frisch. Auch hatte er beim Metzger eine ziemlich große Menge roten Bratenfleischs erstanden. Zusammen mit den vier Flaschen Weißwein, die er im obersten Fach des Kühlschranks kaltgestellt hatte, legte das nahe, dass der gesellige Kurator eher daran gedacht hatte, Freunde zum Essen einzuladen, als sich das Leben zu nehmen.

Danach sah Paolo sich im Schlafzimmer um, konnte jedoch nichts Auffälliges entdecken. Schließlich führte ihn sein Weg ins Wohnzimmer. Dort war alles noch so wie bei seinem ersten Besuch. Abgesehen natürlich von der Tatsache, dass Tantaros Leiche nicht mehr auf dem Boden lag.

Dafür saß der kleine Kurator jetzt auf der Couch und sah Paolo erwartungsvoll an.

«Sie sind also wieder hier?»

«Wie Sie sehen», bestätigte Paolo, während er sich im Wohnzimmer umblickte. Die Möbel aus dunklem Holz verströmten mediterranes Flair. «Hübsch haben Sie's hier», sagte er und glich das, was er sah, mit der Erinnerung in seinem Kopf ab.

Der Fleck im Berberteppich war noch da, ein wenig dunkler als vorher, da er jetzt gänzlich getrocknet war. Die Glasscherben und die leere Weinflasche waren entfernt worden. Die Beamten der Spurensicherung hatten sie zur Untersuchung mitgenommen. Borghesi hatte ja berichtet, dass keine fremden Fingerabdrücke gefunden worden waren.

«Und?», wollte Umberto wissen. «Fällt Ihnen im Vergleich zu ihrem letzten Besuch etwas auf?»

«Nichts, was mir weiterhelfen würde», musste Paolo zugeben. Sein Verdacht, der Tatort könnte in irgendeiner Weise unzulässig manipuliert worden sein, schien sich nicht zu bestätigen. «Und was unsere Mordtheorie betrifft, gibt es vorerst nur einen einzigen Anhaltspunkt dafür, dass Sie zum Zeitpunkt ihres Todes nicht allein gewesen sind, nämlich die Tür, die nicht verschlossen war, als ich Sie besuchen wollte. Ich brauchte sie nur aufzudrücken …»

«… so als hätte jemand sie in großer Eile hinter sich zugezogen und nicht darauf geachtet, dass das Schloss richtig einrastet», brachte der Kurator den Gedanken zu Ende.

«Was allerdings auch Ihnen selbst passiert sein könnte, als Sie nach Hause gekommen sind.»

«Auf wessen Seite stehen Sie eigentlich?»

«Ich halte mich nur an die Fakten», gab Paolo zurück. «Und Fakt ist, dass sich nirgendwo Spuren eines gewaltsamen Eindringens finden.»

«*Va bene.*» Umberto hob beschwichtigend die Hände. «Nehmen wir trotzdem einmal an, es wäre jemand hier gewesen. Was würden Sie folgern?»

«Dass Sie dieser Person die Tür geöffnet und sie in Ihre Wohnung gebeten haben», sagte Paolo, «und das bedeutet wohl auch, dass Sie den Besucher oder die Besucherin gekannt haben.»

«Nur weiter.» Umberto beugte sich wissbegierig vor.

«Theoretisch könnte es Farnese gewesen sein», spann Paolo den Gedanken weiter. «Nach Ihrem Streit vom Nachmittag hat er Sie aufgesucht. Er gibt vor, sich mit Ihnen versöhnen zu wollen …»

Paolo warf Umberto einen fragenden Blick zu, doch die Züge des Kurators blieben unbewegt.

«So sind Sie mir keine Hilfe», murrte Paolo.

«*Mi dispiace*, aber so funktioniert das nicht, wie Sie wissen. Ich kann Ihnen nur helfen, sich bewusst zu machen, was Sie tief in Ihrem Innern bereits wissen, mein Freund.»

Paolo nickte. So verhielt es sich in der Tat, was seine Gabe betraf. Bei Licht betrachtet war es eben doch nicht, wie an Wänden hinaufklettern oder Netze werfen zu können. Keine echte Superkraft.

«Gut», sagte er, «nehmen wir also an, Sie haben in Ihrer Wohnung unerwarteten Besuch erhalten. Der oder diejenige muss gewusst haben, dass Sie am Samstag früher von der Arbeit nach Hause gegangen sind. Und Sie müssen ihn oder sie gekannt haben, denn Sie haben bereitwillig geöffnet. Vielleicht hat der Besuch ja eine Flasche Rotwein mitgebracht, und Sie haben gemeinsam getrunken.»

«Einspruch», sagte Umberto, als wären sie vor Gericht. «Auf dem Boden lagen nur die Scherben von einem Glas. Da war kein weiteres.»

«Das stimmt allerdings.» Paolo nickte. «Wenn der Besucher die Spuren verwischen wollte, könnte er das Glas aber auch mitgenommen haben. Oder aber ...»

Er trat auf die gläserne Vitrine zu, die auf der gegenüberliegenden Seite des Wohnzimmers stand und in der Trinkgläser aufgereiht waren – große für den Longdrink und kleine für den *aperitivo*, schlanke Kelche für Schaumwein und andere für Spirituosen, dazu mächtige Burgundergläser und solche für Weiß- und für Rotwein.

«Interessant», stellte Paolo fest.

«Was ist?»

«Dass von den Rotweingläsern eines fehlt, ist nicht weiter verwunderlich, schließlich lag es in Scherben auf dem Boden. Aber das nächste Glas hat keine Staubschicht, wie sie über den anderen Rotweingläsern liegt.»

«Ich war eben eher Weißweintrinker», stellte Umberto fest.

Paolo nickte. Das legte nicht nur der Inhalt des Kühlschranks nahe. Paolo erinnerte sich, dass Umberto auch auf dem Empfang im Teatro Farnese, wo die meisten dem Prosecco zugesprochen hatten, ebenfalls *vino bianco* getrunken hatte.

«Mit anderen Worten – jemand könnte das Glas auch benutzt und anschließend gereinigt und in den Schrank zurückgestellt haben», führte Paolo den Gedanken fort. «Jemand, der nicht wollte, dass man von seiner Anwesenheit erfährt.»

«Schade, dass die Forensik nicht dieses Glas auf Finger-abdrücke untersucht hat», meinte Umberto.

Paolo schüttelte den Kopf. «Das hätte wenig Zweck gehabt. Wer immer es zurückgestellt hat, wird es vorher sehr gründlich gereinigt haben. Wenn wir also davon ausgehen, dass jemand hier gewesen ist und Sie dazu gebracht hat, eine ziemliche Menge Rotwein zu trinken, obwohl Sie eigentlich mehr dem weißen Rebensaft zugetan waren, dann stellt sich uns noch eine weitere Frage.»

«Nämlich?»

«Wie hat er oder sie Ihnen außerdem noch zwanzig Tablet-ten Ihres Medikaments verabreicht, ohne sichtbare Spuren von Gewalt zu hinterlassen?»

«Freiwillig habe ich das Zeug jedenfalls nicht geschluckt, das kann ich ihnen versichern», sagte der Kurator. «Ich bin viel-leicht tot, aber nicht blöd.»

Paolo verkniff sich ein Grinsen. Manchmal war sein Unter-bewusstsein sogar geistreich. Er überlegte, was es ihm damit wohl sagen wollte, und ihm kam ein Gedanke. Er ging in die Küche und zog Schubladen auf, bis er fand, wonach er suchte – eine Haushaltsschere und eine Rolle Frischhaltefolie. Beides nahm er mit ins Wohnzimmer. Mit der Schere schnitt er aus dem Berberteppich einige der Wollschlingen, die mit Wein besudelt worden waren. Die so entfernten Fasern wickelte er in ein Stück Folie und verstaute sie in der Brusttasche seines Hemdes. Dann ging er zurück in die Küche und räumte die beiden Gegenstände wieder fort. Anschließend löschte er die Lichter und verließ die Wohnung.

«Gehen wir», raunte er Lucia zu, die tapfer vor der Tür aus-geharrt hatte.

«Mit wem haben Sie da drin geredet?», wollte sie wissen.

Paolo verwünschte sich innerlich. Im Eifer des Gefechts hatte er offenbar laut gesprochen. Das versuchte er für gewöhnlich zu vermeiden. «Mit niemandem», sagte er kurz angebunden und zwängte sich an ihr vorbei, die Treppe hinab.

Lucia folgte ihm. Erst als sie auf der Straße waren, sprach er wieder. «Kennen Sie einen profunden Weinexperten?»

«Wollen Sie Wein kaufen?»

«Nein, ich brauche einen Spezialisten für Wein. Für Rotwein, um genau zu sein.»

Lucia brauchte nicht zu überlegen. «Tino kennt sich ziemlich gut damit aus.»

Paolo blieb stehen und hob argwöhnisch die Brauen. «Etwa *der* Tino?»

«Ja, warum?»

Paolo ließ ein Schnauben vernehmen. «Dann wollen wir hoffen, dass er von Weinen mehr versteht als von Autos. Rufen Sie ihn an und sagen Sie ihm, dass wir kommen.»

«*Adesso?*» Sie schaute ihn zweifelnd an. «Sie wollen, dass ich den ganzen Weg zurück nach Cervia fahre? Jetzt gleich?»

Paolo nickte nur. Er wusste, dass es verrückt war. Aber er musste dieser Sache nachgehen, und er wusste nicht, an wen er sich sonst wenden sollte.

«*Va bene*», sagte Lucia schließlich. «Aber unter einer Bedingung. Unterwegs erzählen Sie mir, was hier eigentlich los ist.»

«Ich bin nicht sicher, ob Sie das wirklich wissen wollen.»

«Aber ich», entgegnete sie mit einem Tonfall, der keinen Widerspruch duldete. «*Andiamo.*»

# KAPITEL 19

Sich noch am selben Abend freiwillig wieder auf den Folterstuhl des Fiat Panda zu setzen, grenzte eigentlich an Irrsinn. Paolo tat es trotzdem, und die Rückfahrt war weniger strapaziös, als er befürchtet hatte. Der Verkehr war weniger dicht als am Nachmittag, und die Zeit verging fast wie Fluge, da sie sich angeregt unterhielten. Paolo berichtete Lucia von dem Fall – von dem Gemälde, das er im Auftrag des bayerischen LKA nach Parma gebracht hatte, von dem dringenden Verdacht, den er bezüglich seines Verschwindens hatte, sowie vom plötzlichen Tod Umberto Tantaros, in dem die Polizei unbedingt einen Selbstmord sehen wollte.

«Aber Sie glauben, dass es Mord gewesen ist», brachte Lucia die Angelegenheit auf den Punkt.

«Im Grunde – ja.»

Vom Fahrersitz warf sie ihm einen vielsagenden Blick zu. «Sie wissen, dass Sie seltsam sind?»

«Das höre ich hin und wieder, ja.» Paolo seufzte.

«Warum fahren Sie nicht nach Hause?»

Paolo sah aus dem Seitenfenster. Die Schatten von Bäumen wischten vorbei und die Umrisse von Häusern, in deren Fenstern Lichter brannten. Die Frage war berechtigt. Warum war er nicht längst wieder in München? Eigentlich ging ihn all das gar nichts an.

«Ich weiß es nicht», gestand er. «Hatten Sie nie das Gefühl, etwas unbedingt tun zu müssen?»

Lucia sah ihn erneut an. Was genau sie dachte, war noch immer nicht festzustellen. «Und die Polizei weiß nichts von Ihren Ermittlungen?»

«Nein», gab er zu. «Und Commissario Borghesi wäre auch nicht begeistert, wenn er davon erfahren würde. Ich habe keinerlei Berechtigung, in dieser Sache Nachforschungen anzustellen. Und meine Vorgesetzte zu Hause in Deutschland hat es sogar ausdrücklich verboten.» Er wusste selbst nicht, warum er ihr das alles sagte. Aber irgendwie tat es gut, darüber zu sprechen.

Lucia ließ nicht erkennen, was sie von alldem hielt. Solange sie nur am Ende die Gelegenheit bekam, das Hotel zu kaufen, schien die Sache für sie in Ordnung zu sein.

«Was wollen Sie von Tino?», wechselte sie abrupt das Thema.

«Der Wein, den Umberto Tantaro getrunken hat», erwiderte Paolo. «Ich habe das Gefühl, dass er eine Rolle spielt. Und um das zu überprüfen, muss ich mehr darüber herausfinden.»

«*Naturalemente*», erwiderte sie, als wäre es das Selbstverständlichste der Welt.

Es war beinahe neun Uhr, als sie in Cervia eintrafen. Das Einfamilienhaus, in dem Tino Rossi wohnte, lag am nördlichen Ortsrand in der Via Maccanetto in unmittelbarer Nähe des Hafenkanals, der vom Meer landeinwärts führt. Es war nicht sehr groß und im Gegensatz zu den umliegenden Häusern, von denen viele als Zweitwohnungen und Feriendomizile für die Sommermonate dienten, etwas in die Jahre gekommen. Doch man konnte sehen, dass der quadratische Bau mit dem flachen Zeltdach liebevoll gepflegt wurde und dass der Bewohner ein Händchen für Blumen hatte. Ein hübscher Garten umgab das Haus, gelbe und rote Rosen wuchsen an der ockerfarbenen Fassade empor und umrahmten den Eingang.

Als die Tür geöffnet wurde, stand auf der Schwelle ein Mann Anfang dreißig, sportlich schlank in weißem T-Shirt und löchrigen Jeans und von unverschämt gutem Aussehen. Das schwarze Haar und der Kinnbart waren kurz getrimmt, die sonnengebräunten Züge ausdrucksstark und maskulin und dennoch von einer Weichheit, die auf ein sensibles Wesen schließen ließ; und der Blick seiner dunklen Augen dazu angetan, Steine zu erweichen. Nicht, dass es ihn etwas anging, aber Paolo fragte sich unwillkürlich, wie viele Frauenherzen dieser legitime Casanova-Erbe wohl schon gebrochen haben mochte …

«Lucia!» Seine Augen weiteten sich vor Freude über den unerwarteten Besuch, als hätten sie einander schon eine Ewigkeit nicht mehr gesehen.

«*Salve*, Tino!», erwiderte Lucia, dann wurde umarmt und geküsst, wie es in Italien unter Freunden üblich ist. Sie deutete auf Paolo. «*Questo è Paolo*», sagte sie, «*il fratello di …*»

Weiter kam sie nicht. «Du bist … Bruder von Felix?» Tino sah Paolo mit großen Augen an. Sein Deutsch war gebrochen und klang sehr italienisch, vermutlich hatte Felix es ihm beigebracht.

Paolo nickte – und noch ehe er etwas dagegen unternehmen konnte, fand er sich in einer Umarmung wieder, die für seinen Geschmack Grenzen überschritt. Ohnehin war Paolo kein Freund inniger Begrüßungen. Dass die Unart, Freunde und Bekannte zu umarmen, längst auch nördlich der Alpen Fuß gefasst hatte, empfand er als eine Zumutung, die ihm die Nähe anderer Menschen aufnötigte, ob er sie nun wollte oder nicht. Entsprechend steif und reglos verharrte er, als Tino seine muskulösen Arme um ihn schlang, der Vergleich mit einem Frankfurter Würstchen in einem Hotdog-Brötchen drängte sich ihm auf.

Das Haus gehörte nicht Tino, sondern seiner Mutter Gianna, mit der zusammen er auch das *bagno* am Strand von Cervia betrieb und bei der er noch immer wohnte. Die Frau, die jetzt auftauchte, war eine kräftig gebaute Mittsechzigerin, die ihrem Sohn nur bis an die Schultern reichte. Dabei hatte sie Oberarme, die Paolo an die Schinken erinnerten, die in den Schaufenstern der Metzgereien von Parma ausgestellt waren. Ihr Gesicht war entsprechend rundlich, dabei aber von einer Freundlichkeit, wie sie jenseits der Alpen nur selten anzutreffen war, ein lustiges kleines Augenpaar spähte daraus hervor. Ihr von Grau durchzogenes Haar hatte sie zu einem Dutt hochgesteckt, große goldene Creolen zierten ihre Ohrläppchen. Nachdem sie Lucia so innig geherzt hatte, dass Paolo allein vom Zusehen die Luft wegblieb, streckte er ihr die Hand entgegen, um sie in geordneter deutscher Manier zu begrüßen. Dabei hatte er allerdings die Rechnung ohne die resolute Italienerin gemacht, die seine Hand nur ergriff, um ihn an sich zu reißen und ihn an ihren üppigen, unter einer hellblau gemusterten Schürze wogenden Busen zu pressen.

Paolo kapitulierte. Er ließ die Begrüßung über sich ergehen. So unangenehm sie ihm auch war – ihm dämmerte doch, dass er noch nie zuvor in seinem Leben von wildfremden Menschen derart warmherzig empfangen worden war.

Irgendwann endete die Umarmung, und man bugsierte sie vom Flur ins Esszimmer.

«*Sièditi, per favore!*», forderte Tinos Mutter Paolo und Lucia auf und deutete auf die mit Flechtwerk bezogenen Stühle am Esstisch. «*Hai fame?*»

«*No grazie, signora Rossi*», erwiderte Paolo höflich. Er hatte keinen Hunger. Obwohl Figur und Erscheinung der resoluten Dame darauf hindeuteten, dass sie eine ausgezeichnete Köchin war.

155

«Nicht *signora*», verbesserte sie in sehr italienischem Deutsch, das wohl den gleichen Ursprung hatte wie das ihres Sohnes. «Bin Mamma Gianna! Auch Felix immer genannt, und Bruder von Felix gehören Familie.»

«Da-danke», stotterte Paolo und spürte, wie er errötete. Er hatte nicht das Gefühl, diese Ehre zu verdienen, und es war ihm fast peinlich, dass diese Frau so freundlich zu ihm war.

«Dein Bruder bester Freund», bekräftigte Tino, während er sich zu ihnen setzte. «Schade, du ihn nie besuchen.»

Paolo wusste nicht, was er darauf erwidern sollte. Er nickte nur und versuchte ein Lächeln, das ziemlich in die Hosen ging. Obwohl er ihm auszuweichen versuchte, traf ihn Tinos Blick, und er glaubte, neben viel Freundlichkeit auch Unverständnis darin zu lesen. Vielleicht sogar einen gewissen Vorwurf, der jedoch unausgesprochen blieb.

«*Qualcosa da bere?*», fragte Mamma Gianna. «*Un piccolo nocino, forse?*»

«Nein danke», setzte Paolo an, er wollte nichts trinken, «wir …»

«*Sì, certo*», fiel Lucia ihm ins Wort und trat ihm unter dem Tisch auf den Fuß, sodass er verstummte.

Mamma Gianna gab einen verzückten Laut von sich und eilte aus dem Zimmer.

Tino setzte sich zu ihnen und sah sie fragend an. Er sprach italienisch, aber so langsam und deutlich, dass Paolo ihm gut folgen konnte. «Wie kann ich euch helfen? Am Telefon sagtest du, es ginge um Wein …»

«Paolo muss etwas herausfinden», erklärte Lucia. «Er ist auf der Suche nach einem bestimmten Wein, und ich habe ihm gesagt, dass du ein wahrer Experte auf diesem Gebiet bist.»

Man konnte sehen, wie sehr das Kompliment Tino freute.

Er lächelte stolz und wurde am Tisch gleich noch ein bisschen größer. «Ein bisschen schon», erwiderte er und wandte sich Paolo zu. «Also?»

«Es handelt sich um einen Rotwein», begann Paolo, «und ich nehme an, dass man ihn nicht im Supermarkt um die Ecke kaufen kann. Vermutlich hat er auch einen vergleichsweise hohen Alkoholgehalt», fügte er im Hinblick auf die 1,8 Promille hinzu, die man in Umbertos Blut gefunden hatte.

Lucia übersetzte.

«Gewöhnlich hat Rotwein nie mehr als vierzehn Prozent Alkohol», erklärte Tino ihnen, «wobei die Tendenz steigend ist. Durch die Klimaerwärmung werden die Trauben reifer und süßer. Je mehr Zucker, desto mehr Alkohol. Manchmal wird der natürliche Gärungsprozess allerdings verändert und Alkohol zugesetzt, etwa beim Dessertwein Marsala.»

«Ich denke nicht, dass es so etwas war.» Paolo schüttelte den Kopf. «Der Wein wurde aus ganz normalen Gläsern getrunken.»

«Hast du die Flasche gesehen? War ihre Form irgendwie ungewöhnlich?»

«Nein. Die Flasche lag am Boden. Ich konnte nur einen flüchtigen Blick auf das Etikett werfen. Es hatte die Farbe von Pergament, und es stand mit großen geschwungenen Buchstaben al forno darauf geschrieben.»

Tino wartete, bis Lucia zu Ende übersetzt hatte. Dann runzelte er die Stirn. «*Al forno? Sei sicuro?*»

«*Sì*», bestätigte Paolo. Da war er sich ganz sicher.

Tino schüttelte den Kopf. Er sagte, dass er Lasagne al forno und Rigatoni al forno kenne, aber von einem *vino al forno* habe er wirklich noch nie gehört. Wer käme schon auf die Idee, seinen Rotwein im Ofen zu überbacken?

Lucia lachte höflichkeitshalber, aber Paolo verzog keine Miene. «Bitte», sagte er. «Es ist wirklich wichtig.»

Tino nickte und überlegte einen Moment. Dann stand er ohne ein Wort auf und verließ das Esszimmer. Just in diesem Augenblick kehrte Mamma Gianna zurück, in ihren starken Armen ein Tablett mit einer bauchigen Flasche dunklen Inhalts und vier kleinen Gläsern.

*«Ehi, dove vai?»*, rief sie ihrem Sohn hinterher, aber er gab keine Antwort. Sie zuckte mit den Schultern und stellte das Tablett auf den Tisch. Dann schenkte sie aus der bauchigen Flasche aus. Der würzige Geruch der ölig-dunkelbraunen Flüssigkeit stieg Paolo sofort in die Nase.

«Der Nocino ist eine Spezialität der Region», erklärte Lucia dazu. «Er wird aus jungen Walnüssen gemacht, die man um den Johannistag erntet und dann in Alkohol einlegt und mit Zucker, Zimt und Nelken versetzt.»

*«L'ho fatto io»*, erklärte Mamma Gianna stolz, dass sie den Likör selbst angesetzt hatte. Sie reichte Paolo und Lucia zwei bis zum Rand gefüllte Gläschen und nahm sich selbst eins.

*«A Felix! Salute!»*, rief sie in die Runde.

Paolo fühlte unwillkürlich einen Stich im Herzen, und ein Anflug von Traurigkeit überkam ihn.

*«A Felix»*, erwiderte Lucia.

*«Salute»*, sagte Paolo.

Dann tranken sie.

Er hatte schon lange nichts mehr getrunken, das zugleich so scharf, so süß und so aromatisch gewesen war. Zuerst entfaltete der Nocino an seinem Gaumen ein wahres Feuerwerk an feinen Aromen, in denen wegen des Zimts ein wenig Weihnacht mitschwang; dann brannte er seine Kehle hinab und sorgte im Magen für ein warmes Wohlgefühl. Paolo nahm noch einen

Schluck. Und da er seit Stunden nichts gegessen hatte spürte er bereits die Wirkung ...

«Donnerwetter», entfuhr es ihm. «Wie viel Prozent hat der?»

Mamma Gianna lachte laut und meckernd. «Du bist wie Bruder! Genau wie Felix!»

«Nein», widersprach Paolo. «Eigentlich nicht.»

«Felix lieben meinen Nocino. Immer getrunken. Viel getrunken.» Sie lachte dröhnend, dass ihr Busen nur so wogte. «*Salute!*», rief sie abermals, und sie stießen noch einmal an. Dann kehrte glücklicherweise Tino zurück.

Er hatte einen dicken, in Schwarz und Gold gebundenen Schmöker dabei, den er mit dumpfem Knall auf den Tisch warf.

*I Vini di Veronelli 2018* lautete der Titel.

«Was ist das?», fragte Lucia.

«Der *Veronelli*. So etwas wie die Bibel der italienischen Weinliebhaber», erklärte Tino voller Besitzerstolz – den seine Mamma allerdings nicht zu teilen schien.

«Warum hast du so etwas?», wollte sie wissen.

«Ist für die Arbeit», erklärte er.

«Für die Arbeit?» Sie schüttelte den Kopf, dass die Creolen nur so flogen. «Wir haben ein Bad und keine Bar!»

Man konnte sehen, wie Tino rot wurde. «*Sì*», räumte er ein. «Aber du weißt, was mein Traum ist. Du kennst meine Pläne.»

Mamma Gianna nickte. Sie kannte seine Pläne wohl, aber ihre verkniffene Miene machte deutlich, was sie davon hielt. «*E allora? Abbiamo un bagno, vero?*», sagte sie erneut, und dann entbrannte ein Streitgespräch, dem Paolo beim besten Willen nicht mehr folgen konnte und das Lucia auch nicht übersetzte.

Die beiden sprachen so schnell und laut, dass die Luft zu vibrieren schien, und je länger der Wortwechsel dauerte, desto schneller und lauter wurde er. Paolos Blicke flogen zwischen den beiden hin und her, als würde er ein Pingpong-Spiel verfolgen.

Der Disput endete damit, dass Mamma Gianna aufsprang und aus dem Esszimmer stürzte, ihr Gesicht in den Händen vergrabend. Tino rief ihr hinterher, dass sie bleiben solle, aber die einzige Antwort aus der angrenzenden Küche war ein heiseres Schluchzen.

Tino seufzte und ließ die Schultern hängen wie ein Schuljunge, der gescholten worden war. Vom legitimen Casanova-Erben war in diesem Moment nicht viel übrig. Offenbar war der junge Mann viel sensibler, als Paolo es auf den ersten Blick vermutet hatte.

«Tut mir leid», sagte Lucia auf Italienisch. Aus ihren Augen sprach Mitgefühl.

«Nein, mir tut es leid», widersprach er. Energisch wischte er sich über die Augen und setzte sich zu ihnen. «Das hätte nicht passieren dürfen.»

Lucia legte eine Hand auf seine Schulter. «Irgendwann wird sie es verstehen.»

«Vielleicht.» Er schniefte, dann griff er entschlossen nach dem *Veronelli*. «Hier drin», sagte er, «sind alle guten Weine Italiens verzeichnet. Vielleicht haben wir ja Glück und finden deinen ‹Ofenwein›.»

Paolo tat ihm den Gefallen und lächelte. Dann schlug Tino den Ziegelstein auf, der sicher mehr als tausend Seiten hatte.

«Es gibt einen besonderen Wein aus dem Veneto, den Amarone», sagte er. «Er unterscheidet sich von anderen Rotweinen dadurch, dass man die Trauben einige Wochen trocknet, ehe sie gepresst werden. Sein Geschmack ist dadurch intensiver und sein Alkoholgehalt höher, er liegt bei etwa sechzehn bis acht-

160

zehn Prozent. Und soweit ich weiß, wird er in gängige Flaschen abgefüllt.»

Er hatte bereits im *Veronelli* zu blättern begonnen. Dutzende von Seiten, die mit Fotografien von, Reben, Flaschen, Weinbergen und Winzereien bebildert waren, huschten vorbei, während er die betreffende Stelle suchte. Plötzlich hielt er inne und stieß einen kleinen Triumphschrei aus.

«*Monte Lodoletta!*», verkündete er.

«Was soll das heißen?», fragte Paolo.

«Das ist der Name eines Amarone della Valpolicella aus dem Jahr 2012», erklärte Tino und drehte Paolo das aufgeschlagene Buch hin. «Lies den Namen der Winzerei!»

Paolo warf einen Blick auf die Produktbeschreibung.

«Romano Dal Forno», las er vor.

*Dal Forno.*

Die Flasche hatte so gelegen, dass er nur einen Teil des Etiketts gesehen hatte – jetzt ergab die rätselhafte Aufschrift einen Sinn. Er warf einen Blick auf die abgebildete Flasche und erkannte das pergamentfarbene Etikett wieder.

«Das ist es», war er überzeugt. «*Grazie*, Tino.»

«*Di niente.*» Tino lächelte stolz. «Sechsundneunzig von neunundneunzig möglichen Punkten», stellte er fest und schürzte anerkennend die Lippen. «Du hast einen guten und teuren Geschmack, mein Freund.»

«Wie teuer?», wollte Paolo wissen.

«Kommt darauf an, wie gut du deinen Weinhändler kennst. Aber für einen Tropfen von dieser Güte muss man gewöhnlich rund dreihundert Euro hinlegen.»

Lucia riss die Augen auf. «Das ist ja total verrückt!» Sie schien entsetzt.

«Wieso?», fragte Tino. «Qualität hat ihren Preis. Das ist ein sehr spezieller Wein, mit einem sehr intensiven Geschmack, kräftig, aber auch bitter.»

Paolo horchte auf. «Bitter?»

«Daher der Name des Weins», erklärte Tino. «Amarone kommt von *amaro*.»

«Was ‹bitter› bedeutet, natürlich», flüsterte Paolo. Er blickte starr vor sich hin, während sich seine Gedanken förmlich überschlugen. Er war sicher, der Lösung des Rätsels nahe zu sein ... und im nächsten Moment kam die Erkenntnis. «Das ist es!», rief er aus.

«Was ist was?», wollte Lucia wissen.

«Erinnern Sie sich an das Herzmedikament, von dem ich Ihnen erzählt habe?»

«Ja, Sie sagten, dass der Tote eine große Menge davon eingenommen hat, aber dass Sie nicht wissen, wie es dazu gekommen sein konnte.»

«Vergessen Sie, was ich gesagt habe. Jetzt weiß ich es», sagte Paolo. «Umberto litt unter schwerer Herzinsuffizienz, weshalb er mit Digoxin behandelt wurde. Ich habe recherchiert, das ist ein Medikament, das aus dem Roten Fingerhut gewonnen wird und in geringer Dosierung die Tätigkeit der Herzmuskeln steigert. In hoher Dosierung allerdings ...»

«*Morte*», sagte Lucia.

«Genau.» Paolo nickte. «Ich habe mich die ganze Zeit gefragt, wie jemand Umberto dazu gebracht haben könnte, all diese Tabletten zu schlucken. Doch die Wahrheit ist sehr viel einfacher. Jemand hat ihm diesen Wein gebracht, der mit Digoxin versetzt war.»

«Und warum gerade dieser Wein?»

«Aus zwei Gründen. Weil er erstens ein wertvolles Geschenk sein sollte, und weil zweitens sein bitterer Geschmack das

Digoxin überdecken sollte. Denn Fingerhut-Essenz schmeckt bitter.»

«Also kein Selbstmord», folgerte Lucia.

«Nein.» Paolo schüttelte den Kopf. «Ich denke, dass Umberto vergiftet wurde. Aber da der Pathologe wusste, dass er Herzmedikamente nimmt, hat er den hohen Digoxin-Spiegel in seinem Blut falsch gedeutet.»

«*L'omicidio perfetto*», sagte Lucia.

Der perfekte Mord.

Paolo nickte. «Oder wenigstens der Versuch eines solchen.»

Lucia sah ihn ernst an. «*Allora*, dann sollten Sie es der Polizei sagen.»

«Borghesi interessiert das nicht. Seine Forensiker haben die Weinflasche nach Fingerabdrücken untersucht, und das war's auch schon. Um den Inhalt haben sie sich nicht gekümmert. Aber Sie haben recht», fügte er hinzu, «wir werden zur Polizei fahren, und zwar gleich morgen früh.»

Als er Lucias verwunderten Blick bemerkte, fuhr er fort: «Morgen ist Dienstag. Da findet die Obduktion der Leiche statt. Da möchte ich dabei sein.»

«*Scusate*», ließ Tino sich vernehmen. Er hatte dem Gespräch mit zunehmend besorgter Miene zugehört, aber offensichtlich nur die Hälfte verstanden. «Ihr wollt begehen *omicidio*? Mit vergiftete Amarone?»

Pablo und Lucia sahen sich verblüfft an – und mussten beide lachen. Dann allerdings erklärten sie dem beunruhigten Freund, dass er sich keine Sorgen machen müsse. Sie wollten ein Mord aufklären, nicht begehen. Und gerade als Paolo verkünden wollte, dass es Zeit sei aufzubrechen, stand plötzlich Mamma Gianna auf der Schwelle, diesmal mit einer Schüssel, die groß genug war, um ein Kleinkind darin zu baden. Sie war randvoll mit frisch zubereiteter Penne, auf denen eine tiefrote Tomatensoße verführerisch nach Basilikum und Knoblauch duftete.

«*Ora di cena*», erklärte sie kategorisch.

«Abendessen?» Paolo sah Lucia verunsichert an. «Habe ich nicht gesagt, dass ich keinen Hunger habe?», raunte er ihr zu.

«*Benvenuti in Italia*», eröffnete Lucia ihm grinsend. «Man geht hier nicht in fremde Häuser und sagt, dass man keinen Hunger hat. Ohne zu essen, kommen Sie hier nicht wieder raus.»

## KAPITEL 20

Es war kurz vor Mitternacht, als sie sich endlich verabschiedeten. Zu spät, um noch nach Parma zurückzufahren. Ganz abgesehen davon, dass Lucia nach dem Nocino, den Mamma Gianna gleich mehrfach als *digestivo* serviert hatte, längst nicht mehr fahrtüchtig war. Sie bot Paolo daher an, in einem der leeren Gästezimmer des *Cavaliere* zu übernachten, und in Ermangelung einer besseren Alternative (oder vielleicht auch unter dem Einfluss des Nocino) nahm er an.

Zum Hotel, das auf anderen, dem Meer zugewandten Seite der Stadt lag, war es etwa eine halbe Stunde zu Fuß. Zuerst die Via Bova hinab und dann immer am Kanal entlang, der das Meer mit den westlich der Stadt gelegenen Salinen verband. Die Salzgewinnung hatte Cervia im Mittelalter Wohlstand und Glanz beschert. Heute war der Handel mit dem «weißen Gold» kein großer Wirtschaftsfaktor mehr. Dafür hatte der um die vorletzte Jahrhundertwende einsetzende Tourismus der Stadt neue Möglichkeiten eröffnet.

«Und?», fragte Lucia, als sie nebeneinander auf dem gepflasterten Fußweg gingen, der den Kanal säumte.

«Was ‹und›?»

«Wie haben Ihnen Mamma Giannas Penne geschmeckt?» Ihre Zunge war ein bisschen schwer vom letzten Gläschen Nusslikör. «Und sagen Sie jetzt bloß nix Falsches!»

«*Molto bene*», erwiderte Paolo. Die Soße Neapolitana war tatsächlich ein Genuss gewesen, ihrer Einfachheit zum Trotz, eine Komposition fein abgestimmter Aromen, und die Nudeln waren genau auf dem Punkt gewesen. «Aber natürlich nicht so gut wie Ihre Tagliatelle al ragù.»

«Gute Antwort.» Sie schien zufrieden. Sie torkelte leicht und kam dem Kanal gefährlich nahe, weshalb Paolo auf ihre linke Seite wechselte.

«Wie haben Sie sich kennengelernt?», wollte er wissen.

«Über Felix. Tino und Mamma Gianna waren Freunde von ihm», antwortete Lucia.

Paolo stellte überrascht fest, dass die Erwähnung seines Bruders ihm zum ersten Mal nichts ausmachte. Vermutlich auch eine Folge des Nocino.

«Sie haben mich sofort in ihr Herz geschlossen», fuhr Lucia fort. «Mamma Gianna hat das größte Herz, das ich kenne.»

«Sie hat ja auch viel Platz dafür», brummte Paolo.

«Sagen Sie nichts gegen Mamma Gianna!» Lucia drehte sich im Gehen zu ihm um und drohte ihm mit einem Zeigefinger. «Sie ist wie eine Mutter für mich. Alles, was ich über das Kochen weiß, habe ich von ihr.»

«Also habe ich bei Ihnen in Wirklichkeit Mamma Giannas Tagliatelle gegessen?»

Lucia zog die Stirn kraus und überlegte. «Sì, irgendwie schon», gab sie zu und ließ den Zeigefinger wieder sinken.

«Und Ihre eigene Mutter?», fragte Paolo.

«Was soll mit ihr sein?»

«Was ist mit Ihrer Familie? Woher kommen Sie?»

«Basilicata», war ihre Antwort.

«Ganz im Süden», entgegnete Paolo.

«Ja, im Süden», bestätigte sie, und es klang trotz ihres angeheiterten Zustands nicht sehr begeistert. «Ein paar Kilometer Küste und viel steiniges Hinterland. Meine Familie arbeitete in der Landwirtschaft. *Olivi*. Aber die Konkurrenz war zu groß. Seitdem sind meine Brüder *disoccupati*.»

«Arbeitslos», übersetzte Paolo.

«*Sì*, arbeitslos. Viele junge Menschen gehen deswegen fort an die Küste oder in andere *regioni*.»

«Sind Sie deshalb hierhergekommen?»

«*Sì*. Eigentlich hatte ich nicht vor zu bleiben. Aber als ich ein Jahr hier war, wollte ich nicht mehr weg.»

«Das kann ich gut verstehen.»

«Ach ja?» Sie sah ihn skeptisch an. «Sie haben die Stadt doch noch gar nicht richtig gesehen. Die hübschen Häuser, den Sonnenaufgang über dem Meer, das Licht am frühen Morgen. Und alles ist so sauber und aufgeräumt.»

Gerade erreichten sie den kleinen Hafen und damit auch den Torre San Michele – jenen mächtigen Wehrturm, der auf dem Flugblatt abgebildet gewesen war und auf dessen Stufen ihr Vater sie, Felix und Paolo, einst gefilmt hatte. Seit über dreihundert Jahren überblickte der Turm den Kanal und war zu einem Wahrzeichen der Stadt geworden. Bei Nacht wurde er von Scheinwerfern beleuchtet. Laternen säumten den Kanal und tauchten die alten Fischerboote, die dort vertäut lagen, in gelbliches Licht. Mondlicht brach sich im glitzernden Wasser. Die Luft war auch um diese Zeit noch lau, und aus einer Bar auf der anderen Seite des Platzes drang leise Klaviermusik.

Lucia hatte recht, gestand sich Paolo ein.

Es war tatsächlich schön.

«Das hier ist meine Heimat», rief sie und breitete die Arme aus, als wollte sie ganz Cervia umarmen. «Hier habe ich meine Familie. Tino und Mamma Gianna und meine Freundin Chiara, die immer unglücklich verliebt ist. Und natürlich Don Andrea, ein Priester in *pensione* … wie sagt man?»

«Im Ruhestand», half Paolo aus.

Lucia nickte und drehte sich mit ihren ausgebreiteten Armen wie ein Kind im Kreis. Da sie dabei bedenklich wankte, hielt er ihr seinen Arm hin, damit sie sich festhalten konnte.

«Grazie», sagte sie und strahlte ihn an. «Das sind alles wunderbare Menschen. Sie haben mir geholfen, an meinen Traum zu glauben. Und jetzt geht er endlich in Erfüllung. Ein eigenes *ristorante*. Und sogar noch ein Hotel dazu!»

Sie lächelte glücklich. Der Optimismus, den sie ausstrahlte, war für Paolo ebenso fremd wie faszinierend.

In diesem Moment sackten Lucia die Beine weg. Er fing sie auf und legte einen Arm um sie, um sie zu stützen. Sie ließ es ohne Widerspruch geschehen. Sie schien plötzlich todmüde zu sein, was ihrer Aussprache deutlich anzumerken war, sie aber nicht am Weiterreden hinderte …

«Un' Sie?», wollte sie wissen.

«Was ist mit mir?»

«Ham Sie auch Familie?»

«Eine Freundin», erwiderte er, um schnell noch das Wort «Verlobte» hinterherzuschicken. Es hörte sich irgendwie nach mehr an.

«Wollen Sie heiraten?»

«*Sì*», bestätigte Paolo.

«Un' wann?»

Paolo schnitt eine Grimasse. «Das wüsste ich auch gerne.»

«Wieso? Ham Sie sie noch nich' gefragt?»

Er verdrehte die Augen. «Doch.» Wieso antwortete er auf diese Fragen? Wieso sprachen sie überhaupt über dieses Thema?

«Aber?» Sie gab keine Ruhe.

«Sie hat noch nicht geantwortet», gestand er leise und in

der Hoffnung, dass Lucia sich morgen an nichts mehr erinnern würde.

«Echt nich'?»

Paolo schüttelte den Kopf und war erleichtert, die betretene Stille mit einem «Wir sind da» füllen zu können.

Sie hatten das Hotel erreicht und standen am Zaun, hinter dem sich dunkel und fast ein wenig drohend die schäbige Fassade des *Cavaliere* erhob.

«*Molto bene.*» Sie nickte und machte eine einladende Handbewegung. «Suchen Sie sich 'n Simmer aus», sagte sie mit nun doch merklich beschwerter Zunge. «Das Hotel gehört Ihnen.» Sie kicherte über ihren Scherz.

«*Grazie*», sagte er. Dann hakte er sie unter, um ihr durch den Vorgarten und über die Terrasse zu helfen. Sie hatte Mühe, die Tür zur Lobby aufzusperren, also ging er ihr auch dabei zur Hand.

«Noch was trinken?», fragte sie mit einem sehnsüchtigen Blick zur Bar.

«Auf keinen Fall.» Pablo schüttelte den Kopf. «Ich werde jetzt unverzüglich schlafen gehen. Und Sie sollten auch zu Bett gehen. Wir müssen morgen spätestens um sechs Uhr abfahren.»

«Oh-oh. Der strenge *tedesco* schhhh... spricht.»

«Ich möchte nicht unhöflich sein, aber morgen ist die Obduktion der Leiche», sagte Paolo.

«Ach ja, die Leiche.» Sie nickte. «Hab ich vergessen. Sie geben nie auf, oder?»

«Doch», versicherte er, während er rasch ans Schlüsselbord griff und sich den Schlüssel mit der Nummer sieben angelte, «aber jetzt noch nicht.»

Paolo schob sie die Treppe zu den Zimmern hinauf. Auf dem

Absatz wäre Lucia gestolpert, wenn er sie nicht aufgefangen hätte. Sie kicherte, und ihre Blicke trafen sich. Eine seltsame Pause entstand, von der Paolo nicht hätte sagen können, wie lange sie dauerte.

«Gute Nacht, Lucia», sagte er dann.

«*Buonanotte*, Signor Ritter.»

## KAPITEL 21

Als um halb sechs der Wecker klingelte, hatte Paolo das Gefühl, die Augen nur für einen kurzen Moment geschlossen zu haben.

Obwohl das Zimmer mit der Nummer sieben nur spärlich ausgestattet war und das Bett ziemlich hart, hatte er gut geschlafen. Im Grunde war es die erste Nacht in Italien, in der Paolo tatsächlich Ruhe gefunden hatte, weder die Sorgen der Gegenwart noch die Geister der Vergangenheit hatten ihn behelligt. Er schrieb es dem Nocino zu, den er getrunken hatte – oder lag es daran, dass er allmählich dabei war, seinen Frieden mit diesem Land zu machen?

Das Frühstück in der Hotellobby bestand aus einem kargen Espresso, den Lucia an der Bar machte und den auch Paolo trank, des Koffeins wegen. Sie selbst genehmigte sich gleich einen *doppio* und schien ihn auch zu brauchen: Die Gestalt, die an diesem Morgen an der Espressomaschine herumhantierte, hatte wenig gemein mit der temperamentvollen jungen Frau, die Paolo kannte, was wohl zu gleichen Teilen am Schlafmangel wie an den Nachwirkungen des Nocino lag.

Wie er inzwischen erfahren hatte, war das *Cavaliere*, das sie sozusagen treuhänderisch verwaltete, auch ihr Zuhause. Sie lebte hier, während sie gleichzeitig das Hotel in Schuss hielt, so gut es eben ging, und sich über Wasser zu halten suchte, indem sie das *ristorante* betrieb und Catering-Aufträge annahm. Noch vor ein paar Tagen hätte er sich vermutlich darüber geärgert, dass sie das ohne Erlaubnis und offizielle Genehmigung tat, aber inzwischen störte es ihn nicht mehr. Das italienische *vivi et lascia vivere* hatte wohl schon auf ihn abgefärbt.

Nach dem Espresso besserte sich Lucias Befinden sichtlich. Ihre Augen wuchsen wieder auf die normale Größe, ihr Haar wirkte nicht mehr ganz so verwahrlost, selbst ihr Kleid schien jetzt weniger zerknittert zu sein als vorher. Vielleicht lag es aber auch daran, dass Paolo solche Äußerlichkeiten ziemlich egal waren, solange er nur rechtzeitig zurück nach Parma kam.

Ein Taxi brachte sie zurück zum Haus von Tino und Mamma Gianna, die um diese Zeit noch schliefen. Von dort ging es mit dem Panda weiter. Auf den noch ruhigen Straßen kamen sie gut voran. Als sie sich Parma näherten und der Verkehr auf der Einfallstraße lebhafter wurde, wichen sie auf die *strada statale* aus. Sie kamen durch kleine Städte, deren Kaffeebars und Bäckereien gerade öffneten, und vorbei an Feldern, über denen sanfter Nebel im Licht der Morgensonne leuchtete. Doch dann wurde auch hier der Verkehr immer dichter, und schließlich herrschte Stop-and-Go.

Paolo warf einen Blick auf die Uhr. Schon halb neun. Er begann mit den Fingern zu trommeln.

«Nervös?», fragte Lucia mit einem Seitenblick.

«Wir dürfen nicht zu spät kommen. Borghesi sagte, der Termin für die Obduktion wäre am Morgen.»

«*Sì*, aber wann am Morgen?»

«Das weiß ich nicht», erwiderte er gereizter als beabsichtigt. «Am Morgen eben.»

«Der Morgen in Italia ist lang.»

«Kann ich mir vorstellen.» Paolo schnaubte.

Wieder sah sie ihn von der Seite an.

«'tschuldigung», sagte er. «Es ist nur …»

«Sie haben Angst», sagte sie. «Angst, dass Ihre Theorie vielleicht falsch ist.»

«Unsinn.» Er schüttelte den Kopf. «Vielleicht ein bisschen», schickte er leiser hinterher.

«Und Borghesi?»

«Was soll mit ihm sein?»

«Sagten Sie nicht, dass er wütend auf Sie ist? Dass er Sie aus dem Büro des Direttore werfen wollte? Und dass er nichts von ihren Ermittlungen weiß?»

Paolo nickte. Lucia hatte recht. Die Vorstellung, erneut den Commissario zu treffen, bereitete ihm Unbehagen. Es wäre ihm lieber gewesen, ihm nicht mehr zu begegnen. Aber Paolo wollte seine Theorie bezüglich des Tathergangs nun einmal überprüfen. Das war sein Ziel, und Borghesi war das Hindernis, das er auf dem Weg zu diesem Ziel überwinden musste.

Lucia, die ihn beobachtet hatte, legte ihm die rechte Hand auf die Schulter, die andere behielt sie am Steuer. «Entspannen Sie sich», sagte sie. «*Tranquillo, sì?*»

«*Sì*», sagte Paolo.

Immer mit der Ruhe …

Doch das war leichter gesagt als getan. Etwas an diesem Fall, an dieser ganzen Angelegenheit, machte ihm zu schaffen, wühlte ihn auf, als ginge es hier um ihn persönlich. Er hätte nicht zu sagen gewusst, was es war. Er wusste nur, dass er Licht ins Dunkel bringen und die Wahrheit herausfinden musste. Vielleicht, sagte er sich, würde sich danach alles klären.

Sie erreichten die Questura der Kriminalpolizei um kurz nach neun. Den Fiat zwängte Lucia in eine winzige Lücke am Straßenrand, dann stiegen sie aus und gingen eilig hinein. Am Empfang fragte Paolo nach Borghesi. Der Commissario wurde gerufen. Als er wenig später durch die Milchglastür trat, die den

Bürotrakt vom Empfangsraum trennte, entglitten ihm die Gesichtszüge.

«Scheiße, was wollen Sie denn hier?» Borghesi warf den Aktenstapel, den er unter dem Arm getragen hatte, auf einen Bürowagen und stemmte energisch die Arme in die Hüften. Statt des Trenchcoats trug er ein braunes Jackett, die Krawatte hing locker um den an diesem Morgen unrasierten Hals.

«Mich entschuldigen», sagte Paolo und hob in einer resignierenden Geste die Hände. «Ich weiß jetzt, dass ich mich dumm verhalten habe.»

«Das haben Sie», sagte der Polizist in seinem schwäbisch-italienischen Dialekt. «Aber wahrscheinlich können Sie nichts dafür. Sie sind wie meine Ex-Frau. Sie müssen immer recht haben.»

«Aber nein, ich …»

«Wir kommen gut ohne Besserwisser wie Sie klar», fuhr Borghesi fort. «Ich weiß, dass ihr Deutschen gerne denkt, dass ihr die Korrektheit erfunden hättet, aber das ist nicht wahr! In Wirklichkeit ist der Süden die Wiege der europäischen Kultur! Unsere Vorfahren haben Gesetze geschrieben und Denkmäler geschaffen, als Ihre noch auf Bäumen gesessen und rohes Fleisch gegessen haben. Haben Sie darüber schon einmal nachgedacht …?»

Er hatte sich regelrecht in Rage geredet und war dabei immer lauter geworden, sodass die anderen Leute im Raum, Polizisten wie Besucher, ihre Gespräche unterbrachen und verwundert zu ihnen hersahen. Auch wenn sie vermutlich nichts verstanden, konnten sie sehen, dass Borghesi stinksauer war.

«Sie haben ja recht», wandte Paolo ein, «und es tut mir leid, wenn der Eindruck entstanden sein sollte …»

Borghesi winkte ab, ließ ihn erst gar nicht ausreden. «Es spielt schließlich keine Rolle mehr. *Il caso è chiuso.*»

«Was?»

«Der Fall ist abgeschlossen», wiederholte Borghesi auf Deutsch.

«Wie ... wie ist das möglich? Sie sagten doch, Sie wollten noch auf die Obduktion warten, die für Dienstagmorgen angesetzt ...»

«Sie wurde bereits gestern durchgeführt», unterbrach Borghesi ihn barsch und, so kam es Paolo vor, mit einer gewissen Genugtuung. «Denken Sie, die *tedeschi* sind die Einzigen in der EU, die zügig arbeiten?»

«Nein, natürlich nicht.» Paolo schüttelte den Kopf – hier kam einiges zusammen, was an sich nicht zusammengehörte, und daran hatte Borghesis Ex-Frau einen gewissen Anteil. «Und ich hatte gedacht, ich könnte vielleicht dabei sein und ...»

«*Scusi?*» Der Commissario rollte mit den Augen und sah Paolo an, als habe der den Verstand verloren. «Nach Ihrem Auftritt am Sonntag dachten Sie, ich würde Sie einfach zuschauen lassen?»

Paolo seufzte. Ihm war klar, dass er so nicht weiterkam. Ratlos wandte er sich zu Lucia um, nur um festzustellen, dass sie nicht mehr da war. Wohin war sie plötzlich verschwunden?

Er wandte sich wieder Borghesi zu, der noch immer mit in die Hüften gestemmten Armen vor ihm stand. In seiner Not unternahm Paolo einen letzten Versuch. «Bitte sagen Sie mir wenigstens, was bei der Untersuchung herausgekommen ist.» Er sah den Commissario fast flehentlich an.

Der macht eine wegwerfende Handbewegung. «*Niente.* Deshalb habe ich den Fall ja abgeschlossen.»

«Nichts? Dann war es Selbstmord?»

«*Sì.*»

Paolo räusperte sich. «Dürfte ich vielleicht einen kurzen Blick in den Untersuchungsbericht werfen?»

«*A che scopo?* Damit Sie wieder mit wilden Verdächtigungen um sich werfen können? Ich habe noch genug vom letzten Mal.»

«Wie gesagt, das verstehe ich», sagte Paolo mit nach wie vor ruhiger Stimme, «und es tut mir auch wirklich leid. Aber wenn ich nur einen kurzen Blick in den Abschlussbericht …»

«*No*», war die kategorische Antwort. «*Caso è chiuso.*»

«Das sagten Sie schon. Aber vielleicht wäre es dennoch möglich …»

«*Caso è chiuso*», wiederholte Borghesi automatenhaft. Offenbar war er nicht einmal mehr gewillt, Deutsch zu sprechen, was kein gutes Zeichen war. Tatsächlich wandte er sich jetzt an einen der Polizisten am Empfang. «*Assistente!*», rief er.

Der blau uniformierte Hauptwachtmeister, der sich von seinem Platz am Schreibtisch erhob und langsam auf Paolo zukam, war um einen Kopf größer als er und beinahe doppelt so breit. Sein Haar war so kurz geschoren, dass man die Kopfhaut sehen konnte, und sein Blick und sein vorgeschobenes Kinn ließen vermuten, dass mit ihm nicht zu spaßen war.

«Vielen Dank, ich finde den Weg allein», sagte Paolo und warf einen letzten Blick auf Borghesi. Dann verließ er die Questura.

Lucia wartete draußen vor der Tür, im Innenhof der Präfektur.

«Hier sind Sie!» Er schnaubte. «Ich habe Sie gesucht.»

Sie sah ihn mit ihren großen Augen an. «Es lief nicht gut, nein?»

«Nein, es lief nicht gut.» Er schnaubte, während er das Fläschchen mit Desinfektionsmittel aus der Innentasche des Jacketts zog und sich die Hände reinigte. Ihm war einfach danach. «Er hat mich regelrecht rausgeworfen!»

«Und das wundert Sie?»

Paolo atmete tief durch. Die milde Morgenluft beruhigte ihn ein wenig. «Nein», gab er zu und steckte das Fläschchen wieder weg. «Aber nun werde ich nicht erfahren, ob meine Theorie zutrifft oder nicht. Und Sie haben keinen Finger gerührt, um mir zu helfen.»

«Was hätte ich Ihrer Meinung nach denn tun sollen?»

«Weiß ich nicht.» Er zuckte hilflos mit den Schultern. «Aber Sie hätten wenigstens so tun können, als ob! Ich bezahle Sie nicht dafür, dass Sie vor der Tür stehen und auf mich warten!»

«*No*», gab sie zu, «Sie bezahlen mich überhaupt nicht.»

Da hatte sie allerdings recht. «Sie wissen, was ich meine», sagte Paolo, leiser jetzt.

«*Andiamo?*», fragte sie.

Paolo zuckte mit den Schultern und nickte dann. Hier gab es nichts mehr zu tun.

Als sie zurück zum Wagen gingen, ertönte ein lautes «Bing». Lucias Handy.

«Muss das sein?», grummelte Paolo.

«*Un momento*», sagte sie und griff in ihre Tasche, um das in einer silbern glitzernden Hülle steckende Gerät hervorzuholen und die eingegangene Nachricht zu prüfen. Ein Lächeln huschte über ihr Gesicht.

«Gute Nachrichten?», fragte er sarkastisch.

«Sehr gute», bestätigte sie.

«Was ist es? Ein neues Nudelrezept?»

In einem Ausbruch von Temperament versetzte sie ihm einen Klaps mit dem Handrücken. «*Allora*, warum sagen Sie so etwas?»

«Tut mir leid.»

«Es tut Ihnen nicht leid.» Sie schüttelte den Kopf. «Ihnen ist es egal, ob Sie Menschen verletzen oder nicht, für Sie ist nur dieser dumme Fall wichtig.» Sie schnaubte verächtlich. «Ich wette, Sie sind ein einsamer Mensch in Germania, Signore Ritter.»

Paolo sah sie entrüstet an. «Wie bitte? Ich bin nicht einsam. Ich bin verlobt! Meine Verlobte und ich, wir haben viele Freunde. Wir sind pausenlos irgendwo …»

Er brach mitten im Satz ab.

Es stimmte, sie waren oft bei Freunden eingeladen. Aber wenn er ehrlich war, musste er zugeben, dass es nicht seine Freunde waren, sondern Julias. Und nicht selten ging er gar nicht erst mit, sondern blieb lieber zu Hause, weil er weder den Smalltalk mochte noch die Fahrten in der U-Bahn.

Er seufzte. «Verraten Sie mir nun, um was für eine Nachricht es sich handelt?»

Sie waren beim Wagen angekommen. Lucia blieb stehen. Ein Lächeln spielte um ihren Mund, das verzeihend oder spöttisch sein mochte. Dann hob sie ihr Handy und hielt es ihm das Display hin. «Hier», sagte sie nur.

«Was ist das?»

«Der Bericht, der Sie so brennend interessiert.»

«Was?» Paolo riss ihr das Smartphone aus der Hand und starrte auf das Display. Er traute seinen Augen nicht. Auf dem Schriftstück, das dort abgebildet war, prangte die Überschrift *rapporto autopsia*. Darunter fand sich das Datum des Vortags.

«Der Obduktionsbericht», stieß Paolo hervor. «Woher haben Sie den?»

«Sie wollen immer mit dem Kopf durch die Wand», sagte Lucia, statt auf seine Frage zu antworten. «Wissen Sie nicht, dass es auch Hintertüren gibt?»

«W-was heißt das?»

«Während Sie sich mit Borghesi gestritten haben, habe ich mir von einem Polizisten die Telefonnummer der *medicina legale* geben lassen. Dann habe ich dort angerufen und habe gesagt, dass ich eine Nichte von Umberto Tantaro bin und den Bericht gerne lesen würde.»

«Sie haben in der Gerichtsmedizin angerufen?» Paolo kam sich wie ein Trottel vor.

«*Sì.*»

«Und die haben Ihnen die Unterlagen einfach aufs Handy geschickt?»

Lucia seufzte. «Wir sind hier in Italia, Paolo», sagte sie und nannte ihn zum ersten Mal bei seinem Vornamen. «Hier spricht man noch mit den Leuten, verstehen Sie?»

Paolo nickte, während er bereits zu lesen begann.

«Vielleicht sollte ich auch mehr reden», sagte er.

«*Sì*», sagte sie leise und schloss die Wagentür auf. «Sollten Sie.»

# KAPITEL 22

Sie saßen in der Konditorei in der Via Carlo Pisacane, die Paolo bereits an seinem ersten Tag in Parma entdeckt hatte, und nahmen ein zweites Frühstück ein. Das heißt, Lucia hatte sich einen Cappuccino und ein *cornetto crema* bestellt, während Paolo sich damit begnügte, hin und wieder an seinem Pfefferminztee zu nippen, während er den Obduktionsbericht las, den Lucia inzwischen an sein Handy weitergeleitet hatte.

Vieles davon konnte er selbst übersetzen. Wo er nicht weiterkam, weil die Sätze zu kompliziert wurden oder zu viele unbekannte Wörter enthalten waren, half Lucia aus. Und mit jedem Abschnitt, um den er sich weiter in den acht Seiten umfassenden Bericht vorarbeitete, klärte sich das Bild …

«Wir hatten recht», sagte er schließlich und legte das Smartphone beiseite. «Es wurden Rückstände von Digoxin im Herzen des Mordopfers gefunden. Sie allein – und nicht der Alkohol – führten zum Tod.»

«*Sie* hatten recht», korrigiert ihn Lucia zwischen zwei Bissen Blätterteig.

«Allerdings fanden sich im Magen keine halbverdauten Tabletten», fuhr Paolo fort. «Auch kein Klumpen oder der typische Schaum, der sich gewöhnlich bildet, wenn Tabletten im Magen zersetzt werden.»

Lucia nahm einen Schluck Cappuccino – die Hausmischung mit ihren sieben verschiedenen Sorten Arabica. «Und was heißt das?», wollte sie wissen.

Paolo sah sich flüchtig um. Im Café herrschte rege Betriebsamkeit. Berufstätige genehmigten sich noch einen Espresso auf dem Weg zur Arbeit, andere frühstückten oder ließen sich etwas zum Mitnehmen einpacken. Der Geräuschpegel war erheblich, akzentuiert vom Zischen der Cappuccino-Maschine. Die Wahrscheinlichkeit, dass jemand deutsch sprach und sich für das interessierte, was Paolo sagte, war verschwindend gering, dennoch senkte er seine Stimme.

«Das bestätigt meine Annahme», erklärte er. «Umberto hat keine Überdosis Herztabletten genommen, aber jemand will, dass wir das denken. In Wahrheit war das Gift bereits in dem Wein, den er getrunken hatte. Anschließend hat der Täter oder die Täterin die Tablettenbriefchen aus dem Spiegelschrank im Bad genommen und die Tabletten entfernt, damit es so aussieht als ob. Er oder sie hat sogar noch daran gedacht, die Briefchen mit Umbertos Fingerabdrücken zu versehen. Aber der pathologische Befund deckt diese Version nur bei oberflächlicher Betrachtung.»

«Und warum steht das nicht so in diesem Bericht?»

«Weil jedes Gutachten nur so gut ist wie die Fragen, die daran gestellt werden», gab Paolo zur Antwort. «Dieses hier wurde in der Überzeugung verfasst, dass Umberto Tantaro sich selbst getötet hat. Weitergehende Untersuchungen wurden nicht durchgeführt, man hat nur Häkchen an den entsprechenden Stellen gemacht.»

«Kommt so was öfter vor?»

«Das werden wir wohl nie erfahren.» Paolo grinste freudlos.

«Da ist er wieder, der lustige *tedesco*.» Lucia schnitt eine Grimasse. «Und um Tantaro zu vergiften, musste es ein so teurer Wein sein?»

Paolo nickte. «Wie gesagt, der Mörder oder die Mörderin

wollte Eindruck schinden. Wer immer Umberto besucht hat, wollte erreichen, dass er ihn in die Wohnung ließ und etwas mit ihm zusammen trank. Und eine sündhaft teure Flasche Wein ist immer ein guter Anlass, richtig?»

Lucia zuckte mit den Schultern. «Mich hätte man damit nicht ködern können. Zumal Tino gesagt hat, dass der Wein bitter schmeckt.»

«Und das war der zweite Grund, warum der Mörder gerade diese Sorte ausgewählt hat – denn seine bittere Note war bestens geeignet, um den Geschmack des Gifts zu überdecken.»

«Also der perfekte Wein für den Anlass.»

Paolo nickte wieder. «Wer immer sich die Sache ausgedacht hat, wusste genau, was er tat. Er oder sie hat Umberto dazu gebracht, eine ziemliche Menge davon zu trinken. Und dann, als sich die Wirkung einstellte und er die tödliche Herzattacke erlitt, hat der oder die Unbekannte die Spuren beseitigt.»

«Bis auf das Glas, auf dem kein Staub mehr war», fügte Lucia hinzu. «Und das Motiv?»

Paolo sah sie überrascht an – vielleicht ein bisschen zu überrascht.

«Was denn? Auch ich lese ab und zu gerne *gialli*», erwiderte sie. «Und darin ist immer von zwei Dingen die Rede, nämlich Mittel und Motiv.»

«Farnese hatte beides», sagte Paolo, «aber so kommen wir nicht weiter. Als Umberto mich an jenem Nachmittag anrief, wollte er mit mir über das Bild reden, und er hatte Angst. Deswegen gehe ich davon aus, dass das Bild der Schlüssel ist. Schließlich hatte es in der Nacht vor seiner Ermordung den Besitzer gewechselt.»

«Zumindest denken Sie das», wandte Lucia ein. «Einen Beweis gibt es nicht dafür.»

«Nein», gab Paolo zu und tippte sich an die Stirn. «Aber ich habe meine Erinnerung. Das Bild auf dem Empfang war ein anderes als das im Museum. Da bin ich sicher.»

«Zu wie viel Prozent?», wollte Lucia wissen.

«Fünfundneunzig.»

«Warum sagen Sie es dann nicht der Polizei und lassen sich die restlichen fünf bestätigen?»

«Der Fall ist abgeschlossen, schon vergessen?», erinnerte Paolo sie. «Wenn ich jetzt zur Polizei gehe und die Sache melde, würde Borghesi mir wahrscheinlich den Kopf abreißen. Außerdem würde die Sache Staub aufwirbeln und den Täter oder die Täterin warnen.»

Lucia nickte. Das schien ihr einzuleuchten. «*Allora?*»

«Jetzt verfolgen wir die Spur weiter, die wir haben, nämlich das gefälschte Bild. Vielleicht kann Paulina uns weiterhelfen.»

«Paulina?» Lucia hob die Brauen.

«Paulina Graziello», erklärte Paolo. «Sie studiert Kunstgeschichte an der örtlichen Universität und arbeitet im Museum. Tantaro ist ihr Mentor gewesen, sein Tod hat sie schwer getroffen. Ich werde sie anrufen. Möglicherweise kann sie einen nützlichen Kontakt vermitteln, der uns mehr über Kunstfälschungen sagen kann.»

«*Ottima idea*», stimmte Lucia zu.

Paolo nickte. «Ich frage mich nur …»

«Was?»

«Nun ja, wie soll ich als Ausländer an einer italienischen Universität Nachforschungen anstellen, ohne mich dabei verdächtig zu machen? Wenn ich anfange herumzuwühlen und jemand die Polizei informiert, bin ich erledigt.»

«Das ist alles?» Lucia trank ihren Cappuccino aus, dann zuckte sie mit den Schultern. «*È facile*», beteuerte sie.

183

«Tatsächlich?» Er hob die Brauen.

«Sie brauchen eine Tarnung.»

«Eine Tarnung?» Paolo sah sie zweifelnd an. «Sie meinen eine falsche Identität?»

«Sie müssen dafür sorgen, dass die Menschen keinen Verdacht schöpfen, wenn Sie Fragen stellen. Sagen Sie doch, dass Sie ein *giornalista* sind. Oder ein *scrittore*. Das sind immer ein bisschen verrückte Leute.»

«Das stimmt», pflichtete Paolo bei. «Wenn ich behaupte, ein Schriftsteller zu sein, der für einen Roman über Kunstfälschung recherchiert, wird das kein großes Aufsehen erregen.» Er dachte einen Moment nach. Er hatte Rollenspiele nie gemocht, schon als Kind nicht. Entsprechend wenig gefiel ihm der Gedanke, sich als jemand auszugeben, der er in Wirklichkeit nicht war. Als ob es nicht schon schwer genug gewesen wäre, er selbst zu sein.

Andererseits – seit er in Italien war, hatte er so viele Dinge getan, die er zuvor nicht für möglich gehalten hätte, dass er aufgehört hatte, sie zu zählen. Wenn er dadurch also an Informationen käme, die er dringend brauchte, sollte ihm auch eine kleine Maskerade recht sein.

«Die Tarnung muss natürlich *credibile* sein», sagte Lucia. «Sie brauchen eine Visitenkarte mit ihrem Namen und Ihrem Beruf darauf und natürlich mit Ihrer Telefonnummer, damit die Informanten Sie anrufen können.»

Paolo wehrte reflexhaft ab. «Keine falschen Visitenkarten, also bitte! Das wäre ja noch schöner …»

## KAPITEL 23

Paulina war ihnen eine große Hilfe. Direktor Farnese hatte die Angestellten der Nationalgalerie wissenlassen, dass die Ermittlungen eingestellt worden seien, da Umberto Tantaro eindeutig Suizid begangen habe. Als Paolo der jungen Frau sagte, dass er weitere Nachforschungen anstellen und die Wahrheit über den Tod ihres Mentors ans Licht bringen wolle, war Paulina sofort bereit, ihn dabei zu unterstützen.

Noch am Dienstagnachmittag stellt sie einen Kontakt zu einem wissenschaftlichen Assistenten ihrer Fakultät her, von dem sie wusste, dass er bereits mehrere Expertisen zu Kopien und Imitaten verfasst hatte. Sein Name war Alessandro Fontana, und Paolo und Lucia trafen sich mit ihm am Mittwoch zum Mittagessen im Croce di Malta, einem kleinen Restaurant unweit der kunsthistorischen Fakultät, das zur Mittagszeit gut besucht war.

Auf dem malerischen kleinen Vorplatz des Restaurants, der an die Kirche San Tiburzio grenzte, waren Tische aufgestellt, und da die Sonne warm, aber nicht zu heiß vom Himmel schien, entschieden sie sich für einen Platz im Freien. Paolo und Lucia hatten kaum Platz genommen und etwas zu trinken bestellt – Lucia nahm einen Gingerino auf Eis, Paolo ein Mineralwasser –, als sich ein junger Mann Ende zwanzig ihrem Tisch näherte. Zu seinem blauen Jackett trug er Jeans und T-Shirt. Sein schulterlanges schwarzes Haar war zum Pferdeschwanz gebunden. Eine Hornbrille und ein spitzer Kinnbart verliehen ihm eine intellektuelle Erscheinung, aber Paolo hatte schon öfter festgestellt, dass solche Attribute manchmal nur den Versuch darstellten, erschreckende Ahnungslosigkeit zu übertünchen.

«Signor Steinhauer?»

Paolo presste die Lippen zusammen. Das Versteckspiel ging ihm schon jetzt auf den Geist. Noch dazu mit einem Namen, der überhaupt nicht zu ihm passte. Aber Lucia hatte ihn davon überzeugt, dass dieser Name in italienischen Ohren durch und durch deutsch klinge, dass garantiert niemand Verdacht schöpfen würde. Und Paulina war so freundlich gewesen, das Theater mitzuspielen.

«Äh, sì», sagte Paolo. «Dottore Fontana, nehme ich an?»

«So ist es.» Sie standen auf und begrüßten einander. Paolo stellte Lucia als seine Assistentin vor. Der Blick, mit dem Fontana sie betrachtete, war länger, als eigentlich nötig gewesen wäre, und erinnerte Paolo daran, dass sie in Italien waren. Paolo hatte Englisch gesprochen, und nachdem Fontana sich zu ihnen gesetzt hatte, setzten sie die Unterhaltung auf Englisch fort.

«Danke, dass Sie sich für dieses Treffen Zeit nehmen», sagte Paolo. «Ich weiß das wirklich sehr zu schätzen.»

«Ist mir ein Vergnügen. Allerdings wüsste ich gerne, worum es eigentlich genau geht. Paulina klang ein wenig … geheimnisvoll.»

«So geheimnisvoll ist es gar nicht. Ich recherchiere für einen Roman über Kunstfälschungen in Europa. Hier meine Karte», fügte Paolo hinzu und schob Fontana das Visitenkärtchen hin, das sie an einem Automaten hatten ausdrucken lassen. Am Ende hatte er sich doch dazu breitschlagen lassen. Wie auch zur Anschaffung einer neuen Chipkarte für sein Handy, deren Nummer auf dem Kärtchen stand.

186

«Sie sind Schriftsteller?»

«So ist es. Und Sie kennen sich aus auf dem Gebiet der Fälschungen, wie ich gehört habe.»

«Nicht als Fälscher, falls Sie das meinen.» Ein heiteres, Augenpaar sah Paolo durch die Gläser der Hornbrille an.

Der Kellner kam, und sie bestellten. Lucia entschied sich für einen Muschelsalat, Fontana nahm eine Gemüsesuppe und Paolo ein *panino caldo* aus Matera-Brot und Parmaschinken.

«Also?», fragte Fontana und sah Paolo dabei erwartungsvoll an. «Was möchten Sie wissen?»

Paolo schürzte die Lippen. Die Erfahrung hatte ihn gelehrt, dass es stets am besten war, sich vorsichtig heranzutasten. «Zuallererst – was hat Sie dazu gebracht, sich mit diesem Thema wissenschaftlich auseinanderzusetzen?», fragte er deshalb.

«Die schiere Notwendigkeit. In den vergangenen zehn Jahren ist die Nachfrage nach Kopien von Meisterwerken extrem gestiegen. Und auch wenn es manchen nicht gefallen mag, handelt es sich um einen Aspekt aktueller – wenn auch imitierter – Kunst. Mich hat die Motivation der Künstler interessiert.»

«Lassen Sie mich raten», sagte Paolo und machte ein gespielt nachdenkliches Gesicht. «Geld?»

«Auch. Aber nicht ausschließlich.» Fontana nickte. «Vielen geht es auch um die Herausforderung, eine möglichst authentische Kopie zu erschaffen. Andere glauben, dass sie dadurch ihre eigene Technik verbessern. Und für wieder andere ist es vielleicht auch ein Wettstreit.»

Paolo hob die Brauen. «Ein Wettstreit mit wem?»

«Mit der Genialität des Originals natürlich.» Fontana lächelte wieder. «Sehen Sie, jeder kann sich den Kunstdruck eines van Gogh oder eines da Vinci ins Wohnzimmer hängen. Ein handgemaltes Replikat hingegen, zumindest wenn es gut gemacht ist, hat Klasse. Zumal, wenn der Auftraggeber wohlhabend ist und sich nicht gerade für die Mona Lisa entscheidet, sondern für ein weniger bekanntes Werk – dann könnte es sich zumindest in den Augen unbedarfter Besucher ja auch durchaus um das Original handeln.»

«Also geht es um bloße Aufschneiderei?», fragte Paolo.

«Oder um Liebhaberei.»

Die Getränke wurden serviert. Fontana nahm einen Schluck von dem Weißwein, den er bestellt hatte. Das Glas behielt er in der Hand, so als helfe es ihm, seine Ausführungen zu untermalen.

«Und die rechtliche Seite?», erkundigte sich Paolo.

«Unbedenklich. Es ist nicht verboten, einen alten Meister zu kopieren und ein Duplikat seines Werkes zu erstellen, und wäre es noch so exakt. Zur Fälschung wird es erst, wenn man es als Original ausgibt.»

«Was kostet so etwas?»

«Das hängt natürlich sehr von der Qualität der Reproduktion ab. Welche Art von Leinwand und welche Sorte Farben werden verwendet? Werden die originalen Maltechniken angewandt? In wie vielen Schichten wird die Farbe aufgetragen, und wie viel Zeit wird ihr zum Trocknen gegeben? Das alles sind Faktoren, die den Preis einer Kopie beeinflussen. Der Einstiegspreis für ein Replikat in Originalgröße liegt bei rund fünfhundert Euro, aber es werden auch fünfstellige Beträge dafür bezahlt.»

«Und wenn ich die Kopie nicht als solche deklarieren will?» Paolo wollte langsam auf den eigentlichen Punkt zu sprechen kommen.

Fontana zuckte mit den Schultern. «Dann sollten Sie sich jemanden suchen, der wirklich gut ist», sagte er. «Denn hier kommt es nicht nur auf die optische Wirkung an, sondern auch auf die Qualität der verwendeten Materialien. Die Farben beispielsweise müssen aufwendig nach alten Rezepturen hergestellt werden. Es gibt hier nicht nur einen künstlerischen, sondern auch einen historisch-handwerklichen Aspekt, der berücksichtigt werden muss. Entsprechend existiert nur eine Handvoll Spezialisten, was diesen speziellen Markt betrifft.»

«Auch was bestimmte Künstler angeht?»

«Durchaus. Fälscher pflegen sich auf einzelne Epochen oder Stilrichtungen zu spezialisieren. Die verwendeten Maltechniken und Materialien verlangen ausgeprägte Kenntnisse.»

«Wenn ich zum Beispiel einen gefälschten Correggio kaufen wollte …», begann Paolo.

«Dann würde es damit anfangen, dass Sie Ihre Fühler ausstrecken und sich nach einem entsprechenden Spezialisten auf dem Markt erkundigen.»

«Hier in Parma?»

Fontana sah ihn eine Weile an. Schließlich nahm er einen Schluck Wein und stellte das Glas auf den Tisch zurück.

«Sind Sie sicher, dass Sie sich auf dieses Spiel einlassen wollen?», fragte er. «Sich in diesem Milieu umzusehen, ist nicht ganz ungefährlich.»

«Sie haben es auch getan, oder nicht?» Paolo straffte sich, bemüht, sich seine wachsende Nervosität nicht anmerken zu lassen. Er war nicht wild darauf, sich in Gefahr zu bringen, und Lucia auch nicht, zumal es hier niemanden gab, den er um Hilfe rufen konnte, wenn es brenzlig wurde. Auf Borghesi konnte er nicht zählen, und der Arm des bayerischen LKA reichte ganz sicher nicht bis hierher. Aber er hatte diesen Weg nun einmal eingeschlagen und würde ihn auch weitergehen. Vielleicht warteten an seinem Ende ja ein paar Antworten.

Fontana überlegte wieder. «Vielleicht», sagte er, «vielleicht, könnte ich Ihnen ein Treffen mit einem Kontaktmann vermitteln, den ich im Zuge meiner eigenen Recherchen kennengelernt habe. Er ist kein Künstler, aber er ist mit der Branche ganz ausgezeichnet vernetzt.»

«Das wäre wunderbar.» Paolo zwang sich zu einem Lächeln.

Fontana machte ein besorgtes Gesicht. «Aber ich meine es ernst. Sie sollten vorsichtig sein. Die Leute in dieser Branche sind nicht zimperlich. Es geht hier um sehr viel Geld, und man lässt sich nicht gern in die Karten schauen. Und wenn es doch jemand tut, verlieren diese Leute schnell ihre guten Manieren, wenn Sie verstehen.»

«Ich verstehe.» Paolo deutete auf die Visitenkarte, die Fontana noch immer vor sich auf dem Tisch liegen hatte. «Trotzdem wäre ich Ihnen dankbar, wenn Sie es zumindest versuchen könnten. Sie wissen, wie Sie mich erreichen. Ich danke Ihnen schon jetzt für Ihre Bemühungen.»

«Gern geschehen», sagte Fontana und steckte die Karte ein.

Dann kam das Essen, und für den Rest des Treffens sprachen sie nicht mehr über Geschäftliches, sondern betrieben jenen Smalltalk, den Paolo so schlecht beherrschte. Da war es gut, dass Lucia dabei war, die sich jetzt rege an dem Gespräch beteiligte, das abwechselnd auf Italienisch, Englisch und Deutsch geführt wurde, ein buntes Kauderwelsch. Die Speisen waren gut, die Preise gesalzen. Natürlich übernahm Paolo die Rechnung.

«Was hat er gesagt?», fragte Lucia, als Fontana sich verabschiedet und ihren Tisch verlassen hatte.

«*Come?*» Paolo sah sie an.

«Ich würde gerne wissen, was er Ihnen erzählt hat», sagte sie noch einmal.

Erst jetzt fiel ihm auf, dass sie nicht eine einzige Frage gestellt hatte, als ihr Gast über das Kunstfälschertum referiert hatte. Erstaunt sah er sie an. «Sie können kein …», begann er.

«… kein *inglese*, nein», gestand sie. Sie errötete leicht, sah ihn aber mit einem gewissen Trotz an.

«Oh, tut mir leid. Ich hatte gedacht …» Paolo brach ab. Borghesi hätte ihm jetzt gewiss nordeuropäische Überheblichkeit vorgeworfen – und nicht ganz zu Unrecht.

«In dem Dorf, aus dem ich komme, gab es nur eine einzige Schule», sagte Lucia jetzt leise, «und unser Lehrer war alt. Englisch stand zwar auf dem Stundenplan, aber ich glaube, er konnte es selber nicht, und so …» Sie seufzte.

Paolo räusperte sich. Sie schien sich dumm vorzukommen in diesem Augenblick, und das wollte er nicht. «Lucia», sagte er deshalb, «Sie brauchen sich für nichts zu entschuldigen. Sie sprechen fließend zwei Sprachen, und außerdem …»

«Außerdem was?», fragte sie nach, als er verstummte.

«Nichts.» Er schüttelte den Kopf und räusperte sich. «Ich halte Sie nur für eine außergewöhnliche junge Frau, das ist alles.»

«*Grazie*», sagte sie.

«*Di niente.*»

«Wissen Sie, dass das das erste Mal gewesen ist, dass Sie etwas Nettes zu mir gesagt haben?»

Ihre braunen Augen sahen ihn an, und ihm wurde ein wenig unwohl unter ihrem Blick. «Es ist die Wahrheit», versicherte er. Und dann fasste er rasch zusammen, was Fontana ihm berichtet hatte. Für einen Moment erwog er, den Teil wegzulassen, wo der Kunstwissenschaftler ihn vor eventuellen Gefahren gewarnt hatte, aber das wäre unaufrichtig gewesen. Lucia hatte ein Recht darauf, alles zu erfahren.

«So weit, so gut», schloss er seinen Bericht.

«Gut?» Sie schüttelte den Kopf. «Gar nichts ist gut. Sie haben doch gehört, dass es gefährlich ist!»

Paolo setzte eine Miene auf, die verwegen wirken sollte. Dabei war ihm alles andere als wohl bei der Sache. In der vergangenen Woche noch hatte er ungesicherte Baustellen und wütende Radfahrer als echte Risiken erachtet. Nun war er dabei, sich auf etwas einzulassen, das *wirklich* gefährlich war.

«Lucia, ich verstehe, wenn Ihnen die Sache Angst macht», versicherte er ihr. «Sie müssen zu dem Treffen mit dem Kontaktmann nicht mitkommen. Falls er sich denn meldet.»

«*Nonsenso*, natürlich muss ich mitkommen», widersprach sie. «Was, wenn dieser Kerl wie ich kein Englisch spricht? Wie wollen Sie dann mit ihm reden?»

Paolo musste zugeben, dass diese Möglichkeit bestand. Dennoch …

«Was denn?», fragte sie, ungehalten über sein Zögern. «Bekommen Sie jetzt etwa Zweifel, weil Sie mich in die Sache reingezogen haben?»

«Nein, natürlich nicht, aber …»

«Wir haben einen Handel», erklärte sie energisch, «und ich werde mich an meinen Teil halten. Ich bin ein großes Mädchen, Paolo. Ich kann das entscheiden.»

Sie winkte den Kellner herbei und orderte einen doppelten Espresso, so als wollte sie ihre Entschlossenheit beweisen.

«*E per lei, signore?*»

Paolo zögerte einen Moment. Dann bestellte er sich ebenfalls einen *doppio*.

Er hatte das Gefühl, ihn jetzt zu brauchen.

## KAPITEL 24

Den nächsten Vormittag verbrachte Paolo damit, seine arg limitierte Garderobe zu erweitern. Wenn er – und danach sah es im Augenblick aus – noch einige Tage länger in Parma bleiben musste, wollte er sich unter all den gut gekleideten Italienern, die sichtlich Wert auf ihre äußere Erscheinung legten, nicht wie der zerknitterte Deutsche fühlen.

Mit Lucia als Beraterin erstand er einen beigefarbenen Anzug sowie eine Garnitur hellblauer Hemden (nachdem er sich ihrem Vorschlag, es auch mal mit Rosa zu versuchen, beharrlich verweigert hatte), dazu ein neues Paar Schuhe aus hellbraunem Glattleder. Der Borsalino, der für ihn längst unverzichtbar geworden war, komplettierte seine Erscheinung.

Sie hatten das Schuhgeschäft in der Strada Cavour gerade verlassen, als Paolos Handy klingelte.

Er blieb stehen und griff in die Innentasche seines neuen Jacketts, das er gleich angezogen hatte.

Das Gespräch dauerte nicht lange.

Der Mann am anderen Ende wollte seinen Namen nicht nennen. Er sprach gebrochenes Deutsch und ein paar Brocken Englisch und schien erleichtert, dass Paolo leidlich Italienisch verstand. Er nannte einen Ort und eine Uhrzeit. Dann war das Gespräch – wenn man es überhaupt so nennen konnte – auch schon wieder vorbei.

«Und?» Lucia sah Paolo erwartungsvoll an.

193

«Es war der Kontaktmann, von dem Fontana erzählt hat», berichtete Paolo, während er noch dabei war, die neu gewonnenen Informationen im Kopf zu sortieren. Der Stimme nach war der Mann mittleren Alters und hatte offensichtlich keine akademische Bildung. Dafür schien er die richtigen Leute zu kennen und war vermutlich skrupellos genug, sich in dieser riskanten Branche durchzusetzen.

«Er will sich mit mir treffen», fuhr Paolo fort.

«Wo und wann?»

«Im Kreuzgang von Sant'Uldarico. Um Mitternacht.»

«*Mezzanotte?*» Lucia hob beide Brauen.

Paolo nickte. Er fand den Zeitpunkt auch reichlich melodramatisch. Aber zum einen musste er froh sein, dass sich der Kontaktmann überhaupt gemeldet hatte, und zum anderen hatte der Anrufer nicht den Eindruck gemacht, als ob Ort und Zeitpunkt des Treffens zur Debatte stünden.

Er gab den Namen der Kirche in sein Smartphone ein. «Das ist in der südlichen Altstadt», stellte er fest. «Ein ehemaliges Benediktinerinnenkloster.»

«Und? Werden Sie hingehen?»

Paolo rieb sich das Kinn. Die Vorstellung, sich zu nachtschlafender Zeit in einer fremden Stadt an dunklen Ecken herumzutreiben, behagte ihm nicht besonders, zumal er an Fontanas Warnung denken musste. Andererseits tauchten sofort wieder Umberto Tantaros anklagende Gesichtszüge vor seinem inneren Auge auf … Es gab kein Zurück.

«Ja», sagte er daher, «aber Sie müssen wirklich nicht …»

«Versuchen Sie erst gar nicht, es mir auszureden», fiel sie ihm ins Wort. «Ich bin auf jeden Fall dabei. *Basta.*»

Paolo widersprach nicht. Wenn er auch inzwischen festgestellt hatte, dass sein Italienischwortschatz recht groß war und er mit dem Lesen kaum Probleme hatte, so haperte es mit dem freien Sprechen doch ziemlich. Ob es ihm also gefiel oder nicht, Paolo brauchte Lucias Hilfe.

Sie kehrten ins Hotel Verdi zurück, wo er für die Dauer ihres Aufenthalts in Parma auch Lucia einquartiert hatte. Als Paolo allein auf seinem Zimmer war, informierte er sich genauer über den Treffpunkt, den der Informant festgelegt hatte. So erfuhr er, dass die Kirche San Uldarico – oder Sant'Uldarico, wie sie in früheren Aufzeichnungen hieß – ebenso wie das dazugehörige Kloster um das Jahr 1000 auf den Ruinen eines Amphitheaters aus römischer Zeit errichtet worden war. Rund vierhundert Jahre später wurden Kirche und Kloster von Benediktinerinnen übernommen und neu errichtet, darunter auch der Kreuzgang, in dem der Kontaktmann Paolo treffen wollte. Erst vor wenigen Jahren war er aufwendig restauriert worden, aber Paolo bezweifelte, dass es dem Informanten darauf ankam, ihm die Sehenswürdigkeiten der Stadt zu zeigen. Vermutlich war es einfach so, dass dieser Teil der Innenstadt um Mitternacht einsam und verlassen lag und es keine unerwünschten Zeugen geben würde.

Wieder beschlich Paolo ein mulmiges Gefühl. Er hatte schon früher zwielichtige Gestalten getroffen, aber da war stets Julia dabei gewesen. Es war eine Sache, sich mit Rückendeckung durch das LKA in eine potenziell gefährliche Situation zu begeben – eine ganze andere Sache war es, dies allein zu tun, noch dazu in einem fremden Land. Er war froh, dass Lucia ihn begleiten würde, während er gleichzeitig ein schlechtes Gewissen hatte, dass er sie in Gefahr brachte.

Im zum Hotel gehörenden Restaurant Santa Croce aßen sie beide zu Abend, aber obwohl der gegrillte Fisch ganz ausgezeichnet schmeckte, konnte Paolo ihn nicht recht genießen. Je weiter der Zeiger der Wanduhr auf Mitternacht zukroch, desto mehr wuchs Paolos Unruhe.

Zum zweiten Mal an diesem Tag bestellte er sich einen Espresso. Nicht weil ihm Kaffee inzwischen schmeckte, sondern weil er das kleine, überschaubare Ritual zu schätzen gelernt hatte: der würzige Duft, der von der kleinen Tasse aufstieg; der weiße Zucker, wie er langsam in der öligen Crema versank; das klingende Geräusch des kleinen Löffels beim Umrühren. All das wirkte beruhigend auf ihn. Die anregende Wirkung des Koffeins kam erst später.

Gegen Viertel nach elf ließen sie sich vom Rezeptionisten ein Taxi rufen, das sie auf die andere Seite des Flusses brachte. Zur Sicherheit wies Paolo den Fahrer an, sie zwei Straßenzüge entfernt vom Treffpunkt abzusetzen, an der Piazzale Santafiora. Auf diese Weise konnten sie vorab ein wenig die Gegend sondieren. Paolo wollte nicht blindlings in eine Falle laufen.

Es war diesig an diesem Abend. Ein unangenehm kühler Wind wehte durch die engen, menschenleeren Straßen. Lucia schlug die dunkelblaue Strickjacke, die sie über ihrem Kleid trug, enger um sich. Aber Paolo bezweifelte, dass der dünne Stoff viel nützen würde. So wie er bezweifelte, dass es nur Kälte war, die seine Begleiterin frösteln ließ.

«Alles in Ordnung?», fragte er.

«*Sì*», kam es zurück, «warum nicht?»

Tagsüber mochte der kleine Platz ein belebter Ort sein, jetzt war er verlassen. Das Schulgebäude, vor dem das Taxi sie abgesetzt hatte, war jetzt geschlossen, die großen Fenster blickten dunkel und leer auf die Straße. Den Anweisungen auf seinem Handy folgend, gingen Paolo und Lucia bis ans Ende der Straße und bogen dort links in die Strada Luigi Carlo Farini ein. Sich unter den Arkaden haltend, die die linke Straßenseite säumten,

passierten sie Läden und Boutiquen, die mit Gittern und Rollläden verschlossen waren. Von einem der hölzernen Rollladen-
panzer grinste ihnen plötzlich ein bekanntes Gesicht entgegen.

Albano Farnese.

«Schau an.» Paolo blieb stehen.

Es war ein Wahlplakat, und der *direttore del museo* zeigte darauf ein perfektes Zahnpastalächeln. Die Krawatte und das graue
Haar saßen perfekt, die Augen blickten treuherzig.

«Ist er das?», fragte Lucia.

«Allerdings.» Paolo las die Slogans, mit denen sich der Direttore als zukünftiger Bürgermeister empfahl. Die Partei, für
die Farnese antrat, sagte Paolo nichts. Es mochte eine jener re-
gionalen Gruppierungen sein, die in Italien mitunter wie Pilze
aus dem Boden schossen und innerhalb kürzester Zeit erstaun-
lichen Zuwachs bekamen. Immerhin schien er kein Nationalist
zu sein und die Zukunft Italiens an der Seite der anderen europäischen Staaten zu sehen, was auch erklärte, warum es ihm
am Abend des Empfangs so wichtig gewesen war, gemeinsam
mit Paolo abgelichtet zu werden. Und er hatte sich dem Kampf
gegen Korruption verschrieben, was für Paolo einen bitteren
Beigeschmack hatte. Schließlich hatte er von Paulina von dem
Geschacher um Farneses Nachfolge im Museum erfahren.

«Da scheint es einer wirklich ernst zu meinen», stellte er
sarkastisch fest.

«Und das ist vermutlich nicht alles», fügte Lucia hinzu.

«Wovon sprechen Sie?»

Sie sah ihn von der Seite an. «Vor ein paar Jahren wurden
ein paar Dinge in unserem Wahlrecht verändert», erklärte sie.
«Der Provinzpräsident wird seitdem nicht mehr direkt von
den Bürgern gewählt, sondern aus dem Kreis der Bürgermeister
heraus bestimmt.»

«Verstehe», meinte Paolo und nickte dem verbindlich lächelnden Farnese zu. «Dann ist das Bürgermeisteramt also nicht der Höhepunkt, sondern nur der Beginn einer vielversprechenden politischen Laufbahn – vorausgesetzt natürlich, man hat einflussreiche …»

Er verstummte, als er aus dem Augenwinkel eine Bewegung wahrzunehmen glaubte. Paolo fuhr herum und sah die Arkaden hinab, die von den Straßenlaternen nur unzureichend beleuchtet wurden. Es war niemand zu sehen. Andererseits boten die Säulen der Arkade gute Gelegenheit, um sich rasch zu verstecken.

«Gehen wir weiter», sagte er.

Sie folgten der Arkade bis ans Ende, und Paolo hatte erneut das hässliche Gefühl, fremde Blicke in seinem Nacken zu spüren. Er drehte den Kopf gerade so weit, dass er seinen Verdacht überprüfen konnte. Tatsächlich, da war jemand, eine dunkle Gestalt im Mantel, die aber natürlich auch ein ganz gewöhnlicher Passant sein konnte …

Paolo musste sich Gewissheit verschaffen.

An der nächsten Straßenecke bogen sie nach links in den Borgo Felino ein, wo Paolo kurz entschlossen Lucia in den Schatten einer Telefonzelle zog, die dort auf der linken Straßenseite stand.

«Was …?», wollte sie fragen, aber er legte den Finger auf den Mund und gebot ihr, sich still zu verhalten.

Sie verharrten und lauschten. Doch es waren keine Schritte zu hören, kein Klappern von Absätzen auf Pflastersteinen. Und es kam auch niemand um die Ecke. Der andere war also ebenfalls stehen geblieben, so als wollte er den Abstand halten.

«Man verfolgt uns», erklärte Paolo mit gepresster Stimme. Der Wind fegte durch die Straße und ließ ihn frösteln.

«Der Informant?», fragte Lucia.

«Ich denke nicht.» Paolo schüttelte den Kopf. Er hatte ein mulmiges Gefühl. Irgendetwas stimmte nicht.

Er warf einen Blick auf die Uhr.

Kurz vor zwölf.

«Sehen wir zu, dass wir zum Treffpunkt kommen.»

Er fasste Lucia am Oberarm und zog sie mit, die Straße hinab, auf die Kirche zu. Im gelben Licht der Straßenbeleuchtung hatte die schmale, von einem Dreiecksgiebel gekrönte Fassade etwas Düsteres. Kurz bevor sie die Pforte erreichten, warf Paolo erneut einen Blick über die Schulter …

Der Verfolger war wieder da!

Das Licht einer Straßenlaterne erfasste ihn und riss ihn für einen Moment aus der Dunkelheit. Er hatte die Hände in den Manteltaschen vergraben. Sein Gesicht war von der breiten Krempe eines Hutes beschattet. Jetzt blieb er stehen, um sich in aller Ruhe eine Zigarette anzuzünden.

Paolo war erleichtert, als sie die Kirchenpforte erreichten. Seine Hand berührte die Tür, die in die das große Tor eingelassen war, doch sie ließ sich nicht aufdrücken. Und es gab auch keine Klinke oder ein Schloss, das man von außen hätte öffnen können.

«Mist.»

Paolo spürte, wie ihm heiß wurde, seine Schläfen pochten. Er hatte Angst – und doch fühlte er sich in diesem Augenblick so wach und lebendig wie lange nicht.

Er wandte sich um.

Der Unbekannte hatte gerade einen Zug von seiner Zigarette genommen und blies Rauch in die Luft. Dann kam er auf sie zu.

«Weg hier», zischte Paolo.

Sie gingen weiter, an der Kirche vorbei, deren schmaler Bau sich an der Straße entlangzog.

«Er verfolgt uns immer noch», stellte Lucia mit einem Blick über die Schulter fest.

Sie eilten den Borgo Felino hinab. Ihre Schatten eilten ihnen auf dem Bürgersteig voraus, um dann rasch zu schrumpfen und schließlich hinter sie zu fallen, wenn sie eine der altertümlich wirkenden Laternen passierten.

Der Unbekannte folgte ihnen weiter.

Er blieb auf Distanz, schien es nicht eilig zu haben, wie ein Raubtier, das seiner Beute sicher war.

«Nächste links», zischte Paolo mit einem prüfenden Blick auf sein Handy. Sie bogen in den Borgo Giacomo Tommasini ab und hielten sich im Schutz der Fahrzeuge, die dort parkten. Paolo hatte keine Ahnung, wer der Verfolger war und was er von ihnen wollte, und er legte auch keinen Wert darauf, es herauszufinden.

Am Ende des langen Gebäudes, das dem gebogenen Straßenverlauf folgte, wollte er abermals nach links abbiegen in der Hoffnung, die Kirche so von der anderen Seiten erreichen zu können. Doch die Querstraße wurde von einem weiß gestrichenen Eisengitter versperrt! Paolo fluchte leise. Doch Lucia trat vor und stieß kurzerhand einen der Torflügel an. Er gab nach und schwang mit leisem Quietschen auf.

Noch ein flüchtiger Blick nach dem Fremden, der ein Stück aufgeholt hatte und in diesem Moment vom Licht einer Straßenlaterne erfasst wurde.

Paolo erstarrte.

Das Gesicht des Mannes war noch immer nicht zu sehen, aber der Mantel, den er trug, war ein Trenchcoat, der ihm sonderbar vertraut vorkam.

*Borghesi!*, schoss es ihm durch den Kopf.

## KAPITEL 25

Paolo konnte seinen Verdacht nicht überprüfen, denn Lucia packte ihn im nächsten Moment am Arm und zog ihn durch das offene Gitter, ehe sie es hinter ihm wieder zuwarf. Dann liefen sie die schmale Gasse hinab, die sich zwischen nahezu fensterlosen Fassaden erstreckte, und gelangten so auf einen Hinterhof. Paolo begriff, dass er zu der Schule gehörte, die sie vorhin von der anderen Seite gesehen hatten.

Gehetzt blickte er sich um, doch ihr Verfolger war nicht mehr zu sehen. Hatten sie ihn abgeschüttelt? Oder fürchtete er, dass er erkannt worden war? War es tatsächlich Borghesi gewesen? Oder gab es in Parma womöglich noch mehr Männer, die einen abgetragenen Trench für die Krönung von Lässigkeit und Coolness hielten?

Sie durcheilten den Innenhof und gelangten zur Rückseite des ehemaligen Klosters.

Paolo zuckte zusammen, als laute Glockenschläge ertönten.

Mitternacht.

Paolo verwünschte den Unbekannten. Seinetwegen verpassten sie noch das Treffen mit dem Informanten. Wenn er nur wenigstens gewusst hätte, wie sie ins Innere der Anlage gelangten!

«*Ecco qui*», zischte in diesem Moment eine männliche Stimme.

Erschrocken fuhren Paolo und Lucia herum. Aus dem Schatten eines Stützpfeilers trat eine dunkle Gestalt und winkte ihnen zu.

Paolo und Lucia tauschten einen Blick. Dann gingen sie auf die Gestalt zu.

Die Tür, die in die rückwärtige Klostermauer eingelassen war, war geradezu winzig – nur rund eineinhalb Meter hoch und damit selbst für einen Menschen des Mittelalters knapp bemessen, und dabei so schmal, dass Paolo sich zur Seite drehen musste, um hindurchzuschlüpfen. Vielleicht, überlegte Paolo, war der Sinn dieser Pforte einst gewesen, den Ordensfrauen Ein- und Auslass zu gewähren, nicht aber grobschlächtigen Typen in voller Rüstung, die das Kloster plündern wollten.

Auf der anderen Seite des Durchgangs herrschte schummriges Halbdunkel. Paolos Augen brauchten einen Moment, um sich daran zu gewöhnen. Dann konnte er einen viereckigen Ausschnitt bewölkten Himmels ausmachen, an dem hier und dort ein Stern funkelte, davor die dunklen Umrisse steinerner Bögen. Dies also war der alte Kreuzgang des Klosters. An einer der Säulen regte sich unvermittelt eine Gestalt, nicht weniger schwarz und schemenhaft als die Ornamente an dem alten Gestein.

«Steinhauer?»

«*Sì*», sagte Paolo. Er bemühte sich, mit fester Stimme zu sprechen. Sein Herz schlug wild in seiner Brust.

«Und wer ist das?» Der Fremde deutete auf Lucia.

Lucia antwortete selbst, erklärte, dass sie Paolos Assistentin und seine Übersetzerin sei. Paolo bewunderte sie für die Ruhe in ihrer Stimme.

Der Fremde trat ein wenig vor. Mondlicht erfasste ihn, und Paolo konnte sehen, dass er eine Motorradjacke trug. Unter einer Strickmütze quoll Haar hervor, dass grau zu sein schien, was in sonderbarem Widerspruch zu der eher jugendlichen Stimme stand. Seine Gesichtszüge waren im Zwielicht nur zu erahnen.

«Danke, dass Sie sich mit uns treffen», sagte Paolo auf Italienisch.

«Sie wollen Informationen?», fragte der andere. «Über gefälschte Meister?»

«*Sì*», sagte Paolo.

«Und was bekomme ich?»

Paolo nickte. Es war nicht zu erwarten gewesen, dass der Kontaktmann aus reiner Menschenfreundlichkeit den Mund aufmachte. Ein wenig zusätzliche Motivation würde Paolo ihm wohl verschaffen müssen.

«Zweihundert», sagte er leise.

Der andere lachte.

«Fünfhundert», besserte Paolo nach.

«Langsam wird es.»

«Eintausend», stieß Paolo zähneknirschend hervor. Ihm war klar gewesen, dass die Sache kosten würde, deshalb hatte er das Geld am Vormittag an einem Automaten in der Innenstadt abgehoben. Allerdings hatte er nicht vorgehabt, es gleich bis auf den letzten Cent loszuwerden. Die Ermittlung kam ihn allmählich teuer zu stehen.

Der Informant erklärte sich einverstanden und verlangte das Geld sofort zu erhalten. Es missfiel Paolo, sich in eine so ungünstige Lage zu bringen. Aber er war es nun einmal, der etwas von dem Informanten wollte. Nicht umgekehrt.

Paolo zückte seine Geldbörse, zählte fünf Zweihunderter ab und reichte sie dem Mann. Der betrachtete sie kurz, rollte sie dann zusammen und ließ sie in der Tasche seiner Motorradjacke verschwinden. «Also?»

Bislang hatte Paolo selbst gesprochen. Jetzt, wo es komplizierter wurde, ließ er Lucia übersetzen.

«Es heißt, dass Sie gewisse Verbindungen hätten …»

«Schon möglich», gab der andere lakonisch zurück.

Paolo schürzte die Lippen. «Nehmen wir an, dass ich vorhätte, ein wertvolles Gemälde in meinen Besitz zu bringen und es durch eine Kopie ersetzen zu lassen.»

«Soll schon vorgekommen sein», sagte der Mann. Er klang amüsiert. Vermutlich freute er sich, mit ein wenig Plaudern glatte tausend Euro zu verdienen.

«Was müsste ich dafür tun, dass der Tausch nicht sofort bemerkt wird?», fragte Paolo weiter.

«Jemanden beauftragen, der gut ist in dem, was er tut. Einen Spezialisten.»

«Sie kennen Spezialisten für bestimmte Maler?»

«Certo.»

«Auch für Correggio?»

«Soll das ein Witz sein? Das hier ist Parma, die Stadt von Correggio!»

Paolo nickte bedächtig. «Was würde so etwas kosten?»

«Man müsste jemanden fragen, der sich mit diesen Dingen auskennt», antwortete der andere. Weiße Zähne glänzten, als er grinste. «Möglicherweise gäbe es jemanden, der in der Lage ist, jeden beliebigen Correggio innerhalb von vier Wochen für fünfzehntausend Euro zu kopieren.»

«Wie nah am Original wäre eine solche Kopie?»

«So nah, dass sie praktisch nicht davon zu unterscheiden ist.»

«Was heißt ‹praktisch›?»

«Eine perfekte Kopie gibt es nicht. Aber sie wäre sehr nah dran.»

204

«Nehmen wir einmal an, es ginge um dieses Bild.» Er zog sein Handy hervor und suchte die Aufnahme heraus, die er gemacht hatte, als Paulina ihm am Sonntag die kleine Sonderführung durch das Museum gegeben hatte.

Der Informant nahm ihm das Smartphone aus der Hand. Er wandte sich ab, als er das Bild betrachtete, damit die Beleuchtung des Displays ihn nicht verriet.

«Wollen Sie mich verarschen?», fragte er gereizt. «Das ist der Correggio, der erst kürzlich wieder aufgetaucht ist. Es kam in den Nachrichten.»

«*Vero*», stimmte Paolo zu. Dann ließ er Lucia Folgendes übersetzen: «Vielleicht wissen Sie ja auch, dass zur Feier des zurückgekehrten Meisters ein Empfang im Teatro Farnese gegeben wurde. Nehmen wir einmal an, ich hätte noch in der Nacht des Empfangs das originale Gemälde durch ein Duplikat ersetzen wollen, während im Museum noch umgebaut wird und die Sicherheitsstandards womöglich niedriger sind als üblich. Wann hätte ich diese Kopie dann in Auftrag geben müssen?»

Die Augen des anderen glänzten wieder. «Das sagte ich Ihnen schon. Vier Wochen, vielleicht etwas mehr.»

«Wäre es auch in kürzerer Zeit möglich?»

«Ja, aber es würde teurer werden und auf Kosten der Qualität gehen», erläuterte der Informant. «Das Malen des Bildes ist nicht das Problem, sondern das Trocknen der einzelnen Farbschichten. Das absolute Minimum für eine ordentliche Kopie liegt bei vierzehn Tagen.»

«Und wenn ich nur eine Woche Zeit zur Verfügung hätte?»

«Würde jeder Fachmann den Schwindel auf den ersten Blick bemerken.»

«*Ho capito.*» Paolo dachte nach. Wieder hatte er dieses mulmige Gefühl im Magen, das ihm sagte, dass hier etwas nicht stimmte. Julia hatte gesagt, dass der Correggio erst acht Tage zuvor bei Umbauarbeiten in einem Keller in Maxvorstadt gefunden worden war. Wenn es also eine detaillierte Kopie gab, musste diese schon einige Zeit vorher entstanden sein.

«Braucht man zum Erstellen einer Kopie das Original?», ließ er Lucia fragen.

«Nicht zwangsläufig», lautete die Antwort. «Wenn gutes, hochauflösendes Fotomaterial vorliegt, das Rückschlüsse auf die Pinselstruktur und die verwendete Maltechnik zulässt, dann reicht das theoretisch. Doch da dieses Bild seit dem Krieg als verschollen galt …»

Der Informant überließ es Paolo, sich den Rest dazuzudenken. Die Kopie des Gemäldes musste also tatsächlich schon sehr viel früher entstanden sein, wenigstens einige Wochen bevor der angeblich so ehrliche Finder das Auftauchen des Correggio gemeldet hatte. Hatte der Mann die Polizei also belogen? Aber warum hatte er den Fund dann überhaupt gemeldet? Was sollte die ganze Sache?

Frustriert musste Paolo sich eingestehen, dass er keinen Schritt weitergekommen war. Im Gegenteil, je mehr er erfuhr, desto verwirrende wurde die Angelegenheit.

«Sie schreiben nicht wirklich ein Buch, oder?» Die Stimme des Mannes war jetzt lauernd.

Paolo verstand die Frage auch ohne Übersetzung. Er überlegte, ob er die Maskerade aufrechterhalten sollte, entschied sich dann aber dagegen. «Vielleicht später einmal», erwiderte er.

«Für wen arbeiten Sie? Polizei?»

Lucia schickte Paolo einen warnenden Blick. Die Unterhaltung war dabei, einen für sie ungünstigen Verlauf zu nehmen, zumal der Informant in diesem Moment die Hand hob, um ein Zeichen zu geben. Offenbar war auch er nicht allein zu diesem

Treffen gekommen. Paolo glaubte zu erkennen, wie sich auf der anderen Seite des Innenhofs im oberen Stockwerk des Kreuzgangs etwas unter den Steinbogen regte. Vermutlich war dort ein Komplize, der womöglich jetzt, in diesem Augenblick, eine Waffe auf sie richtete …

«Nein, ich bin nicht von der Polizei», ließ Paolo Lucia deshalb schnell versichern. «Sie haben von mir nichts zu befürchten. Ich bin nur jemand, der an der Wahrheit interessiert ist.»

«Dann sollten Sie vorsichtig sein, *signore*.» Wieder blitzten Zähne im Dunkeln. «Die Wahrheit ist schon so manchem zum Verhängnis geworden.»

Das war ganz offensichtlich eine Drohung. Paolo lief ein kalter Schauer über den Rücken.

«Woher wissen Sie von dem gefälschten Correggio?», fuhr der Mann fort.

Paolo schluckte. Damit gestand der Mann praktisch seine Mitwisserschaft. Und es bestätigte zum ersten Mal, was Paolos Intuition ihm über das Bild verraten hatte …

«Das Bild interessiert mich im Grunde gar nicht», sagte er ausweichend. «Es geht mir um den Tod eines Mannes, Umberto Tantaro. Er war der Kurator der Nationalgalerie.»

«Darüber weiß ich nichts», erklärte der Informant, und so, wie er es sagt, musste man ihm Glauben schenken. «Was ich dagegen weiß, ist, dass Sie keine Ahnung haben, mit wem Sie sich da einlassen, *signore*.»

«Damit könnten Sie recht haben», gab Paolo zu.

«Lassen Sie die Finger davon», riet ihm der andere. «Behalten Sie Ihre Vermutungen für sich und kehren Sie nach Deutschland zurück, solange noch Zeit dazu ist.»

Paolo nickte. Der Mann hatte recht, und Paolo wusste, dass er vermutlich gut daran täte, den Rat des Mannes zu befolgen.

Aber seine Genugtuung darüber, dass sich seine Theorie bestätigt hatte, überwog in diesem Augenblick alle Angst.

«*Non è un gioco*», sagte der andere, und es schien ihm bitterernst damit zu sein.

Nein, dies war kein Spiel. Paolo bedankte sich für den Hinweis, zog aber dennoch seine Visitenkarte hervor. «Für Sie», sagte er.

Der andere stieß eine derbe Verwünschung aus, die Lucia beim Übersetzen kurzerhand unterschlug. «Er meint, Sie hätten wirklich Nerven», sagte sie lediglich. «Warum sollte er Sie noch einmal anrufen?»

«Weil», sagte Paolo in die Dunkelheit, «es gut sein könnte, dass jemand dabei ist, Mitwisser aus dem Weg zu räumen. Und damit wären alle in Gefahr, die etwas mit der Fälschung zu tun hatten.»

Es war nur eine Vermutung. Tatsächlich hatte er noch immer keine Ahnung, was hinter Umbertos Ermordung steckte. Doch seine Worte verfehlten nicht ihre Wirkung.

Lucia hatte kaum zu Ende übersetzt, als erneut eine Verwünschung erklang. Dann wandte der andere sich ab und verschwand in der Dunkelheit, und mit ihm auch sein schattenhafter Komplize. Ihre Schritte verhallten im nächtlichen Kreuzgang. Nur Augenblicke später waren Paolo und Lucia wieder allein.

«*Mamma mia*», hauchte sie.

«Dito», bestätigte er. Erst jetzt merkte er, wie weich seine Knie waren, und er ließ sich auf der steinernen Ummauerung nieder.

«Und jetzt?», wollte sie wissen.

«Jetzt», erwiderte Paolo leise, «wird es Zeit für ein Telefonat nach Germania.»

208

# KAPITEL 26

Paolo hatte es sich verkniffen, noch in der Nacht bei Julia anzurufen. Gegen fünf Uhr morgens allerdings hielt er es nicht mehr aus. Gewöhnlich stand sie um halb sechs auf, um im Englischen Garten joggen. Auf eine halbe Stunde mehr oder weniger kam es da auch nicht mehr an.

«Paolo?», drang es verschlafen aus dem Handy. Sie hatte seine Nummer wohl im Display gesehen und schien nicht sehr begeistert.

«Guten Morgen», grüßte er, um einen freundlich-unverfänglichen Tonfall bemüht. Wobei ihm klar war, dass das Gespräch in jedem Fall seltsam werden würde, ganz gleich, wie sehr er sich anstrengte. «Gut geschlafen?»

Man konnte hören, wie sie sich im Bett herumdrehte und einen Blick auf den Wecker warf. «Es ist fünf Uhr morgens, weißt du das?»

«Ja», gab er zu. Er saß auf dem Bett in seinem Hotelzimmer, die Beine ausgestreckt und noch immer vollständig bekleidet, weil er die ganze Nacht über kein Auge zugetan hatte. Lucia war auf ihrem Zimmer, und er hoffte, dass sie die Aufregung besser gemeistert hatte als er und wenigstens ein bisschen Schlaf gefunden.

Julia kannte ihn gut genug, um schon an seiner Stimme zu erkennen, dass etwas nicht stimmte. «Was ist los?», fragte sie. «Schwierigkeiten?»

«Könnte sein», erwiderte er ausweichend. «Erinnerst du

209

dich, als ich dir von der Fälschung erzählte? Von dem kopierten Correggio, der jetzt anstelle des Originals im Museum hängt?»

«Natürlich.» Sie gähnte hörbar. «Deine Verschwörungstheorie.»

«Keine Theorie mehr», widersprach er und ertappte sich dabei, dass er trotzigen Stolz empfand. «Ich habe einen Zeugen.»

«Was für einen Zeugen?»

«Das ist im Moment unwichtig», sagte Paolo. Die Antwort auf diese Frage hätte nur weitere Fragen nach sich gezogen, die er jetzt einfach nicht beantworten wollte. «Aber ich habe mich ein wenig umgehört, und ...»

«Augenblick», unterbrach sie ihn. «Was sollt das heißen, du hast dich umgehört? Habe ich dir nicht ausdrücklich verboten, in der Sache zu ermitteln?»

«Das waren keine Ermittlungen», beteuerte er, «und ich habe auch keinen Staub aufgewirbelt, keine Sorge. Ich habe nur ein wenig nachgeforscht. Willst du nicht wissen, was ich dabei herausgefunden habe?»

Sie gab keine Antwort.

«Julia?»

«Ich überleg noch», murrte sie. «Also schön – was hast du herausgefunden?»

«Ich weiß nicht, inwieweit du dich mit Fälschungen auskennst, aber um eine anständige Kopie herzustellen, ist ein Zeitraum von mindestens vier Wochen nötig», gab Paolo wieder, was er von dem Informanten erfahren hatte, «besser noch sechs.»

«Und?»

«Der Correggio war seit dem Krieg verschollen», fuhr Paolo fort. «Es existiert kein Fotomaterial davon und wenn, dann ist es mehr als siebzig Jahre alt und völlig ungeeignet als Vorlage für eine Kopie.»

«Einen Moment!» Julia klang jetzt energisch und hellwach. «Du willst damit doch nicht sagen, dass …?»

«Ich fürchte doch.» Paolo holte tief Luft. «Der Correggio muss bereits zu einem früheren Zeitpunkt aufgetaucht sein, als man euch gesagt hat. Und jemand muss diese Zeit genutzt haben, um eine hübsche Kopie davon anzufertigen.»

«Das … das kann ich kaum glauben.»

«Das ist das Gute daran», meinte Paolo, «du brauchst mir diesmal nicht zu glauben, die Fakten sprechen für sich. Du hast gesagt, das Gemälde sei in einem Keller in Maxvorstadt aufgetaucht …», fügte er in Erinnerung an ihr Gespräch hinzu. Es kam ihm selbst unglaublich vor, dass seither nur eine Woche vergangen war – ihm kam es wie eine Ewigkeit vor …

«Ja, in einem Altbau», bestätigte Julia. «Ein italienischer Gastronom hat ihn gekauft, um ihn zu renovieren und ein Restaurant daraus zu machen.»

«Du hast außerdem gesagt, dass der Mann ursprünglich aus Parma stammt. Wie ist sein Name?»

«Wozu willst du das wissen?»

«Nur so», beteuerte Paolo in schlecht gespielter Arglosigkeit.

«Du denkst noch immer, dass die mögliche Fälschung etwas mit dem Tod dieses Kurators zu tun hat, nicht wahr? Wie war gleich sein Name?»

«Umberto Tantaro», antwortete Paolo, ein bisschen enttäuscht darüber, dass Julia ihn sich nicht gemerkt hatte. «Und wenn es so wäre?»

Am anderen Ende der Verbindung war ein langgezogener Seufzer zu hören. «Bitte sag mir jetzt nicht, dass du die Sache doch weiterverfolgst, trotz deines Versprechens und allem, was ich dir über die Gefahr diplomatischer Verwicklungen gesagt habe!»

«Du wolltest doch immer, dass ich ein bisschen spontaner werde. Jetzt ist es so weit.»

«Da hast du dir den falschen Zeitpunkt ausgesucht. Ich habe dir bereits erklärt, dass eine gewaltige politische Sprengkraft in dieser Sache liegt ...»

«Und inzwischen kenne ich auch den Grund dafür», fiel Paolo ihr ins Wort. «Albano Farnese, Tantaros Vorgesetzter und rein zufällig auch Direktor jener Galerie, der eine dreiste Fälschung untergejubelt wurde, tritt bei der nächsten Wahl für das Amt des Bürgermeisters an. Und danach könnte es für ihn sogar noch weiter gehen.»

Einen Moment herrschte Schweigen in der Leitung. Julia war offenbar hellhörig geworden. «Und weiter?», fragte sie schließlich.

Paolo seufzte. «Julia», sagte er leise, «ich habe dich nicht angerufen, weil ich dir Schwierigkeiten machen will. Aber die Sache mit der Fälschung wird früher oder später auffliegen, und Farnese kann es sich nicht leisten, das auf seine Kappe zu nehmen. Ob er etwas mit Tantaros Tod zu tun hat oder nicht, weiß ich nicht, aber ganz sicher gehört er nicht zu der Sorte Mensch, die so etwas einfach hinnimmt. Ehe ein schlechtes Licht auf ihn fällt, wird er jemanden dafür verantwortlich machen, und er braucht nur eins und eins zusammenzuzählen, um darauf zu kommen, dass die Sache von langer Hand vorbereitet wurde, womöglich bereits sogar von Deutschland aus – und dass die dortige Polizei keinen Finger gerührt hat, um die Sache aufzuklären.»

«Aber das ... ist doch Unsinn!», wandte Julia ein. «In welcher Sache hätten wir denn ermitteln sollen? Nichts hat bislang darauf schließen lassen, dass ...»

Paolo ließ sie nicht ausreden. «Ich weiß das doch, Julia,

aber Farnese wird es nicht interessieren. Und wenn er Alarm schlägt, wird das vermutlich ein weit größerer diplomatischer Zwischenfall, als wenn sich ein freier Mitarbeiter des LKA in seinem Urlaub ein wenig umhört.»

«Du meine Güte», sagte Julia leise, während ihr das wahre Ausmaß der Sache allmählich klar wurde. «Du hast recht. Der Referatsleiter würde jemanden dafür verantwortlich machen …»

«Ich will nicht, dass du dieser Jemand bist», sagte Paolo.

Eine Pause trat ein.

«Danke», sagte Julia dann.

«Also noch einmal – wie lautet der Name des Mannes, der den Fund des Correggio gemeldet hat?»

«Pandolfi. Antonio Pandolfi. Er hat bereits eine gut gehende Pizzeria in Schwabing und vergrößert sich jetzt.»

«Schön für ihn», kommentierte Paolo trocken. «Wie lange ist er schon in Deutschland?»

Julia lachte bitter. «Paolo, ich bin nicht du. Mein Gedächtnis ist nicht so beschaffen wie deins, weißt du.»

Paolo biss sich auf die Lippen. Das vergaß er manchmal. «Bitte entschuldige. Aber dieser Pandolfi stammt ursprünglich aus Parma, richtig?»

«Ja. Er sagte, das sei der Grund, warum er den Correggio sofort erkannt hätte.»

«Hübsche Geschichte. Wir werden herausfinden müssen, ob sie der Wahrheit entspricht und er womöglich ebenfalls getäuscht wurde oder ob er der Polizei etwas vorgeflunkert hat.»

«Und wenn ja, aus welchem Grund», ergänzte Julia.

Selbst wenn mehrere hundert Kilometer zwischen ihnen lagen, waren sie ein perfekt eingespieltes Team. Wobei Paolo sich eingestehen musste, dass auch Lucias spontane, intuitive

Beiträge ihr Gutes hatten. Natürlich war sie keine professionelle Ermittlerin, doch sie hatte ihm schon ein paarmal auf die Sprünge geholfen, und das in vielerlei Hinsicht.

Es kam ihm komisch vor, an sie zu denken, während er mit Julia telefonierte. Er überlegte, ihr von Lucia zu erzählen – aber hätte das im Augenblick nicht eher seltsam gewirkt?

Einmal mehr wünschte Paolo sich, zu jenem Menschenschlag zu gehören, dem in jeder Lebenslage die passenden Worte einfielen. Und nicht nur, wenn es um Berufliches ging …

«Paolo, bist du noch dran?»

«Natürlich», versicherte er.

«Was hast du jetzt vor?»

«Ich werde an der Sache dranbleiben und sehen, ob ich hier etwas über diesen Pandolfi herausfinden kann. Kannst du nachher im Büro sein Geburtsdatum ermitteln und es mir aufs Handy schicken?»

«Okay. Aber bitte sei vorsichtig bei allem, was du tust. Versprich mir das!»

«Ich verspreche es», sagte Paolo ohne Zögern, um dann mit gesenkter Stimme fortzufahren: «Außerdem wäre da noch die andere Sache …»

«Jetzt nicht», erwiderte sie leise. «Lass uns bitte ein andermal darüber sprechen, in Ordnung?»

Paolo fühlte einen Stich im Herzen. Nicht deshalb, weil sie am Telefon nicht über die Zukunft ihrer Beziehung reden wollte, sondern wegen der Beklommenheit, die plötzlich in ihrer Stimme lag. Er straffte sich innerlich. «Das meinte ich eigentlich nicht», stellte er klar. «Ich wollte nur sagen, dass ich dir etwas per Kurier ins Büro schicken werde. Bitte lass es im Labor untersuchen.»

«Worauf?»

214

«Gift», antwortete er. «Digoxin, um genau zu sein.»

Julia holte hörbar Luft, aber sie widersprach nicht und stellte auch keine weiteren Fragen. «Einverstanden», sagte sie nur.

## KAPITEL 27

Paolo und Lucia saßen beim Frühstück im Hotel, als ihn die Textnachricht von Julia erreichte. Sie war früher im Büro als sonst. Die Sache hatte ihr wohl keine Ruhe gelassen.

Demnach hieß der Finder des Correggio mit vollem Namen Antonio Andrea Pandolfi, war am 7. April 1946 in Parma geboren und seit 1964 in München gemeldet. Seit den frühen achtziger Jahren lebte Pandolfi in Schwabing, wo er 1991 eine Pizzeria eröffnet hatte, die er seither betrieb. Der Neuerwerb in Maxvorstadt, bei dessen Umbau das Gemälde angeblich entdeckt worden war, sollte ein zweites Restaurant beherbergen. Pandolfi war nicht vorbestraft und abgesehen von einem Bußgeld wegen zu schnellen Fahrens der Polizei niemals aufgefallen, sodass den LKA-Beamten kein Vorwurf dafür zu machen war, dass sie ihm seine Version der Geschichte geglaubt hatten. Doch nach allem, was Paolo herausgefunden hatte, sprach manches dafür, dass Pandolfi vielleicht doch nicht der aufrichtige Finder war, als der er sich der Polizei präsentiert hatte.

Die erste Anlaufstelle, um mehr über den Mann herauszubekommen, war das örtliche Ufficio Anagrafe. Die Meldestelle war, zusammen mit allen anderen Verwaltungsbehörden, vor einiger Zeit von der Innenstadt in das Direzionale Uffici Comunali umgezogen, einen großzügigen Neubau am nördlichen Stadtrand. Vom Hotel aus waren es nur gut zwanzig Minuten Fußweg, und da ein Taxi im vormittäglichen Verkehrsgewühl wohl länger gebraucht hätte, unternahmen Paolo und Lucia einen Spaziergang zu dem Verwaltungskomplex mit der eindrucksvollen, zur Viale Mentana hin verglasten Front.

Die Sonne verbarg sich hinter Wolken an diesem Vormittag, für Paolos Empfinden war es angenehm kühl; ins Schwitzen geriet er aus anderen Gründen: Gleich mehrere hundert Menschen drängten sich in der Empfangshalle des DUC, die augenscheinlich alle etwas auf dem Amt zu erledigen hatten.

Paolo stöhnte. Nicht nur, weil er keine Behördengänge mochte und etwas gegen große Menschenansammlungen hatte. Auch das Warten war ihm zuwider, besonders dann, wenn es um dringend benötigte Informationen ging. In Deutschland pflegte Julia in solchen Fällen ihren Dienstausweis zu zücken. Aber was hätte er denn zücken sollen? Seinen Mitgliedsausweis für das Fitnessstudio, den er Julia zuliebe erworben hatte, jedoch eigentlich nie benutzte?

Widerwillig reihte sich Paolo zusammen mit Lucia in die Schlange des Anmeldeschalters ein. Hier würde man eine Nummer erhalten, nach der man dann aufgerufen würde. Aber schon diese Warteschlange erschien Paolo quälend lang. Wie viele Leute mochten noch vor ihnen an die Reihe kommen? Zwanzig? Dreißig? Er begann unwillkürlich zu zählen.

«Nervös?», fragte Lucia neben ihm.

Ihm wurde erst jetzt bewusst, dass er auf den Fußballen wippte. Er war tatsächlich nervös. Auch dass die Einrichtung der Schalterhalle in optimistischem Hellgrün gehalten war, half da nichts. «Verzeihung», sagte er ein wenig hilflos. «aber ich mag keine großen Menschenmengen. Und ich warte auch nicht besonders gerne.»

«Wer tut das schon?», fragte sie. «Aber sehen Sie außer Ihnen hier noch jemanden quengeln?»

Paolo schnaubte. Es stimmte. Außer ihm schien sich niemand an der Warterei zu stören, im Gegenteil. Ein älterer Herr hatte sich auf eine Wartebank gesetzt und breitete dort ein Tuch aus. Dann folgte ein mit Tomaten und Mozzarella belegtes Panino, außerdem ein Fläschchen Olivenöl. Das, sagte sich Paolo, war wohl der größte Unterschied in der Mentalität von Italienern und Deutschen: Während die einen mit dem arbeiteten, was sie hatten, und aus jeder Lage das Beste zu machen versuchten, waren die anderen stets auf der Suche nach Optimierung und Perfektion. Die einen pflückten den Tag, die anderen füllten ihn mit Pflicht und Arbeit. Epikureer und Stoiker, der alte Wettstreit der Philosophien. Und im Grunde, fügte er in Gedanken hinzu, war das auch der Unterschied zwischen Felix und ihm gewesen.

Unwillkürlich schaute Paolo sich um, ob er nicht irgendwo unter den Wartenden einen Jungen in einer roten Badehose entdeckte, der mit dem Finger auf ihn zeigte und ihn auslachte. Aber das war nicht der Fall.

Endlich kamen sie an die Reihe. Die Angestellte hinter dem Schalter sah fragend zu ihnen auf, und Lucia erklärte, welche Art Auskunft sie benötigten. Die Antwort kam auf Beamtenitalienisch, von dem Paolo so gut wie nichts verstand. Aber offenbar gab es Probleme.

«Was sagt sie?», wollte er wissen.

«Sie hat mir erklärt, dass nur Geburten ab 1991 über das *sistema informatico* abgerufen werden können.»

«Und die früheren Jahrgänge? Pandolfi ist 1946 geboren.»

«Die müssen per Hand aus dem standesamtlichen Archiv herausgesucht werden.»

«Na großartig.» Paolo rollte mit den Augen. «Und wo befindet sich dieses Archiv?»

«Im Keller. Eine gewisse Signora Motti wird uns dort gerne behilflich sein.»

Paolo warf der jungen Frau hinter dem Schalter einen Blick zu, der scheinbar ziemlich verzweifelt wirkte. «Signora Motti», wiederholte die junge Frau deshalb laut und deutlich.

Es blieb ihnen nichts anderes übrig, als jene Dame aufzusuchen. Im Kellergeschoss des Gebäudes, am Ende eines unfassbar langen Korridors, auf den zu beiden Seiten graue Türen mündeten, wurden sie fündig. Paolo straffte sich und klopfte an.

«*Entrate!*», drang es von drinnen zu ihnen.

Er drückte die Klinke, und sie gingen hinein. Der Geruch von altem Papier schlug ihnen entgegen, durchtränkt mit dem bitteren Odem von kaltem Nikotin. Die Decke des Raumes war niedrig, die übrigen Ausmaße ließen sich unmöglich abschätzen. Hinter einem hohen Empfangstisch, der wie ein Bollwerk wirkte, erstreckten sich scheinbar endlose Fluchten von Metallregalen, in denen unzählige Ordner und Kartonmappen steckten, säuberlich nebeneinander aufgereiht. Von hinter dem Tisch tauchten in diesem Moment ein Schopf streng gescheitelter roter Haare und ein dunkles Augenpaar auf. Durch die dicken Gläser einer randlosen Brille starrte es auf die beiden Besucher.

«Signora Motti?», fragte Lucia.

Eine Antwort bekam sie nicht, dafür erschien neben dem Augenpaar eine knochige Hand, die auf das Namensschild auf dem Tisch zeigte:

VINZENCA MOTTI
Archivista

Geräusche waren von der anderen Seite zu hören, das Knistern von Papier und das metallische Klacken, mit dem Ringbücher geschlossen werden. Dann erst richtete sich die Archivarin hinter dem Tisch zu ihrer vollen Größe auf.

Sie war eine schmächtige, ältlich wirkende Person, die ein graues Kostüm mit mattgrüner Bluse trug und dazu eine Perlenkette um den dünnen Hals. Das schmale, längliche Gesicht wurde von einem Pagenschnitt umrahmt, das Haar selbst war dunkelrot. Die Haut war grau und erinnerte Paolo ein wenig an Pergament – entweder, sie rauchte selbst wie ein Schlot oder arbeitete einfach nur schon viel zu lange unter all den miefenden Akten. Die kleinen Augen hinter der Brille jedoch waren wach und aufmerksam, so leicht schien ihnen nichts zu entgehen.

«Posso aiutarla?», fragte sie schließlich mit einer Stimme, die zwei Lagen tiefer war, als man es von einer so zierlichen Frau erwartet hätte. Wahrscheinlich doch eine Kettenraucherin.

Lucia erklärte, warum sie gekommen waren – dass sie für ein Buch recherchierten und Erkundigungen über einen gewissen Antonio Pandolfi einholen wollten, der am 7. April 1946 in Parma geboren sei.

«No», lautete Signora Mottis kategorische Antwort. Ihr Gesicht schien dabei zuzuschnappen, und sie verschränkte ablehnend die dünnen Arme vor der Brust.

«Perché no?», wollte Lucia wissen.

Ein Wortschwall folgte. Wieder verstand Paolo kein Wort – und dies nicht nur wegen der Beamtensprache, sondern die Archivarin sprach offensichtlich auch noch einen eigentümlichen Dialekt. Dass sie Lucia eine glatte Abfuhr erteilte, begriff Paolo allerdings auch so.

«Sie sagt, wir hätten keine Berechtigung, den *stato civile* einer

220

fremden Person abzufragen. Und da wir mit Pandolfi nun einmal nicht verwandt sind …»

«So. Sagt sie das.» Paolo schnaubte. Ihm war klar, dass es in Deutschland genauso lief. Datenschutz. Aber zum Kuckuck – er benötigte die Informationen! Und er war gewiss nicht so weit gekommen, um sich jetzt von einer halsstarrigen Archivarin aufhalten lassen! Er atmete tief ein, um seinem Unmut Luft zu machen, ein Vulkan kurz vor dem Ausbruch – als Lucia sich geräuschvoll neben ihm räusperte.

Er musste daran denken, was sie nach ihrem Besuch auf dem Polizeirevier gesagt hatte: *Wir sind hier ist Italia, Paolo. Hier spricht man noch mit den Leuten …*

Vielleicht, sagte er sich, sollte er es einmal anders versuchen. Er zwang sich zur Ruhe und räusperte sich ebenfalls, ehe er sich der Archivarin zuwandte.

«Signora Motti …»

«*Sì?*»

Sie sah ihn misstrauisch an, worauf er ein Lächeln aufsetzte und sein bestes Italienisch bemühte.

«Mein Name ist Paolo Steinhauer», sagte er und schob seine Visitenkarte über den Tisch, «und ich bin ein deutscher Schriftsteller.»

«*Un scrittore?*» Sie schien aufzuhorchen. «*Di romanzi?*»

«*Sì*», fuhr Paolo in seinem einfachen Italienisch fort, «und ich brauche wirklich Ihre Hilfe bei einer Recherche. Es geht um die Wahrheit, Signora Motti.»

«*La verità*», echote sie.

«Ich habe nur diese eine Möglichkeit, die Wahrheit herauszufinden. Wenn Sie mir nicht helfen, Signora Motti, dann werde ich sie vermutlich niemals finden. Es ist wirklich sehr wichtig – und es liegt ganz allein an Ihnen.»

Er konnte sehen, wie der Widerstand in ihren Gesichtszügen nachließ. Ihr Blick wurde weicher, und Paolo holte zum Todesstoß aus: «*Lei è la mia ultima speranza, signora.*»

Gut, dass sie seine allerletzte Hoffnung war, war vielleicht ein wenig übertrieben. Aber wenn er dadurch bei seinen Ermittlungen ein Stück weiterkam …

Signora Motti räusperte sich leise. In das Grau ihres Gesichts hatte sich an den Wangen ein wenig Rot geschlichen. «Was genau suchen Sie, Signor Steinhauer?», fragte sie.

Paolo lächelte. Plötzlich schien alles ganz einfach zu sein. Italienisch leicht.

«Ich brauche die Daten von Antonio Andrea Pandolfi, geboren am 7. April 1946 in Parma», antwortete er. «Es genügt, wenn ich mir das entsprechende Dokument kurz ansehen kann.»

Die Archivarin sah ihn an, und zum ersten Mal zeigte auch ihr Mienenspiel ein Lächeln. «Ich werde sehen, was ich für Sie tun kann, *signore*.»

«Paolo», verbesserte sie dieser, worauf sie noch ein wenig mehr errötete und mit leisem Kichern hinter den Regalen verschwand.

«Paolo?», wiederholte Lucia halblaut und sah ihn befremdet von der Seite an.

«Was denn?» Er zuckte mit den Schultern. «Ich habe nur getan, wozu Sie mir geraten haben.»

«Ich habe gesagt, Sie sollen mit den Leuten reden. Vom Flirten habe ich nichts gesagt.»

«Wir sind in Italien, oder nicht?»

Lucia warf ihm einen sonderbaren Blick zu, schien etwas sagen zu wollen, aber in diesem Augenblick kam bereits Signora Motti wieder zurück  der Buchstabe «P» schien sich im Ar-

222

chiv ganz in der Nähe zu befinden. In der Hand hatte sie ein
Meldeblatt, das sie auf den Empfangstisch legte und zu Paolo
hindrehte.

«Ist er das?»

Paolo überflog das Formular, das teils handschriftlich, teils
mit einer uralten Schreibmaschine ausgefüllt worden war und
tatsächlich auf Antonio Andrea Pandolfi lautete.

Paolos Pulsschlag beschleunigte sich. «*Grazie mille!*», bedankte er sich und las weiter.

Das Geburtsdatum stimmte, auch war als Geburtsort Parma angegeben. Auch das Abmeldedatum – der 1. September
1964 – deckte sich mit den Angaben aus Deutschland. Paolo las
die Informationen zu den Eltern: Pandolfis Vater war demnach
ein gewisser Rudolfo Pandolfi, geboren am 31. Juli 1922. Seine
Mutter hieß Carmelia Pandolfi und war am 6. März 1930 als
Carmelia Angelina Lunghi geboren.

«Der Vater wäre inzwischen fast siebenundneunzig Jahre
alt», stellte Paolo fest. «Unwahrscheinlich, dass er noch am
Leben ist.»

«Aber die Mutter könnte noch leben», meinte Lucia. «Sie
war ziemlich jung, als sie schwanger wurde.»

«Möglicherweise gibt es auch Geschwister», überlegte Paolo
laut und warf Lucia einen fragenden Blick zu, worauf sie der
Archivarin die Sache erklärte und um weitere Auskünfte bat.

«*Dipende*», sagte Signora Motti daraufhin.

«Es kommt darauf an», übersetzte Lucia.

«Worauf?», wollte Paolo wissen.

Es folgte wiederum ein Wortschwall, und an den Blicken, die
ihn begleiten, konnte Paolo schon erahnen, dass es etwas mit
ihm zu tun hatte. Offenbar hatte sich der Italiener in ihm ein
wenig zu weit aus dem Fenster gelehnt.

«Was ist es?», verlangte er beinahe ängstlich zu wissen. «Was will sie? Doch nicht etwa ein gemeinsames Abendessen?»

Lucia lächelte und ließ sich mit der Antwort Zeit, und er hatte das Gefühl, dass sie es ein wenig genoss. «Nicht doch», sagte sie dann. «Ich weiß, dass es Sie enttäuschen wird, aber Signora Motti hat eher an hundert Euro gedacht.»

Paolo blieb der Mund offen stehen. So viel also zum Italiener in ihm. Schnaubend griff er nach seiner Geldbörse, entnahm ihr den verlangten Schein und legte ihn auf den Tisch. Die Archivarin strich ihn lächelnd ein und verschwand wieder hinter den Regalen. Als sie kurz darauf wieder zurückkehrte, hatte sie ein weiteres Dokument dabei, das sie auf den Tisch legte. Es enthielt die Registrierung von Pandolfis Mutter.

«Was ist mit den anderen?», fragte Paolo.

«Sie sagt, es gibt keine anderen Einträge», übersetzte Lucia. «Das bedeutet, dass sowohl Pandolfis Vater als auch seine Geschwister, wenn er welche hatte, nach 1991 verstorben sein müssen und ins neue System übernommen wurden.»

«Aber die Mutter ist noch am Leben?»

«Sieht ganz danach aus.»

«Und die Adresse?» Paolo warf einen Blick auf die mit Maschine eingetragene Anschrift, die auf «Borgo Lalatta» lautete.

«Unwahrscheinlich, dass die alte Frau noch immer am selben Ort wohnt», sagte Lucia schulterzuckend. «Aber die Adresse sollte leicht herauszubekommen sein.»

Paolo nickte. Sie hatten ihre Spur.

«*Mille Grazie*, Signora Motti», sagte er.

«*Vincenza*», sagte sie und zwinkerte ihm vielsagend zu, während sie den Geldschein in ihre Börse steckte.

## KAPITEL 28

Sie setzten sich in eine Kaffeebar unweit des DUC. Lucia bestellte einen Espresso, Paolo eine Tasse Pfefferminztee, die er in kleinen Schlucken trank.

«Das war gar nicht schlecht», sagte sie und nickte ihm anerkennend zu. «Am Ende wird noch ein waschechter Italiener aus Ihnen.»

«Damit würde ich lieber nicht rechnen», entgegnete Paolo, auch wenn er sich überrascht eingestehen musste, dass ihm das Kompliment gefiel. «Wichtiger ist, dass wir ein wenig mehr über Pandolfi herausgefunden haben. Leider scheint seine Mutter, wenn sie tatsächlich noch am Leben ist, keinen Festanschluss zu haben», fügte er mit Blick auf sein Smartphone hinzu. Er hatte versucht, Carmelia Pandolfi auf den *Pagine Bianchi* zu finden, jedoch vergeblich.

«Vielleicht ist sie weggezogen», gab Lucia zu bedenken. «Oder sie lebt in einem Heim. Das würde erklären, warum sie keinen eigenen Anschluss hat.»

Paolo seufzte. «Es wird uns also nichts anderes übrigbleiben, als noch einmal ins Ufficio Anagrafe zu gehen und in der Sache nachzuforschen.»

Lucia warf ihm einen skeptischen Blick zu. Sie schien ihm anzusehen, wie müde und erschöpft er war und wie sehr er sich überwinden musste, in das Verwaltungsgebäude zurückzukehren.

«Wissen Sie was», sagte sie, «ich glaube, für heute war es genug Italien für Sie. Warum bleiben Sie nicht einfach hier sitzen und warten? Ich kümmere mich darum.»

Noch ehe Paolo etwas erwidern konnte, war sie schon aufgestanden, verließ die Bar und wechselte die Straßenseite. Von seinem Platz am Fenster sah Paolo ihr nach. Für einen Moment überlegte er, ihr zu folgen, aber in diesem Moment riss die Wolkendecke auf und ließ ein paar Sonnenstrahlen hindurch – und sie trafen ihn mitten ins Gesicht.

Früher hätte er vermutlich schreiend die Flucht ergriffen, aber in diesem Moment genoss er ihre Helligkeit und Wärme, die auch sein Inneres zu erreichen schien.

«*Un'altra tazza di tè?*», rief der freundliche Wirt von hinter der Bar herüber.

Paolo schreckte aus seinen Gedanken auf. Er wollte instinktiv bejahen. Dann schüttelte er den Kopf – und bestellte einen Cappuccino.

«Um diese Zeit?», fragte der Wirt. Tatsächlich war es bereits nach Mittag und damit reichlich spät für ein Frühstücksgetränk.

«Ich bin Deutscher», erklärte Paolo schulterzuckend, worauf der Barmann herzlich lachte und sich an die Arbeit machte. Kurz darauf brachte er ein kleines Kunstwerk an Paolos Tisch – der Milchschaum war so in die Tasse gegossen worden, dass er zusammen mit der *crema* des Kaffees ein Farnblatt formte.

Paolo bedankte sich, gab Zucker hinein und beobachtete, wie er im Kissen aus Milchschaum versank. Dann rührte er vorsichtig um und gönnte sich einen ersten Schluck – und konnte beim besten Willen nicht mehr nachvollziehen, warum ihm dieses Getränk früher nicht geschmeckt hatte. Es hatte wohl mehr mit ihm selbst zu tun gehabt als mit dem Kaffee. Und ein sonderbarer Gedanke beschlich Paolo: Vielleicht fühlte es sich so an, wenn man glücklich war – wenn man im Einklang lebte mit der Welt und den Menschen.

«Es gefällt dir hier, nicht wahr?»

Felix saß plötzlich an dem kleinen Tisch, dort, wo Lucia vorher gesessen hatte. Er trug sein weißes Hemd und hatte die Sonnenbrille auf der Stirn, und wie immer kam er ungebeten.

«Was tust du hier?», fragte Paolo. «Kannst du mich nicht einmal in Ruhe lassen?»

«Keine Sorge, ich störe nicht lange. Ich wundere mich nur.»

«Worüber?»

«Mein kleiner Bruder ist in Italien und hat sichtlich Freude daran.»

Paolo gab einen verächtlichen Laut von sich. «Ich habe keine Ahnung, wovon du sprichst», behauptete er.

«Doch, ich denke schon, dass du das hast», beharrte Felix und setzte sein Siegerlächeln auf. «Vielleicht willst du es dir ja auch nicht eingestehen. Aber wenn du ehrlich zu dir selbst bist, musst du zugeben, dass es dir gut geht. Zum ersten Mal nach einer ziemlich langen Zeit.»

«Soll das ein Witz sein?» Paolo schüttelte unwirsch den Kopf. «Ich bin todmüde, weil ich die ganze Nacht nicht geschlafen habe. Außerdem musste ich mich durch ein Heer von Menschen kämpfen und in einen stinkenden Behördenkeller steigen. Mein Anzug riecht jetzt noch danach», sagte er und schnupperte demonstrativ am Ärmel seines Jacketts. «Und jetzt sitze ich hier und warte, und die verdammte Sonne scheint mir ins Gesicht und blendet mich. Daran soll ich Freude haben? Ich könnte längst wieder zu Hause in München sein!»

«Aber du bist nicht in München. Und vielleicht solltest du dich allmählich einmal fragen, warum das so ist.»

«Wegen Julia natürlich», antwortete Paolo schnell, «ich will ihr schließlich helfen. Und natürlich wegen diesem Umberto. Er hat mich vor seinem Tod um Hilfe gebeten, und ich bin es ihm irgendwie schuldig ...»

«Natürlich», sagte sein Bruder und nickte. «Rede dir das ruhig weiter ein, wenn du willst.»

Paolo holte Luft, um zu widersprechen, als Felix' Bild plötzlich verblasste. Dafür stand plötzlich Lucia plötzlich an seinem Tisch, einen Computerausdruck in den Händen und ein triumphierendes Lächeln im Gesicht. Ihre großen Augen leuchteten vor Begeisterung.

«Ich hab's», sagte sie und legte das Blatt Papier vor ihm auf dem Tisch. «Und wenn Sie mich jetzt fragen, ob das ein neues Nudelrezept ist, trete ich Ihnen gegen das Schienbein.»

«Autsch», sagte Paolo und nahm das Blatt in Augenschein.

Eine Adresse stand darauf geschrieben.

«Pandolfis Mutter lebt», sagte Lucia. «Und sie wohnt tatsächlich noch immer in derselben Wohnung wie damals, Borgo Lalatta. Sie hat ihre Nummer nur nicht ins Verzeichnis übernehmen lassen, wohl aus Angst vor Belästigung.»

«Gute Arbeit, Lucia», sagte Paolo.

«*Tante grazie.*»

«Nein, wirklich», versicherte er und nickte ihr anerkennend zu. «Das haben Sie gut gemacht. Ich danke Ihnen sehr.»

Sie lächelte. «Gern geschehen.»

Paolo trank den restlichen Cappuccino, erhob sich und ging zum Tresen, um zu bezahlen. «Und jetzt», sagte er, als er zu Lucia zurückkehrte, «sollten wir der Dame einen Besuch abstatten.»

## KAPITEL 29

Die Flüssigkeit in dem hohen, mit Rillen versehenen Trinkglas war von grelloranger Farbe. Es war original italienische *Aranciata*, vermutlich aus wenig anderem als Wasser, Farbstoff und Zucker bestehend, und wohl gerade deshalb erinnerte sie Paolo an seine Kindheit – so wie manches andere in dem Wohnzimmer, in dem sie saßen.

Der Orientteppich auf dem Boden.

Die Möbel aus dunklem Nussholz.

Das Ticken der Uhr an der Wand.

Es war ein wenig, als wäre die Zeit in dieser Wohnung angehalten worden, irgendwann in den späten sechziger oder frühen siebziger Jahren.

Paolo nahm einen Schluck von dem Getränk. Seine Reaktion war zwiespältig. Einerseits war da kindliche Verzückung über den süßlich-fruchtigen Geschmack, andererseits leises Grauen wegen all der Chemie, die darin enthalten sein mochte.

«Signora Pandolfi», wandte er sich dann an die alte Dame, die ihnen auf der anderen Seite des niedrigen, mit Intarsien versehenen Wohnzimmertischs gegenübersaß, in einem wahren Ungetüm von Ohrensessel, dessen Armlehnen so abgewetzt waren, dass die Füllung durchkam. «Vielen Dank, dass Sie mit uns sprechen.»

Carmelia Pandolfi stand in ihrem neunzigsten Lebensjahr, schien jedoch in keiner Weise gebrechlich. Ihre Bewegungen waren langsam, was aber vor allem ihrer Leibesfülle geschuldet

229

sein mochte. Ihre Gesichtszüge, die von schlohweißen Locken umrahmt wurden, waren voller Teilnahme. Sie lebte allein, soweit Paolo es hatte feststellen können, noch immer in derselben Wohnung, in der auch ihr Sohn gelebt hatte, ehe er 1964 nach Deutschland gegangen war.

«Sie sagten, es ginge um Antonio?», fragte Signora Pandolfi. Die dunkelrote Kaftanbluse, die über ihre füllige Gestalt wallte, hatte wie der Sessel schon bessere Zeiten gesehen. Die alte Frau schwamm offenbar nicht im Reichtum, worauf auch die alten Möbel hindeuteten.

«*Sì.*» Paolo nickte.

«Geht es … ihm gut?»

Er konnte die Furcht hinter ihren Worten hören und sah die leise Panik in ihren Augen. Es war der Blick einer Mutter, die sehr lange nichts von ihrem einzigen Kind gehört hatte. Vermutlich hatte sie Paolo und Lucia auch deshalb so bereitwillig hereingebeten, als sie an ihrer Tür geläutet hatten. Es war der Grund, warum sie wildfremden Menschen Plätze auf dem Sofa angeboten und darauf bestanden hatte, ihnen Getränke zu bringen, entgegen jeder Vorsicht und eigentlich auch jeder Vernunft.

«Das nehme ich an.» Paolo nickte abermals und zögerte. Eigentlich hatte er auch ihr sein Märchen erzählen wollen, dass sein Name Steinhauer und er ein deutscher Schriftsteller sei, der für ein neues Buch recherchiere. Aber in diesem Moment entschied er sich dagegen. Wenn jemand wusste, wie es sich anfühlte, zu einem Menschen den Kontakt zu verlieren, der einem einst nahgestanden hatte, dann war er das.

«Signora», sagte er deshalb, «ich will Sie nicht belügen. Mein Name ist Paolo Ritter und ich untersuche einen Fall, in den ihr Sohn vielleicht verwickelt ist.»

«Einen Fall?» Sie sah ihn erschrocken an. «Sind Sie von der deutschen Polizei?»

«Nein, keine Sorge.» Paolo schüttelte den Kopf.

«Was ist dann los? Hat Antonio Schwierigkeiten?»

«Das wissen wir nicht genau, deshalb sind wir hier», sagte Lucia. Die Tatsache, dass ihr Italienisch anders als das von Paolo fließend und akzentfrei war, schien die alte Dame zu beruhigen. «Wenn Sie erlauben, würden wir Ihnen gerne ein paar Fragen stellen.»

Signora Pandolfis Blick ging von ihr zu Paolo. «Natürlich, wenn ich Antonio damit helfen kann.»

Paolo nickte Lucia zu. Sie hatten sich vorher darauf verständigt, dass sie das Gespräch führen würde. Es ging vor allem darum, mehr über den Finder des Correggio zu erfahren. Paolo würde sich darauf beschränken, zuzuhören, mit dem Handy Notizen zu machen und nachzufragen, wenn er etwas nicht verstand.

«Wann haben Sie Ihren Sohn zuletzt gesehen?», begann Lucia.

Die Frage war noch nicht ganz ausgesprochen, da füllten sich Signora Pandolfis Augen bereits mit Tränen. «1970», antwortete sie schließlich mit einem Schluchzen. «Da ist er zum letzten Mal hier gewesen.»

Paolo und Lucia wechselten einen Blick.

«Sie haben Ihren Sohn seit fast fünfzig Jahren nicht mehr gesehen?»

Sie nickte und griff nach einem Päckchen Papiertaschentücher auf dem Tisch. Mit bebenden Händen zog sie eins davon heraus, um sich die Augen zu trocknen.

«Mein Mann Rudolfo – Antonios Vater – und er haben sich nicht besonders gut verstanden», erklärte sie dann. «Wir hatten eine kleine Bäckerei hier in Parma. Rudolfo hatte sie von seinem Vater geerbt, und Antonio sollte sie später einmal übernehmen. Aber Antonio wollte das nicht.» Abermals wischte sie die Tränen weg, die ihr jetzt über die faltigen Wangen rannen.

«Antonio hatte andere Pläne. Er sagte, dass er nach Deutschland gehen und etwas aus sich machen wolle, ein italienisches *ristorante* eröffnen und erfolgreich sein, das war sein großer Traum.»

«Dass er sich diesen Traum erfüllt hat, wissen Sie?», fragte Paolo dazwischen.

Sie nickte. «Ab und zu schrieb Antonio mir noch Briefe, die ich allerdings vor meinem Mann verstecken musste. Hätte er davon erfahren, hätte er fürchterlich geschimpft und mir die Briefe weggenommen.»

«Warum?», wollte Lucia wissen.

«Rudolfo wollte nicht, dass Antonio nach Deutschland geht», sagte Signora Pandolfi. «Er hat es ihm verboten, aber Antonio meinte, er sei alt genug, um selbst zu entscheiden. Es kam zu einem fürchterlichen Streit. Rudolfo sagte, dass er ihm nicht eine einzige Lira geben würde, wenn Antonio seinen Willen durchsetzen und Italien verlassen …»

Die Stimme versagte ihr, und ein Krampf schüttelte sie, der weitere Tränen hervortreten ließ. Sie schien eine sehr lange Zeit nicht über diese Dinge gesprochen zu haben, und es tat Paolo leid, sie damit zu konfrontieren. Zumal ihn das, was er hörte, auch mit Traurigkeit erfüllte. Einer Traurigkeit, die ihre Ursache in seiner eigenen Vergangenheit hatte.

«Aber Antonio ließ sich nicht von seinem Vorhaben abbringen», fuhr sie schließlich fort. «Er ist nach Deutschland gegangen. Parma hat er nur einmal im Jahr besucht, immer an

Weihnachten. Aber das Verhältnis zwischen ihm und seinem Vater wurde mit jedem Mal nur noch schlechter. Das letzte Mal, als er hier war, saß er genau dort», sagte die alte Frau mit von Tränen geröteten Augen und deutete auf Paolos Platz. «Er erzählte, dass er in Deutschland jemanden kennengelernt hätte, eine Italienerin aus Neapel. Aber Rudolfo war der Ansicht, dass es in Neapel keine anständigen Menschen gibt, sondern nur Mafia, und es kam wieder zum Streit. Am Ende hat mein Mann gedroht, dass Antonio nicht mehr sein Sohn wäre, wenn er diese Frau heiraten würde, und Antonio ging durch diese Tür und kam nie wieder zurück. Danach», fügte sie leise hinzu, «habe ich nur noch Briefe von ihm erhalten. Ich erfuhr, dass er im Jahr darauf geheiratet hat. Später kamen dann die Kinder. Aber ich habe sie noch nie getroffen.»

«Sie … sind Ihren Enkelkindern nie begegnet?», hakte Lucia nach. «Haben sie niemals im Arm gehalten?»

Signora Pandolfi schüttelte den Kopf.

Die Betroffenheit war Lucia anzumerken, man konnte sehen, wie sehr die Geschichte der alten Dame sie berührte. Die professionelle Distanz, die Julia bei solchen Gesprächen zu wahren pflegte, fehlte ihr gänzlich. Aber das war kein Manko, wie Paolo fand, im Gegenteil.

«Alles, was ich habe, ist ein Foto, das Antonio mir geschickt hat», fuhr Signora Pandolfi fort. «Ich habe es all die Jahre aufbewahrt. Warten Sie …»

Sie erhob sich, was eine gewisse Zeit in Anspruch nahm, und trat an eine Kommode, deren oberste Schublade sie aufzog. Das Foto, nach dem sie suchte, lag obenauf. Die alte Frau nahm es und drückte es an ihre Brust wie einen Schatz. Dann kehrte sie damit an den Tisch zurück und ließ sich seufzend wieder in den Sessel sinken, dessen alte Federn ächzten.

«*Ecco qua*», sagte sie und legte Paolo und Lucia das Bild hin. Wie viele Fotografien, die in den siebziger Jahren entstanden waren, hatte es einen erheblichen Rotstich, doch man konnte alles noch gut erkennen.

Zu sehen war eine fünfköpfige Familie, die auf einem orangefarbenen Sofa saß, Vater und Mutter, dazwischen drei Kinder, zwei Jungen, ein Mädchen, der Größe nach wie Orgelpfeifen geordnet. An der Wand hinter dem Sofa war eine Tapete mit psychedelischem Muster.

Und dann sah Paolo es.

Er glaubte seinen Augen nicht zu trauen. Das Bild, das über dem Sofa hing.

Es war der Correggio.

*La Morte di Cassandra.*

Er nahm das Foto nah ans Auge, um es genau zu studieren und jeden Irrtum auszuschließen. Aber es war kein Zweifel möglich.

Es war das so lange verschollene Gemälde.

Paolo drehte das Foto um. Jemand – vermutlich Signora Pandolfi selbst – hatte «1979» notiert, vermutlich das Jahr der Entstehung des Bildes. Das konnte stimmen, die Kinder auf dem Sofa waren zum Zeitpunkt der Aufnahme zwischen sechs und zehn Jahre alt gewesen. Aber woher in aller Welt kam dann das Bild an der Wand?

Paolo war wie vom Donner gerührt. Mit manchem hatte er gerechnet, aber sicher nicht damit.

«Dieses Bild», wandte er sich nun selbst an Signora Pandolfi, auf den Correggio auf dem Foto deutend.

«*Sì*, es ist grauenvoll, nicht wahr?», gab sie zurück. «So grausam.»

«Wo ist dieses Foto aufgenommen worden?»

«In Deutschland, denke ich, in Antonios Wohnung. Ich bin ja nie dort gewesen.»

«Und dieses Gemälde an der Wand? Haben Sie es schon früher einmal gesehen? Wissen Sie, woher Ihr Sohn es hatte?»

Die alte Frau schüttelte den Kopf. «Antonio mochte diese Dinge», sagte sie nur.

«Er hat sich für Kunst interessiert?»

Sie nickte. «Manchmal ist er ins Museum gegangen, aber das musste er heimlich tun, weil Rudolfo nichts davon wissen durfte. Er wollte, dass Antonio seine Zeit in der Backstube verbringt.»

«Netter Kerl», kommentierte Lucia halblaut und auf Deutsch.

«Ja, sehr nett», bestätigte Paolo, während er sich gleichzeitig fragte, ob Rudolfo Pandolfi sein Verhalten je bereut hatte.

Er bat Lucia, Signora Pandolfi noch einige Fragen über das Bild zu stellen, doch die alte Frau beteuerte, nicht mehr darüber zu wissen, als sie ihnen bereits gesagt hatte, und Paolo glaubte ihr. Stattdessen erzählte sie, wie der Kontakt zu ihrem Sohn immer spärlicher geworden und schließlich ganz abgerissen war; wie sehr sie bedauerte, was geschehen war, und wie sie ihn und seine Familie seither in ihre Gebete einschloss; und dass ihr Mann Rudolfo vor zwei Jahren gestorben und sie seither ganz allein sei. Dabei begann sie wieder zu weinen, und Lucia hielt es auf dem Sofa nicht mehr aus.

Sie stand auf und ging zu Signora Pandolfi, legte ihr eine Hand auf den Arm. Es war nicht viel, nur eine Geste, aber der alten Frau, die furchtbar unter ihrer Einsamkeit litt, schien es viel zu bedeuten, denn sie bedankte sich mit Tränen in den Augen und sagte, dass Lucia *come un angelo* sei – wie ein Engel.

Paolo machte mit dem Handy eine Aufnahme des Familienfotos. Dann wandten sie sich zum Gehen, und er war erleichtert darüber. Der Besuch bei Signora Pandolfi war ihm näher gegangen, als er sich selbst eingestehen wollte, wohl weil er wusste, wie sich verpasste Chancen anfühlten. Was die Ermittlungen betraf, waren sie jedoch einen wesentlichen Schritt weiter …

«Sieh einer an», sagte er, als sie wieder auf der Straße waren und auf dem Weg zurück zum Auto. «Pandolfi hat die deutsche Polizei also tatsächlich belogen, was die Herkunft des Correggio betraf.»

«Das haben Sie doch längst vermutet, oder nicht?», fragte Lucia.

«Mir war klar, dass irgendetwas an seiner Geschichte nicht stimmen konnte, aber ich hätte nicht gedacht, dass es so einfach ist. Ganz offenbar befand sich das Gemälde schon die ganze Zeit in seinem Besitz, zumindest seit 1979.»

«Und woher hatte er es?»

«Das ist in der Tat die Frage», sagte Paolo, «und es bringt uns gleich zur nächsten: Wenn sich das Bild bereits seit fünfzig Jahren in seinem Besitz befindet, warum hat er dann so lange damit gewartet, es zu melden? Und warum hat er behauptet, es zufällig gefunden zu haben?»

«Vielleicht hatte er Angst vor Strafe», überlegte Lucia.

Paolo nickte. «Gut möglich. Vielleicht hat er erst jetzt erfahren, dass das Gemälde auf der Liste mit Raubkunst steht, die die italienische Regierung den Amerikanern 1947 übergeben hat.»

«Vielleicht hat er – wie sagt man auf Deutsch? – kalte Beine bekommen?»

«Kalte Füße», verbesserte Paolo und nickte. «Das könnte der Grund dafür sein, dass er sich diese Geschichte von dem zufälligen Kellerfund ausgedacht hat. Andererseits, wenn er sich auch nur ein bisschen mit Kunst auskannte, muss ihm doch klar gewesen sein, was für einen Schatz er da all die Jahre an seiner Wohnzimmerwand hängen hatte.»

Paolo schüttelte den Kopf. Es war wirklich ein Rätsel, und er würde es nicht allein lösen konnte.

Inzwischen hatten sie den Fiat Panda erreicht, den Lucia am Straßenrand geparkt hatte. «Ich werde meiner Vorgesetzten einen ausführlichen Bericht schicken», sagte Paolo. «Sie wird Pandolfi aufs Revier laden und ihn noch einmal zu der Sache befragen. Möglicherweise verstrickt er sich dabei in Widersprüche.»

«Und dann?» Lucia schloss auf, setzte sich in den Wagen und öffnete die Beifahrertür von innen.

«Dann werden wir weitersehen.» Paolo stieg ebenfalls ein. Inzwischen wusste er, wie er seine Beine drehen musste, damit er sich nicht die Knie an der Ablage unter dem Armaturenbrett stieß. «Ich denke, aufgrund der Zeugenaussage von Pandolfis Mutter wird die Polizei die Ermittlungen wiederaufnehmen. Man wird die italienischen Behörden offiziell um Amtshilfe ersuchen, und spätestens dann wird Borghesi sich zu der Sache äußern müssen. Die Wahrheit wird ans Licht kommen, ob es ihm gefällt oder nicht.»

«Und ... was werden wir tun?»

Paolo sah Lucia an. Zu seiner eigenen Verblüffung kostete es ihn Überwindung, die folgenden Worte auszusprechen. «Ich fürchte, was uns betrifft, sind die Ermittlungen damit abgeschlossen. Ich benötige Ihre Dienste also nicht länger.»

«Nein?» Sie sah ihn mit großen Augen an, wirkte beinahe enttäuscht.

«Sie waren mir eine große Hilfe, Lucia.»

«Ich weiß nicht.» Sie zuckte mit den Schultern. «Ihr Italienisch ist besser, als Sie sagen.»

«Aber längst nicht so gut wie Ihr Deutsch. Und außerdem …»

«Ja?», hakte sie nach, als er zögerte.

«Sie haben eine besondere Art, mit Menschen umzugehen.»

«Ist das gut oder schlecht?», fragte sie, halb im Scherz.

«Das ist sehr gut», versicherte er. «Sie haben Ihren Teil unserer Abmachung mehr als eingehalten. Sie haben sich sogar dafür in Gefahr begeben. Das werde ich Ihnen nie vergessen. Und natürlich werde auch ich zu unserer Abmachung stehen und Ihnen das Hotel verkaufen.»

Sie nickte. Ein Leuchten trat in ihren Augen. «Wir sollten das feiern», schlug sie vor, «mit einem gemeinsamen Essen. Ich werde noch einmal für Sie kochen.»

Paolo machte ein unglückliches Gesicht. «Lucia», sagte er und sah sich in dem kleinen Fiat um, «bitte verstehen Sie das nicht falsch, aber ich fürchte, wenn ich in diesem Vehikel noch einmal nach Cervia fahre, brauche ich eine Bandscheiben-OP.»

«Come?» Sie zog die Brauen zusammen.

Paolo versuchte es anders. «Ich möchte nicht noch einmal nach Cervia fahren», sagte er, und das war auch näher an der Wahrheit.

«Wegen Felix?»

«Wegen vieler Dinge», erwiderte er ausweichend. Die Begegnung mit Signora Pandolfi hatte eine dumpfe Furcht in ihm geweckt, dass es ihm eines Tages genauso gehen könnte wie ihr, dass er eines Tages allein sein würde, in Trauer versunken. Er musste zurück zu Julia, und den Blick nach vorn wenden, sein Leben endlich in die Hand nehmen. «Es wird Zeit, dass ich nach Deutschland zurückkehre», sagte er entschieden. «Dort werde ich einen Makler beauftragen und alles Notwendige für den Verkauf in die Wege leiten.»

Lucia nickte und überlegte einen Moment. «Dann werde ich *hier* für Sie kochen», erklärte sie kurzerhand.

«Hier im Wagen?»

«*Nonsenso*, hier in Parma», verbesserte sie. «Sind Sie einverstanden?»

Sie sah ihn so offen und herausfordernd an, dass er gar nicht anders konnte, als zu nicken – auch wenn er keine Ahnung hatte, wie sie das bewerkstelligen wollte.

## KAPITEL 30

Das Lokal hieß La Parmese und befand sich in unmittelbarer Nähe des Hotels. Ein winzig kleines Restaurant, dessen Gaststube nicht größer war als Paolos Wohnzimmer zu Hause in München. Es hatte an diesem Freitag geschlossen, und irgendwie hatte Lucia es geschafft, die Wirtin zu überreden, ihr das Lokal und die Küche für einen Abend zu überlassen. Die Adresse hatte sie Paolo auf die Mailbox gesprochen.

Als er das *ristorante* betrat, war schon alles vorbereitet. Von den fünf kleinen Tischen war nur der in der Mitte gedeckt: ein schneeweißes Tischtuch, weiße Platzteller und bauchige Rotweingläser, dazu eine bereits geöffnete Flasche. Ein Leuchter mit fünf brennenden Kerzen sorgte für dezente Beleuchtung.

«Lucia?», rief er halblaut in den Raum.

«*Sì, arrivo subito*», drang es aus dem Durchgang zur Küche, aus der ein verführerisch würziger Duft drang. «Setzen Sie sich schon mal und schenken Sie uns ein!»

Paolo trat an den Tisch und nahm die Flasche in Augenschein – ein 2011er Sangiovese Riserva aus der Romagna. Paolo goss sich etwas davon ins Glas. Die rubinrote Flüssigkeit schimmerte im Licht der Kerzen. Paolo nahm das Glas, schloss die Augen und prüfte das Bouquet, das fruchtig war, aber nicht lieblich. Dann nahm er einen kleinen, langsamen Schluck. Es war genau der Tropfen, den er ausgesucht hätte, hätte sie ihm die Wahl gelassen.

240

«Und? Sind Sie zufrieden mit dem Wein?», tönte es aus der Küche.

«*Molto*», bekannte er und schenkte zuerst ihr und dann sich selbst ein. Anschließend nahm er Platz und wartete, wie sie es gesagt hatte.

Paolo war müde. Noch bis zum Abend hatte er an dem ausführlichen Bericht gesessen, den er Julia geschickt hatte, einschließlich der Bilddatei von der alten Fotografie. Nur die Zusammenhänge zu schildern wäre nicht schwierig gewesen, aber Paolos Bericht sollte noch mehr bezwecken. Er wollte Julia auch klarmachen, dass er sich geändert hatte. Dass er nicht mehr der verbohrte Mensch war, als den sie ihn kannte. Dass er nicht besessen war von dieser Ermittlung, sondern sie auch loslassen konnte. Dass er ihr nicht durch seine Rechthaberei schaden, sondern ihr auf jede nur denkbare Weise helfen wollte. Er hatte ihr alles geliefert, was sie brauchte, um den Fall wiederaufnehmen und Pandolfi in ziemliche Erklärungsnot bringen zu können. Sie selbst konnte nun entscheiden, ob sie diesen Weg gehen oder die Sache lieber auf sich beruhen lassen wollte, politisch heikel, wie sie war.

«*Benvenuto.*» Lucia stand im Durchgang zur Küche. Sie sah anders aus als sonst. Sie trug ein elegantes hellblaues Wickelkleid, das ihr bis zu den Knöcheln reichte. Ein Band aus ebenso blauer Seide bändigte ihr schwarzes Haar.

Paolo fand, dass ihm diese Erkenntnis nicht wirklich zukam – aber sie sah wunderschön aus, auf eine sehr klassische, im besten Sinn altmodische Weise.

«Was ist?», fragte sie. «Sie starren mich an, als käme ich von einem anderen Planeten.»

«Äh …» Paolo wurde bewusst, dass er tatsächlich gestarrt hatte. Auch hatte er sich reflexhaft von seinem Stuhl erhoben. Über beides errötete er ein wenig. «Bitte verzeihen Sie, das ... das wollte ich nicht. Es ist nur ... Sie sehen heute so ganz anders aus als sonst.»

«Ist das alles, was Sie an Komplimenten draufhaben?» Sie hob die dunklen Brauen. «Dann wundert es mich nicht, dass Ihre Freundin noch nicht ja gesagt hat.»

Paolo seufzte und sagte sich, dass er ihr niemals von der Sache hätte erzählen dürfen. Verdammter Nocino.

«Das war nur ein Scherz», schickte sie lachend hinterher.

«Witzig», meinte er.

«Setzen Sie sich! Das Essen ist fertig.»

Er nahm wieder Platz, und sie kam mit zwei breitrandigen Nudeltellern, die üppig gefüllt waren. «*Prego*», sagte sie lächelnd, als sie Paolo seine Portion servierte.

Es sah wirklich gut aus.

Pasta, die in kleine Dreiecke geschnitten war, dazu Tomaten, Pinienkerne, Oliven und Streifen von Parmaschinken. Garniert war der Teller mit hauchdünnen Flocken von Parmigiano Reggiano sowie mit frischen Lauchzwiebeln und dem Duft von Zitronen und Oliven.

«Was ist das?», fragte er, nachdem auch Lucia sich gesetzt hatte und zu Serviette und Gabel griff.

«Meine eigene Spezialität – *Maltagliati Lucia*. Ich wollte, dass Sie sie probieren, bevor Sie zurück nach Germania fahren.»

«Warum?»

Lucia lächelte. «Die ‹schief geschnittenen Nudeln› – das heißt *Maltagliati* nämlich übersetzt – waren das Lieblingsgericht Ihres Bruders.»

«Tatsächlich?» Paolo fühlte einen Stich.

Lucia nickte. «Kein *antipasto*, kein *secondo piatto* – nur das. Versuchen Sie mal.»

242

Er leistete ihrer Aufforderung Folge und lud sich eins der ungleich geschnittenen Nudeldreiecke auf die Gabel, zusammen mit etwas Schinken und gerösteten Pinienkernen. Das Ergebnis war ziemlich spektakulär, eine kleine Geschmacksexplosion in seinem Mund, in die sich Aromen von Knoblauch und Kräutern mischten.

«Wirklich gut», bestätigte er. Wenn das Felix erklärtes Lieblingsgericht gewesen war, dann hatten sein Bruder und er wohl zum ersten Mal nach undenklich langer Zeit etwas gemeinsam.

«Es schmeckt Ihnen?» Sie strahlte.

«Und ob.» Paolo nickte. «Sie sind eine herausragende Köchin, Lucia. Ich kann gut verstehen, warum Felix Sie in sein Hotel geholt hat.»

«Danke sehr.» Sie lächelte und griff nach ihrem Glas. «Darauf wollen wir trinken. *Salute.*»

«*Salute.*»

Sie tranken vom Sangiovese, der zu den Maltagliati Lucia passte wie der sprichwörtliche Deckel auf den Topf.

«Wie haben Sie das gemacht?», fragte Paolo dann.

«*Allora*, es ist eigentlich nicht schwer. Sie brauchen dazu nur Mehl und Wasser …»

«Das meine ich nicht.» Er machte eine ausladende Handbewegung. «Ich meine das Restaurant. Wie haben Sie das geschafft?»

«Ich habe mit der Wirtin geredet», erwiderte sie lächelnd. «Die italienische Art, Sie wissen schon.»

Paolo musste grinsen und nahm eine weitere Gabel, probierte eine der Tomaten, die einen leicht süßlichen Geschmack hatte und sich perfekt in das Ensemble fügten. «Eins verstehe ich nicht», gestand er.

«Was?»

«Wenn das *Cavaliere* doch schon seit Monaten geschlossen hat und zuletzt auch gar kein Betrieb mehr möglich war – warum sind Sie trotzdem dort geblieben, noch dazu ganz allein?»

«Weil Ihr Bruder mir erlaubt hat zu bleiben», erwiderte sie. Fast klang es, als würde sie sich verteidigen. «Er sagte, ich könnte im Hotel wohnen, bis …»

«Das meine ich nicht», sagte Paolo.

«Ach so. Sie wollen wissen, warum eine Frau in meinem Alter nicht längst geheiratet und drei *bambini* hat. Noch dazu in *bella Italia*.»

Paolo zuckte mit den Schultern. «Nun ja, der Gedanke ist mir gekommen», sagte er, obwohl ihm die Frage jetzt selbst unpassend vorkam und viel zu persönlich. «Verzeihen Sie, ich wollte nicht unhöflich sein», fügte er deshalb an. «Ungezwungene Unterhaltungen zu führen ist nicht gerade eine Stärke von mir.»

«Merkt man gar nicht.» Sie zog die Nase kraus.

Eine Weile aßen sie schweigend. Schließlich ergriff Lucia wieder das Wort.

«Wenn es nach meiner Familie gegangen wäre, dann wäre es vermutlich genauso gekommen», sagte sie, und Paolo hatte einmal mehr den Eindruck, dass es auch in ihrer Vergangenheit dunkle Stellen gab und wunde Punkte. Aber sie schien anders damit umzugehen, viel pragmatischer als er. «Aber wissen Sie, wer mir beigebracht hat, dass man nicht tun muss, was alle anderen tun? Dass es sich lohnt, an seine Träume zu glauben?»

«Sagen Sie's mir.»

«Ihr Bruder.»

Paolo nickte. Er legte die Gabel weg und nahm einen Schluck Wein. «Nur leider hat es ihm nicht viel genützt, an seine Träume zu glauben», sagte er dann.

«Das dürfen Sie nicht sagen. Ihr Bruder war ein wirklich glücklicher Mensch, Paolo. Er wusste, wie man das Leben genießt, und hatte stets gute Laune. Die Gäste mochten ihn sehr – nur nicht seine Spaghetti, die waren ehrlich gesagt *un disastro*.»

«Kann ich mir vorstellen.»

«Vor allem aber war Ihr Bruder der großzügigste Mensch, den ich je kennengelernt habe. Warum sonst hätte er einer völlig Fremden eine Chance gegeben und sie zu seiner Geschäftspartnerin gemacht?»

Paolo musste zugeben, dass auch er sich diese Frage schon gestellt hatte. Die Antwort, die er sich selbst gegeben hatte, stand in diesem Augenblick wohl deutlich in seinem Gesicht zu lesen.

«Ich weiß, was Sie jetzt denken», sagte Lucia. «So ziemlich alle dachten das, aber es stimmte nicht. Felix und ich waren kein Paar. Ich meine, wir haben uns gut verstanden und uns ergänzt, aber wir …»

Sie unterbrach sich, und Paolo konnte sehen, dass es ihr weh tat, über diese Dinge zu sprechen. Glänzten da sogar Tränen in ihren Augen?

«Ich weiß noch, wie ich ihn das allererste Mal gesehen habe», fuhr sie fort, heiterer jetzt, so als wollte sie sich selbst aufmuntern. «Ich dachte, er wäre einer von diesen typischen Touristen aus dem Norden. Ein Stortebacker.»

«Stortebacker?» Paolo hob die Brauen.

«*Sì*, kennen Sie nicht Stortebacker? Den berühmten deutschen *pirata*?»

«Störtebeker!» Paolo schlug sich vor die Stirn. «Natürlich kenne ich den! Aber was …?»

«So nenne ich die deutschen Männer, die nach Italien in Urlaub kommen», erklärte sie. «Sie sind alle groß und blond und haben Bärte. Und sie bringen ihren Kindern das Schwimmen bei, bis sie weinen.»

«Das haben Sie beobachtet?» Paolo musste lachen.

«Felix war anders. Kein *tedesco tipico*. Er mochte dieses Land wirklich. Und er hat versucht, die Menschen und ihre Gebräuche zu verstehen. Genau wie Sie.»

«Täuschen Sie sich nicht.» Paolo schüttelte den Kopf. «In mir ist sehr viel Deutsches. Und sehr wenig von meinem Bruder. Von unserer gemeinsamen Vorliebe für Ihre Maltagliati einmal abgesehen.»

«Woher wollen Sie das wissen?»

«Ganz ehrlich?» Er legte die Gabel weg und zählte die Argumente an seiner Hand vor: «Erstens: Ich mag Italien nicht besonders. Zweitens: Ich kann die grelle Sonne nicht leiden. Drittens: Ich gehe nicht an den Strand, weil ich sandige Füße unerträglich finde. Viertens … Soll ich weitermachen?»

Lucia musterte ihn über ihr Weinglas hinweg, während sie es in ihren Händen drehte. «*Vero*, Sie sind der einzige Mensch, den ich kenne, der widerspricht, wenn man ihm ein Kompliment machen will. Sie sind seltsam.»

«Vielen Dank auch.»

«Und Sie führen Selbstgespräche», fügte sie hinzu.

Paolo sah sie erschrocken an. «Das haben Sie bemerkt?»

Sie warf ihm einen Blick zu, der wohl bedeuten sollte, dass man es gar nicht übersehen konnte.

Paolo zögerte einen Moment, aber dann nickte er. Sie sollte die Wahrheit erfahren. Nicht, dass es ihm wichtig gewesen wäre, was sie über ihn dachte. Warum auch? Aber vielleicht würde sie ihn dann ein wenig besser verstehen.

Er griff zur Serviette und tupfte sich die Mundwinkel ab,

dann lehnte er sich auf seinem Stuhl zurück. «Ich habe eine Inselbegabung», sagte er rundheraus.

«Sie haben eine Insel? *Una isola?*»

«Eine Insel*begabung*», erklärte er das Wort. «Das bedeutet, dass ich auf einem sehr speziellen Gebiet etwas kann, was die wenigsten anderen Menschen können. Haben Sie schon einmal etwas vom hyperthymestischen Syndrom gehört?»

Lucia schüttelte den Kopf.

Paolo nickte. Das war nicht weiter verwunderlich. «Als ich fünf Jahre alt war, begann sich mein Gedächtnis zu verändern», erklärte er. «Gewöhnlich ist es so, dass Erinnerungen an die frühe Kindheit im Lauf des Grundschulalters verlorengehen. Bei mir war das anders. Die meisten meiner Erinnerungen blieben bei mir. Und ab einem bestimmten Tag in meinem Leben – ich war damals acht Jahre alt – erinnere ich mich praktisch an jede Einzelheit.»

Lucias Augen wurden schmal, sie schien nicht sicher zu sein, ob sie verstand. «Was genau heißt das?»

«Mein episodisches Gedächtnis ist sehr viel stärker ausgeprägt als bei anderen Menschen», erläuterte Paolo. «Seit jenem Tag im Jahr 1982 – es war übrigens ein Mittwoch – kann ich mich an alles erinnern, was seither in meinem Leben geschehen ist. Ich erinnere mich an jedes Datum, an das Wetter an jedem einzelnen Tag und an alles, was mir widerfahren ist.»

«Sie meinen, so als ob Sie ein altes Fotoalbum ansehen würden?», fragte Lucia. «Oder einen Film?»

«Es ist noch viel mehr als das, denn ich erinnere mich auch an alle Sinneseindrücke und Gefühle, selbst an unwichtige Kleinigkeiten. Zwar habe ich im Lauf der Jahre gelernt, mit dieser Fähigkeit umzugehen, aber bis heute kommt es vor, dass mich Erinnerungen einfach überfallen. Sie kommen aus dem Hintergrund meines Bewusstseins und stehen plötzlich vor mir wie ungebetene Gäste, nicht selten in der Gestalt von Menschen, die längst nicht mehr unter uns weilen.»

«Sind Sie … auch Ihrem Bruder begegnet?»

«Soll das ein Witz sein?» Paolo schnitt eine Grimasse. «Er verfolgt mich auf Schritt und Tritt, seit ich in Italien bin. Mal in seiner erwachsenen Gestalt, wie ich ihn zuletzt gesehen habe, dann wieder als zehnjähriger Junge in einer roten Badehose.»

Lucia hob die Brauen. «Warum denn das?»

«Vermutlich, weil er sie an jenem Tag trug, seitdem ich mich an alles erinnern kann – dem 11. August 1982.»

«Warum gerade dieser Tag?»

«Das weiß ich nicht.» Paolo schüttelte den Kopf. «Und glauben Sie mir, ich habe wirklich viel darüber nachgedacht.»

«Ist an diesem Tag etwas Besonderes vorgefallen?»

«Nicht im Geringsten. Es war in den Sommerferien, und wie jedes Jahr waren wir in Cervia. Wir waren am Strand, und ich habe Comics gelesen, während Felix sich wie üblich im Sand gewälzt hat. Abends gab es Pizza und Zitroneneis. Ein ganz normaler Tag.»

«Dann hat es in Cervia begonnen?»

Paolo nickte.

«Und diese Schatten aus der Vergangenheit? Was tun sie?»

«Sie reden, pausenlos.» Paolo lächelte freudlos. «Natürlich können sie mir nichts sagen, was ich nicht schon vorher gewusst hätte, denn sie sind ja ein Teil meiner Erinnerung. Aber können Sie sich vorstellen, wie es ist, wenn die Vergangenheit andauernd zu Ihnen spricht?»

«Jetzt auch?», wollte Lucia wissen.

«Wie gesagt habe ich im Lauf der Zeit gelernt, damit umzugehen. Manchmal gelingt es mir über längere Zeit, die Stimmen

248

auszublenden. Aber dann sind sie plötzlich wieder da, und ich kann nicht beeinflussen, was sie sagen.»

«Das muss entsetzlich sein.»

Paolo lächelte, nun ein wenig versöhnter. «Es ist wie mit den berühmten Superkräften – aus großer Macht folgt große Verantwortung.»

«*Come?*»

«Das stammt aus einem Comic, den ich früher immer gelesen habe. Mein Bruder hat mich dafür immer ausgelacht.»

«Das hätte er nicht tun sollen.» Lucia schüttelte den Kopf. «Hat er von der Sache gewusst?»

«Ja, aber es hat ihn nie groß interessiert. Ich meine, er war ja selbst noch ein Kind. Er hat wohl gar nicht darüber nachgedacht.»

«Und Ihre Eltern?»

Wieder fühlte Paolo einen Stich. Diese Erinnerung tat weh. «Meine Eltern haben getan, was sie konnten. Sie haben mich geliebt, aber sie wussten nicht, wie sie damit umgehen sollen. Als sie merkten, dass ich immerzu gegrübelt hab, statt rumzutoben wie andere Kinder, haben sie mich zu einem Psychologen geschleppt. Aber genau wie seine sechzehn Kollegen, mit denen ich im Lauf meiner Jugend zu tun hatte, konnte er mit meinem Zustand nichts anfangen. Ich war bei einem Dutzend Ärzten, aber überall das Gleiche. Was mit mir los war, habe ich erst viel später begriffen, als in den USA der Fall einer Frau bekannt wurde, der es ähnlich erging wie mir.»

«Das muss furchtbar für Sie gewesen sein», sagte Lucia.

«Ja und nein. Ich habe auch gelernt, die Vorteile meiner Gabe zu nutzen.»

«Arbeiten Sie deshalb für die Polizei?»

Paolo nickte. «Aufgrund meiner Fähigkeit bin ich ganz gut

darin, Informationen aus verschiedenen Quellen zu verarbeiten und Tathergänge zu rekonstruieren.»

«Und deshalb haben Sie sich auch um diesen Fall gekümmert?»

«Nicht ganz freiwillig, glauben Sie mir.» Paolo lachte leise. «Umberto Tantaro hat durchaus eine Rolle dabei gespielt. Er hat mir einfach keine Ruhe mehr gelassen.»

«Und jetzt ist es besser?»

Er zuckte mit den Schultern. «Ich hoffe.»

Lucia sah ihn mit ihren dunklen Augen an. Paolo hätte nicht zu sagen gewusst, was sie dachte. Hielt sie ihn jetzt für völlig durchgedreht, oder hatte sie einfach nur Mitleid mit ihm? Beides wäre furchtbar gewesen, aber Paolo versuchte sich einzureden, dass es ihm gleichgültig sein konnte. Schließlich würde er schon morgen ein Ticket lösen und nach Deutschland zurückfahren. Doch Lucia überraschte ihn einmal mehr.

«Es muss eigenartig sein, so zu leben», sagte sie, «gleichzeitig in der Vergangenheit und in der Gegenwart.»

«Das … ist richtig», erwiderte er verblüfft. Wem auch immer er bislang von seinem Zustand erzählt hatte, hatte zunächst aufmerksam zugehört, ihn dann seines Mitgefühls versichert und danach schleunigst das Thema gewechselt. Aber niemand, nicht einmal Julia, hatte je versucht, sich in seine Lage hineinzuversetzen.

«Ist das der Grund, warum Sie keinen Führerschein haben?»

Paolo nickte. «Es ist schwierig, sich auf den Straßenverkehr zu konzentrieren, wenn jederzeit jemand aus der Vergangenheit auftauchen kann.»

«Und Ihre Abneigung gegen große Menschenmengen?»

«Es ist dann schwieriger, die Stimmen aus dem Inneren zu ignorieren.»

«Und ist es auch der Grund, warum Sie nicht fliegen?»

«Nein.» Paolo schüttelte den Kopf. «Das hat ausnahmsweise nichts damit zu tun.»

Lucia wartete, dass Paolo fortfuhr. Als nichts kam, fragte sie vorsichtig: «Wollen Sie es mir erzählen?»

«Eigentlich nicht», behauptete Paolo, während ihm gleichzeitig klar wurde, dass das nicht stimmte. Bislang war Julia die einzige, die von diesen Dingen wusste. War es nicht illoyal, jemand anderem davon zu erzählen? Zumal einer Person, die er erst seit kurzem kannte?

Lucia schien seinen Zwiespalt zu fühlen. «Es hat mit Ihrer Familie zu tun, nicht wahr?», fragte sie leise.

«Woher …?»

«Weil nur die Familie uns so tief verletzen kann», erwiderte sie, und wieder hatte er den Eindruck, dass sie aus Erfahrung sprach. «Vermutlich ist das auch der Grund dafür, dass Sie Ihren Bruder nie besucht haben. Dass Sie jeden Kontakt zu ihm abgebrochen haben und Ihnen gleichgültig war, was mit dem Hotel geschieht.»

«Vielleicht», sagte Paolo ausweichend, obwohl sie den Nagel auf den Kopf getroffen hatte.

«Dabei haben Sie und Ihr Bruder so viel gemeinsam.»

«Ganz sicher nicht.» Paolo schüttelte entschieden den Kopf. «Wir beide sind …*waren* … so unterschiedlich, wie zwei Menschen nur sein können.»

«Nach außen vielleicht», gab sie zu. «Aber nicht hier drin.» Sie deutete auf die Stelle ihres Herzens.

Paolo schnaubte. «Was soll das, Lucia?», fragte er lauter als beabsichtigt. «Wozu soll das führen?»

«Sagen Sie es mir. Ich habe das Gefühl, dass Sie mir etwas erzählen wollen.»

«Will ich nicht.» Er hob abwehrend die Hände. Plötzlich hatte er Angst davor, sein Schweigen zu brechen. Angst vor dem Preis, den er dafür zahlen würde …

«Warum nicht?» Ihre großen Augen sahen ihn an.

«Weil … es weh tut», erwiderte er und hatte plötzlich Tränen in den Augen. Jene Tränen, die bislang ungeweint geblieben waren. Die er längst hätte vergießen sollen, spätestens, als er an Felix' Grab gestanden hatte. Jetzt waren diese elenden Tränen plötzlich da, unerwünscht und ungebeten …

«Bitte nicht», flüsterte er noch einmal, aber es war zu spät. Der Abgrund der Vergangenheit hatte sich unter ihm geöffnet und verschlang ihn.

«Was ist zwischen Ihnen vorgefallen?», fragte Lucia. Ihre Stimme war kaum mehr als ein Hauch. «Erzählen Sie es mir.»

«Wozu? Es wird meine Erinnerungen nicht ändern.»

«Aber vielleicht ja das, was Sie dabei empfinden.»

Paolo schüttelte den Kopf. Ein Teil von ihm wehrte sich noch immer – während ein anderer bereits das Schweigen brach und leise zu erzählen begann …

«Wenn ich zurückdenke, habe ich das Gefühl, die Hälfte meiner Kindheit in Italien verbracht zu haben», sagte er, leise und stockend. «Meine Eltern haben dieses Land geliebt. Ich glaube, nur hier waren sie wirklich glücklich. Beide waren stark in ihre Berufe eingebunden, mein Vater war Rechtsanwalt, meine Mutter Lehrerin. Wann immer sich die Gelegenheit bot, sind wir hier runtergefahren. Zur hellen Freude meines Bruders, den sie mit ihrer Begeisterung angesteckt hatten …»

«Aber Sie nicht, oder?»

Paolo lächelte schwach. «Mir ist klar, dass jedes andere Kind mich beneidet hätte, und es war auch nicht immer schreck-

252

lich. Als ich jetzt nach so langer Zeit wieder nach Cervia kam, war ich selbst überrascht, wie positiv ich manches in Erinnerung hatte. Aber damals haben mich Hitze, Sand und grelles Sonnenlicht nur abgeschreckt. Ich war ein stilles Kind, immer lieber für mich allein als mit anderen zusammen, und es gab ja Gründe dafür. So blieb es meine ganze Jugendzeit hindurch. 1991 waren wir das letzte Mal alle zusammen in Italien, die ganze Familie. Im Jahr darauf habe ich mein Abitur gemacht und bin dann zum Studieren in die USA gegangen.»

«Ich denke, Sie fliegen nicht?»

«Damals schon», erwiderte Paolo mit tonloser Stimme. Er holte tief Luft, bevor er fortfuhr. «Felix war zu der Zeit schon nach Italien abgehauen. Er war nie eine große Leuchte in der Schule und hatte sie abgebrochen, um jenseits der Alpen das *dolce vita* zu leben. Unsere Eltern haben ihn nicht daran gehindert. Im Gegenteil – sie waren stolz auf ihn, weil er tat, was sie nie gewagt hatten, weil er seinen Traum verfolgte. Konkret sah das so aus, dass er sich mit Gelegenheitsjobs über Wasser hielt. Er hat in Hotels als Animateur gearbeitet oder während der Saison in der Küche ausgeholfen.»

«Und was ist falsch daran?», fragte Lucia.

«Wahrscheinlich gar nichts.» Paolo zuckte mit den Schultern. «1998 kam Felix auf den Gedanken, ein eigenes Restaurant zu eröffnen – und das, obwohl seine Spaghetti schon damals *un desastro* waren», fügte er in Anspielung auf Lucias Bemerkung hinzu. «Um sein Vorhaben in die Tat umzusetzen, brauchte Felix einen Kredit. Unsere Eltern setzten ohne Zögern ihre Ferienwohnung in Cervia als Sicherheit ein. Damit begann ein Teufelskreis, denn um die Wohnung zu behalten, steckten sie im Lauf der Zeit immer wieder Geld in das Restaurant. Ich weiß bis heute nicht, wie viel es insgesamt war. Miete, Betriebskosten, Personal ... Der Laden war ein Fass ohne Boden. Und es lief nicht gut.» Paolo pausierte, nahm einen tiefen Schluck von seinem Wein.

«2003 war dann Schluss», erzählte er weiter. «Das Restaurant musste dichtmachen. Unsere Eltern verloren ihre Wohnung. Außerdem stellte sich heraus, dass sich Felix von den falschen Leuten Geld geliehen hatte. Man hatte seinen Betrieb missbraucht, um schmutzige Einkünfte zu waschen. Ihm drohte Gefängnis. Unsere Eltern reisten nach Italien, um ihm beizustehen, Vater war schließlich Rechtsanwalt. Er ließ alles stehen und liegen, und zusammen mit meiner Mutter nahm er das nächste Flugzeug nach Italien. Unser Vater war ein guter Anwalt. Er sorgte dafür, dass die Gefängnisstrafe in eine Geldbuße umgewandelt wurde. Danach wollte er so schnell wie möglich wieder in seine Kanzlei zurück. Doch auf dem Rückflug von Rimini geriet die Maschine über den Alpen in Turbulenzen und prallte gegen eine Felswand. Alle Passagiere und Besatzungsmitglieder starben.»

«O nein!» Lucia hatte die Hand vor den Mund geschlagen. «Mein Gott ... Felix hat mir natürlich erzählt, dass seine Eltern nicht mehr leben ... aber ich wusste nicht ...»

Paolo fuhr mit monotoner Stimme fort. «In all den Jahren waren unsere Eltern immer mit der Bahn oder mit dem Auto nach Italien gefahren. Meine Mutter hatte Flugangst, aber um möglichst rasch bei Felix zu sein, hatte sie sich dieses eine Mal überwunden ...» Paolo sah Lucia an, und es war ihm egal, dass die Tränen jetzt ungehemmt über seine Wangen liefen. «Ich war in New York, als mich der Anruf der Fluggesellschaft erreichte. Es war der 17. April 2003, und bis heute kann ich den genauen Wortlaut wiederholen.» Er wandte den Blick und starrte auf den beinahe leeren Teller vor sich. «Ich bin mit der

254

nächstbesten Maschine zurück nach Deutschland geflogen. Danach bin ich nie mehr in ein Flugzeug gestiegen.»

«Paolo», flüsterte Lucia. Es war Mitleidsbekundung, Zuspruch und Trost zugleich.

«Das Barvermögen unserer Eltern reichte gerade aus, um Felix' restliche Schulden und eine üppige Strafzahlung zu begleichen. Ein Jahr später kam er dann mit dieser Idee zu mir, in Cervia ein Hotel zu eröffnen.»

Paolo konnte nicht anders, als angesichts dieser Erinnerung den Kopf zu schütteln. Er sah Felix vor sich, braungebrannt und vor Begeisterung sprühend … «Ich habe ihn gefragt, ob er den Verstand verloren hätte, ob er aus der Vergangenheit nichts gelernt hätte. Aber er war von seiner Idee nicht abzubringen. Er bestand darauf, seinen Anteil am gemeinsamen Erbe ausgezahlt zu bekommen, und zwang mich dazu, das Haus zu verkaufen, in dem wir aufgewachsen waren. Für Felix war es ein leichter Schritt, eine Entscheidung für die Zukunft, wie er sagte. Für mich dagegen …»

Er brach ab. Mit Worten war ohnehin nicht zu beschreiben, was er damals empfunden hatte und bis auf den heutigen Tag empfand, wann immer er seinen Gedanken erlaubte, diese Richtung einzuschlagen.

«Mit dem Anteil, der ihm zustand, kaufte er das *Cavaliere*», fuhr Paolo schließlich fort. «Bevor unsere Eltern die Ferienwohnung gekauft haben, haben wir manchmal dort Urlaub gemacht. Deshalb war es für ihn wohl eine logische Wahl. Für mich war klar, dass es nur ein neues Loch wäre, in dem das Vermögen der Familie verschwinden würde. Ich hatte das Gefühl, dass es maßlos egoistisch von ihm war und verantwortungslos unseren Eltern gegenüber. Und insgeheim», fügte er leiser hinzu, «gab ich ihm wohl auch die Schuld an ihrem Tod.»

255

«Das kann ich gut verstehen», sagte Lucia. Ihre Stimme klang belegt.

Er sah sie an, dankbar dafür, dass sie ihm nicht widersprach – obwohl er inzwischen längst erkannt hatte, dass zumindest in dieser Hinsicht seinen Bruder keine Schuld traf. So wie vielleicht auch Rudolfo Pandolfi irgendwann seine Fehler erkannt hatte. Aber da war es zu spät gewesen …

«Er lud mich ein, ihn in Italien zu besuchen und mir das Hotel anzusehen. Aber das wollte ich nicht», erzählte Paolo weiter. «Anfangs telefonierten wir noch ab und zu. Dann hatten wir nur noch Mail-Kontakt. Es lag nicht an Felix, sondern an mir. Ich sah keinen Sinn mehr darin, mit ihm zu reden, er hatte ja bekommen, was er wollte. Seine letzte Mail kam 2011, zusammen mit einem Foto von ihm. Er wollte mich in Deutschland besuchen, aber ich sagte, dass ich keine Zeit hätte, weil ich annahm, dass er mich nur wieder um Geld anpumpen würde.»

«Aber das war nicht der Fall», wandte Lucia ein.

«Nein», bekannte Paolo traurig. «Heute fürchte ich, dass er bereits wusste, wie es um ihn bestellt war. Vermutlich wollte er es mir einfach nur sagen. Mir, seinem Bruder.»

Er hatte geahnt, dass seine Worte nicht ohne Konsequenzen bleiben würden. Er hatte geahnt, dass da Schmerz und Chaos auf ihn warteten, und es war der Grund dafür, weshalb er sich all die Jahre so dagegen gewehrt hatte, nach Italien und speziell nach Cervia zurückzukehren. Doch nachdem es bislang ausgeblieben war, hatte Paolo gegen jede Vernunft gehofft, mit einem blauen Auge davonzukommen und sich einfach wieder nach Deutschland zurückstehlen zu können, in sein altes Leben. Und vielleicht hatte er sogar geglaubt, dass er mit dem Verkauf des Hotels auch die Erinnerung an Felix irgendwie loswerden würde. Doch jetzt wurde er eines Besseren belehrt.

Vergangenheit und Gegenwart stürzten gleichzeitig auf ihn ein, nicht in großen Erinnerungen, sondern in Form all der kleinen Momente, die andere Menschen im Lauf der Zeit vergaßen, die sich ihm jedoch in allen Einzelheiten ins Gedächtnis brannten: seine Mutter, wie sie am 16. Oktober 1984 besorgt seine fiebrige Stirn fühlt; sein Vater, wie er am 7. April 1987 nach Hause kommt, wütend über sich selbst, weil er eine Delle in den nagelneuen Wagen gefahren hat; Felix, wie er am 19. Oktober 1982 einen knallroten Lolli lutscht; er selbst im Jahr 1985 beim Auspacken eines Geschenks unter dem Weihnachtsbaum. Die Geschenkbänder sind silberfarben, mit bunten Sternen auf dem Papier, und es riecht nach Zimt und Kerzen, und in dem Karton ist ein Mikroskop ...

Als würden sich tausend Nadelpikser zu einem Messerstich bündeln, mündeten all diese Erinnerungen in einen einzigen umfassenden Schmerz. Paolo wusste nicht mehr, wo er war. Deutschland, Amerika, Italien, 1982, 2012, 1998 ... Alles verschwamm zu einer einzigen peinigenden Erinnerung. Starr saß er da, unfähig, sich zu rühren oder zu äußern, umgeben von Bildern und Personen, die sich in diesem Moment nicht weniger wirklich anfühlten als das, was ihn tatsächlich umgab.

Wie lange dieser Zustand andauerte, hätte er später nicht zu sagen vermocht. Aber er endete, als sich sanft, aber bestimmt eine Hand auf seine Schulter legte. Paolo zuckte zusammen. Dann blickte er auf und sah eine verschwommene Gestalt über sich – Lucia. Und der Ausdruck in ihren Augen war derselbe, mit dem sie auch Signora Pandolfi bedacht hatte. Voller Mitgefühl. Voller Freundlichkeit, die er nicht verdiente.

Unwillkürlich entzog er sich ihrer Hand.

Julia sah ihn weiterhin freundlich an. «Paolo, glauben Sie nicht, dass es an der Zeit ist zu verzeihen?»

«Das habe ich längst», versicherte Paolo. «Aber ich kann es dennoch nicht vergessen.»

«*Certo che no.*» Sie beugte sich zu ihm hinab, sodass sie ihm in die Augen sah. «Weil Sie nur Ihrem Bruder verziehen haben, aber nicht sich selbst.»

«Ich war nicht da für ihn, als er mich gebraucht hat.»

«Nein.» Sie schüttelte den Kopf. «Aber er war auch nicht allein – anders als Sie. Nicht nur Sie haben Ihren Bruder im Stich gelassen, Paolo. Er hat auch Sie im Stich gelassen, als Sie ihn gebraucht hätten. Ist jemand daran schuld? Ich weiß es nicht. Aber ich weiß, wir alle sind nur Menschen. Wir geben unser Bestes, aber manchmal reicht es nicht. Dinge geschehen, die wir nicht beeinflussen können, *inalterabile.*»

«Unabänderlich», flüsterte Paolo.

«Sie müssen loslassen», fuhr sie fort. «Ich kann mir vorstellen, dass das schwer für Sie ist, aber Sie müssen loslassen. Hören Sie auf, sich einzureden, dass Sie mehr für die Vergangenheit könnten als andere, nur weil Sie sich besser an sie erinnern. Das lässt Sie nur einsam werden und traurig. Und das haben Sie nicht verdient.»

Paolo starrte sie an. Seine Tränen waren versiegt. Er war leer, erschöpft und ausgelaugt wie nach einem zehnstündigen Arbeitstag. Doch zu seiner Überraschung stellte er fest, dass er sich weder elend fühlte noch am Boden zerstört. Bei aller Dunkelheit war da plötzlich auch Hoffnung, ein Silberstreif am Horizont.

Er brachte ein zaghaftes Lächeln zustande, das Lucia erwiderte. «Besser?», fragte sie.

Paolo wusste nicht, was er erwidern sollte. In einem Anflug von Scham wandte er sich ab und wischte sich die Tränen aus dem Gesicht – als aus der Innentasche seines Jacketts plötzlich ein Piepen drang.

Eine Textnachricht war eingegangen.

Reflexhaft griff er nach dem Handy. Noch einmal musste er sich mit dem Handrücken über die Augen wischen, um auf dem Display etwas erkennen zu können.

«Schau an», sagte er dann.

«Was ist los?», fragte Lucia.

«Der Informant», sagte Paolo. «Er schreibt, er habe etwas Wichtiges erfahren, und will mich noch einmal treffen. Jetzt gleich, am selben Ort wie beim letzten Mal.»

«*E cosa?*» Lucia hatte sich erhoben. Sie stemmte die Hände in die Hüften. «Sie werden doch nicht etwa hingehen wollen?»

Paolo schauderte bei der Erinnerung an die mitternächtliche Hetzjagd. Genau wie Lucia verspürte auch er nicht die geringste Lust, sich noch einmal in das alte Kloster zu begeben. Aber er wusste auch, dass er keine Wahl hatte.

Vielleicht hatte Lucia wirklich recht und er war der Vergangenheit nichts schuldig, Felix nicht und auch Umberto Tantaro nicht.

Aber der Wahrheit fühlte er sich nach wie vor verpflichtet.

## KAPITEL 31

Ein Taxi brachte sie zur Kirche Sant'Uldarico. Lucia hatte es sich einmal mehr nicht nehmen lassen, Paolo zu begleiten. Er hatte es ihr auszureden versucht, doch ohne Erfolg, und wenn er ehrlich war, fühlte es sich besser an, wenn sie an seiner Seite war. Über seinen Zusammenbruch im Restaurant sprachen sie nicht mehr. Aber Paolo fühlte sich seither besser … und auch das hatte er Lucia zu verdanken.

Paolo bezahlte den Taxifahrer, und sie stiegen aus. Nebel war aufgezogen und kroch durch die Straßen, von den Laternen gelb beleuchtet. Die Luft war kühl und feucht.

Da die Kirchentüren wiederum verschlossen waren, schlugen sie denselben Weg ein wie beim letzten Mal, um zu der Mauer auf der rückwärtigen Seite der Kirche zu gelangen. Wachsam schaute Paolo sich um, doch bis auf die Autos, die ab und zu den Borgo Felino heraufkamen, war niemand zu sehen. Kein geheimnisvoller Verfolger diesmal.

Sie umrundeten das Gebäude wie vor zwei Nächten. Das Gittertor stand wieder offen, und über den Hinterhof gelangten sie zur Rückseite des ehemaligen Klosters. Auch die kleine Tür hinter dem Mauerpfeiler fanden sie wieder unverschlossen und schlüpften hinein. Paolo registrierte jedoch, dass etwas anders war als beim letzten Mal. Ein seltsamer Duft, der in der kühlen Luft hing und den er nicht zuordnen konnte, eigenartig süßlich und herb zugleich. Im Halbdunkel sahen sie die Bögen des Kreuzgangs, schwarz vor dem dunklen Grau des Himmels. Auch im Innenhof lag Nebel. Paolo fröstelte.

«Hallo?», fragte er halblaut in das Dunkel.

Keine Antwort.

Unruhe befiel Paolo. Sein Magen rebellierte.

«Hallo? Ist da jemand?», fragte er noch einmal. Er ging ein paar Schritte – als sein rechter Fuß plötzlich gegen ein Hindernis stieß.

Zuerst glaubte Paolo, dass es ein loser Pflasterstein wäre, aber dann wurde ihm klar, dass das Hindernis größer war und schwerer, und er zückte sein Handy und schaltete das Display an, um Licht ins Dunkel zu bringen.

Er prallte zurück, als der schwache Lichtschein den leblosen Körper eines Mannes erfasste.

Lucia schlug eine Hand vor den Mund, als wollte sie sich selbst am Schreien hindern. Ihre Augen waren schreckgeweitet.

Kein Zweifel – der Mann, der da reglos auf dem Rücken lag, war ihr Informant. Er trug dieselbe schwarze Kleidung, die er auch vor zwei Nächten getragen hatte – Jeans und Motorradjacke. Seine Mütze war halb herabgezogen, silbergraues Haar war darunter zu erkennen. Jetzt sah Paolo zum ersten Mal das Gesicht des Mannes. Er mochte um die fünfzig sein. Seine Lippen waren dünn, die Wangen hohl, die dunklen Augen starrten glasig ins Leere. Unter dem kantigen, unrasierten Kinn klaffte eine grässliche Wunde. Jemand hatte ihm die Kehle durchgeschnitten. Entsprechend groß war die Blutlache, die sich über den Boden ausgebreitet hatte und zu dickflüssig war, um in den Ritzen zwischen den Pflastersteinen zu versickern. Ohne es zu merken, war Paolo hineingetreten.

Lucia wich an die Rückwand des Kreuzgangs zurück. Entsetzen schüttelte sie, während sie auf den See aus Blut starrte.

«Sind Sie okay?», fragte Paolo.

Sie nickte krampfhaft, aber natürlich war nichts okay. Sie zitterte am ganzen Körper und stand sichtlich unter Schock.

Paolo sah sich gehetzt um. Sein erster Impuls war, die Flucht zu ergreifen. Dennoch blieb er. Die Parallele war nicht zu übersehen: Genau wie Umberto Tantaro hatte auch dieser Mann mit ihm reden wollen, und kurz darauf hatte man ihn zum Schweigen gebracht. Nur dass man diesmal gar nicht erst versucht hatte, das Verbrechen zu vertuschen.

Paolo betätigte die Taschenlampen-App des Smartphones und nahm in ihrem grellen Licht den Leichnam in Augenschein. Das Blut glänzte dunkelrot, Kleidung und Gesicht des Toten waren damit besudelt.

Paolo machte eine Aufnahme. Nachdem er den ersten Schreck überwunden hatte, hatte der Ermittler in ihm die Kontrolle übernommen. Da das Blut nur teilweise geronnen war, konnte die Tat noch nicht lange zurückliegen. Unter Berücksichtigung von Temperatur und Luftfeuchte tippte Paolo auf eine knappe Stunde. Genügend Zeit für den Mörder, um sich aus dem Staub zu machen. Paolo ging davon aus, dass es sich um einen männlichen Täter handelte, denn anders als im Fernsehen oft dargestellt, gehörte einiges an roher Körperkraft dazu, die Halsschlagader eines Menschen zu durchtrennen.

Vermutlich, überlegte Paolo, hatte der Mörder den Informanten im Dunkeln überrascht. Was allerdings voraussetzte, dass er gewusst hatte, dass sich dieser zu später Stunde im alten Kloster einfinden würde. Hatte er von der Nachricht gewusst, die der Informant an Paolo geschickt hatte? Und lauerte er womöglich noch immer irgendwo?

Paolo merkte, wie sich die Haare in seinem Nacken sträubten. Er richtete sich auf und sah sich um. Doch jenseits des

Lichtscheins war kaum etwas zu erkennen. Wieder verspürte er den Impuls, den Ort des Verbrechens zu verlassen. Sie würden sich in Sicherheit bringen und dann anonym die Polizei verständigen, denn Borghesi würde sicher nicht begeistert sein über diese neue Entwicklung.

Mit einem letzten Blick in Richtung des Ermordeten wollte Paolo sich abwenden – als ihm etwas auffiel.

Während die linke Hand des Toten auf seiner Brust lag und nicht von Blut befleckt war, war die andere bis zu den Fingern rot gefärbt. Zuerst hielt Paolo das für Zufall, aber dann sah er, dass auch die niedrige Steinmauer, die den Hof zur Innenseite umlief und an deren Fuß der Leichnam lag, mit Blut beschmiert war. Ein Kreis war zu erkennen, von fahrigen Strichen durchzogen.

«Was ist das?», sagte er mehr zu sich selbst als zu Lucia, die bislang schweigend zugesehen hatte.

«Sieht aus wie ein … Zeichen», erwiderte sie dennoch mit vor Entsetzen tonloser Stimme.

«Allerdings.» Paolo nickte. Natürlich war ihm klar, dass es auch eine zufällig entstandene Blutspur sein konnte. Vielleicht hatte der tödlich Verwundete mit letzter Kraft versucht, sich an der Mauer aufzurichten, und war dabei abgerutscht?

Doch mit etwas Phantasie und gutem Willen konnte man auch mehr darin sehen – etwa, dass der Sterbende bewusst seine rechte Hand in sein eigenes Blut getaucht und dieses Zeichen – oder was immer es sein mochte – bewusst hinterlassen hatte …

«Vielleicht wollte er damit noch einen letzten Hinweis geben», sagte Paolo nachdenklich.

«Sie meinen …?» Lucias Stimme zitterte.

«Vielleicht wollte er uns die Identität seines Mörders verraten.»

Eilig machte Paolo auch davon ein Foto. Dann wandte er sich ab und ging zu Lucia.

Mit totenbleicher Miene hatte sie an der Wand neben der Tür ausgeharrt, erst jetzt kam wieder Bewegung in sie. Paolo legte ihr beruhigend eine Hand auf die Schulter und wollte sie sanft durch das niedrige Tor nach draußen führen – als dort der grelle Lichtkegel einer Taschenlampe sichtbar wurde.

Instinktiv riss Paolo Lucia zurück und schob sie in den Schutz der Mauer. «Verstecken Sie sich», zischte er.

«*Perché? Cosa ...?*»

«Schnell», drängte er und drückte ihr rasch sein Smartphone in die Hand. «Und bleiben Sie auf jeden Fall in Ihrem Versteck. Egal, was passiert, verstanden?»

Sie nickte und wich in die Dunkelheit des Kreuzgangs zurück. Da sie anders als Paolo nicht in die Blutlache getreten war, hinterließ sie am Boden keine Spuren. Einen Augenblick lang war ihre bleiche Miene noch im Halbdunkel zu erkennen, dann war sie in der Schwärze verschwunden.

Mit pochendem Herzen wandte sich Paolo wieder dem Durchgang zu. In diesem Moment traf ihn der Lichtschein der Taschenlampe, blendend und grell.

Reflexhaft riss er die Hände empor, um seine Augen zu schirmen. Eine schemenhafte Gestalt trat unter dem niedrigen Türsturz hindurch in den Kreuzgang. Sie trug einen Trenchcoat, dessen Kragen hochgeschlagen war.

«*Buonasera*, Signor Ritter», sagte Commissario Borghesi. «So spät noch unterwegs?»

Paolo brauchte einen Moment, um seine Überraschung zu überwinden. Die Hände noch immer vor dem Gesicht, wandte sich halb ab. «Könnten Sie ... das Ding vielleicht wegnehmen?»

«*Certo.* Ich bitte um Entschuldigung.» Borghesis sonore

Stimme troff vor Sarkasmus, während er die Lampe großmütig ein wenig tiefer richtete.

Paolos Herz pochte. Er musste an die Gestalt denken, die Lucia und ihn vor zwei Nächten verfolgt hatte …

«Was tun Sie hier?», stieß er hervor.

«Ein anonymer Anruf», antwortete Borghesi. «Es hieß, ich würde hier etwas finden. Und das war nicht übertrieben.» Der Lichtkreis seiner Lampe erfasste die Leiche am Boden. Der grelle Schein spiegelte sich im glänzenden Blut. «Die Frage ist wohl eher, was Sie hier tun, Signor Ritter», fügte Borghesi an.

«Dieser Mann da hat mir eine Nachricht geschickt», sagte Paolo, auf den Toten deutend. «Er hat mich zu einem Treffen hierherbestellt. Doch als ich ankam, war er bereits tot.»

Borghesi schnaubte. «Kommt mir irgendwie bekannt vor.»

«Was soll das heißen?»

«Das soll heißen, dass ich Sie nun schon zum zweiten Mal mit der Leiche eines Mannes antreffe, der Sie angeblich kurz vorher angerufen hat, Signor Ritter. Und ich frage mich langsam, was ich davon halten soll.»

In diesem Moment wurde Paolo klar, dass er ein Narr gewesen war. Ganz offensichtlich hatte man ihm eine Falle gestellt. Und er war blindlings hineingetappt.

«Das kann ich Ihnen nicht verdenken, aber ich habe nichts mit dieser Sache zu tun», beteuerte Paolo, während er gleichzeitig versuchte, in seinem Kopf die losen Enden zu verknüpfen. Hatte wirklich der Informant die Nachricht auf sein Handy geschickt? Oder war es vielmehr sein Mörder gewesen, der so den Verdacht von sich ablenken wollte? Und war es auch der Mörder gewesen, der Borghesi angerufen hatte?

Paolo sah sich um. «Sind Sie … allein?», fragte er schließlich.

Borghesi schien zu stutzen. «Wozu wollen Sie das wissen?»

Paolo biss sich auf die Lippen. Er konnte ja schlecht sagen, dass er Borghesi im Verdacht hatte, sie neulich nachts verfolgt zu haben. Und dass er sich in diesem Moment ernsthaft fragte, ob nicht vielleicht der Commissario selbst den Informanten in Farneses Auftrag zum Schweigen gebracht hatte. Und ob er nun womöglich versuchte, ihm die Sache in die Schuhe zu schieben …

In diesem Moment drängten sich weitere Gestalten mit Taschenlampen in den Kreuzgang. Dass sie die blauen Uniformen der italienischen Staatspolizei trugen, fand Paolo zunächst einmal beruhigend. Dass sie ihre Dienstwaffen gezückt hatten und auf ihn richteten, eher nicht.

«Was soll das?», fragte er.

«Das will ich Ihnen sagen, Signore Ritter. Sie sind wegen Mordverdachts festgenommen.»

«Soll das ein Witz sein?»

Borghesi sah auf den Boden, wo überall Paolos blutige Schuhabdrücke verteilt waren.

«*Certamente no*», beteuerte er.

«Hören Sie, ich habe damit nichts zu tun», wiederholte Paolo. «Welches Motiv hätte ich gehabt, diesen Mann zu ermorden? Ich kenne ihn ja nicht einmal! Und wo ist die Tatwaffe?»

«Keine Sorge», beteuerte Borghesi, «die werden wir schon finden, und dann werde ich Ihnen eine Lektion in Sachen sorgfältiger Polizeiarbeit erteilen.»

«Ausgerechnet.» Paolo lachte bitter auf.

Borghesi winkte seinen Leuten zu, worauf zwei von ihnen vortraten, Paolos Arme auf den Rücken drehten und ihm Handschellen anlegten.

«Sie machen einen Fehler, Borghesi», rief Paolo, während sie ihn bereits abführten. «Es hängt alles zusammen!»

«Das tut es doch immer, nicht wahr?»

Die Beamten wollten Paolo nach draußen bugsieren, aber er stemmte sich mit einem Fuß gegen den Türsturz. «Dieser Mann dort war auf dem hiesigen Schwarzmarkt tätig», rief er über die Schulter. «Er hat Künstler für professionelle Fälschungen angeheuert.»

«Aha.» Der Kommissar nickte. «Und ich dachte, Sie kennen den Mann nicht.»

«Sie verstehen nicht! Der Correggio in der Galerie … er ist eine Fälschung!»

Borghesis Stirn zerknitterte sich in völligem Unverständnis. «Das Bild, das Sie aus Deutschland hergebracht haben?»

«Genau. Nur dass es da noch das Original gewesen ist.»

Von draußen kam ein weiterer Polizist und riss Paolo grob unter dem niederen Sturz hindurch. Er stieß sich den Kopf, aber in der Aufregung fühlte er keinen Schmerz. «Inzwischen wurde es ausgetauscht», rief er verzweifelt, während man ihn hinauszerrte. «Fragen Sie Farnese, hören Sie?»

Borghesi ließ nicht erkennen, ob er verstand, was Paolo sagte, oder ob er überhaupt zuhörte. Er wandte seine Aufmerksamkeit dem Leichnam zu, während Paolo an der Klostermauer entlang zu einem Streifenwagen geschleift wurde.

Paolo konnte nur hoffen, dass die Polizei Lucia nicht finden würde – und dass sie von sich aus wissen würde, was sie zu tun hatte.

# KAPITEL 32

Paolo fand kaum Schlaf in dieser Nacht, und das nicht nur, weil der Schädel ihm noch immer weh tat und die Pritsche in der Zelle hart war und unbequem. Tausend Gedanken gingen ihm durch den Kopf, Stimmen aus der Vergangenheit. Und wann immer er für einen kurzen Moment einnickte, verfolgten sie ihn als dunkler Albdruck in seinem Traum.

Da war Umberto Tantaro, der beharrlich verlangte, dass seine Ermordung nicht ungeahndet bleiben dürfe; der Informant, von dem Paolo nicht einmal den Namen kannte und der mit blutiger Hand wirre Zeichen malte; da waren seine Eltern, die stets beteuerten, wie gut sie ihn verstünden und wie stolz sie auf ihn seien, während sie in ein Flugzeug stiegen und sich immer weiter von ihm entfernten. Und natürlich war da Felix – abwechselnd in seiner Badehose am Strand, dann wieder auf dem Friedhof – und sprach von einem Hotel, das er eröffnen wolle, von Vergebung und von zweiten Chancen.

Paolo hatte keine Ahnung, was sie alle von ihm wollten. Sie redeten gleichzeitig auf ihn ein und riefen seinen Namen, wieder und wieder …

«Paolo? Paolo, hörst du mich? Wach auf!»

Es dauerte eine Weile, bis er begriff, dass die Stimme nicht aus seinem Unterbewusstsein kam. Etwas in ihm wehrte sich dagegen zu erwachen und ins Hier und Jetzt zurückzukehren, aber dann blinzelte er.

Grelle Beleuchtung blendete ihn. Darüber eine nüchterne, weiß gekalkte Decke. Davor eine Gestalt, die ihm einen kurzen Moment lang wie ein Engel erschien.

*Come un angelo …*

«Lucia?», flüsterte er und blinzelte abermals.

Allmählich gewöhnten sich seine Augen an das Licht, und Paolo erkannte, dass die Gestalt schlank war und groß und eine graue Kombination aus Blazer und weiter Hose trug. Ihr blondes Haar war streng zurückgekämmt und zum Pferdeschwanz gebunden. Dann stieg ihm der Duft von Annick Goutal in die Nase, Matin D'Orage …

*Julia!*

Für einen Moment glaubte Paolo, noch zu träumen, aber die harte Pritsche unter ihm und die italienischen Stimmen im Hintergrund ließen auf die raue Wirklichkeit schließen. Die attraktive Frau, die vor ihm stand und mit besorgter Miene auf ihn hinabblickte, war ganz offenbar nur allzu real.

«Guten Morgen, Schlafmütze.»

«Julia.» Paolo schoss in die Höhe, nur um es gleich wieder zu bereuen. Die Beule an seinem Kopf schmerzte, sein Nacken war verspannt von der Nacht auf dem kargen Lager. Er stöhnte.

«Langsam», sagte Julia.

Paolo nickte und rieb sich den Kopf, der wie eine Hammerschmiede dröhnte. Nachdem die Polizisten ihn aufs Revier gebracht hatten, hatte er dort bis nach Mitternacht in einem Vernehmungszimmer gewartet. Schließlich war Borghesi gekommen und hatte ihn befragt. Doch Paolo hatte ihm nicht mehr erzählen können, als er ihm bereits im Kloster gesagt hatte. Gegen zwei Uhr nachts hatte Borghesi die Vernehmung abgebrochen und Paolo in diese Zelle für Untersuchungshäftlinge gesteckt.

«Was … was tust du hier?», fragte er, während er sich vorsichtig aufsetzte und die Beine von der Pritsche baumeln ließ. Seine Überraschung über ihr Auftauchen hatte er noch immer nicht ganz verwunden. Er fühlte sich elend und völlig überrumpelt.

«Der Bericht, den du mir geschickt hast», sagte sie, «die Aussage von Carmelia Pandolfi und das Bild des Correggio an der Wohnzimmerwand Ihres Sohnes. Und außerdem war da noch die Probe der Teppichfasern, die du mir geschickt hast.»

«Und?», fragte Paolo. Seine Stimme klang, als hätte er die Flasche Sangiovese ganz allein getrunken. Dabei hatte er nicht mal ein Glas gehabt.

«Dein Verdacht hat sich als begründet erwiesen. In dem getrockneten Rotwein in den Wollfasern konnte tatsächlich Digoxin nachgewiesen werden. In ausreichender Menge, um bei einem vorbelasteten Menschen zu akutem Herzversagen zu führen. Glückwunsch, Paolo. Du hattest mal wieder den richtigen Riecher.»

«Danke», murmelte Paolo.

«Nachdem ich diese beiden Dinge erfahren hatte, habe ich mir bis Montag freigenommen und bin in die nächste Maschine nach Parma gestiegen.»

«Um vor Ort zu ermitteln?»

Julia sah ihn streng an. «Um dich davon abzuhalten, weiter in der Sache herumzustochern, Staub aufzuwirbeln und dich in noch mehr Schwierigkeiten zu bringen. Vielleicht kannst du dir meine Überraschung vorstellen, als ich die Nummer deines Handys gewählt habe und eine Italienerin am Apparat hatte.»

«Lucia.» Paolo nickte. Er hatte ihr ja sein Smartphone gegeben. «Geht es ihr gut?»

«Davon ist auszugehen.» Julia verschränkte die Arme vor

der Brust. «Meine Besorgnis galt eher dir, nachdem ich erfahren hatte, dass du auf eine weitere Leiche gestoßen bist und unter Mordverdacht festgenommen wurdest.»

«Es … lief nicht wie geplant», gab Paolo zu. Sein Schädel dröhnte noch immer, aber seine Stimme hörte sich langsam wieder an, als gehörte sie zu ihm.

«Ach so?» Sie hob die Brauen. «Wie war es denn geplant?»

«Dieser Mann war ein Informant. Er hatte mir eine Nachricht geschickt, schrieb etwas von neuen Informationen, die er für mich hätte.»

«Und du bist sofort hingefahren?»

Paolo nickte. Es war dämlich gewesen, das war ihm jetzt auch klar. Ganz sicher hatte es auch mit dem Gemütszustand zu tun, in dem er sich befunden hatte. Er fühlte sich nicht in der Lage, es Julia zu erklären.

«Was hast du dir nur dabei gedacht? Hatte ich dir nicht gesagt, dass du vorsichtig sein sollst? Dass du dich genau vor solchen Dingen in Acht nehmen sollst?»

«Hast du», gestand er kleinlaut. «Es war ganz offenbar eine Falle. Als ich zum Treffpunkt kam, war der Informant bereits tot. Gut möglich, dass mir der Mörder die Nachricht geschickt hat. Anschließend hat er der Polizei einen Tipp gegeben, um den Verdacht auf mich zu lenken – und die sind ihm auf den Leim gekrochen. Bei dem zuständigen Commissario kein Wunder. Warte ab, bis du ihn kennenlernst. Der Typ ist eine Katastrophe.»

«Ich hatte bereits das Vergnügen», erwiderte Julia. «Und nur zu deiner Information – die Katastrophe steht in der Tür.»

Sie trat zur Seite und gab den Blick auf den Mann frei, der lässig im Türrahmen der Zelle lehnte, im zerknitterten braunen Jackett, das Haar wirr und die Krawatte auf halb acht, aber mit einem breiten Grinsen im Gesicht. «Sie haben verdammtes Glück, *amico mio*, dass ihre Vorgesetzte aufgetaucht ist und ein gutes Wort für Sie eingelegt hat. Es wird keine Anklage erhoben, Sie sind frei und können gehen.»

Julia sandte dem Commissario ein Lächeln, das zugleich charmant und kühl war. «Nun, von Glück würde ich nicht reden, sondern eher davon, dass Sie weder Beweise noch schlüssige Indizien haben, die es Ihnen gestatten würden, Herrn Ritter noch länger festzuhalten. Das Einzige, was er sich hat zuschulden kommen lassen, ist, dass er zur falschen Zeit am falschen Ort war.»

«*Giusto così.*» Borghesi nickte. «Und dass er seine Nase in Dinge steckt, die ihn nichts angehen.»

«Aber das ist kein Verbrechen, oder?»

Borghesi starrte sie an, und Paolo fürchtete schon, er würde einen ähnlichen cholerischen Anfall bekommen wie neulich auf der Wache. Aber das war nicht der Fall. Nicht nur, dass seine an diesem Morgen glattrasierten Gesichtszüge ganz entspannt blieben, es schlich sich sogar – Paolo traute seinen Augen nicht – ein beinahe reumütiges Lächeln hinein. «Nein, das ist kein Verbrechen», stimmte der Commissario zu und gesellte sich zu ihnen in die Zelle. «Außerdem hat Signore Ritter noch einen Volltreffer gelandet. Der Correggio im Museum ist tatsächlich eine Fälschung.»

Julia nickte und warf Paolo einen Blick zu, als habe sie nie etwas anderes erwartet.

Paolo sah den Commissario an. «Wie haben Sie es herausgefunden?»

«Farnese hat es auf meine Anfrage hin überprüfen lassen», antwortete Borghesi. «Die Fachleute sind noch dabei, das Gemälde zu untersuchen. Aber bereits jetzt spricht alles dafür,

272

dass Sie recht hatten. Das Original ist verschwunden und wurde durch eine Fälschung ersetzt.»

Paolo stöhnte leise und rieb sich den schmerzenden Kopf. Er hätte die frohe Botschaft wirklich lieber unter weniger ungemütlichen Umständen erfahren. «Wirkte Farnese auf Sie überrascht?», fragte er schließlich.

«Allerdings.»

«Und hat er Sie gebeten, die Sache für sich zu behalten?»

«*Certamente!*»

Paolo seufzte. Der Commissario verstand offenbar nicht einmal, warum er fragte. «Ihnen scheint noch immer nicht bewusst zu sein, dass Farnese der Hauptverdächtige in diesem Fall ist.» Er zögerte, erwartete die übliche Abwehrreaktion des Commissario. Als sie ausblieb, fuhr er fort. «Nicht, was den Diebstahl des Bildes betrifft, sondern die beiden Morde.» Jetzt verfinsterte sich Borghesis Miene, doch Paolo ließ sich nicht beirren. «Der Direttore will Bürgermeister werden, und er hat sich weit aus dem Fenster gelehnt, um die Rücküberstellung des Correggio zur Förderung seiner politischen Ambitionen zu nutzen. Das Letzte, was er brauchen kann, ist eine untergeschobene Fälschung, die ihn der Lächerlichkeit preisgeben würde.»

«Zugegeben», sagte Julia. «Aber würde jemand deswegen zwei Morde begehen?»

«*Grazie, signora*», sagte Borghesi und schenkte ihr ein dankbares Lächeln, das Julia für Paolos Geschmack ein wenig zu warmherzig erwiderte. Ihm begann zu dämmern, dass die Freundlichkeit, die der Commissario neuerdings an den Tag legte, gar nicht so sehr mit der neuen Faktenlage zu tun hatte, sondern mit Julia. Entweder, Borghesis Vorbehalte gegenüber Deutschen spielten bei attraktiven blonden Frauen keine Rolle. Oder aber seine Ex-Frau, auf die er solchen Groll zu haben schien, war schlicht und einfach nicht blond gewesen …

«Das ist die Frage», warf Paolo ein und blickte erst Julia, dann den Commissario an. «Farnese droht nicht nur ein Gesichtsverlust. Wenn seine Gegner das Thema für ihre Zwecke nutzen, bedeutet es vielleicht das Ende seiner politischen Karriere, noch ehe sie richtig begonnen hat. Und das alles nur wegen eines gefälschten Bildes.»

«Was mich zur nächsten Frage bringt.» Borghesi verschränkte die Arme vor der Brust. «Wie konnten Sie von dieser Fälschung wissen? Niemand anderem ist es aufgefallen. Warum gerade Ihnen?»

Paolo machte ein gequältes Gesicht. Er hatte keine Ahnung, wie er die Frage beantworten sollte, ohne seine mühsam erlangte Glaubwürdigkeit schlagartig wieder zu verlieren. Hilfesuchend sah er in Julias Richtung.

«In der Tat ist es so, dass Herr Ritter über … eine spezielle Gabe verfügt», sagte sie prompt. «Die übrigens auch der Grund dafür ist, dass er für das Landeskriminalamt arbeitet.»

«Eine Gabe?» Der Commissario rieb sich das Kinn, während er Paolo argwöhnisch beäugte. «Was soll das heißen? Können Sie hellsehen oder so etwas?»

«Sein Gedächtnis ist in besonderer Weise ausgeprägt», erklärte Julia mit einer Selbstverständlichkeit, die weitere Nachfragen von vornherein auszuschließen schien. «Dies ermöglicht es ihm, sich auch an kleinste Details zu erinnern und Unterschiede zu bemerken, wo gewöhnliche Menschen keine sehen. Deshalb ist ihm auch die Fälschung sofort aufgefallen.»

«Ist das so?» Borghesi sah Paolo weiter an.

«Ich fürchte, ja.» Paolo nickte.

«Ich möchte wetten, Ihre Mutter ist stolz auf Sie.»

«Meine Mutter lassen Sie bitte aus dem Spiel», erwiderte Paolo und erhob sich. Den hämmernden Kopfschmerz überspielte er grimmig. «Fragen Sie sich lieber, was Sie im Hinblick auf Umberto Tantaro tun wollen. Sie haben es gehört – es war kein Selbstmord, der Wein war vergiftet. Und es gibt eine Zeugin dafür, dass er am Nachmittag vor seinem Tod Streit mit Farnese hatte und das Museum danach wütend verließ.»

Borghesi hielt seinem Blick stand. Paolo konnte sehen, wie es in seinem Inneren arbeitete. Geradezu verzweifelt schien er nach einer Ausrede zu suchen, nach einem guten Grund zu widersprechen – doch er schien keinen zu finden.

«*D'accordo*», sagte er schließlich. «Ich werde Farnese noch nicht damit konfrontieren, aber ich werde ins Museum zurückkehren und die Sicherheitsleute wegen des Diebstahls befragen. Außerdem ist unser Erkennungsdienst dabei, die Identität des Mordopfers von vergangener Nacht zu ermitteln.»

«Und wir werden uns noch einmal Herrn Pandolfi zuwenden», sagte Julia. «Da er die deutsche Polizei ganz offenbar belogen hat, was die Herkunft des Bildes betrifft, habe ich ihn für heute Vormittag zur Zeugenvernehmung vorladen lassen. Da sind ein paar Fragen, die ich ihm aufgrund der neuen Faktenlage gerne stellen würde.»

«Von hier aus?» Paolo runzelte die Stirn.

«Das nennt man Videotelefonie», raunte Julia ihm zu. «Wie lange hast du in dieser Zelle gesessen?»

Borghesi lachte – und Paolo wurde rot.

«Das Ergebnis der Befragung werde ich Ihnen gerne übermitteln, Signor Commissario», sagte Julia. «Natürlich nur, wenn Sie es wünschen. Es gibt ja kein offizielles Ersuchen um Amtshilfe vonseiten der italienischen Behörden. Es ist also Ihre Entscheidung.»

Borghesi sah sie an, und wieder erschien das Lächeln auf seinen Lippen, für das Paolo ihn am liebsten getreten hätte. «Einverstanden», sagte er schließlich. Damit wandte er sich ab und verließ die Zelle.

Paolo sah ihm hinterher. «Traust du ihm?», fragte er, als sie allein waren.

«Sollte ich nicht? Er ist doch sehr charmant.»

Paolo warf ihr einen verblüfften Blick zu, sah dann aber mit Erleichterung ihr spöttisches Grinsen.

Julia wurde wieder ernst. «Ehrlich gesagt, weiß ich nicht, was ich denken soll. Dies sollte eigentlich eine simple Rücküberstellung sein – und was haben wir nun? Eine Fälschung, einen Diebstahl und zwei ungeklärte Morde. Kann man dich nicht einmal für ein paar Tage nach Italien schicken, ohne dass sich gleich Katastrophen ereignen?»

Paolo wusste, dass sie es nicht nur so zum Spaß gesagt hatte. «Es tut mir leid», sagte er leise, «ich wollte nicht, dass du …»

«Was? Hals über Kopf in das nächste Flugzeug steige, um dich aus dem Gefängnis zu holen?»

«Untersuchungshaft», verbesserte er, um dann ein leises «Danke, Julia» hinterherzuschicken.

Sie ließ ihren Blick noch einen Augenblick auf ihm ruhen, dann zückte sie ihr Handy.

«Wen rufst du an?»

«Thomas. Er soll alles für Pandolfis Vernehmung vorbereiten. Es gibt da ein paar Dinge, die ich sehr gern von ihm wissen möchte. Und von dir übrigens auch.»

«Von mir?» Paolo hob die Brauen. «Was meinst du?»

Julia wählte bereits die Nummer ihres Kollegen, als sie Paolo über das Smartphone hinweg noch einen durchdringenden Blick zuwarf. «Wer», fragte sie, «ist Lucia?»

## KAPITEL 33

Die Videokonferenz fand in Julias Zimmer im Hotel Button statt, das nur fünf Gehminuten von der Questura entfernt war. Zwar hatte Borghesi angeboten, ihr dafür einen Raum und die erforderliche Technik zur Verfügung zu stellen, doch zog Julia es vor, sich über ihren eigenen gesicherten Link mit München in Verbindung zu setzen.

Der Bildschirm des Notebooks zeigte einen der Vernehmungsräume im Gebäude des LKA. Bei dem Anblick hatte Paolo sofort den Geruch von Kaffee und Kunststoff in der Nase. Ab und zu lief Julias Partner Thomas Gruber durchs Bild, der die Vernehmung vorbereitet und die Kamera aufgebaut hatte.

«Und? Wie schaut's aus da drunten in *bella Italia?*», fragte er mit unverkennbar bayerischer Sprachfärbung und grinste in die Kamera.

«Bestens», sagte Paolo ausweichend und sah zu Julia.

Die stand am offenen Fenster und war offenbar nicht zu Smalltalk aufgelegt.

«Pandolfi?», fragte sie nur.

«Ist schon im Haus. Besonders begeistert ist er allerdings nicht über unsere Einladung.»

«Kann ich mir denken.» Julia nickte. Sie griff in ihre Handtasche und zog eine Schachtel Zigaretten hervor. Nach kurzem Zögern steckte sie sie jedoch wieder zurück. Sie schloss die Fensterflügel und gesellte sich zu Paolo vor das Notebook. In Ermangelung eines zweiten Stuhls hatten sie den kleinen

Schreibtisch des Hotelzimmers vors Bett gezogen. Dort saßen sie nun und harrten der Dinge, die kommen würden.

Die Tür des Vernehmungszimmers wurde geöffnet, und in Begleitung eines uniformierten Beamten betrat ein etwa siebzigjähriger Mann den Raum. Sein Äußeres war unscheinbar – eine untersetzte Statur, ein grauer Anzug, schütteres, beinahe weißes Haar, tief liegende Augen. Um die Mundpartie war eine gewisse Ähnlichkeit mit Carmelia Pandolfi auszumachen, aber nicht so, dass es gleich ins Auge gesprungen wäre. Dies also, sagte sich Paolo, war Antonio Pandolfi, der geheimnisvolle Finder des Correggio …

«Bitt' schön, nehmen S' Platz», wies Thomas ihn an. «Wie schon gesagt kann Oberkommissarin Wagner leider nicht persönlich teilnehmen. Wir haben deshalb eine Konferenzschaltung mit Bildübertragung eingerichtet.»

Pandolfi setzte sich. Sein Blick ging zwischen der Kamera und dem Bildschirm hin und her, der vor ihm auf dem Tisch stand und auf dem er Paolo und Julia sehen konnte. War es die schiere Technik, die ihn verunsicherte? Oder die Tatsache, dass er vorgeladen worden war?

«Guten Tag, Herr Pandolfi», sagte Julia.

«Guten Tag», erwiderte er. Seine Miene war angespannt.

«Herr Pandolfi, bitte entschuldigen Sie, dass wir Ihre Zeit noch einmal in Anspruch nehmen müssen», fuhr Julia fort. Sie war gut darin, sich verbindlich und korrekt zu geben und den zu vernehmenden Personen damit ein Gefühl von Sicherheit zu vermitteln. Auf diese Weise, das hatte Paolo in seiner Zeit im Dienst des LKA gelernt, war wesentlich mehr zu erreichen als mit bloßem Druck.

«Ich habe Ihnen alles gesagt, was ich weiß», beteuerte der gebürtige Italiener. Sein Deutsch war flüssig, aber trotz all der

Jahrzehnte, die er in Deutschland lebte, südländisch geprägt. Vermutlich hatte er seinen Akzent absichtlich kultiviert, um den Besuchern seines Restaurants echt italienisches Flair zu vermitteln.

«Herr Pandolfi, dies ist Herr Ritter, einer unserer Mitarbeiter», stellte Julia Paolo vor, ohne auf den Einwand einzugehen. «Er wird an unserem Gespräch teilnehmen.»

Pandolfi nickte nur. Seine Kiefer mahlten.

«Haben Sie noch Fragen, Herr Pandolfi?»

Ein knappes Kopfschütteln.

«Gut, dann fangen wir an. Herr Pandolfi, in unserem letzten Gespräch haben Sie angegeben, im Zuge der Renovierungsarbeiten an dem von Ihnen erstandenen Altbau auf ein Gemälde gestoßen zu sein, von dem Sie vermuteten, dass es sich um einen originalen Correggio handeln könnte – eine Vermutung, die sich später als richtig herausgestellt hat.»

«Das … stimmt», sagte Pandolfi. Seine Hand fuhr flüchtig über die hohe Stirn. Obwohl die Amtsstuben in der Maillinger Straße nicht dazu neigten, überheizt zu sein, schien er zu schwitzen.

«Wollen Sie bei dieser Version der Geschichte bleiben?», fragte Julia und sah dabei direkt in die Kamera.

«Wa-warum sollte ich nicht?»

«Ja oder nein, Herr Pandolfi?»

«J-ja», versicherte er und schien erleichtert, sich zu dieser Antwort durchgerungen zu haben. «Es ist genauso gewesen, wie ich gesagt habe», beteuerte er in Thomas Grubers Richtung, den das Sichtfeld der Kamera nicht erfasste.

«Herr Pandolfi», sagte Julia mit betont ruhiger Stimme, «mein Kollege wird Ihnen jetzt eine Fotografie vorlegen, die ich Sie zu kommentieren bitte.»

Eine Hand erschien auf dem Bildschirm und legte Pandolfi einen vergrößerten Ausdruck des Fotos vor, das ihn und seine Familie im Jahr 1979 auf dem Sofa im Wohnzimmer zeigte – darüber, an der Wand, der Correggio.

Paolo war schon häufig dabei gewesen, wenn Zeugen oder Verdächtige der Falschaussage überführt wurden. Die Reaktionen waren höchst unterschiedlich. Während die einen unter dem Druck der Wahrheit zusammenbrachen, blieben die anderen frech bei ihrer Version der Geschehnisse, so als ob der Himmel auf einmal grün würde, wenn man es nur lange und vehement genug behauptete.

Pandolfi gehörte offenbar der ersten Kategorie an. Seine Augen weiteten sich in erkennbarem Entsetzen. Er schlug die Hand vor den Mund. «Wo-woher haben Sie das?», stieß er hervor.

«Darum geht es hier nicht. Wichtiger ist das, was auf dem Bild zu sehen ist», erwiderte Julia kühl. «Das sind Sie und Ihre Familie, nicht wahr? Und das hinter Ihnen an der Wand ist der Correggio.»

«Ich … weiß nicht, was ich sagen soll.»

«Die Wahrheit.» Paolo brachte sich erstmals in den Wortwechsel ein. «Das Bild ist Ende der siebziger Jahre entstanden. Dass Sie das Gemälde zufällig bei Umbauarbeiten in einem fremden Keller gefunden haben, ist also eine glatte Lüge gewesen.»

Pandolfi starrte in die Kamera. Seine Züge wirkten bekümmert, seine dunklen Augen glänzten.

«Sie sind dran, Herr Pandolfi», sagte Julia, jetzt fordernder als zuvor.

Der Restaurantbesitzer starrte weiter auf das Foto, während er sich seine Chancen auszurechnen schien: Sollte er mit der

Wahrheit herausrücken? Oder es lieber mit einer weiteren Lüge versuchen?

Nach einer Weile setzte Julia neu an. «Ich will offen mit Ihnen sein, Herr Pandolfi. In Italien haben sich, mutmaßlich in Zusammenhang mit dem Correggio, zwei Morde ereignet. Aufgrund Ihrer bewussten Falschaussage, Herr Pandolfi, stehen Sie daher im Verdacht, mit einem Kapitalverbrechen in Verbindung zu stehen.»

«Ein Mord?» Pandolfis Miene zuckte nervös.

«Zwei», verbesserte ihn Paolo. «Und was immer Sie zur Aufklärung beitragen, wird sicher positiv vermerkt werden.»

«Von … von diesen Morden weiß ich nichts», versicherte er. Seine Stimme zitterte.

«Dann sagen Sie uns, was Sie wissen», verlangte Julia, «und zwar jetzt. Woher stammt der Correggio?»

Pandolfi blickte vor sich auf den Tisch. Er war bleich geworden, Schweißperlen glänzten auf seiner Stirn. Schließlich nickte er wie in später, reuevoller Einsicht.

«Ich bin 1964 nach Deutschland gekommen», begann er, ohne aufzublicken. «Ich wollte hier mein Glück machen, ein eigenes *ristorante* gründen.»

«Das wollten viele», bemerkte Julia spitz, «und vielen ist es wohl auch gelungen. Aber nicht alle hatten fünfzehn Jahre später einen verschollenen alten Meister über dem Wohnzimmersofa hängen.»

Pandolfi nickte. «Es war schwer am Anfang. Die Arbeit konnte ich mir nicht aussuchen. Als Erstes landete ich bei der Müllabfuhr. Das war nicht, was ich mir erhofft hatte, aber ich habe dort mehr verdient, als ich in der Bäckerei meines Vaters je bekommen hätte. Schon bald konnte ich aus dem Wohnlager für Gastarbeiter ausziehen. Ich habe dann zur Untermiete bei einem Deutschen gewohnt. Er lebte allein in einem großen Haus. Sein Name war Kantereit. Horst Kantereit.»

Julia notierte den Namen – er mochte später noch von Wichtigkeit sein.

«Ich weiß nicht, wie alt Kantereit war. Ich war damals achtzehn. Mir kam er vor wie ein Greis.» Pandolfi lachte keuchend bei der Vorstellung. «Er war ein mürrischer alter Mann, hatte im Krieg einen Arm verloren. Anfangs hat er kaum ein Wort mit mir gesprochen. Es wurde erst besser, als ich im Haus geholfen habe – wenn etwas zu reparieren war oder wenn die Kohlen für den Winter eingelagert werden mussten. Irgendwann, nach zwei Jahren oder so, hat er mich überraschenderweise zum Essen eingeladen. Warum er das getan hat, weiß ich bis heute nicht. Vielleicht war er nur einsam. Es war ein Sonntag. Ich war vorher noch nie in seinem Wohnzimmer gewesen. Als ich es betrat, sah ich ihn …»

«Den Correggio?», hakte Julia nach.

Pandolfi nickte. «Er hing über dem Esstisch an der Wand, einfach so. Und er war wunderschön.»

«Und Sie wussten sofort, dass es sich um einen Correggio handelt?»

«Nein! Wie hätte ich das wissen sollen? Ich stamme aus Parma und habe mich immer schon für Kunst interessiert. Aber ich bin kein Experte. Das Bild hat mich an Correggio erinnert, aber ich habe eigentlich nicht geglaubt, dass es ein Original ist.»

«Aber Sie nahmen an, dass das Bild von einem gewissen Wert wäre.»

Pandolfi nickte wieder.

«Dann kam der Winter ’67», fuhr er mit leiser Stimme fort. «Eines Abends höre ich, wie Kantereit um Hilfe ruft. Ich laufe in seine Wohnung, und da liegt er, in seinem Wohnzimmer, halb bewusstlos …» Pandolfi brach ab und besann sich einen Moment. «Ich habe die Ambulanz gerufen, und sie kamen und sagten, er hätte einen Schlaganfall», fuhr er dann fort. «Sie haben ihn ins Krankenhaus gebracht, aber er ist nicht mehr aufgewacht und ist auch nie wieder in sein Haus zurückgekehrt. Und da ich wusste, dass er keine lebenden Verwandten hat …» Er verstummte erneut.

«Haben Sie das Gemälde an sich genommen», vollendete Julia den Satz. «Ist es das, was Sie uns sagen wollen?»

«*Sì*. Aber ich wusste wirklich nicht, dass es sich um einen originalen Correggio handelt. Mir hat das Bild einfach nur gefallen. Es mich an zu Hause erinnert. Wissen Sie, wie das ist, wenn man weit entfernt von seiner Heimat lebt, in einem fremden Land?»

Paolo und Julia wechselten einen Blick. Der Versuch, Mitleid zu schinden, war allzu offensichtlich.

«Und vermutlich wussten Sie auch nicht, dass das Gemälde offiziell als verschollen galt und sich auf einer Liste mit Raubkunst befand?»

«Natürlich nicht», beteuerte Pandolfi so entrüstet, dass man es ihm glauben musste. «Das habe ich erst viel später herausgefunden, eigentlich erst vor kurzem. Von da an war mir klar, dass es falsch gewesen war, das Bild all die Jahre zu behalten.»

«Falsch war es bereits, das Bild aus dem Besitz Ihres Vermieters zu entwenden», warf Paolo ein. «Diebstahl bleibt Diebstahl, auch wenn der Eigentümer im Koma liegt.»

«Ich weiß. Und Sie dürfen mir glauben, dass mir diese Sache schlaflose Nächte bereitet hat.»

«Auf dem Foto sehen Sie nicht so aus, als würden Sie unter schlechtem Gewissen leiden», sagte Julia. «Im Gegenteil, Sie machen eher den Eindruck eines stolzen Besitzers.»

«Der Eindruck täuscht, glauben Sie mir, Frau Kommissarin.»

«Wie ging es dann weiter? Als Ihnen der Besitz des Bildes zu heikel wurde, haben Sie sich entschlossen, sich an die Polizei zu wenden?»

«Ich hatte Angst, bestraft zu werden, also habe ich behauptet, dass ich das Bild zufällig gefunden habe. Der Umbau für das neue Restaurant kam mir gelegen. Das Gebäude hatte jahrelang leergestanden ...»

«Wann genau war das?», fragte Paolo.

«Am 24. April.»

«Wo hat sich das Bild davor befunden?», fuhr Paolo fort. «Befand es sich die ganze Zeit, seit jenes Foto dort entstanden ist, in Ihrem Besitz?»

«Natürlich.»

«Wo haben Sie es aufbewahrt?»

«Zuerst hing es lange Jahre an der Wand dort. Später war es dann in meinem Tresor.»

«Weil Ihnen irgendwann klargeworden war, dass das Bild wertvoll sein muss», folgerte Paolo.

«So ist es.»

«Wie genau sind Sie darauf gekommen?»

«Eigentlich durch einen Zufall. Ich habe einen Artikel über Correggio und seine verschollenen Werke gelesen, und da kam mir der Gedanke, dass mein Bild ... Kantereits Bild ... dazugehören könnte. Daraufhin habe ich es schätzen lassen, anonym versteht sich.»

«Und das Ergebnis hat Sie überrascht?»

«Allerdings.» Pandolfi nickte. «Hatte außer Ihnen noch jemand Zugriff auf den Tresor?», wollte Paolo wissen.

«Wieso fragen Sie das?»

284

«Bitte beantworten Sie die Frage meines Kollegen», sagte Julia.

«Nicht, dass ich wüsste. Außer mir kennt nur meine Frau die Kombination.»

Paolo und Julia wechselten wieder Blicke.

«Herr Pandolfi, es gibt allen Grund zu der Annahme, dass jemand die Zeit vor der Rückgabe des Correggio genutzt hat, um eine Kopie davon anzufertigen.»

«Eine Kopie, die höchsten Ansprüchen genügt und deshalb nur mit einem gewissen Zeitaufwand und nur mit dem Original als Vorlage entstanden sein kann», fügte Paolo hinzu. «Jemand muss das Bild also für geraume Zeit in seinen Besitz gebracht oder zumindest eine Reihe hochauflösender Aufnahmen davon gemacht haben.»

Pandolfi sah zuerst Julia und dann ihn an. «Das kann ich mir nicht vorstellen», sagte er schließlich mit tonloser Stimme.

«Das ist keine Frage der Vorstellungskraft, Herr Pandolfi, sondern der simplen Logik», sagte Julia. «Diese Kopie ist kein Hirngespinst, sie existiert. Sie ist in Parma aufgetaucht und wurde im Museum heimlich gegen das Original ausgetauscht.»

«Das ... das ist sicher ein Missverständnis!»

«Ich wünschte, es wäre so.» Julias Miene hatte sich verfinstert. «Wie ich vorhin bereits sagte, geht die Sache noch weiter. Wegen der beiden Morde ist auch die italienische Polizei inzwischen mit Ermittlungen befasst.»

«Damit habe ich nichts zu tun!» Pandolfi hob beide Hände. «Das schwöre ich!»

«Das hoffe ich für Sie, Herr Pandolfi. Denn sollte sich erneut herausstellen, dass Sie uns belügen oder Informationen bewusst zurückhalten ...»

285

«Was ich weiß, habe ich Ihnen gesagt!» Pandolfis Stimme überschlug sich fast.

«Sie wissen, dass die Polizei laut Paragraf 163 der Strafprozessordnung befugt ist, Auskunft über Ihre Bankkonten einzuholen?»

Pandolfi verschränkte die Arme vor der Brust. «Ich habe nichts zu verbergen.»

«Sagt derjenige, der jahrelang einen echten Correggio in seinem Tresor verborgen hat», konterte Julia.

«Ich habe Ihnen nicht die ganze Wahrheit gesagt, und das war falsch», räumte Pandolfi ein, «aber abgesehen von einem Diebstahl, der längst verjährt ist, habe ich niemandem einen Schaden zugefügt. Ich wollte die ganze Sache möglichst rasch hinter mich bringen. Wenn Sie mir das zum Vorwurf machen wollen, bitte sehr.»

Julia atmete tief durch. Ihr war klar, dass sie in einer Sackgasse gelandet waren. Sie kündigte eine kurze Pause an. Dann unterbrach sie die Verbindung mit einem Tastendruck. Sie warf Paolo einen fragenden Blick zu, während sie aufstand, ans Fenster trat und es öffnete.

«Was denkst du?»

«Ich weiß nicht.» Paolo schüttelte den Kopf. «Zuerst war er weich wie Butter, und jetzt stellt er sich stur. Irgendetwas, das wir gesagt haben, hat ihn wohl dazu ermutigt.»

«Die Sache mit dem Bankkonto?»

«Möglicherweise. Danach sah er nicht mehr ganz so verängstigt aus. So als wüsste er genau, dass wir ihm nichts anhaben können. Dabei ist offensichtlich, dass er uns noch immer nicht alles gesagt hat, was er weiß.»

«Das denke ich auch.» Julia nickte. «Also?»

«Ich denke, er hat Angst», sagte Paolo.

Julia lachte bitter auf. Sie stützte die Hände auf die Fensterbank und sah hinaus. Von draußen hörte man Stimmen, die in der engen Gasse vor dem Hotel widerhallten. «Und wie bringt man jemand zum Reden, der Angst hat?»

«Der klassische Weg wäre, ihm mit den strafrechtlichen Folgen zu drohen», erwiderte Paolo. «Aber ich denke nicht, dass wir damit Erfolg hätten.»

Julia wandte sich zu ihm um. «Und womit, denkst du, hätten wir Erfolg?»

Paolo dachte nach. Wenn sie Pandolfi nicht zum Sprechen brachten, bestand die Gefahr, dass all die Hinweise, die sie zusammengetragen hatten, ins Leere laufen und der Fall sich in Luft auflösen würde. Zumal Borghesi nur dann weiter kooperieren würde, wenn sie ihm Beweise vorlegten, zumindest aber eine belastbare Zeugenaussage. Vorausgesetzt, der Commissario hatte überhaupt ein ernsthaftes Interesse daran, die beiden Mordfälle zu bearbeiten, und nicht nur daran, eine attraktive deutsche Kollegin zu beeindrucken …

«Ich denke, wir sollten zwei Dinge tun», sagte Paolo schließlich. «Erstens sollte Thomas die Geschichte mit diesem Kantereit überprüfen.»

«Das wird sowieso geschehen. Und zweitens?»

Paolo ließ ein Lächeln über seine Züge huschen und hoffte, dass es überlegen wirkte. «Zweitens solltest du mir vertrauen.»

Julia sah ihn fragend an. Sie wirkte auf einmal müde und erschöpft. «Paolo, ich habe keine Zeit für Spiele. Wenn du eine Idee hast, dann heraus damit.»

Paolo hielt ihrem prüfenden Blick stand.

«Vertrau mir», sagte er noch einmal.

# KAPITEL 34

Antonio Pandolfi konnte es nicht fassen. Man hatte ihn hierhergebracht, um ihn noch einmal zu dem Bild zu befragen. Antonio hatte mit allem Möglichen gerechnet, nur nicht damit, dass sie ihm das Foto mit dem Correggio an der Wand präsentieren würden. Wie waren sie nur an diese Aufnahme gelangt? Und als wäre das nicht schon beunruhigend genug, fand die Befragung, die eher einem Verhör glich, an einem Bildschirm statt. Der jetzt allerdings schwarz war. Man ließ man ihn schmoren wie einen *brasato* im Ofen.

Der Restaurantbesitzer warf einen Blick auf seine Armbanduhr. Eine halbe Stunde wartete er schon! Er wandte sich an den Polizisten, der lässig am Fenster lehnte. Er hatte sich als Kommissar Greiner vorgestellt. Ein sportlicher Kerl Ende dreißig, distanziert freundlich. «Wann geht es endlich weiter?», fragte Antonio.

Der Polizist zuckte mit den Schultern. «Tut mir leid, das weiß ich nicht», lautete die wenig zufriedenstellende Antwort. «Aber ich bin sicher, dass es Gründe für die Verzögerung gibt. Wollen's noch einen Kaffee?»

«Nein danke», erwiderte Antonio mit mürrischem Blick auf die leere Tasse, die vor ihm auf dem Tisch stand. Deutscher Filterkaffee schmeckte wie Spülwasser, daran hatte sich in den letzten beinahe sechzig Jahren nichts geändert.

In diesem Moment erwachte der Bildschirm wieder zum Leben, und Oberkommissarin Wagner und ihr Kollege erschie-

nen, allerdings schienen sie sich jetzt in einem anderen Raum
zu befinden … Die Tapete an der Wand hinter ihnen kam
Antonio sonderbar vertraut vor, aber er verschwendete keinen
weiteren Gedanken darauf.

«Können wir jetzt endlich weitermachen?», fragte Antonio
gereizt. «Ich bin dabei, ein Restaurant umzubauen, und kann es
mir nicht leisten, hier stundenlang untätig zu sitzen!»

«Entschuldigen Sie die Verzögerung», entgegnete Wagner.
«Wir mussten kurz unseren Standort wechseln.» Die Polizistin
wies auf ihren Kollegen. «Herr Ritter würde Ihnen jetzt gerne
noch ein paar Fragen stellen.»

Antonio schnaubte. «Wenn es nicht zu lange dauert!»

«Herr Pandolfi.» Wagners Kollege, ein unscheinbar wirken-
der Mann, der einen späten Haaransatz hatte und einen stillos
zerknitterten, beigefarbenen Anzug trug, beugte sich vor und
sah ihn direkt an. «Erinnern Sie sich an die Fotografie, die
wir Ihnen vorhin gezeigt haben? Die mit dem Correggio darauf?»

Antonio schnaubte erneut. «Natürlich erinnere ich mich.
Was soll die Frage?»

«Sie hatten gefragt, woher wir dieses Foto haben», erwiderte
Paolo.

«Und?»

«Ich will es Ihnen sagen: Es stammt von Ihrer Mutter.»

«Von meiner …?»

Antonio sah noch immer in die Kamera, aber sein Blick ging
geradewegs durch das Objektiv hindurch, in weite Ferne, in die
Vergangenheit …

«So ist es», bestätigte der andere.

«Wie …? Ich meine, woher…?» Antonio empfand Verwir-
rung und Bestürzung zugleich und wusste nicht, wohin damit.

Ihm war klar, dass ihm die Kontrolle über seine Gesichtszüge entglitt, aber er konnte nichts dagegen tun.

«Herr Pandolfi, ich muss Ihnen ein Geständnis machen», fuhr Ritter fort. «Der Grund dafür, dass wir dieses Gespräch per Videokonferenz führen müssen, ist der, dass Oberkommissarin Wagner und ich uns derzeit in Ihrer Heimatstadt aufhalten.»

«Sie … Sie sind in Parma?»

«Ganz recht. Und ich bin gestern bei Ihrer Mutter gewesen.»

«Bei meiner …?» Antonio schluckte trocken. «Wie … wie geht es ihr?»

«So weit gut.»

«Und mein Vater?»

«Er ist vor wenigen Jahren gestorben. Seither ist Ihre Mutter allein.»

«Das wusste ich nicht», versicherte Antonio. Seine Stimme war nur noch ein Flüstern.

«Es vergeht kein Tag, an dem Ihre Mutter nicht an Sie denkt», fuhr Ritter fort. «Und sie bedauert, was damals geschehen ist.»

Antonios Blick ging ins Leere. Der Bildschirm verschwamm vor seinen Augen. Die Worte aus dem Lautsprecher hallten wie ein Echo in seinem Bewusstsein nach.

«Ihre Mutter ist voller Bewunderung für Sie, für ihren Sohn, der in Germania seinen Traum erfüllt und etwas aus sich gemacht hat. Wie entsetzlich wäre es für sie, wenn herauskäme, dass Sie dort etwas Unrechtes getan haben. Etwas, für das Sie sich womöglich vor Gericht verantworten müssen.»

«Ich habe nichts Unrechtes getan», sagte Antonio und richtete sich ruckartig auf.

«Wenn Sie nicht, wer dann?»

«Das … kann ich Ihnen nicht sagen.»

Ritter sah ihn ernst an. «Das verstehe ich», sagte er. «Aber wenn Sie es mir nicht sagen können, dann vielleicht jemand anderem.»

Damit griff er mit beiden Händen nach dem Notebook, in dessen Kamera er sprach, und drehte es herum. Im nächsten Moment erschien eine alte Frau auf dem Bildschirm, die in einem abgewetzten Ohrensessel saß.

Ihr Gesicht war faltig und erschreckend bleich. Doch ihr schmaler Mund lächelte, und der Blick ihrer Augen war noch immer derselbe wie damals, als er gegangen war. Voller Liebe und Sanftmut – und zugleich voller Trauer.

«*Mamma*», stieß Antonio hervor.

Paolos Rechnung war aufgegangen.

Vor seinen Augen verwandelte sich ein dreiundsiebzigjähriger Restaurantbesitzer wieder in einen kleinen Jungen, der Sehnsucht nach seiner Mutter hatte.

«*Mio caro figlio*», schluchzte nun ihrerseits Signora Pandolfi, während sie wie gebannt auf den Bildschirm starrte. «*Non ci posso credere! Mio caro figlio …*»

«*Mamma*», sagte Pandolfi wieder. Es schwang Liebe mit, wie er es sagte. Vor allem aber Schmerz. Schmerz von einer Art, mit der Paolo sich gut auskannte.

Sekundenlang waren beide, Mutter und Sohn, zu keiner Äußerung fähig. Dann wechselten sie einige zaghafte italienische Worte. Tränen flossen auf beiden Seiten.

Als Paolo Julia vorgeschlagen hatte, den Standort zu wechseln und von Signora Pandolfis Wohnung aus zu übertragen, war ihm klar gewesen, dass er damit Grenzen überschritt und alte Wunden aufriss. Aber zugleich hatte er auch Chancen gesehen. Und nicht nur die, an jene dringend benötigten Informationen zu kommen …

291

«Es tut mir leid, Mamma», hörte er Pandolfi auf Italienisch flüstern. «Alles tut mir leid …»

Von der großspurigen Art, die er vorhin noch an den Tag gelegt hatte, war nichts mehr übrig – wie auch? Dem Pizzeriabesitzer musste es vorkommen, als ob ein Geist aus seiner Vergangenheit zu ihm spräche. Und auch dafür war Paolo ja gewissermaßen ein Experte …

«Ich weiß, was jetzt in Ihnen vorgeht, Signore Pandolfi.» Paolo hatte sich so neben die alte Frau gestellt, dass das Auge der Kamera auch ihn erfasste. «Ich weiß, dass Sie damals tun mussten, was Sie getan haben. Aber ich weiß auch, dass Sie es seither oft bereut haben. Sie haben an Ihre Mutter gedacht und sich gewünscht, es hätte einen anderen Weg gegeben.»

Pandolfi nickte stumm. Seine Wangen waren tränenfeucht.

Paolo wies auf Signora Pandolfi. «Sehen Sie sich Ihre Mutter an. Sie ist eine alte Frau. Verschwenden Sie nicht die Zeit, die Ihnen beiden noch bleibt. Noch kann alles gut werden. Noch können Sie Ihre Mutter in die Arme schließen, und ich versichere Ihnen, sie wird Ihnen alles vergeben, was Sie in jugendlicher Leichtfertigkeit vielleicht getan und gesagt haben mögen.» Paolo machte eine Kunstpause, bevor er fortfuhr. «Aber ich beschwöre Sie, Antonio. Machen Sie reinen Tisch! Ich weiß, dass Sie kein Verbrecher sind. Sie haben sich mit den falschen Leuten eingelassen. Sagen Sie uns, mit wem! Ihrer Mutter zuliebe. Beweisen Sie ihr, dass Sie ein guter Mensch sind.»

Jetzt hatte Signora Pandolfi ihren Auftritt. Paolo nickte ihr auffordernd zu.

«*Mio caro figlio*», sagte sie mit brüchiger Stimme, «*Di' la verità, ti supplico! Di' la verità per me …*»

Paolo war klar, wie offenkundig sein Versuch war, Pandolfi zu manipulieren, dennoch hoffte er, dass er damit Erfolg haben würde. Teils wegen dem, was er über Pandolfi und seine Mutter erfahren hatte. Vor allem aber aufgrund seiner eigenen Erfahrungen, die ihn letztlich hierhergeführt hatten. Wenn jemand wusste, wie groß die Sehnsucht nach Vergebung, nach Aussöhnung mit der Vergangenheit sein konnte, dann war er das.

Das Schluchzen, das Signora Pandolfi in diesem Moment entfuhr, hätte kein Regisseur geschickter einsetzen können. Pandolfi starrte noch immer in die Kamera, aber sein Widerstand war gebrochen.

«Es war keine bewusste Entscheidung», sagte er leise.

«Das ist es häufig nicht», erwiderte Paolo und drehte den Laptop so, dass Signore Pandolfi nicht mehr zu sehen war.

«Es ist einfach geschehen.»

«Was genau haben Sie getan, Antonio?»

Obwohl seine Mutter nicht mehr auf seinem Bildschirm zu sehen war, wandte Pandolfi verschämt den Blick. «Ich wollte das Bild verkaufen», sagte er.

«Den Correggio?»

Ein zaghaftes Nicken. «Ich brauchte Geld für das neue Restaurant. Die Bank wollte mir keinen Kredit geben. Ich war denen zu alt.»

«Hat Ihr Geschäft keinen Nachfolger? Was ist mit Ihren Kindern?»

«Von denen interessiert sich niemand für mein Unternehmen.» Die Ironie dieser Worte schien Pandolfi bewusst zu werden, denn er lachte bitter auf. «Ich tu' das nur für mich, aber natürlich brauche ich Geld, um meine Pläne umzusetzen. Also habe ich mich umgehört.»

«Auf dem Schwarzmarkt», mutmaßte Paolo.

Pandolfi nickte wieder. «Ich bekam ein Angebot – einhunderttausend Euro und keine Fragen. Die Voraussetzung war allerdings, dass ich das Bild als Zufallsfund bei der Polizei melden würde.»

«Inwiefern?» Paolo runzelte die Stirn.

«Der Käufer wollte mir das Bild nach zwei Wochen wieder aushändigen. Danach sollte ich es dann der Polizei übergeben.»

Paolo warf Julia einen vielsagenden Blick zu.

«Haben Sie sich nicht gewundert, was das soll? Wer bezahlt so viel Geld für ein Bild, um es dann der Polizei zuzuspielen? Haben Sie nicht nachgefragt?»

Ein zaghaftes Kopfschütteln diesmal. «Nein, das war der Deal. Keine Fragen. Das Bild würde man mir zurückgeben, und ich würde mein Geld in bar bekommen.»

Julia, die sich bislang außerhalb des Blickfelds der Kamera aufgehalten hatte, trat jetzt neben Paolo. «Wann und wo?», fragte sie kurz und knapp.

«Noch am selben Tag, an dem ich die Polizei verständigt hatte. In einem alten Lagerhaus im Münchener Norden.»

Paolo nickt. Nun war auch klar, warum Pandolfi eine Durchleuchtung seiner Konten nicht gefürchtet hatte. Er hatte in bar kassiert, zweifellos in kleinen, gebrauchten Scheinen.

«Wer hat Ihnen das Geld übergeben?», fragte Julia und stützte sich mit den Händen auf den Tisch.

«Ich weiß nicht, wer der Kerl war. Alles, was ich hatte, war die Nummer eines in Italien registrierten Handys. Ich kann sie Ihnen geben.»

Paolo schnaubte. Das betreffende Handy war nach erfolgtem Telefonat mit absoluter Sicherheit in der nächstbesten Mülltonne gelandet.

«Der Mann war Italiener?», wollte Julia stattdessen wissen.

«Ja. Er sprach fließend Italienisch und ohne den Akzent, den man bekommt, wenn man eine Weile im Ausland gelebt hat.

Ich musste ihm versprechen, dass ich kein Wort über den Handel verlieren würde.»

«Sie tun das für Ihre Mutter, Antonio», sagte Paolo. «Für Ihre Familie.»

Pandolfi nickte. In seinen Augen glänzten Tränen. «Ich habe doch nicht gewusst, dass bei dieser Sache Menschen getötet würden», beteuerte er. «Ich schwöre, ich habe es nicht gewusst. *Non lo sapevo. Per favore, credimi, Mamma. Credi tuo figlio!*»

## KAPITEL 35

Ich habe es nicht gewusst. Bitte glaub mir, Mamma», sagte Pandolfi auf Italienisch. «Glaub deinem Sohn ...»
Julia drückte die Leertaste auf ihrem Computer und hielt die Aufzeichnung an.

«*Che storia!*», rief Aldo Borghesi aus.

Es war früher Abend, und sie hatten sich in seinem Büro in der Questura getroffen. Mit der nüchternen Ordnung, die in Julias Amtszimmer herrschte, hatte die Wirkungsstätte des Commissario allerdings nicht viel zu tun. Es herrschte das reine Chaos. Metallene Aktenschränke schienen aus allen Nähten zu platzen. Über den riesigen Schreibtisch flutete ein Meer aus losen Blättern, unsortierten Dokumenten und aufgeschlagenen Ordnern, das jedes Mal in heftige Bewegung geriet, wenn jemand die Tür öffnete und es Zugluft gab. «Wirklich eine rührende Geschichte», meinte Borghesi, der auf einem mit dunklem Nappaleder überzogenen Sessel inmitten des ganzen Durcheinanders thronte. «Meinen Glückwunsch. *La mamma* ins Spiel zu bringen, war ein gewiefter Schachzug.» Borghesis Blick ging von Julia zu Paolo, der auf einem Bürohocker kauerte, zwischen alten Ausgaben der *Gazzetta di Parma* und Stapeln leerer Pizzakartons. «Ein bisschen kitschig vielleicht, aber sehr effektiv.»

«Danke sehr.» Paolo schnitt eine Grimasse.

«*Piacere*», entgegnete der Commissario. «Stellt sich nun die Frage, wer hinter diesem eigenartigen Handel steckt. Wozu das Ganze?»

«Darüber haben wir auch nachgedacht.» Julia nickte. «Und wir denken, dass es nur auf den ersten Blick sinnlos erscheint.»

«Tatsächlich?» Der Commissario beuge sich vor, stützte die Ellbogen auf den Schreibtisch, und sah sie neugierig an. «*Sto ascoltando.*»

«Nun», begann Julia, «wer auch immer hinter dem Diebstahl und dem Tausch des Gemäldes steckt, wusste offenbar, dass es als Raubkunst gelistet ist. Ihm oder ihnen musste klar sein, dass das Bild immer mit diesem Stigma behaftet sein würde.»

«Also», fuhr Paolo fort, «kam er oder sie auf die Idee, das Bild ähnlich wie schmutziges Geld waschen zu lassen. Und wer wäre dafür besser geeignet als eine staatliche Behörde? Man ließ also eine exakte Kopie des Werkes anfertigen und wies Pandolfi dann an, den originalen Correggio der Polizei zu übergeben und als Zufallsfund zu deklarieren, was dieser auch sehr glaubhaft getan hat. Und das deutsche Innenministerium war – wie angesichts der politischen Lage in Italien nicht anders zu erwarten – bemüht, das Bild zurückzugeben, und zwar möglichst rasch und geräuschlos.» Bei den letzten Worten warf er Julia einen vielsagenden Blick zu. «Die entsprechenden Vorkehrungen wurden getroffen, und innerhalb von nur einer Woche befand sich das Bild auf dem Rückweg nach Parma. Da der Direttore der Galleria Nazionale mit dem Bürgermeisteramt liebäugelt, war klar, dass er die Gelegenheit nutzen würde, um einen PR-Coup zu landen. Scharen von Prominenten und anderen illustren Gästen, dazu Presse und Fernsehen ... Je mehr Aufsehen, desto besser. Doch in der Nacht nach dem feierlichen Empfang wurde das Bild gestohlen und durch die Kopie ausgetauscht.»

«Genau das meine ich», unterbrach Borghesi. «Spätestens

jetzt mussten diese Leute doch damit rechnen, dass die Sache auffliegt. In einem Museum wimmelt es schließlich von Fachleuten.»

«Sie haben recht.» Julia nickte. «Aber erstens war die Kopie gut genug, um auch Fachleute auf den ersten Blick zu täuschen. Und zweitens konnten die Diebe auch bei Entdeckung damit rechnen, dass die Sache unter Verschluss bleiben würde. Denn eine Blamage von dieser Größenordnung kann sich jemand mit Ambitionen auf ein hohes politisches Amt ganz sicher nicht leisten.»

«Womit wir wieder bei Farnese wären», fasste Borghesi zusammen. «Ist es das, worauf Sie beide hinauswollen?»

«Ich habe nie behauptet, dass er hinter dem Diebstahl steckt», sagte Paolo. «Die Frage ist, was er tun würde, um ihn zu vertuschen.»

Der Commissario grinste. «Dann habe ich eine Überraschung für Sie, Ritter. Ich bin heute im Museum gewesen. Der Direttore hat sich außerordentlich kooperativ gezeigt und seine Sicherheitsleute angewiesen, auf jede von mir gewünschte Weise mit mir zusammenzuarbeiten. Warum sollte er das tun, wenn er angeblich etwas vertuschen will?»

«Was haben Sie herausgefunden?», erkundigte sich Julia, ohne auf die Frage einzugehen.

«Dass das Bild nach dem Empfang im Theater in die Galerie gebracht wurde, wo es die Nacht über von zwei Sicherheitsleuten bewacht wurde.»

«Die ganze Zeit?», wollte Paolo wissen.

«Natürlich haben die beiden ihre üblichen Rundgänge gemacht. Das Bild ist schließlich weder der einzige Correggio noch das einzige Kunstwerk im Museum.»

Paolo nickte, das war natürlich richtig. Eine der größten

Herausforderungen bei der Rekonstruktion von Tathergängen bestand darin, sich in den «unversehrten» Zustand zurückversetzen, also in jene Situation, die vor der Verübung des Verbrechens bestanden hatte. Im Nachhinein neigte man dazu, sehr viel schlauer zu sein als vorher und von Erkenntnissen und Stimmungslagen auszugehen, die vorher einfach nicht gegeben waren.

«Gibt es eine Alarmanlage?», fragte Julia.

«*Naturalemente*», sagte Borghesi, «aber da es nur eine zentrale Steuerung gibt, war sie während des Empfangs abgeschaltet. Andernfalls hätte im Teatro Farnese pausenlos irgendwo ein Alarm geläutet, als all die Leute da waren.»

«Wie lange war sie außer Betrieb?»

Der Commissario nahm einen zerfledderten Schreibblock zur Hand, den er irgendwo im Durcheinander auf seinem Schreibtisch fand, und blätterte darin. «Die letzten Gäste haben das Theater gegen ein Uhr dreißig verlassen», las er dann vor, was er sich notiert hatte. «Danach war das Personal des Catering noch bis etwa drei Uhr mit Aufräumen beschäftigt.»

«Und danach?»

Wäre es Paolo gewesen, der so beharrlich nachhakte, hätte Borghesi ihn wohl angeraunzt. Aber da es Julia war, garnierte er seine Antwort sogar mit einem Lächeln. «Die Catering-Firma hatte darum gebeten, sie abgeschaltet zu lassen, da das schmutzige Geschirr gleich früh am nächsten Morgen abgeholt wurde.»

«Wie früh?»

«Gegen fünf Uhr morgens.»

«Und die Kameras?», fragte Paolo. «Werden sie auch über die Alarmanlage gesteuert?»

«Nein, das System arbeitet unabhängig», sagte Borghesi,

allerdings mit Ungeduld in der Stimme und indem er mit dem Schreibblock wedelte, als wollte er ein lästiges Insekt verscheuchen. «Allerdings waren die Kameras in der betreffenden Nacht nicht im Betrieb. Zum einen wegen des zeitgleich stattfindenden Umbaus in der Galleria, zum anderen hatten wohl auch einige der prominenten Gäste auf ihrem Recht auf Privatsphäre bestanden.»

Julia war hellhörig geworden. «Wer genau?», wollte sie wissen.

Borghesi lächelte, wenn auch gequält. «Warum interessiert Sie das, liebe Kollegin?»

Paolo sprang ein. «Nun, weil, wer immer den Austausch des Gemäldes vorgenommen hat, offenbar sehr gut informiert war», antwortete Paolo an Julias Stelle. «Nach allem, was Sie herausgefunden haben, kann der Diebstahl eigentlich nur irgendwann zwischen drei und fünf Uhr stattgefunden haben, zu einem Zeitpunkt, als die Wachen auf ihrem Rundgang waren.»

«Und?»

Julia zuckte mit den Schultern. «Das sind Insiderinformationen, wie sie vermutlich nur eine Handvoll Leute haben. Wir müssen also herausfinden, wer …»

Sie verstummte, als ihr Handy trillerte. Eine Nachricht war eingegangen.

«Thomas», verkündete sie mit Blick auf das Display. Sie rief die Nachricht auf und las. «Er hat Pandolfis Geschichte überprüft.»

«Und?», fragte Paolo gespannt.

«Offenbar hat unser Freund diesmal die Wahrheit gesagt», sagte Julia. Sie überflog den Bericht, den ihr Kollege ihr geschickt hatte, während sie gleichzeitig zusammenfasste, was sie las: «Sein Vermieter in München war ein gewisser Horst

Kantereit, Jahrgang 1908. Während des Krieges war er bei den Panzertruppen und unter anderem in Italien im Einsatz. Als die deutsche Wehrmacht am 8. September 1943 den sogenannten Fall Achse ausrief und die italienischen Truppen entwaffnete, muss er im Raum Parma stationiert gewesen sein.»

«Das klingt harmlos», warf Paolo ein. «Dabei endete diese sogenannte Entwaffnung häufig in Plünderung und Massaker. Die Leute flohen aus den Städten und versuchten sich im Umland zu verstecken, oftmals vergeblich.»

Julia sah ihn betroffen an. Dann sah sie wieder auf ihr Display. «Aus Furcht vor plündernden deutschen Soldaten hat man damals offenbar Kunstschätze aus Kirchen und Museen entfernt und bei vertrauenswürdigen Privatleuten versteckt … Im Zuge einer Hausdurchsuchung traf Kantereit wohl auf ein altes Ehepaar, dem ein wertvolles Gemälde anvertraut worden war …»

«*Il Correggio, sì?*», fragte Borghesi.

Julia nickte. «Aus Furcht händigten sie ihm das Bild aus und baten ihn, ihr Leben zu schonen. Kantereit jedoch hat …» Sie stockte, als sie betreffende Stelle las.

«Was hat er getan?», fragte Paolo leise.

«Ihm war klar, dass das Gemälde wertvoll sein müsse und er verpflichtet wäre, es seinen Vorgesetzten auszuhändigen», erwiderte Julia mit gepresster Stimme. «Also hat er die Eheleute erschossen, um Zeugen zu vermeiden.»

«*Cattivo*», knurrte Borghesi.

Paolo blickte finster vor sich hin. Es war einfach, Dinge wie diese als historische Fakten abzutun, als etwas, das vor langer Zeit geschehen war und sich nicht mehr ändern ließ. Sehr viel komplizierter wurde es, sobald man das Leid des Einzelnen sah. Wer mochten die beiden gewesen sein? Wie hatten sie geheißen?

Was auch immer ihre Träume und Hoffnungen gewesen waren, am 8. September 1943 hatten sie jäh geendet.

«Froh ist Kantereit allerdings nicht geworden», fuhr Julia fort. «Anfang 1944 wurde er bei den Kämpfen um Anzio durch Granatsplitter schwer verwundet und verlor einen Arm. Kriegsversehrt kehrte er in seine Heimatstadt München zurück. Er lebte dort im Haus seiner verstorbenen Eltern. 1967 erlitt er einen Gehirnschlag, vermutlich eine Spätfolge der Kriegsverwundungen. Den Rest seiner Tage – Kantereit starb am 16. Juni 1968 – verbrachte er in einem Altenheim, wo er sich einem Pfleger anvertraute, der all diese Dinge nach Kantereits Tod zu Protokoll gegeben hat. Deshalb haben wir überhaupt nur Kenntnis davon.»

Borghesi nickte anerkennend. «Wie hat Ihr Kollege das so schnell herausgefunden?»

«Er hat eine dringende Anfrage an das deutsche Militärarchiv geschickt.»

«Deutsche Gründlichkeit.» Der Commissario konnte sich die Bemerkung nicht verkneifen.

«Das alles passt zu Pandolfis Aussage», fasste Paolo zusammen. «Damit dürfte nun auch feststehen, wie das Bild seinerzeit nach München gelangt ist und warum es von deutscher Seite niemals offiziell als Raubkunst registriert wurde.»

«*Sì*. Aber eines geht daraus nicht hervor, nämlich was das alles mit meinen beiden Morden zu tun hat.»

«Nein», gab Paolo zu, «aber ich habe das Gefühl, dass wir der Lösung nahe sind. Wer immer hinter den Morden steckt, kannte offenbar die Geschichte des Gemäldes. Er oder sie wusste, dass es als verschollen galt, und war bereit, Risiken einzugehen und großen Aufwand zu betreiben, um es dauerhaft in seinen Besitz zu bringen.» Paolo sah erst zu Julia, dann zu Borghesi.

302

«Das war keine spontane Entscheidung, sondern wurde von langer Hand vorbereitet. Es muss also jemand sein, der über die entsprechenden Informationsquellen und über die entsprechenden finanziellen Mittel verfügt – ein Supersammler.»

«Come?» Borghesi schaute ihn zweifelnd an.

Julia klärte den Commissario auf. «Supersammler sind sehr vermögende Menschen, die sich dem Horten von Kunstschätzen verschrieben haben. Anzahl und Qualität ihrer Besitztümer lässt Museen bisweilen vor Neid erblassen.»

«Davvero? Warum tut jemand so etwas? Als Wertanlage?»

«Auch», räumte Paolo ein, «aber ich glaube, es geht dabei vor allem um Macht. Um das Wissen, etwas zu besitzen, das niemand sonst auf der Welt hat. Ein Original, ein Unikat.»

Borghesi nickte. «Deshalb auch der Tausch.»

«Genauso ist es.» Julia nickte. «Der Sammler hat noch lange genug gewartet, um sich die Echtheit des Correggio sozusagen offiziell bestätigen zu lassen. Dann erst hat er ihn sich unter den Nagel gerissen – und hatte berechtigte Hoffnung, aufgrund der besonderen Situation noch nicht einmal Ermittlungen befürchten zu müssen.»

«Aber daraus wird nichts», sagte Paolo grimmig. «Wir sollten uns umgehend die Liste vornehmen.»

Borghesi hob die Brauen. «Welche Liste?»

«Die Liste sämtlicher Gäste, die auf dem Empfang waren.»

«Sei pazzo?» Der Commissario schüttelte den Kopf. «Sind Sie jetzt völlig übergeschnappt? Sie wollen nicht nur mehr den Direttore behelligen, sondern jetzt auch noch die anderen Gäste? Auf dem Empfang war alles, was in der Region Rang und Namen hat.»

«Wenn dadurch die Wahrheit ans Licht kommt.» Paolo zuckte mit den Schultern. «Sie alle gehören zum Kreis der Verdächtigen. Menschen, die über Geld und Einfluss verfügen, sich für Kunst interessieren und dem Museum in irgendeiner Weise verbunden sind – und das alles trifft ganz sicher auch auf unseren geheimnisvollen Sammler zu.»

«Das ist verrückt, einfach nur verrückt!», rief Borghesi. «Niemand wirbelt so viel Staub auf, ohne zu wissen, wohin das alles führt!»

«Niemand kehrt so etwas unter den Tisch», hielt Paolo dagegen. «Wachen Sie endlich auf, Borghesi. In Ihrer feinen Gesellschaft treibt sich ein Mörder herum!»

«Nein, Ritter, Sie sollten endlich aufwachen und verstehen, dass Sie hier nicht zu Hause sind. Die Dinge werden hier anders geregelt.»

«Indem man feige Mörder davonkommen lässt?»

Borghesi stand auf. Seine Miene war wie versteinert, seine Hände zu Fäusten geballt. Paolo wurde es plötzlich eng im Kragen seines Hemdes. Ihm war klar, dass er eine Linie überschritten hatte. Er hatte offen Borghesis Kompetenz angezweifelt, und das auch noch vor einer Kollegin, die der Commissario offenbar attraktiv fand.

Nach italienischem Verständnis war das eine Beleidigung seiner Männlichkeit – und sie verlangte nach Vergeltung.

## KAPITEL 36

Hallo?»
Julia hatte ihren Platz am Fenster aufgegeben und war zwischen Paolo und Borghesi getreten. Ihr Blick, der von einem zum anderen pendelte, war der einer großen Schwester, die ihre kleinen Brüder maßregelte. «Könnten wir dieses Mannbarkeitsritual vielleicht überspringen und wieder an die Arbeit denken? Wir sind hier nicht im Kindergarten!»

«*Questo mi ha offeso*», schnaubte Borghesi. Unsichtbare Blitze schienen aus seinen Augen zu schlagen, während er auf Paolo starrte, der auf seinem Schemel sitzen geblieben war.

Paolo schluckte trocken. «Es lag nicht in meiner Absicht, Sie zu beleidigen», sagte er, «aber …»

«Er hat keinen Respekt», beschwerte sich der Commissario bei Julia. «Nicht vor mir, nicht vor meiner Arbeit, nicht vor meinem Land.»

«Das ist nicht wahr», beteuerte Paolo, «ich …»

«Entschuldige dich», verlangte Julia.

«Was?» Er sah sie entgeistert an.

«Was ist daran schwer zu verstehen? Du sollst dich entschuldigen. Und dann machen wir mit den Dingen weiter, die wirklich wichtig sind.»

«Das hier ist wichtig», beharrte Borghesi und richtete seinen Blick wieder auf Paolo.

Paolo atmete tief durch. Ein Teil von ihm sah überhaupt nicht ein, weshalb er sich entschuldigen sollte. Er hatte schließ-

305

lich nur gesagt, was offensichtlich war. War es seine Schuld, wenn Borghesi damit nicht umgehen konnte? Außerdem gefiel es ihm nicht, dass der Commissario zu Julia so freundlich war. Paolo war überzeugt, dass Felix ihn schon längst in seine Schranken gewiesen hätte, wäre er an seiner Stelle hier gewesen. Andererseits hatte Julia natürlich recht – sie hatten sehr viel Wichtigeres zu tun, als sich wegen solcher Kindereien zu beharken. Widerwillig kam er zu dem Entschluss, sich bei Borghesi zu entschuldigen – als jemand an die Tür klopfte.

«*Entrate!*», rief der Kommissar laut, noch immer mit geballten Fäusten hinter dem Schreibtisch stehend.

Die Tür wurde geöffnet – und niemand anders als Lucia stand auf der Schwelle. Sie trug ein Kleid mit Sonnenblumenmuster, dazu eine gelbe Strickjacke. Ihr Haar war wie immer zum Dutt hochgebunden. Unsicher sah sie erst den Commissario, dann Julia an, die beide über die Störung sichtlich ungehalten waren. Nur Paolo lächelte.

«Lucia!», sagte er, stand auf und ging auf sie zu. Seit seiner Entlassung aus der Haft hatte er sie noch nicht wieder gesehen. Da er ohne Handy war, hatte er sie am Morgen nur kurz vom Revier aus angerufen. Dabei hatte er erfahren, dass sie in der gestrigen Nacht aus dem Kreuzgang in die angrenzende Kirche geflüchtet war und sich dort bis zur Morgenmesse versteckt hatte. Keine sehr angenehme Art, die Nacht zu verbringen, aber immerhin sicher.

«Geht es Ihnen gut?», fragte Paolo, aufrichtig besorgt.

«*Sì*, vielen Dank.» Sie nickte, aber man sah ihr an, wie unwohl sie sich fühlte. Paolo hätte sie gerne gefragt, was los war, aber das war nicht der richtige Ort dafür. Stattdessen wandte er sich um und stellte sie vor.

«Das ist Signora Camaro. Sie hat mir in den vergangenen

Tagen geholfen, als Übersetzerin … Lucia, das sind Commissario Borghesi und meine Kollegin Julia Wagner, aus München.»

«Freut mich», sagte Julia in sachlich nüchternem Ton und gab Lucia die Hand. Sie war fast einen Kopf größer als die Italienerin, und auch sonst bildeten die beiden Frauen, wie sie da nebeneinanderstanden, den denkbar größten Gegensatz.

Lucia sah zu Paolo. «Ich habe auf der Questura angerufen. Man hat mir gesagt, dass ich Sie hier finden würde.»

«Was gibt es?», fragte Paolo.

«Zum einen wollte ich Ihnen das hier geben.» Sie händigte ihm sein Handy aus. «Und zum anderen habe ich etwas herausgefunden.»

«Worum geht es?»

«Das … Zeichen, erinnern Sie sich?»

Paolo biss sich auf die Lippen. Natürlich erinnerte er sich an die merkwürdige Zeichnung aus Blut, die das Mordopfer hinterlassen hatte. Es war offenkundig, dass Lucia vor den anderen nicht darüber reden wollte. Aber was sollte er tun? Sie nach draußen bitten und sich unter vier Augen mit ihr unterhalten? Sein Verhältnis zu Borghesi war auch so schon angespannt genug. Der Commissario hätte nur neuen Argwohn gehegt. Und was hätte Julia erst gesagt?

«Sie können offen sprechen, Lucia», sagte er deshalb und warf Borghesi einen Blick zu, der zugleich entschuldigend und warnend war. «Wir sind hier unter Freunden.»

Lucia sah ihn mit gequälter Miene an. Die Sache schien ihr nicht zu gefallen.

«*Allora, Signora*», fuhr Borghesi sie unvermittelt an. «Wir sind hier in einer wichtigen Besprechung. Wenn Sie uns nichts mitzuteilen haben, das von Wichtigkeit ist, dann darf ich Sie bitten …» Er brach ab.

Lucia hatte ihre Handtasche geöffnet und ein Blatt Papier daraus hervorgeholt, das sie entfaltete und ihnen zeigte. Es war Computerausdruck und zeigte einen Kreis mit drei stilisierten Wellen.

Borghesi starrte die Zeichnung ratlos an. Paolo hingegen wusste sofort, was sie ihm damit sagen wollte.

«Sie haben es gefunden», flüsterte er.

«*Sì.*» Sie nickte.

«Darf man fragen, worum es sich dabei handelt?», fragte Julia. Sie nahm Lucia das Blatt aus der Hand und betrachtete es, ehe sie es an Borghesi weiter reichte.

«*Sì*, das würde mich auch interessieren», sagte der Commissario zu.

Paolo schaltete sein Handy an. «Am Fundort des letzten Mordopfers», erklärte er, «fand sich auf dem Steinsockel des Kreuzgangs ein blutiges Zeichen.»

«Da war überall Blut», warf Borghesi ein. «Werden Sie etwas deutlicher.»

«Gern.» Paolo wählte das Bild aus, das er gemacht hatte, und hielt das Smartphone so, dass Julia und Borghesi es sehen konnten.

«Sie haben ein Bild vom Tatort gemacht?», fragte Borghesi verblüfft.

«Ja, wieso nicht? Macht mich das in Ihren Augen wieder verdächtig?»

«Das nicht», gab der Commissario zu. «Aber Sie haben Beweismaterial unterschlagen.»

«Paolo kann kein Material unterschlagen, wenn er nie Teil der Ermittlung war», stellte Julia klipp und klar fest.

Borghesi machte eine säuerliche Miene. «Unsere Spurensicherung hat das auch gesehen», sagte er. «Aber wir gehen davon aus, dass es zufällig entstanden ist. Vielleicht hat der Sterbende versucht, sich aufzustützen, und ist abgerutscht. Wissen Sie, was es mit dem menschlichen Körper macht, wenn er verblutet?»

«Nein», gab Paolo zu, «und es tut auch nichts zur Sache, denn Lucias Fund widerlegt diese Theorie.»

«Inwiefern?»

«Ich habe vermutet – oder vielmehr gehofft – dass hier womöglich mehr am Werk gewesen sein könnte als bloßer Zufall. Dass der Sterbende vielleicht versucht hat, mit letzter Kraft einen Hinweis auf seinen Mörder zu geben. Deshalb habe ich Lucia gebeten, sich auf die Suche nach etwas zu machen, das dieser Zeichnung aus Blut ähnelt. Ein Zeichen, ein Symbol, was auch immer.»

«Und Sie sind offenbar fündig geworden.» Julia sah Lucia forschend an.

«Das bin ich.» Sie nickte, sah unsicher zu Paolo. Als dieser sie aufmunternd anlächelte, gab sie sich einen Ruck.

«Also gut», begann Lucia. «Ich habe im Internet erst nach fremden Schriftzeichen gesucht, nach Zahlen und nach Symbolen. Ich habe aber nichts gefunden. Dann kam mir der Gedanke, es könnte sich um ein *logotipo* handeln.»

«Ein Firmensignet?», fragte Paolo. «Ein Logo?»

Lucia nickte. «Also überlegte ich mir, was das Bild darstellen könnte. Ein Kreis oder ein Oval vielleicht, mit einem gezackten Symbol darin. Ich habe zuerst an einen Berg gedacht oder an ein Haus und habe angefangen, nach entsprechenden Zeichen zu suchen. Zuerst nur im Raum Parma, später dann in ganz Emilia-Romagna.»

Paolo nickte anerkennend. «Gute Arbeit, Lucia.»

Julia machte eine ungeduldige Handbewegung. «Haben Sie ein entsprechendes Logo gefunden?»

Lucia schüttelte den Kopf. «Es gibt keine Firma oder Einrichtung, deren Zeichen ein Berg oder ein Haus in einen solchen Kreis wäre. Aber dann habe ich das da gefunden.» Sie deutete auf den Ausdruck, der jetzt inmitten der Papierflut auf Borghesis Schreibtisch lag. «Es ist kein Berg und auch kein Haus, sondern eine Welle. Eigentlich sogar drei, übereinander.»

«*Bene.*» Der Commissario, der sich wieder in seinen Sessel niedergelassen hatte, gab sich demonstrativ gelangweilt. «Und zu welcher Firma soll das gehören?»

Wieder wirkte Lucia unsicher. «Zu einer Firma namens ‹Importamare S.r.l.›», sagte sie nach kurzem Zögern.

«*Merda*», sagte Borghesi und rollte genervt mit den Augen. «Also jetzt haben wir wirklich ein Problem! Ich sollte sofort den Geheimdienst verständigen. Oder besser gleich den Katastrophenschutz? Das Militär?»

«Was für eine Firma ist das, Lucia?», fragte Paolo.

«Die ‹Importamare› hat sich auf Im- und Exporte auf dem Seeweg spezialisiert. Noch wichtiger aber ist, dass sie Tochterunternehmen einer großen Aktiengesellschaft ist, der ‹Vittorioso S.p.A.›. Und diese wiederum wurde gegründet von …»

«Vincente Rocco», ergänzte Borghesi. Sein Zynismus war verschwunden, er wurde blass im Gesicht.

«Vincente Rocco?» Paolo überlegte laut. «Auf dem Empfang im Teatro Farnese bin ich einem Vincente Rocco vorgestellt worden.» Das Bild des italienischen Industriellen tauchte sofort wieder vor seinem inneren Auge auf. «Er hätte dir gefallen», raunte er Julia zu. «Hat was von Sean Connery.»

«Bitte, Paolo.» Sie schnalzte mit der Zunge.

«Sind Sie ganz sicher?», fragte Borghesi Lucia. Er schien über die Enthüllung noch immer nicht hinweg zu sein.

«Allerdings. Ich habe es mehrfach überprüft.»

«*Merda*», sagte Borghesi noch einmal.

«Wieso? Wer ist dieser Vincente Rocco?», fragte Julia.

«Ein sehr erfolgreicher Geschäftsmann», erklärte Borghesi. «Und mehr als das.» Er holte tief Luft, bevor er fortfuhr. «In den Jahren der Krise, die Parma hinter sich hat, als 2003 zuerst Parmalat, der Lebensmittelhersteller, pleiteging und später auch noch unser Fußballverein, der AC Parma, da hat Rocco sich nicht wie andere von der Stadt abgewandt, sondern ihr die Treue gehalten. Er hat in seinen Firmen Arbeitsplätze geschaffen, als andere nur noch entlassen haben. Das hat ihm einen fast legendären Ruf eingetragen.»

Paolo erinnerte sich, dass auch Umberto Tantaro mit einer gewissen Ehrfurcht von Rocco gesprochen hatte. Er hatte ihn als – Paolo erinnerte sich genau – «herausragenden Kunstkenner und Förderer der Galerie» bezeichnet.

«Hat er auch politische Ambitionen?», wollte Julia wissen.

«Nein», Borghesi schüttelte den Kopf. «Aus der Politik hat er sich immer herausgehalten, obwohl ihn manche dazu gedrängt haben. In Zeiten, in denen viele Menschen Politiker für korruptes Pack halten, hat ihm das zusätzliche Sympathien gebracht», erläuterte Borghesi, ohne durchblicken zu lassen, wie er selbst zu diesen Dingen stand.

Ein Moment der Stille trat ein, niemand schien aussprechen zu wollen, was offensichtlich war. Paolo übernahm schließlich den undankbaren Part.

«Könnte er unser Supersammler sein?», fragte er in die Stille.

Borghesi wedelte heftig mit dem Zeigefinger. «O nein! Nicht Rocco! Ausgeschlossen!»

«Er hat das Geld und die nötigen Verbindungen», fuhr Paolo unerbittlich fort. «Und von Umberto Tantaro weiß ich, dass er

Kunstliebhaber ist. Und ganz offenbar hat der ermordete Informant eine Verbindung zu einer seiner Firmen gesehen.»

«Was heißt schon Verbindung? Wir haben dieses Geschmier auf dem Sockel, nicht mehr.»

«Sein Mörder könnte Firmenkleidung mit dem Logo darauf getragen haben», gab Paolo zu bedenken. «Oder es war auf dem Wagen, den der Mörder gefahren hat.»

«Vermutungen!», rief Borghesi. «Reine Vermutungen!»

«Indizien, eindeutige Indizien», verbesserte Paolo ihn. «Was brauchen Sie noch, um endlich tätig zu werden?»

Borghesi machte ein gequältes Gesicht. «*In ogni caso* brauche ich mehr als ein paar wilde Anschuldigungen und ein *logotipo*, das irgendwer im Internet gefunden hat.»

«Lucia ist nicht irgendwer», sagte Paolo, vielleicht ein wenig entrüsteter, als es hätte sein müssen. «Sie hat ihr Leben eingesetzt, indem sie mir bei meinen Recherchen geholfen hat. Und sie …»

Er unterbrach sich, als er Julias fragenden Blick bemerkte. Er sah ein, dass er so nicht weiterkam. Was sie brauchten, war ein Ermittlungserfolg, und zwar möglichst rasch …

In diesem Moment begann ein kühner Plan in Paolos Kopf Gestalt anzunehmen. «Ich habe eine Idee», sagte er.

«*È vero?*» Borghesi sah ihn an, voller Spott und Zweifel.

Paolo hob abwehrend die Hände. «Ich verstehe Ihre Bedenken, Signor Commissario. Aber ich glaube, ich weiß, wie wir herausfinden können, ob Vincente Rocco in die Sache verwickelt ist, ohne dass Sie oder Ihre Behörde in Erscheinung treten müssen.»

Borghesi legte den Kopf schief. «Dann lassen Sie hören.»

«Ich möchte vorausschicken, dass wir diese Chance Lucia verdanken», sagte Paolo. «Hätte sie nicht den Zusammenhang zu dem Logo gefunden, wüsste ich nicht, wo ich ansetzen sollte. *Grazie*, Lucia», fügte er hinzu und schickte seiner Helferin ein Lächeln, das sie ein wenig eingeschüchtert erwiderte.

«In der Tat, herzlichen Dank, Frau Camaro», fügte Julia unterkühlt hinzu. «Und nun sollten Sie bitte zurücktreten und die Profis ihre Arbeit machen lassen.»

«*Come?*» Lucia sah sie mit ihren großen Augen an.

«Ich denke, Sie haben verstanden.»

«*Sì, ho capito*», sagte Lucia leise. Sie bedachte Paolo mit einem undeutbaren Blick, dann drehte sie auf dem Absatz um und ging zur Tür.

«Lucia», rief Paolo, aber Lucia war schon draußen. Paolo eilte ihr hinterher auf den Gang. «Lucia, bitte, warten Sie!»

«Was?» Sie blieb stehen und wandte sich unwirsch zu ihm um.

«Es tut mir leid», sagte Paolo.

«Was tut Ihnen leid?»

«Das, was da drin gerade passiert ist. Ich hätte Ihnen sagen sollen, dass …»

«Dass was?», fiel Lucia ihm ins Wort. «Dass Ihre Vorgesetzte nicht nur Ihre Vorgesetzte ist?»

«Woher wissen Sie das?»

Lucia sah ihn nur an. «*Le donne conoscono le donne*», sagte sie dann mit entwaffnender Weisheit – Frauen kennen Frauen.

«Ich fahre nach Hause. Sie wissen, wo Sie mich finden», fügte sie hinzu, und noch ehe Paolo etwas erwidern konnte, hatte sie sich abgewandt und war ins Treppenhaus verschwunden.

# KAPITEL 37

Zwei Tage waren seit ihrer Besprechung vergangen. Zwei Tage, seit Paolo jene Idee gehabt hatte, die ihm in Borghesis Büro so vielversprechend vorgekommen war.

Nun allerdings, als er die dunkle Zufahrt hinabging, kamen ihm ernste Zweifel. Und wie das bei ihm so war, gingen diese Zweifel neben ihm her …

«Wollen Sie das wirklich tun, *amico mio?*»

Paolo drehte den Kopf in Richtung seines Begleiters. Es war Umberto Tantaro, wie zu Lebzeiten in blauem Anzug und rosafarbenem Hemd.

«Nein, eigentlich nicht», gab Paolo zu. «Eigentlich sollte ich zu Hause sein, sollte ein gutes Buch lesen und ein Glas nicht weniger guten Wein trinken. Oder mit der Frau zusammen sein, die ich heiraten möchte.»

«Ist das so?»

«Ist *was* so?», gab Paolo unwirsch zurück. Er war schon angespannt genug. Wenn er in diesem Moment eins nicht gebrauchen konnte, dann waren das ironische Fragen vonseiten seines Unterbewusstseins.

«Dass Sie gerne guten Wein trinken», entgegnete Umberto.

«Ach so, das.»

«Ich könnte Ihnen da ein paar Empfehlungen geben.»

«Nehmen Sie es mir nicht übel, Umberto, aber auf Ihre Expertise in Sachen Wein möchte ich mich lieber nicht verlassen.»

«*Allora*, das tut weh.»

«'tschuldigung.»

«Nur ein Scherz.» Der kleine Kurator sah ihn von der Seite an. «Ich bewundere Sie sehr für Ihren Mut, Paolo. Und ich danke Ihnen schon jetzt für alles, was Sie in dieser Sache getan haben. Ganz gleich, wie es ausgehen wird.»

Paolo blieb eine Antwort schuldig. Denn in diesem Moment war zu seiner Linken eine weitere Gestalt aufgetaucht, die ebenfalls den schnurgeraden, von dunklen Platanen gesäumten Zufahrtsweg hinabging. Sie trug eine schwarze Lederjacke und eine ebenso schwarze Wollmütze, die sie sich tief ins Gesicht gezogen hatte. Es war der Informant, und anders als der redselige Umberto sprach er kein Wort.

Die erkennungsdienstliche Untersuchung hatte ergeben, dass der Name des Mannes Cesare Cavano war. Er war kein Unbekannter bei der Polizei, war vorbestraft wegen Hehlerei und hatte bereits eine Haftstraße verbüßt. Offenbar hatte er über ein weitverzweigtes Kundennetz verfügt. Im Zuge der Durchsuchung seiner Wohnung war die Polizei auf Hinweise gestoßen, nach denen er erst vor kurzem in Deutschland gewesen war, was sich mit dem Zeitraum deckte, in dem die Kopie des Correggio mutmaßlich entstanden war. Einen Zusammenhang zu vermuten lag also zumindest nahe.

Jetzt ging die Erinnerung an den Ermordeten schweigend neben Paolo her, der sich dem großen Gebäude näherte, das am Ende der Zufahrt aufragte, von Flutlicht aus der Nacht gerissen.

Das Anwesen von Vincente Rocco befand sich ein Stück außerhalb von Parma im Südwesten von Vigatto, dem südlichsten und größten der dreizehn städtischen Bezirke, inmitten eines ausgedehnten Waldgebiets, das von einem hohen Eisenzaun umgeben war. Wer hineinwollte, musste ein eindrucksvolles, von mächtigen Pfeilern gesäumtes Portal passieren, an das sich die rund fünfhundert Meter lange Zufahrt anschloss. Da der Wächter am Tor – ein breitschultriger Personenschützer im Maßanzug und mit einem Funkempfänger im Ohr – dem Taxi die Zufahrt zum Gelände verwehrt hatte, war Paolo nichts anderes übriggeblieben, als die Strecke zu Fuß zurückzulegen. Und mit jedem Schritt, den er sich der Villa näherte, wuchs seine Nervosität.

Ihm war klar gewesen, dass der einflussreiche Geschäftsmann auf seinen Anruf reagieren würde, aber dass es so schnell gehen würde, hatte Paolo überrascht. Und es mochte ein erster Anhaltspunkt dafür sein, dass sein Verdacht richtig war.

Die Villa, die Vincente Rocco bewohnte, war vermutlich gegen Ende des vorletzten Jahrhunderts erbaut worden und in neubarockem Stil gehalten. Sie strahlte Herrschaftlichkeit aus mit der breiten, von einem flachen Zeltdach beschirmten Fassade, dem Neurokoko-Stuck um die Fenster und den schmiedeeisernen Geländern vor den kleinen Balkonen. Ein von drei Rundbögen getragener Portikus bewachte den Eingang. Von Fotos wusste Paolo, dass die Fassade eigentlich ockerfarben war – jetzt tauchte das fahle Licht der Scheinwerfer sie in geisterhaftes Weiß.

Als Paolo aus dem Dunkel der Platanen auf den Vorplatz trat, sah er die beiden an die Villa angebauten Seitenflügel, nüchtern-sachliche Konstruktionen aus Stahl und Glas. Im Gegensatz zum wuchtigen Hauptgebäude sollten sie wohl Agilität und Moderne vermitteln und ihren Besitzer als einen Mann charakterisieren, der Gegensätze in sich vereinigte.

Paolo überquerte den hellerleuchteten Vorplatz. Ein scharf umrissener Schlagschatten folgte ihm, anders als bei Umberto und Cavano, die keine Schatten warfen. Im Gegenteil, in dem

Moment, da er seinen Fuß auf die unterste Stufe der Treppe setzte und zum Portal emporstieg, verblassten die Erinnerungen an die beiden Männer und verschwanden schließlich völlig. Paolos ganze Konzentration gehörte nun dem Hier und Jetzt und der Aufgabe, die ihm bevorstand.

«Ich gehe jetzt rein», flüsterte er in das hochempfindliche Mikrofon des winzigen GSM-Senders, den er wie ein Pflaster unter dem Hemd trug.

Dann stand er auch schon vor der gewaltigen, mit reichen Schnitzereien versehenen Tür und betätigte den Klopfer, der die Form eines Löwenkopfs hatte.

Im Inneren der Villa hallte das Pochen laut wider. Dann näherten sich Schritte, und die Tür wurde geöffnet. Ein Hausdiener stand vor Paolo und begrüßte ihn. Er war über sein Kommen bereits informiert.

«*Seguimi, per favore*», forderte er Paolo mit gleichmütiger Miene auf, und dieser folgte ihm in eine geräumige Empfangshalle. Ihre Schritte auf dem weißen Marmorboden hallten von der hohen Kassettendecke wider, als der Hausdiener Paolo in eine Art Salon führte. Die Beleuchtung war hier gedimmt, ein Feuer flackerte im offenen Kamin, das unstete Schatten über die holzgetäfelten Wände schickte. In einem Sessel vor dem knisternden Feuer saß der Hausherr, in einen schwarz-rot karierten Hausmantel gekleidet und mit einem schiefen Lächeln im Gesicht, das Paolo einmal mehr an den schottischen Schauspieler denken ließ. In der Hand hielt er ein Glas, in dem eine vermutlich hochprozentige bernsteinfarbene Flüssigkeit schimmerte.

«Paolo Ritter», war alles, was er zur Begrüßung sagte.

«*Buonasera*, Signor Rocco», erwiderte Paolo und deutete eine Verbeugung an.

«Wir waren dabei, uns beim Vornamen zu nennen, wissen Sie nicht mehr?», fragte Rocco in seinem flüssigen, akzentbehafteten Deutsch.

Paolo nickte. Natürlich erinnerte er sich. «Danke, dass Sie mich empfangen, Vincente. Ich weiß das wirklich sehr zu schätzen.»

«Das sollten Sie.» Der Industrielle nippte an seinem Glas. «Bitte setzen Sie sich. Was darf ich Ihnen anbieten? Einen Scotch vielleicht? Eine kleine Erfrischung?»

«Nein danke.» Paolo nahm in dem anderen Kaminsessel Platz, der für sein Empfinden viel zu nah am Feuer stand. Die Hitze, die vom Kamin ausging, war beträchtlich.

Roccos dunkle Augen taxierten ihn. «Ich muss gestehen, dass ich etwas verwirrt war, als ich Ihren Anruf erhielt. Ich dachte, Sie wären längst wieder zu Hause in Germania.»

«Es hat sich anders ergeben», entgegnete Paolo. Er versuchte, dem bohrenden Blick des anderen standzuhalten, was alles andere als einfach war. «Ein Freund von mir wurde leider ermordet.»

«Ich wusste nicht, dass Sie Freunde in der Stadt haben.»

«Ich ebenfalls nicht», sagte Paolo. «Ebenso wenig, wie ich von irgendwelchen Feinden wusste.»

Rocco nahm einen Schluck von seinem Getränk und sah dann in die prasselnden Flammen. «Im Lauf meiner Tätigkeit als Geschäftsführer eines großen Unternehmens hatte ich häufig und viel mit Deutschen zu tun, weshalb ich Ihre Sprache leidlich beherrsche. Trotzdem muss ich zugeben, mein guter Paolo, dass mir die deutsche Art in vielen Dingen noch immer ein Rätsel ist. Versuchen Sie gerade, irgendetwas anzudeuten?»

«Und wenn?»

«Ich bin *un uomo molto impegnato*, Paolo – ein vielbeschäftig-

318

ter Mann. Meine Zeit ist kostbar, deshalb wäre ich Ihnen dankbar dafür, sie nicht zu verschwenden. Sie sagten am Telefon, es ginge um das Gemälde, das Sie aus Deutschland mitgebracht haben, den Correggio.»

«Ein Thema, das Sie offenbar interessiert. Schließlich wollten Sie mich umgehend sprechen», ergänzte Paolo.

Rocco stellte sein Glas auf einen mit Intarsien versehenen Beistelltisch, beugte sich im Sessel vor und sah Paolo fragend an. «Was wollen Sie mir erzählen?»

«Verschiedenes», sagte Paolo ausweichend. «Zum Beispiel würde ich Ihnen gerne von jenem Freund berichten, der eines so unerwarteten Todes gestorben ist. Es handelte sich dabei um Umberto Tantaro, den Kurator der *Galleria Nazionale*.»

«Ich habe gehört, dass er überraschend verstorben ist», sagte Rocco. «Aber ich wusste nicht, dass Sie beide befreundet waren.»

«Gewissermaßen.» Paolo nickte. «Am vergangenen Samstag rief Umberto mich an und wollte mir etwas Dringendes mitteilen, das mit dem Correggio zu tun hatte. Noch am selben Abend fand ich ihn tot in seiner Wohnung.»

«Das tut mir leid. Italien ist ein unsicheres Land. Alle Deutschen wissen das.»

«Die Polizei ging von Selbstmord aus», fuhr Paolo fort, den Sarkasmus des anderen überhörend, «aber ich hatte von Anfang an das Gefühl, dass etwas nicht stimmte. Tatsächlich habe ich inzwischen herausgefunden, dass der arme Umberto ermordet wurde – mit einer Überdosis Digoxin, die für sein schwaches Herz das Todesurteil bedeuten musste. Natürlich habe ich mich gefragt, wer dahinterstecken könnte und was es gewesen war, das Umberto mir unbedingt sagen wollte. Aber ich fand keine Antwort. Bis ich durch einen Zufall dahinterkam, dass der Correggio im Museum nicht mehr der ist, den ich aus Deutschland mitgebracht habe. Stattdessen war er zwischenzeitlich ausgetauscht und durch eine nahezu perfekte Kopie ersetzt worden.»

«Eine Fälschung also», sagte Rocco mit ungerührter Miene.

«Ganz recht, eine Fälschung.» Paolo nickte. «Das Original hingegen ist noch in derselben Nacht, in der die Rücküberstellung feierlich begangen wurde, gestohlen worden.»

«*Incredibile*», kommentierte sein Gegenüber trocken und sichtlich unbewegt. «Wer sollte so etwas tun?»

«Offen gestanden habe ich mich das auch gefragt. Zumal ich Direttore Farnese im Verdacht hatte, von der Fälschung zu wissen und die Sache zu vertuschen, um seine politische Karriere nicht zu gefährden. Wie ich gehört habe, unterstützen Sie seine Kandidatur für das Bürgermeisteramt?»

«Ich unterstütze mehrere Kandidaten.»

«Natürlich. So sind Sie immer auf der Seite des Siegers, nicht wahr?» Paolo grinste freudlos.

«Darf ich fragen, worauf Sie hinauswollen?»

«Aber ja, verzeihen Sie. Die Sache mit der Fälschung ließ mir keine Ruhe, also habe ich weitere Nachforschungen angestellt. Über einen Kunstexperten gelangte ich an einen Mittelsmann, einen polizeibekannten Hehler namens Cesare Cavano, der sich offenbar auf die Vermittlung professioneller Fälschungen spezialisiert hat. Und siehe da, er war erst kürzlich in Deutschland, zu einem Zeitpunkt, als das Auftauchen des Gemäldes der Polizei noch gar nicht gemeldet worden war. Die Folgerung, dass da etwas sehr sorgfältig und von langer Hand vorbereitet worden war, lag daher nahe. Offenbar hat jemand eine exakte Kopie des Correggio erstellen lassen und dann das Original an die Polizei übergeben.»

Roccos Stirn legte sich in Falten. «*È stupido*. Warum sollte jemand so etwas tun?»

«Es klingt in der Tat seltsam.» Paolo fuchtelte mit den Händen– nicht nur, um seine Ausführungen zu begleiten, sondern auch, um seine wachsende Unruhe zu überspielen. «Aber indem es an die Polizei gegeben und offiziell rücküberstellt wurde, hat man das Bild gewissermaßen legalisiert, verstehen Sie? Ein wenig, wie wenn Geld gewaschen wird.»

Ein Lächeln spielte um Roccos Züge. «Nicht, dass ich mich in solchen Dingen auskennen würde, werter Paolo, aber welchen Nutzen hätte jemand davon, ein Bild in seinen Besitz zu bringen, das offiziell in der Galleria Nazionale hängt? Er könnte es niemals verkaufen, ohne sich zu verraten.»

«Das habe ich mich auch gefragt», sagte Paolo und nickte. «Aber wissen Sie was? Dem Drahtzieher hinter diesem ganzen Schmierentheater kommt es überhaupt nicht darauf an, sein Geld in Werten anzulegen. Geld und Besitz hat er nämlich genug, ihm geht es vielmehr darum, etwas zu besitzen, das so einzigartig ist, dass es ihn vom Rest der Menschheit unterscheidet.» Paolo holte tief Luft, bevor er fortfuhr. «Nur leider liefen die Dinge nicht so, wie sie sollten. Umberto Tantaro hatte Verdacht geschöpft und musste deshalb zum Schweigen gebracht werden. Jemand hat ihn bei sich zu Hause besucht und ihn dazu überredet, sündhaft teuren Rotwein zu trinken, der sich als tödlich erwies. Man hoffte wohl, dass danach wieder Ruhe einkehren und Gras über die Sache wachsen würde. Aber das war nicht der Fall, denn ein ungebetener Gast aus Deutschland begann, seine Nase in die Angelegenheit zu stecken.»

«Sie sprechen von sich selbst?»

Paolo lächelte nur. «Zuerst hatte ich Albano Farnese im Verdacht, denn am Nachmittag, bevor er starb, hatte Umberto

Tantaro einen heftigen Streit mit ihm. Allerdings war es dabei nicht um das Bild gegangen, sondern darum, dass der Direttore ihn, Tantaro, bei der Regelung seiner Nachfolge übergehen wollte. Später dann traf ich dann Cavano, und mir war klar …» Paolo brach ab, als er den fragenden Gesichtsausdruck seines Gegenübers bemerkte. «Können Sie mir noch folgen?»

«Sì, ich lausche mit großem Interesse», sagte Rocco.

«Nun – Cavano hielt dicht», fuhr Paolo fort, «aber seinem ehemaligen Auftraggeber schien das Risiko dennoch zu groß zu werden. Also bestellte er ihn zu einer neuerlichen Zusammenkunft an einen Ort, wo ich ihn erst kurz zuvor getroffen hatte – und ließ ihn kaltblütig ermorden. Zur gleichen Zeit schickte man mir eine Textnachricht und bestellte mich zu demselben Ort, um den Verdacht auf mich zu lenken. Tatsächlich wurde ich verhaftet. Aber wie Sie sehen, konnte ich den Verdacht entkräften.» Paolo schloss seinen Bericht mit einem Lächeln.

«Das freut mich für Sie, Paolo. Aber die Frage, die ich mir schon die ganze Zeit stelle, ist, warum Sie mir das alles erzählen.»

Paolo atmete tief durch. «Das ist sehr einfach, Vincente», sagte er und sah Rocco direkt in die Augen. «Ich erzähle Ihnen das, weil ich denke, dass Sie es gewesen sind, der Umberto Tantaro in seiner Wohnung besucht und ihm den vergifteten Wein eingeschenkt hat, und dass Sie es waren, der die Fälschung des Correggio und den Mord an Cesare Cavano in Auftrag gegeben hat.»

Paolo schwieg. Er hatte es ausgesprochen. Jetzt wagte er kaum zu atmen.

Stille trat ein, die nur vom Knistern des Feuers durchbrochen wurde.

Eine Weile starrten die Männer sich an. Schließlich wandte

Rocco den Blick, griff nach dem Glas auf dem Beistelltisch und leerte es bis auf den Grund.

«Sehen wir einmal davon ab, dass Ihre wilden Beschuldigungen völlig haltlos sind», begann er dann, während er das Glas wieder zurückstellte. «Wie hätte ich Tantaro denn dazu bringen sollen, vergifteten Wein zu trinken?»

«Auf die denkbar einfachste Art – indem Sie mit ihm mitgetrunken haben.»

«Aber dann hätte ich mich doch ebenfalls vergiftet, oder nicht?» Der Geschäftsmann lächelte, beinahe mitleidig.

«Nicht zwangsläufig. Bei einem gesunden Herzen zeigt Digoxin nur bei längerer Einnahmedauer schädliche Wirkung. Bei Umberto Tantaro hingegen bedeutete es aufgrund seiner Herzinsuffizienz den sicheren Tod. Ihnen war klar, dass ein Auftragsmord nur unangenehme Fragen aufwerfen würde, also haben Sie ihn persönlich besucht, unter dem Arm eine kostbare Flasche Wein, mit der Sie dem passionierten Weinkenner schmeicheln wollten. Unter einem Vorwand – zum Beispiel, dass Sie sich für seine ins Stocken geratene berufliche Karriere einsetzen wollten – haben Sie ihn dazu gebracht, die Flasche zu entkorken. Dann haben Sie beide auf eine vielversprechende Zukunft angestoßen. Nur leider hatte Umberto keine mehr. Noch während er im Todeskampf lag, haben Sie alle Spuren Ihrer Anwesenheit sorgfältig beseitigt und sogar daran gedacht, die Tabletten aus Tantaros Spiegelschrank mitzunehmen und die leeren Briefchen in den Abfall zu werfen, wo die Polizei sie später finden und natürlich auf Selbstmord schließen würde. Trotzdem sind Ihnen, sei es aus Leichtfertigkeit oder aus Nervosität, zwei kleine Fehler unterlaufen. Zum einen lag auf dem von Ihnen verwendeten Weinglas im Gegensatz zu den anderen im Schrank kein Staub. Und zum anderen haben Sie beim Verlassen von Umbertos Wohnung in der Eile die Tür nur flüchtig zugezogen, sodass ich sie unverschlossen fand.»

Rocco lächelte noch immer. Er schien aufrichtig amüsiert. «Und das alles können Sie natürlich beweisen», sagte er mit unverhohlenem Spott.

«Noch mehr als das», sagte Paolo mit möglichst fester Stimme. «Ich weiß, dass Sie Antonio Pandolfi dafür bezahlt haben, dass er den Correggio der deutschen Polizei übergibt und ihr ein Märchen von einem zufälligen Fund erzählt. Ich weiß außerdem, dass Sie mit Cavanos Hilfe einen Fälscher mit einer Kopie des Correggio beauftragt haben, und ich weiß auch, dass Sie es waren, der in der Nacht nach dem Empfang das Gemälde in der Nationalgalerie austauschen ließ.»

«Sie bluffen», sagte Rocco. Noch immer zeigte seine Miene keine große Regung. Er schien es offenbar gewohnt zu sein zu pokern. Und wie Paolo fand, war er ziemlich gut darin.

«Da wäre ich mir an Ihrer Stelle nicht so sicher», erwiderte er ebenso ungerührt. «Aber eines kann ich Ihnen mit absoluter Sicherheit sagen: Dass ich all das der Polizei erzählen werde. Es sei denn, Sie sind bereit, einen Deal mit mir einzugehen.»

«Ah!» Rocco hob die weißen Brauen und lehnte sich entspannt in seinem Sessel zurück. «Nun beginne ich zu verstehen. Sie wollen mich erpressen.»

«So würde ich es nicht nennen», widersprach Paolo, um Gelassenheit bemüht, während es am Feuer immer heißer wurde. «Ich würde lieber von einem Handel zu beiderseitigem Vorteil sprechen. Ich werde dadurch ein gutes Stück vermögender, und Sie kommen unbeschadet aus der Sache heraus. Win-win, verstehen Sie?»

Er sah Rocco herausfordernd an und hoffte inständig, dass dieser ihm die Masche abkaufen würde.

Der Geschäftsmann musterte Paolo mit einer Mischung aus – so schien es – nachlassendem Erstaunen, dafür aber wachsendem Vergnügen. «Kommen Sie mit, Paolo», forderte er ihn schließlich auf und erhob sich. «Ich möchte Ihnen etwas zeigen.»

Paolo zögerte. Was hatte der andere vor? In aller Kürze wog er seine Möglichkeiten ab, kam aber zu dem Schluss, dass er mitspielen musste.

Also erhob er sich ebenfalls, und gemeinsam verließen sie den Salon. Sie durchquerten die Empfangshalle. Auf der Stirnseite, unterhalb der breiten Treppe, die in das obere Stockwerk führte, gab es einen modernen Aufzug. Rocco gab eine Zahlenkombination in ein Nummernfeld ein und wartete, bis sich vor ihnen mit leisem Summen eine Schiebetür öffnete.

«Bitte», sagte Rocco und ließ Paolo den Vortritt. Als die Tür sich geschlossen hatte und sich der Aufzug in Bewegung setzte, erlebte Paolo eine Überraschung. Anders, als er erwartet hatte, ging es nicht nach oben, sondern in die Tiefe!

Als sich die Tür wenige Sekunden später wieder öffnete, lag vor ihnen ein dunkler Korridor. Erst als Rocco Paolo voran aus dem Aufzug trat und Bewegungsmelder seine Anwesenheit erfassten, sprang flackernde Beleuchtung an, die sich Leuchtkörper um Leuchtkörper nach hinten fortsetzte, bis sie eine schmale, rund fünfzig Meter lange Halle mit Tonnengewölbe erhellte.

«Kommen Sie», forderte sein Gastgeber Paolo auf, und gemeinsam schritten sie die lange Halle ab.

Hier unten war es kühl und trocken, so wie man es aus Museen kannte, und tatsächlich hingen an den Wänden Dutzende von Gemälden. Anders als im Museum hingen sie hier aber kunterbunt durcheinander. Klassizistische Werke hingen neben solchen der niederländischen Schule, Werke der italienischen Renaissance neben solchen des französischen Impressionismus. Das Einzige, was diese so unterschiedlichen Gemälde miteinander zu verbinden schien, war das Geld, denn Paolo bezweifelte nicht, dass es sich ohne Ausnahme um Originale handelte.

«Ich erwarte, dass Sie beeindruckt sind», sagte Rocco und sah ihn von der Seite an.

«Das bin ich», bestätigte Paolo. «Eine gut sortierte Privatsammlung.»

Rocco lachte auf, wobei nicht zu erkennen war, worauf sich seine Heiterkeit bezog. «Dann nehme ich an, dass Sie ein Kenner sind, Paolo, denn eine Mona Lisa oder einen Seerosenteich werden Sie hier vergeblich suchen.» Er war ein Stück vorausgegangen. Nun drehte er sich zu Paolo um und breitete die Arme aus. «Allen diesen Bildern», verkündete er mit erkennbarem Stolz, «ist eines gemeinsam – sie gelten offiziell als verschollen.»

«Also ist es Raubkunst», sagte Paolo.

«Geraubt, erbeutet, gestohlen … Mich interessieren juristische Haarspaltereien nicht. Die Hauptsache ist, dass sich die Bilder in meinem Besitz befinden. Und damit in Sicherheit.»

Paolo sah ihn argwöhnisch an. «In Sicherheit? Vor wem?»

«Sehen Sie sich um, Paolo. Die Wände dieses Gewölbes bestehen aus hochverdichtetem Beton. Die Architekten haben mir versichert, dass sie jedem Erdbeben standhalten werden, was in dieser Gegend wichtig ist. Sogar einem Atomangriff würden sie angeblich trotzen. Was immer also geschehen mag, sie bleiben der Nachwelt erhalten.»

«Das ist Ihre Motivation, all diese Kunstwerke zu horten?» Paolo machte kein Hehl daraus, dass ihm dieser Gedanke absurd vorkam.

«Jeder Mann braucht eine Aufgabe von Bedeutung. Aber vielleicht sind Sie noch zu jung, um das zu verstehen.»

«Dann ist das hier also der Traum eines alternden Mannes?», fragte Paolo, während er merkte, wie sich in seinem Magen wieder das miese Ziehen ausbreitete. «Ist es dieser Traum wert, dafür über Leichen zu gehen?»

Rocco lachte wieder. Je länger sie sich in diesem Gewölbe aufhielten, desto mehr hatte Paolo das Gefühl, dass der Industrielle mit ihm spielte. So wie eine Katze mit einer Maus, die sie gefangen hatte und sicher in ihren Klauen wusste.

In diesem Moment erreichten sie das Ende des Gewölbes – und damit auch das Bild, das dort hing.

Das Bild.

Es war der Correggio.

*La morte di Cassandra.*

Und wie bei der Enthüllung im Teatro Farnese fühlte Paolo den Schauder leisen Grauens, als er den Mörderblick Klytämnestras sah, den der Meister für die Ewigkeit festgehalten hatte.

«Ich hatte recht», sagte Paolo leise.

«O ja.» Rocco nickte. «Jedenfalls weitgehend. Farnese mit seinen politischen Ambitionen war nur ein nützlicher Idiot. Aber Tantaro war gefährlich in seinem Ansinnen, dem Direttore zu schaden. Er hatte einen Verdacht den Correggio betreffend, und den wollte er Ihnen mitteilen. Wäre es dazu gekommen, wären die Dinge eindeutig außer Kontrolle geraten. Also musste ich handeln. Nur bei Cavano lagen Sie falsch. Er musste nicht sterben, weil ich das Risiko fürchtete, sondern weil er nicht genug bekommen konnte und mich erpressen wollte. Er war ein Krimineller. Anders als Sie, Paolo. Und deshalb weiß ich auch, dass Sie niemals vorhatten, mit mir einen Handel zu schließen.»

«Aber …»

«Würde ich Sie auffordern, Ihr Jackett und Ihr Hemd aus-
zuziehen, so würden wir wohl feststellen, dass Sie eine Wanze
bei sich tragen. Und dass irgendwo dort draußen jemand sitzt
und gespannt auf mein Geständnis wartet.»

«Das Sie bereits vollumfänglich abgelegt haben», ergänzte
Paolo und legte die Karten damit endgültig auf den Tisch. Rocco wusste inzwischen ohnehin, wie der Hase lief.

«Natürlich. Deshalb haben Sie ja auch eifrig nachgefragt,
nicht wahr? Und seit wir mein kleines Privatmuseum betreten
haben, haben Sie hübsch alles kommentiert, damit Ihre Freunde dort draußen es mitbekommen. War es nicht so?»

Paolo sah sein Gegenüber zweifelnd an. Natürlich hatte er
mit der Möglichkeit rechnen müssen, durchschaut zu werden.
Aber warum in aller Welt hatte Rocco alles bereitwillig gestanden, wenn ihm doch die ganze Zeit klar gewesen war, dass …

«Der Beton», sagte Paolo, und seine Stimme war nur ein
Flüstern. «Das Signal dringt nicht nach draußen.»

«Nein.» Der Geschäftsmann schüttelte das silbergraue
Haupt. Dann nickte er jemandem zu, der sich offenbar lautlos
genähert hatte und nun hinter Paolo stand.

Paolo fuhr herum, als ihm ein Geruch in die Nase stieg, der
ihm schon einmal aufgefallen war, erst vor wenigen Tagen, im
Mauerdurchgang, kurz bevor sie Cesare Cavanos Leichnam entdeckt hatten, eigenartig süßlich und herb zugleich.

In diesem Moment traf ihn etwas mit Wucht an der Schläfe.
Der Schmerz war so stark, dass er in seinem Kopf zu explodie-
ren schien.

Dann folgte Schwärze.

# KAPITEL 38

Das Erste, was Paolo wahrnahm, war der Geruch von frisch poliertem Holz. Dann schlich sich erneut jene süßlich herbe Duftnote darunter, die ihn in die Ohnmacht begleitet hatte.

Die Erinnerung kehrte schlagartig zurück. Paolo riss die Augen auf – nur um sich in einer misslichen Lage zu finden. Er saß auf einem Stuhl aus dunklem Eichenholz. Mit Armen und Beinen so eng an das barocke Sitzmöbel gefesselt, dass es schmerzte. Und so nackt wie Adam vor dem Sündenfall!

Ganz offenbar befand er sich nicht mehr in dem unterirdischen Museum, sondern war in eins der oberen Stockwerke der Villa gebracht worden. Die Wände waren wie in dem Salon, in dem Paolo empfangen worden war, mit dunklem Holz getäfelt, an der Wand ein Gobelin mit einer Jagdszene, vermutlich alt und teuer. Die Samtvorhänge vor dem einzigen Fenster waren zugezogen. Eine moderne Deckenlampe verbreitete gedämpftes Licht.

«Geht es Ihnen gut?», fragte jemand ohne erkennbare Besorgnis. Paolo brauchte nicht hinzusehen, er erkannte Rocco an der Stimme. Allein die Häme verriet den Geschäftsmann, der nun gelassen in sein Blickfeld stolzierte, noch immer in seinem karierten Hausmantel. Paolo hingegen fror erbärmlich, nackt, wie er war.

«Wie lange war ich …?», stieß er hervor.

«Nur etwa fünfzehn Minuten. Massimo ist in der Lage, sei-

329

ne Schläge ziemlich genau zu dosieren – *preciso come un orologio.*»

«So exakt wie ein Uhrwerk», übersetzte Paolo mit vor Kälte und Angst belegter Stimme. «Und warum bin ich nackt?»

«Aus zwei Gründen, mein guter Paolo.» Rocco baute sich mit verschränkten Armen vor ihm auf. «Erstens, um Sie ein wenig Demut zu lehren. Ihr Auftreten vorhin war für meinen Geschmack ein wenig zu forsch. Ich habe die Befürchtung, dass Sie keine Ahnung haben, mit wem Sie es zu tun haben.»

«Und zweitens?»

«Um Sie von der unnötigen Technik zu befreien, die Sie am Körper trugen. Um sicherzustellen, dass alles, was jetzt gesprochen wird, unter uns bleibt.»

Paolo schauderte unter dem Blick, mit dem Rocco ihn betrachtete. Unwillkürlich fragte er sich, ob das auch der Blick war, mit dem er Umberto Tantaro beim Sterben zugesehen hatte, nachdem er ihn vergiftet hatte. Ein Blick voller Kälte und böser Genugtuung.

«Das wird Ihnen nichts nützen», sagte Paolo voraus. Er gab sich Mühe, dabei zuversichtlich zu klingen, doch die Wahrheit sah anders aus. Er zitterte am ganzen Körper, und nicht nur, weil er keine Kleider trug.

«Sie spielen auf die Polizei an, nehme ich an?», fragte Rocco. «Nun, glauben Sie mir, ich habe Erfahrungen mit den Behörden. Wir hatten noch nie Probleme miteinander.»

«Das glaube ich Ihnen aufs Wort», flüsterte Paolo.

Er hörte ein Schnauben und drehte den Kopf. Schräg hinter sich sah er eine hünenhafte Gestalt, die einen schwarzen Anzug trug und ihn mit einer Beretta bedrohte, deren kurzer Lauf ihm feindselig entgegenstarrte. Der Mann hatte kurzgeschorenes dunkles Haar und ein flaches Gesicht mit tief vergrabenen

Augen. Der kantige Kopf schien direkt auf den breiten Schultern zu sitzen.

Das musste Massimo sein, auf den Rocco so große Stücke hielt. Vermutlich war es sein Aftershave gewesen, das Paolo unten in der Halle und auch im Kreuzgang von Sant'Uldarico gerochen hatte.

«Ihr Leibwächter hat Canavo ermordet», stellte Paolo fest. «Sind Sie sicher, dass das kein Problem ist?»

Rocco seufzte. «Hören Sie denn niemals auf zu ermitteln?»

Paolo hätte mit den Schultern gezuckt, wenn die Fesseln es zugelassen hätten. «Der deduktive Verstand ruht nie.»

«Noch nicht einmal, wenn Sie splitternackt und gefesselt auf einem Stuhl sitzen?»

«Nicht einmal dann.»

Rocco lachte auf. «Haben Sie wirklich geglaubt, mich überlisten zu können? Sie werden verschwinden, und zwar ohne auch nur die geringste Spur zu hinterlassen. Ihre Freunde von der Polizei werden kommen und mir Fragen stellen, aber sie werden nichts finden. Und dann werde ich als gesetzestreuer Bürger ein paar üppige Spenden leisten – an den Veteranenfonds, an die Partei und von mir aus auch noch an den örtlichen Tierschutzverein. Und danach wird alles wieder so sein, wie es gewesen ist, bevor ein übereifriger Gast aus Germania seine Nase in fremde Angelegenheiten gesteckt hat.»

Paolo versuchte ein Lachen, aber es klang nicht tapfer und todesverachtend, wie er es geplant hatte, sondern kläglich und eher wie ein Hilfeschrei. Zu gern hätte er widersprochen und seinem Gegner gesagt, wie sehr er sich irrte. Doch der Verstand sagte ihm, dass Rocco, der vermutlich aus Erfahrung sprach, am Ende recht behalten würde. Und dass Julia und Borghesi, die irgendwo dort draußen im Wald in einem Polizeiwagen saßen und sich vermutlich noch immer fragten, warum das GSM-Signal plötzlich abgebrochen war, in jedem Fall zu spät kommen würden, um ihm zu helfen.

Panik stieg in ihm auf, zusammen mit der Erkenntnis, dass es wahrlich eine schlechte Idee gewesen war hierherzukommen. Er ließ den Kopf sinken, sah seine eigene bleiche, nackte Gestalt, die ihm nur noch deutlicher vor Augen führte, wie schutzlos und ausgeliefert er war.

Als er aufsah, erblickte er Umberto und Canavo, die im Hintergrund des Zimmers standen, schweigend vor der dunkel getäfelten Wand, so als warteten sie darauf, ihn abzuholen.

«Warum haben Sie es nicht einfach gelassen?», fragte Rocco und schreckte ihn damit aus seinen Gedanken auf.

«Weil ich das nicht konnte», erwiderte Paolo mit tonloser Stimme. Sein Hals fühlte sich plötzlich trocken an, seine Zunge war wie Sandpapier. «Ich war es jemandem schuldig.»

«So? Wem denn? Den Mordopfern?» Rocco blies verächtlich durch die Nase. «*Non essere teatrale!*»

«Nein», widersprach Paolo kopfschüttelnd. «Ich war es mir schuldig.»

In diesem Moment überstürzten sich die Ereignisse.

Plötzlich ging das Licht aus. Gleichzeitig war ein Klirren zu hören, das helle Splittern von Glas. Darauf ein hässliches Geräusch, als die Vorhänge rissen.

«*Polizia! Alzi le mani!*», brüllten raue Stimmen, und im fahlen Licht des Mondes, das durch das hohe Fenster fiel, sah Paolo mehrere vermummte Gestalten.

Eine von ihnen flog auf ihn zu, packte ihn und riss ihn mitsamt dem Stuhl zu Boden, zugleich krachte ein Schuss, und Paolo spürte, wie ihn etwas in die linke Schulter biss.

Weitere Schüsse krachten, gefolgt von hektischen Schreien.

Dann ein dumpfer Schlag, während Paolo am Boden lag, niedergedrückt von einer schweren Gestalt, deren Keuchen er hören konnte und deren Atem nach Knoblauch und Nikotin roch.

Nach nur wenigen Augenblicken war der Spuk vorbei.

Funkgeräte rauschten, Befehle wurden auf Italienisch gegeben, dann ging die Deckenbeleuchtung wieder an. Paolo, dessen Herz wie verrückt in seiner Brust hämmerte, sah zu der Gestalt empor, die noch immer auf ihm lag und ihn während des Schusswechsels mit ihrem Körper abgeschirmt hatte.

Der Mann trug eine schusssichere Weste und einen Schutzhelm mit herabgeklapptem Nachtsichtgerät, durch das er Paolo musterte. «*Tutto bene?*»

Paolo nickte krampfhaft.

Der andere stieß etwas wie ein zufriedenes Grunzen aus und zog sich den Helm vom Kopf. Wirres schwarzes Haar kam darunter zum Vorschein – und die vertrauten Züge von Aldo Borghesi.

«Sie?» Paolo sah den Commissario ungläubig an.

«*Di niente*», knurrte der.

«Da-danke», sagte Paolo, während um sie herum Stiefel stampften und noch immer laut Befehle erteilt wurden. «Aber woher kommen all die Polizisten? Ich meine …?»

«Ich habe meine Leute angewiesen, sich in der Nähe in Bereitschaft zu halten», erklärte Borghesi, während er schon dabei war, Paolos Armfesseln zu lösen.

«Dann … dann haben Sie mir geglaubt? Aber warum haben Sie das nicht vorher gesagt?»

«Warum wohl? Weil Sie genauso sind wie meine Ex-Frau und ich nicht wollte, dass Sie schon wieder recht haben.»

«Es hat nichts geholfen. Ich *hatte* recht», sagte Paolo mit Blick auf Vincente Rocco, der soeben von Borghesis Kollegen verhaftet wurde. Er schien unverletzt zu sein – anders als sein Leibwächter, der reglos am Boden lag. Paolo erinnerte sich an die Schüsse und den harten Aufprall, den er gehört hatte.

«*Sì*», gab Borghesi zu, «aber beinahe hätten Sie einmal zu oft recht gehabt. Sie ...» Er brach ab und schoss in die Höhe. «*Che cosa è?*», fragte er.

Paolo, der auf der Seite lag, noch immer in sitzender Position, benutzte seine jetzt freien Hände, um seine Blöße zu bedecken. «Nun stellen Sie sich nicht so an», sagte er. «Haben Sie noch nie einen nackten Mann gesehen?»

«Das meine ich nicht. Sie bluten.»

«Ich ...?» Paolo schaute an sich herab. Tatsächlich war sein ganzer Oberkörper rot, und jetzt spürte Paolo auch den pulsierenden Schmerz in der Schulter, wo das Blut austrat. So heftig, dass sein Bewusstsein flackerte wie eine Kerze im Wind.

Er hörte, wie Borghesi nach einem Sanitäter rief, während er mit bereits eintrübendem Blick zusah, wie zwei Beamte der Polizia di Stato Rocco hinausführten.

Umberto Tantaro und Cesare Canavo gingen mit ihnen.

Auf der Schwelle blieb der kleine Kurator noch einmal stehen, wandte sich zu Paolo um und hatte dabei dasselbe schalkhafte Grinsen im Gesicht wie an jenem Abend auf dem Empfang, der eine Ewigkeit zurückzuliegen schien.

Es war dankbar und endgültig zugleich.

Paolo würde ihn wohl nicht wiedersehen.

## KAPITEL 39

*Vier Tage später*

Leise italienische Jazz-Musik lag in der lauen Abendluft, die nach Kräutern und Gewürzen duftete. Kerzen standen auf den weiß gedeckten Tischen des Restaurants und verbreiteten sanftes Licht, in dem Julia einfach nur atemberaubend aussah.

Da sie gewissermaßen dienstlich nach Italien gekommen war, befand sich keine Abendgarderobe in ihrem Gepäck. Aber in ihrer weißen Bluse und mit ihrem langen Haar, das sie heute offen trug, war sie auch so der Blickfang aller Gäste im Al Porto. Er selbst hatte sich in einer Boutique an der Viale Roma ein neues Jackett gekauft, einen dunkelblauen Zweireiher, der weit genug geschnitten war, dass er ihn trotz des Verbandes um seine Schulter tragen konnte.

Es war ein glatter Durchschuss gewesen, der die Schlagader zum Glück verfehlt hatte. Im Ospedale Maggiore, wohin man Paolo gebracht hatte, hatten die Ärzte die Blutung gestillt und die Wunde versorgt und ihn im Anschluss noch einige Tage zur Beobachtung dabehalten. Nicht nur Julia hatte ihn in dieser Zeit besucht, sondern auch Direttore Farnese, der sich – schon ganz der Bürgermeister, der er werden wollte – bei ihm überschwänglich für seinen Einsatz und für den unschätzbaren Dienst bedankt hatte, den er Parma nun schon zum zweiten Mal erwiesen habe. Paolo hatte die Lobeshymne über sich er-

335

gehen lassen. Dass er Farnese bis vor kurzem noch verdächtigt hatte, Umberto Tantaro ermordet zu haben, behielt er geflissentlich für sich.

Heute Morgen war Paolo entlassen worden. Abgesehen davon, dass er zwei Schmerztabletten am Tag nehmen und den linken Arm in einer Schlinge tragen musste, fühlte er sich so gut wie lange nicht. Was nicht nur damit zusammenhing, dass der Fall gelöst und er auf dem Weg der Besserung war. Zusammen mit Julia war er nach Cervia ans Meer gefahren, um mit ihr nach all der Aufregung einen letzten romantischen Abend zu verbringen, ehe es zurückging nach Deutschland.

Das Al Porto war am Ende der Uferpromenade, genau dort, wo sich auch der kleine Hafen befand und der *canale* die Ortschaft teilte; im Sommer lagen dort weiße Motorjachten, jetzt, vor Saisonbeginn, wiegten sich bunte Fischerboote in der sanften Dünung. Sie saßen am Fenster, an einem kleinen Zweiertisch. Die Kerzen und die Lichterketten, deren kleine Lämpchen durch den Stoff der weißen Vorhänge schimmerten, sorgten für eine zauberhafte Atmosphäre, die sich noch steigerte, je dunkler es draußen wurde.

Den *primo piatto* – mit *burrata*-Frischkäse und Garnelen gefüllte Teigtäschchen – hatten sie hinter sich, nun warteten sie auf den zweiten Gang und stießen mit dem Weißwein an, den der Kellner ihnen empfohlen hatte, einem 2018er Leone Conti Albana von den Weinhängen der Emilia-Romagna, dessen Bouquet angeblich an Wiesenblumen und Rosen erinnerte. Paolo hatte Schwierigkeiten, all diesen Düften nachzuspüren, aber es war ein guter Tropfen, und ihm gefiel, wie sich der Schein der zahllosen Lichter goldfarben darin spiegelte.

«Gratulation, Paolo», sagte Julia. «Du hast diesen Fall tatsächlich gelöst.»

«Danke.»

«Du hast einmal mehr getan, worin du unübertrefflich gut bist – du bist deinem Gefühl gefolgt, und es hat dich wieder einmal ans Ziel gebracht.»

«Na ja». Paolo zuckte die Schultern. «Eine Portion Glück war auch dabei.» Er sah ihr in die Augen, aber sie wich seinem Blick aus und hob abermals ihr Glas.

«Auf dich», sagte sie, und sie tranken. Das heißt, eigentlich trank nur Paolo – Julia begnügte sich damit, ihre Lippen zu benetzen. Der Wein schien nicht ihr Fall zu sein.

«Du bist mir also nicht mehr böse, weil ich dich am Telefon belogen habe?»

«Ich weiß doch, warum du es getan hast. Du wolltest mich aus dieser Sache heraushalten.»

«Und dieser unerwartete Abstecher nach Italien, zu dem ich dich genötigt habe?»

Julia lächelte. «Heute Mittag hat mich der Referatsleiter persönlich angerufen und mir zum Ermittlungserfolg gratuliert», erwiderte sie. «Er hatte gerade den Bericht gelesen, den ich ihm geschickt hatte.»

In ihren Zügen ging etwas vor sich, ein leichtes Stirnrunzeln, das Paolo verriet, dass das nur die halbe Wahrheit war. «Und in diesen Bericht hast du alles genauso geschrieben, wie es gewesen ist?», wollte er wissen.

«Nun ja.» Sie sah verlegen in ihr Weinglas. «Könnte sein, dass ich ein paar Details etwas heruntergespielt und andere dafür ein bisschen hervorgehoben habe.»

«Zum Beispiel?»

«Zum Beispiel deine Eigenmächtigkeit in dieser Sache. Ich habe geschrieben, dass ich von Anfang an informiert war und allen Grund hatte, deinem Gefühl zu vertrauen. Zumal ein gewisser Commissario Borghesi von der Kriminalpolizei von Parma die ganze Zeit über an den Ermittlungen beteiligt war und die Aufsicht darüber hatte …»

«Borghesi?» Paolo schürzte die Lippen.

«… sodass zu keinem Zeitpunkt die Gefahr eines diplomatischen Zwischenfalls bestand», fuhr Julia unbeirrt fort. «Im Gegenteil illustriert der Fall in beispielhafter Weise, wie die Zusammenarbeit zwischen europäischen Polizeibehörden auf unbürokratische und effiziente Weise gestaltet werden kann.»

«Das hast du so geschrieben?»

«Nein – das waren die Worte meines Vorgesetzten.» Sie hob die Schultern, als könne sie für nichts. «Du siehst, es ist alles in Ordnung.»

«Und Borghesi war damit einverstanden?»

«Nicht nur das. Es war seine Idee, die Sache so darzustellen. Allerdings nicht ganz uneigennützig. Auf diese Weise konnte er zwei Mordfälle lösen und gleichzeitig Farnese einen Gefallen tun.»

«Verstehe.» Im Krankenhaus hatte Paolo viel Zeit gehabt, um Zeitung zu lesen – auch die Berichte über die Festnahme Vincente Roccos und seine Verbindungen zum organisierten Verbrechen, die nun nach und nach ans Licht kamen. Und Borghesi, der den Reportern ein ausführliches Interview gegeben hatte, hatte es nicht versäumt, die besondere Rolle hervorzuheben, die Albano Farnese bei der Aufklärung des Falles gespielt hatte. Hervorragende Presse, die selten war in diesen Tagen und bei der Bürgermeisterwahl sicher nicht schaden würde.

Paolo musste zugeben, dass er Borghesi falsch eingeschätzt hatte. Keine Frage, der Commissario war ein Macho, wie er im Buche stand, er mochte keine Deutschen und war stets darauf aus, *bella figura* zu machen. Aber es ließ sich nicht bestreiten, dass er mit etwas gutem Willen auch ein wirklich guter Polizist sein konnte. Und nicht zuletzt hatte er Paolo das Leben gerettet.

«Ich soll dich von ihm grüßen», fügte Julia hinzu.

«Danke.»

«Und? Wie fühlst du dich?»

«Gut.» Er nickte und gönnte sich seinerseits einen Schluck Wein. «Ich habe kaum noch Schmerzen, kann meinen Arm schon wieder bewegen, und in zwei, drei Wochen ...»

«Ich rede nicht von deiner Schulter», stellte sie klar.

Sie sandte ihm einen auffordernden Blick, und ihm wurde klar, dass dies der Moment war, vor dem er sich insgeheim gefürchtet hatte ... vor dem er sich im Grunde bei jedem Gespräch fürchtete. Der Moment, wo es persönlich wurde. Wo er sich nicht mehr hinter dienstlichen Angelegenheiten oder launigen Bemerkungen verstecken konnte.

«Als ich in diesem Lieferwagen saß, der mich nach Italien bringen sollte», begann Paolo leise, «da wäre ich am liebsten davongelaufen. Es war, als hättest du mich dazu gezwungen, etwas zu tun, das ich niemals in meinem Leben hätte tun wollen, und ich gestehe, dass ich dich verwünscht habe deswegen.»

«Und jetzt?», fragte sie.

Paolo sah ihr in die Augen, bis er das Gefühl hatte, sich in ihrem Grün zu verlieren.

«Und jetzt bin ich dir dankbar», sagte er schließlich, «und nicht nur, weil der Auftrag mir die Gelegenheit gegeben hat, diesen Mord aufzuklären. Der viel schwierigere Fall» – er deutete auf seine Brust – «war hier drin.»

«Und? Hast du diesen Fall auch gelöst?»

Paolo nickte. «Ich denke, schon. In all den Jahren habe ich

Felix die Schuld an so ziemlich allem gegeben – am Tod unserer Eltern, an meiner Gabe, ja sogar dafür, dass ich allein lebe und all diese seltsamen Angewohnheiten habe. Dann erfuhr ich von seinem Tod, und ich wusste plötzlich nicht mehr, wohin mit meiner Wut. Ich wollte das alles hinter mir lassen, aber zu Hause in Deutschland ging das wohl nicht. Ich musste hierherkommen, wo alles angefangen hat, um meinen Frieden mit der Vergangenheit zu machen. Und mit meinem Bruder.»

«Du hättest auch einen guten Psychoanalytiker abgegeben.»

«Ich glaube, nicht.» Er schüttelte den Kopf. «Ich bin nicht selbst darauf gekommen, andere haben mir das klargemacht.»

«Und jetzt?»

«Jetzt fühle ich mich frei», erwiderte er lächelnd, «zum ersten Mal nach einer ziemlich langen Zeit. Es geht mir gut, Julia. Es geht mir wirklich gut.»

«Dann wollen wir darauf trinken», sagte sie.

Sie hoben ihre Gläser und stießen an, sahen sich dabei tief in die Augen.

Sie waren einander nahe in diesem Moment, näher als irgendwann in den letzten Monaten. Sogar näher, als wenn sie miteinander geschlafen hatten. Und Paolo nahm dies zum Anlass, allen Mut zusammenzunehmen. Wann, wenn nicht jetzt, sollten sie über den Antrag sprechen, den er ihr bei ihrem letzten gemeinsamen Abendessen gemacht hatte? Das war erst vorletzte Woche gewesen, aber ihm kam es vor, als wäre seither eine Ewigkeit vergangen.

«Zigarette?», fragte er weltmännisch. Er wollte, dass sie sich entspannte, und an nichts anderes mehr dachte als an das Hier und Jetzt. Oder allenfalls noch in Gedanken bei ihrer gemeinsamen Zukunft.

«Nein danke», erwiderte sie. Sie bemerkte seinen verwunderten Blick und zögerte einen Moment. «Ich rauche nicht mehr», fügte sie erklärend hinzu.

«Seit wann?» Er erinnerte sich, dass sie während Pandolfis Vernehmung überlegt hatte, sich eine Zigarette anzustecken, es dann aber gelassen hatte.

«Seit …» Sie zögerte erneut, und in ihrem Gesicht ging eine Veränderung vor sich, die ihm nicht gefiel. Es war, als würden ihre Züge verschwinden und nur das Make-up übrig bleiben. Ihre Lippen, ihre Wangen und ihre Augen schienen plötzlich jemand anderem zu gehören, einer Fremden. «Seit ich noch an jemanden anderen denken muss», brachte sie schließlich hervor.

Paolo schluckte.

Sein Kopf war plötzlich leer. Da war nichts, keine Erinnerung, noch nicht einmal ein konkreter Gedanke. Nur eine unbestimmte Ahnung, dass das, was folgen würde, sein Leben grundlegend verändern würde …

«Was … bedeutet das?», hörte er sich selbst fragen.

«Ich bin schwanger», sagte Julia.

Die Zeit schien stillzustehen, während Paolo zu begreifen versuchte, was das bedeutete. Und als er endlich verstand, regte sich etwas in ihm, womit er nie gerechnet hätte.

Er hatte sich niemals vorstellen können, Kinder zu haben. Kinder bedeuteten Unruhe, bedeuteten Lärm und ein gewisses Maß an Unberechenbarkeit und damit lauter Dinge, die er nicht gut vertrug. Ganz abgesehen davon, dass jede Familie die Gefahr der Katastrophe in sich barg, so wie jene, der er selbst entstammte, und diesen Schmerz hätte er keinem Kind antun wollen. All die Jahre war das seine feste Überzeugung gewesen, die er wie ein Mantra vor sich hergetragen hatte. Doch in diesem Moment, als er Julia gegenübersaß und sie ihm sagte, dass sie ein Kind erwartete, empfand er etwas, das ihn selbst verblüffte.

Es war Freude.

Große, spontane Freude.

Er holte Luft, rang nach Worten. Er wollte Julia sagen, was er für sie empfand und dass er bereit war, das Wagnis einzugehen, ganz gleich, was es bedeuten mochte – … Als er merkte, dass sie ihn gar nicht ansah, sondern stumm vor sich auf die Tischplatte blickte.

«Bevor du etwas sagst …», fügte sie leise, fast flüsternd hinzu. «Es ist nicht von dir.»

«Was?» Paolo starrte sie an. Er hatte den Geschmack des Weißweins noch auf der Zunge, doch an Wiesenblumen und Rosen erinnerte nichts mehr daran.

Julia hob den Blick. «Es ist nicht von dir», wiederholte sie.

Paolo wollte etwas erwidern, aber er wusste nicht, was. Sein Kopf war noch immer leer, und ihm fiel nichts ein, das angemessen gewesen wäre. Er wollte nicht nach dem Namen des anderen fragen wie in einem schlechten Melodram.

«Wie …?», presste er nur hervor, obwohl es vermutlich auch nicht geistreicher war.

Julia wich sie seinem Blick aus. «Ich treffe mich mit jemandem», gestand sie leise, «schon eine ganze Weile. Ich wollte es dir schon längst sagen, aber irgendwie war nie der passende Zeitpunkt dafür. Manchmal ist es nicht einfach, mit dir zu reden.»

«Ich weiß», erwiderte er tonlos – aber war das ein Grund, ihm so etwas vorzuenthalten?

Paolo hatte das Gefühl, als wäre alles – das Restaurant, die Uferpromenade, das Meer – hinter einem dicken grauen Vorhang verschwunden, und nur noch sie beide waren übrig geblieben, die letzten Menschen auf dieser Welt.

Und dann begann er zu begreifen ...

«Hast du mich deshalb weggeschickt?», fragte er mit belegter Stimme.

«Paolo ...»

«Ist es deshalb gewesen?» Ihm war bewusst, dass er lauter sprach, aber zumindest in seiner Vorstellung war da ja dieser graue Vorhang, der sie vor den anderen Gästen verbarg. «Ich dachte, es wäre dir um meine Vergangenheit gegangen! Dabei ging es in Wahrheit um dich, um deine Zukunft ...»

«Ich brauchte etwas Abstand, um über alles nachzudenken», gab sie zu. «Thomas war mir dabei eine große Hilfe.»

«Thomas?» Paolo glaubte, nicht recht zu hören. «Meinen wir denselben Thomas? Deinen Partner im Dienst?»

«Er versteht mich», erwiderte sie leise, «und er kennt mich besser als jeder andere.»

«Bis auf mich», sagte Paolo.

Ein Lächeln huschte über ihr Gesicht, matt und kraftlos. «Ich weiß, dass du das denkst», erwiderte sie, «deshalb ist es so schwer, dir das zu sagen. Aber in den beiden Jahren, in denen wir ... zusammen waren, ist es immer nur um dich gegangen, Paolo. Um deine Bedürfnisse. Deine Eigenheiten. Deine Probleme.»

«Das ... tut mir leid», entgegnete er. «Aber das ist vorbei, es hat sich vieles geändert.»

«Thomas kennt mich», beharrte sie kopfschüttelnd, «und er ist bereit, auf meine Bedürfnisse einzugehen. Und auch auf die des Kindes», fügte sie leise hinzu.

«Dann ... ist es von ihm?»

Er hatte diese Frage nicht stellen wollen. Sie kam ihm plump vor und unbeholfen, aber er brauchte Gewissheit.

Julia nickte.

Paolo schloss die Augen. Wie dumm war er gewesen! Die ganze Zeit über hatte er sich eingeredet, dass er das alles für sie tat, dass er sich ändern wollte, um ihren Ansprüchen gerecht zu werden – und während er noch darauf gewartet hatte, dass sie seinen Antrag annahm, hatte sie ihre Zukunft bereits mit jemand anderem geplant.

«Paolo?»

Er sah sie an.

Ihre Augen glänzten. «Ich will, dass du weißt, dass ich das so nicht gewollt habe. Wenn ich gewusst hätte, dass du … Ich meine, ich will nicht, dass du …»

Paolos Innerstes verkrampfte sich.

Er hatte genug gehört.

Er nahm die Stoffserviette von seinen Knien, faltete sie sorgfältig und legte sie auf den Tisch.

Dann erhob er sich.

«Paolo, was …?»

«*Arrivederci*, Julia», sagte er und sah dabei direkt in ihre grünen Augen. «Alles Gute.»

Dann wandte er sich ab und verließ das Restaurant.

# EPILOG

*Eine Woche später*

Die Luft im Büro des Notars war angenehm kühl. Eine Klimaanlage sorgte dafür, dass von der frühsommerlichen Hitze, die draußen herrschte, nichts zu spüren war.

Paolo saß wie versteinert auf dem metallenen Designerstuhl und lauschte dem, was der Notar – ein hagerer Mann Mitte fünfzig, der sein grau meliertes Haar seitlich gescheitelt trug, dazu eine Brille mit Goldrand – zu sagen hatte. Nicht, dass Paolo alles verstanden hätte, aber das spielte keine Rolle. Nichts mehr war in diesen Tagen wirklich von Bedeutung. Er wollte nur das Hotel loswerden und das Versprechen einlösen, das er Lucia gegeben hatte. Dann würde er in den Zug nach Deutschland steigen und nie mehr nach Italien zurückkehren.

Er warf einen Blick aus dem Fenster. Cervia erwachte nun endgültig aus dem Winterschlaf. Die Sonne schien und ließ das frische Grün der Platanen leuchten. Sanftes Licht fiel durch das Blätterdach. Auf der gegenüberliegenden Straßenseite war eine Gelateria dabei zu eröffnen, und irgendwo spielte jemand Saxophon. *O sole mio.*

Es war kitschig.

Und es war perfekt.

Paolo war so in Gedanken versunken, dass er gar nicht merkte, dass Stille eingetreten war.

«Paolo?»

Lucias Stimme riss ihn aus seinem Tagtraum. Ein wenig verlegen nahm er zur Kenntnis, dass der Notar ihn erwartungsvoll durch die goldumrandeten Brillengläser ansah. «Äh … ja?»

«Signor Remigio möchte wissen, ob Sie noch Fragen haben», sagte Lucia. Sie strahlte ihn mit ihren großen Augen an. Sie hatte sich extra hübsch gemacht für den Notartermin, der für sie die Erfüllung eines langgehegten Traumes bedeutete. Ihren Dutt hatte sie zur Feier des Tages mit etwas zusammengesteckt, das für Paolo wie zwei gekreuzte Mikadostäbchen aussah; das ärmellose Kleid, das sie trug, war schneeweiß und mit roten Blüten gemustert.

«Ich habe keine Fragen mehr», versicherte Paolo ein wenig verlegen in Richtung des Notars. «*Non ho più domande.*»

«*Allora, passiamo adesso alla firma del contratto*», erwiderte der Notar und legte ihnen das Dokument, das er soeben ausführlich verlesen hatte, in zwei Ausfertigungen vor. Am unteren Rand waren jeweils zwei leere Zeilen, unter denen ihre Namen standen, darüber je eine Linie zur Unterschrift.

Der Kaufvertrag.

Auf eine Anzahlung und den in Italien üblichen Vorvertrag hatte Paolo verzichtet. Nur diese Unterschrift, sagte er sich, und alles wäre erledigt. Seine Erinnerungen würde er wohl niemals loswerden können, aber beim Hotel war es sehr viel einfacher. Und er würde damit gleichzeitig ein gutes Werk tun und Lucia einen Herzenswunsch erfüllen.

Lucia hatte ihren Vertrag bereits unterzeichnet, und auch Paolo griff zum Stift und setzte an, gewillt, seine Unterschrift unter das Dokument zu setzen und den Handel damit rechtskräftig zu machen … – als er plötzlich Gesellschaft erhielt …

Felix stand neben ihm, in dem dunkelblauen, etwas zu engen

Anzug, den er damals auf der Beerdigung ihrer Eltern getragen hatte, und sah auf ihn herab.

Er sagte kein Wort.

Stattdessen schüttelte er nur den Kopf.

Im Blick seiner blauen Augen lag kein Vorwurf, sondern nur Reue und – so kam es Paolo vor – große Traurigkeit.

Zuletzt war ihm sein Bruder in dem Albtraum begegnet, den er in jener Nacht in der Gefängniszelle gehabt hatte, als er von Vergebung gesprochen hatte und von zweiten Chancen, und in diesem Moment kam Paolo der Gedanke, dass Felix damit womöglich nicht sich selbst gemeint haben könnte …

«*La sua firma, signore*», sagte der Notar, als er Paolos Zögern bemerkte.

Lucia strahlte nicht mehr ganz so wie zuvor. «Was ist los?», fragte sie.

Paolo konnte nicht antworten. Er wusste ja selbst nicht, was mit ihm vor sich ging. Aber noch ehe er recht darüber nachdenken konnte, legte er den Stift beiseite.

«Es tut mir leid. Ich kann das nicht unterschreiben», hörte er sich selbst sagen. Seine eigene Stimme hallte wie ein Echo in seinem Kopf wider.

Der Notar sah ihn verwirrt an, fragte was los sei, und Lucia übersetzte mit bebender Stimme.

«Warum nicht?», fügte sie an Paolo gewandt hinzu und klang jetzt unverhohlen ängstlich. «Was haben Sie plötzlich?»

Paolo antwortete noch immer nicht.

Er hatte keine Ahnung, was in ihn gefahren war, und hätte es Lucia auch nicht erklären können. «Ich werde nicht verkaufen», sagte er gepresst – und das war auch schon alles, was er wusste. Noch nie zuvor in seinem Leben hatte er so spontan seinen Sinn geändert.

«Sie …?» Lucia starrte ihn an, fassungslos. Ihre weit geöffneten Augen glänzten in stiller Verzweiflung. Sie wartete auf eine Erklärung, die nicht kam.

«Tut mir leid», sagte er nur.

Das war zu viel für sie. Lucia schoss von ihrem Besucherstuhl in die Höhe und rannte aus dem Büro.

Der Notar hatte mit vor Staunen offenem Mund zugesehen. Jetzt sah er fragend Paolo an, doch der zuckte nur die Schultern, stand ebenfalls auf und lief Lucia nach.

Im Treppenhaus holte er sie ein. «Lucia! Bitte warten Sie!»

«*Perché?*» Sie fuhr sie wütend herum. Tränen liefen ihr über die Wangen.

«Lucia, es tut mir wirklich leid …»

«Hören Sie auf, das zu sagen!» Sie hatte ihre Hände zu Fäusten geballt und schlug sie in hilflosem Zorn gegen seine Brust. «Was war das für ein *nonsenso*, den Sie neulich im Auto erzählt haben?», fragte sie vorwurfsvoll. «Dass ich mich Ihretwegen in Gefahr begeben habe und Sie mir das nie vergessen werden? Dass Sie zu Ihrer Abmachung stehen und mir das Hotel verkaufen werden?»

«Ich weiß, dass ich das gesagt habe», gab er zu, «aber …»

«*Brutto stronzo!*», schrie sie ihn an. Ihre Stimme hallte im Treppenhaus wider.

«Lucia, ich weiß genau, wie viel Ihnen das Hotel bedeutet», sagte er, «und auch, warum Sie es so unbedingt haben möchten …»

«Ist das Ihre Art, mit der Vergangenheit Ihren Frieden zu machen?», fiel sie ihm ins Wort. «Indem Sie sich an Ihrem Bruder rächen und sein Lebenswerk zerstören?»

«Das habe ich nicht vor», sagte Paolo, um Ruhe bemüht. «Stattdessen will ich zum allerersten Mal in meinem Leben etwas tun, das ich nicht geplant habe und das auf den ersten Blick auch vielleicht gar keinen Sinn ergibt. Ich will das Hotel nicht zerstören, Lucia. Im Gegenteil, ich will es behalten, um es neu zu eröffnen.»

Sie hatte bereits Luft geholt, um zur nächsten geharnischten Erwiderung anzusetzen, doch jetzt stutzte sie. «*Come?*»

«Ich habe beschlossen, in Italien zu bleiben», sprach Paolo aus, was für ihn selbst noch neu war, «und ich will das *Cavaliere* wiedereröffnen. Ich weiß nicht, ob das eine gute oder eine furchtbare Idee ist, denn zum ersten Mal in meinem Leben tue ich etwas, das ich nicht bis zum Ende durchdacht habe. Ich betrete neues, unbekanntes Terrain, und dabei brauche ich Hilfe. Ihre Hilfe, Lucia.»

Er streckte seine rechte Hand aus und hielt sie ihr hin. «Ich biete Ihnen an, meine Geschäftspartnerin zu werden, so wie Sie es bei meinem Bruder waren. Sie kümmern sich um das Restaurant und ich mich um das Hotel – so gut es eben geht. Was sagen Sie?»

Lucia starrte ihn an. Ihre Tränen hatten die Wimperntusche verlaufen lassen und gezackte graue Rinnsale hinterlassen, so als ob ihre Wangen Sprünge bekommen hätten.

«*Che facciamo adesso?*», fragte Paolo leise, während er ihr noch immer die Hand hinhielt.

«Sie mögen Italien doch gar nicht», flüsterte sie.

Er zuckte mit den Schultern. «Was das betrifft, bin ich mir nicht mehr ganz sicher.»

«Und Sie können die Hitze nicht leiden.»

«Aber ich liebe den Schatten», hielt er dagegen.

«Und Sie hassen es, Sand an den Füßen zu haben.»

«Ich werde einfach die Schuhe anbehalten.»

Lucia sah ihn durchdringend an. «Sie werden es bereuen.»

«Wahrscheinlich», gab er zu.

Sie zögerte noch einen Moment, dann schlug sie ein.

Und hinter ihr, im Hausgang des Gebäudes, stand ein acht-jähriger Junge. Er war ein wenig dicklich, sein Haar war dunkel, und er trug einen Bademantel und die Sonnenbrille seiner Mutter.

Und er lächelte glücklich über sein ganzes Gesicht, das weiß war von Sonnencreme.

## ── ▬ Lucias Maltagliati ▬ ──

Maltagliati, die «schief» oder «ungleich» geschnittenen Nudeln, sind eine Spezialität der Emilia-Romagna. Im Roman serviert Lucia ihre eigene Version dieses traditionellen Gerichts. Für alle, die es ausprobieren wollen, hier das Rezept. Die Mengenangaben beziehen sich auf ein Hauptgericht für 4 Personen; sollten die Maltagliati als Vorspeise verwendet werden, die angegebenen Mengen bitte einfach halbieren.

*Zutaten:*

500 g Maltagliati (ersatzweise auch Bandnudeln)
200 g Parmaschinken, dünn geschnitten
300 g getrocknete, in Öl eingelegte Tomaten
200 g eingelegte Oliven, entsteint
100 g Pinienkerne
50 g Parmesankäse
1–2 Stangen Lauchzwiebeln
2 Knoblauchzehen
1 Teelöffel Oregano
½ Zitrone (Bio-Qualität)

*Vorbereitung:*

Oliven und Tomaten aus dem Glas in ein Sieb abgießen, die Tomaten in Würfel schneiden. Die Knoblauchzehen schälen und in kleine Würfel hacken, die Stängel der Lauchzwiebeln in ca. 2 cm lange Stücke schneiden. Die halbe Zitrone waschen und die Schale abreiben. Den Parmesan in Fäden oder zu dünnen Flocken reiben. Den Parmaschinken in ca. 1 cm breite Streifen schneiden. Salzwasser für die Nudeln aufsetzen.

*Zubereitung:*

Die Nudeln nach Anleitung kochen. Unterdessen ca. 1 Esslöffel Olivenöl in die Pfanne geben, den Knoblauch darin andünsten. Dann die Pinienkerne und die Schinkenstreifen zufügen und braten, bis sie an den Rändern kross sind. Oliven und geschnittene Tomaten hinzugeben und kurz garen, dann vom Feuer nehmen und mit 2–3 Esslöffeln Olivenöl vermischen. Mit Oregano und Zitronenschale würzen.

Nudeln nach erforderlicher Kochzeit abgießen und in die Pfanne geben, mit der Sauce vermischen. Anschließend auf vier Teller verteilen und mit Parmesanflocken und Lauchzwiebeln garnieren.

*Buon appetito!*